Newton Compton Editores

Título original: *The Christmas Bookshop*

© 2021, Jenny Colgan
© 2024, de la traducción por Silvia Guillén Macías
© 2024, de esta edición por Antonio Vallardi Editore S.u.r.l., Milán

Todos los derechos reservados

Primera edición: noviembre de 2024

Newton Compton Editores es un sello de Antonio Vallardi Editore S.u.r.l.
Pl. Urquinaona, 11, 3.º 1.ª izq. 08010 Barcelona (España)
www.newtoncomptoneditores.com

Gruppo editoriale Mauri Spagnol S.p.A.
www.maurispagnol.it

ISBN: 978-84-10080-93-5
Código IBIC: FA
DL: B 14.049-2024

Composición:
Endoradisseny

Diseño de interiores:
David Pablo

Impreso en septiembre de 2024 en Puntoweb s.r.l., Ariccia (Roma), en Italia.

Jenny Colgan

La pequeña librería de los secretos

Traducción de Silvia Guillén Macías

Newton Compton Editores
Barcelona, 2024

A los científicos que se encargaron de
desarrollar las vacunas contra la COVID-19
porque, joder, nos salvasteis.
Sois realmente increíbles.
Y también al personal sanitario.

*Y, oh, qué dulce y agradable es al ojo verdaderamente
espiritual ver varias clases de creyentes...*

Proverbio cuáquero

Prólogo

¡Pero si todavía estamos en agosto! –exclamó Carmen al teléfono, soltando el libro que tenía en la mano–. ¡Agosto! ¡Sigue haciendo algo de sol! ¡Llevo puestas unas sandalias! ¡Las furgonetas que venden helados siguen recorriendo toda la ciudad! ¡La semana pasada casi me vi obligada a ponerme protector solar! ¿No crees que es pronto para sacar el tema?

–Solo te lo estaba comentando –dijo su madre con voz suave, y Carmen suspiró. Todos los años tenían la misma discusión–. Ya sabes que no me gusta dejar las cosas para última hora. Además, Sofia...

Carmen frunció el ceño.

–Sí, lo sé. Está a punto de parir otro crío y gracias a ella se va a sobrepoblar el mundo, bla, bla, bla...

–Carmen June Hogan. No hables así de tu hermana.

–Venga ya, mamá. ¡Pero si ya tiene tres! ¿Para qué quiere más? Además, todavía no sé qué haré en Navidad. Igual me voy por ahí.

–¿Con quién te vas a ir por ahí? –preguntó su madre, incrédula.

–¡Pues no sé! ¡Podría conocer a alguien de aquí a Navidad! ¡Y podríamos acabar en Barbados! ¡O en Los Ángeles!

Carmen casi podía sentir a su madre sonriendo al otro lado del teléfono.

–Así que lo que me estás diciendo es que no vas a volver a casa por Navidad porque igual podrías estar en Los Ángeles.

–Pues sí, podría.

En ese momento, Carmen pensó que era imposible que fuera

la única persona en el mundo que, a pesar de tener casi treinta años, seguía comportándose como una adolescente tozuda delante de su madre.

Pero es que todavía estaban en agosto. Simplemente no quería pensar en el hecho de que el verano estaba a punto de terminar. Tampoco quería hablar de las próximas Navidades porque sabía que acabaría durmiendo en su antigua habitación –que ahora estaba llena de trastos absurdos que ni siquiera eran de ella, como máquinas de coser y cosas por el estilo– y leyéndose todos sus viejos libros de bolsillo que guardaba en la estantería: la colección Follyfoot, *Las crónicas de Narnia* u otros libros juveniles que tuviesen una ambientación más navideña.

Además, tendría que aguantar a los hijos de Sofia; unos niños escandalosos a los que siempre se les consentía todo y que recibían tantos juguetes –eso sí, siempre de madera y caros– que les podía el ansia de abrir uno y pasar rápidamente al siguiente.

Sofia se volvía cada año más generosa a la hora de comprar regalos para la familia, lo que reflejaba claramente quién de las dos estaba haciendo las cosas bien y quién seguía durmiendo bajo su edredón de las Spice Girls y comprando los regalos en la tienda en la que trabajaba para aprovechar el descuento de empleada.

Su madre siguió hablando a pesar de lo que le había dicho.

–A ver, Sofia quiere enseñarnos la casa nueva y en su estado no quiere viajar... Así que pensé que igual sería buena idea que pasáramos las Navidades con ella. Además, yo podría encargarme de la comida...

Sofia era abogada y vivía en Edimburgo, a unos ciento sesenta kilómetros de su moribunda ciudad industrial en la costa oeste de Escocia, y, cómo no..., le iba de maravilla con su guapo y prestigioso marido –que también era abogado–, con sus bebés, con sus Range Rovers y bla, bla, bla. Carmen, en cambio, seguía de dependienta en los mismos grandes almacenes en los que trabajaba los sábados cuando todavía iba al instituto. El local estaba en mal estado y el negocio parecía ir de mal en peor. Nunca nadie en la familia sacaba ese tema, lo que empeoraba aún más la situación.

—¿Cómo van las cosas por Dounston's? —le preguntó su madre con suavidad, como si hubiese escuchado los pensamientos que le rondaban por la cabeza.

Carmen entendía que estuviese preocupada, pero, aun así, que se lo dijera con tanta cautela la molestó.

—Pues..., bueno, seguro que la cosa mejorará en Navidad —contestó ella, y ambas intentaron creer con todas sus fuerzas que así sería.

Cuando Carmen colgó el teléfono, se quedó con un regusto amargo por el tema de la Navidad; o mejor dicho, con la certeza de que su madre contaría con ella dijera lo que le dijera. Y, como era de esperar, no le saldría otro plan mejor y tendría que pasar las fiestas en casa de sus padres o en la nueva casa de su hermana Sofia. En cualquiera de los dos casos, sabía con certeza que pasaría la noche del 24 de diciembre durmiendo en la peor cama de todas o en su vieja habitación con el edredón de las Spice Girls, y ese pensamiento la deprimió aún más. Miró alrededor de la sala en la que descansaban los empleados.

Justo en ese momento, su mejor amiga del trabajo, Idra, entró por la puerta y se quedó mirando la taza de flores que pertenecía a su supervisora, la señora Marsh, y que nadie debía usar si no quería buscarse problemas.

—Ni se te ocurra —dijo Carmen.

—Voy a hacer pis en ella —saltó Idra, que estaba que trinaba de rabia—. Me ha vuelto a mandar a la maldita sección de sombreros.

Carmen soltó un gemido lleno de empatía. Los sombreros estaban al lado de la puerta porque, al parecer, cuando un cliente entraba de la calle principal –cada vez más desierta–, muerto de frío, lo primero que necesitaba era un gorro.

Sin embargo, a quienquiera que le tocara estar en la caja registradora, tenía que comerse las ráfagas de aire frío del exterior mezcladas con el calor sofocante que salía del calefactor del techo, que siempre hacía que uno sudara independientemente de la ropa que llevara ese día. Aunque últimamente, esa puerta se abría cada vez menos.

Carmen medía sus días en libros. Guardaba siempre un libro de bolsillo debajo del mostrador para aprovechar los ratos de tranquilidad, es decir, cuando ya había recolocado los escaparates, limpiado el polvo y ordenado y comprobado que los artículos estuvieran en perfectas condiciones. Cuando empezó a trabajar en Dounston's, era raro el día que los grandes almacenes no estuviesen a rebosar, así que solo leía mientras iba sentada en el autobús o durante el descanso para comer. Sin embargo, ahora podía acabarse un libro en tan solo tres días y cada vez le resultaba más fácil encontrar tiempo para leer. Algo muy pero que muy preocupante.

–A mí sí que no me traga –intervino Carmen, volviendo al tema de la señora Marsh, mientras miraba la rotación de la semana siguiente.

Tenía la peor combinación de turnos posible: un día de mañana, otro de tarde y, al siguiente, el día completo. Aun así, no trabajaba todas las horas que necesitaba para poder llegar a fin de mes y no verse entre la espada y la pared. Además, no podía permitirse salir a divertirse y no le quedaba otra que llevarse las sobras que le dejaba su madre los domingos por la noche.

–Encima va y me dice que parezco una vagabunda –dijo Idra.

–¿Cómo ibas vestida?

–Solo me vio lo que llevaba debajo de la chaqueta durante..., no sé, ¿diez segundos?

Carmen se echó a reír y luego se quedó en silencio cuando la persona de la que estaban hablando apareció como por arte de magia por la puerta. Décadas trabajando en los grandes almacenes le habían servido a la señora Marsh para moverse con sigilo a pesar de su corpulenta figura, constantemente al acecho de sinvergüenzas, ladronzuelos, clientes pesados o con malas intenciones, e incluso de cualquier persona que pareciera disfrutar de estar comprando.

Siempre andaba con pies de plomo con sus pequeños y elegantes zapatos de salón negros; le quedaban bastante ajustados y, en cierta manera, influían en la aparición de las varices que cada año se le extendían por las piernas como si fueran una hiedra que iba creciendo poco a poco, pero que quedaban disimuladas gracias a las medias de color carne que llevaba. Tenía un abdomen fuerte y unas tetas enormes –llevaba un sujetador de la sección de tallas grandes del departamento de lencería–; de hecho, parecía que tenía un solo pecho gigante, uno que podría servir como estante en caso de que anduvieran escasos de espacio en la tienda.

Carmen e Idra habían llegado a la conclusión de que lo que más le gustaba a la señora Marsh era tener la tienda completamente vacía porque así siempre estaba como los chorros del oro. Además, así había menos probabilidades de que los clientes le acabaran desordenando las cosas, dejaran que sus hijos rompieran algún artículo, mancharan de barro el suelo brillante e ignoraran las normas de los ascensores (no había día en que la señora Marsh no les recordara aquella época en la que era común la figura del ascensorista). Estaba claro que tener la tienda desierta era sinónimo de perfección para ella.

Sin embargo, lo peor de todo era que, en los últimos años, el deseo de la señora Marsh se estaba volviendo cada vez más real.

Uno a uno, como si alguien hubiese empujado las fichas de un dominó, los otros negocios empezaron a desaparecer de la insignificante y pequeña ciudad satélite: BHS, Next, Marks and Spencer, WH Smith...

Dounston's, donde en su día las novias del pueblo habían hecho sus listas de regalos y elegido el material para sus vestidos de novia; donde las futuras madres habían comprado los carritos en los que llevarían a sus bebés; donde las familias habían conseguido sus juegos de porcelana y sus sofás, teles y electrodomésticos... Dounston's, donde uno podía encontrar uniformes escolares desde agosto, perfumes caros en Navidad y juguetes increíbles que cada año dejaban a los niños con la boca abierta mientras hacían la cola para sacarse una foto con Papá Noel. Dounston's, el siguiente negocio que acabaría apareciendo en la lista de víctimas de la calle principal.

Para Carmen era incomprensible que algo tan mítico del lugar, tan ligado a la historia de la ciudad y sus habitantes –con sus vidrieras que representaban los barcos que en su día los hombres construyeron para atravesar el río Clyde, y su cafetería que se limitaba a vender pasteles y bollos franceses, y en la que los cafés superelaborados no tenían cabida– acabara cerrando sus puertas. Era el corazón de la ciudad.

Pero ya no quedaba ni rastro de lo que ella recordaba. La ciudad estaba desierta. En la calle principal ya solo quedaban tiendas de segunda mano y de alquiler de *scooters* eléctricos para personas con movilidad reducida, además de algunos bancos y unos cuantos negocios impulsados por el ayuntamiento en los que se vendían cuadros o artesanía local, pero que también estaban condenados al fracaso.

La gente quería que el centro de la ciudad prosperara, pero no lo suficiente como para pagar el aparcamiento cuando tenían un centro comercial fuera de la ciudad en el que no te cobraban y que encima estaba siempre impoluto y contaba con un restaurante japonés.

La gente quería que el centro de la ciudad prosperara, pero no lo suficiente como para pagar dieciocho libras por una taza de porcelana con un dibujo de una pastora y sus ovejas cuando podían conseguir una muchísimo más práctica por menos de cinco libras en Amazon. Ni como para recorrer toda la ciudad en busca de tres metros de cinta rosa porque seguramente no habría disponibilidad y no les quedaría más remedio que llevarse la de color burdeos a pesar de que querían la rosa, cuando en realidad habrían tardado dos minutos en pedirla por internet, seleccionar el tono exacto que deseaban desde el principio y recibir el paquete al día siguiente.

Carmen lo entendía perfectamente. Y era tan culpable de lo que estaba pasando como el resto, porque ella también buscaba los precios más asequibles, aunque fuese al centro todos los días. ¿Acaso había alguien que siguiese usando servilleteros? ¿Cuántos almohadones compra una persona cuerda a lo largo de su vida? Además, ya las damas de honor no se confeccionaban sus propios vestidos con metros y metros de tela de seda morada y rosa (o de raso, si querían ahorrar algo de dinero). Ahora los pedían por internet y, cuando lo recibían –tarde y en la talla equivocada–, se veían obligadas a pasar por la tienda, echando humo, para pedir ayuda con los ajustes y los dobladillos, o para comprar alguna que otra cremallera en el último momento.

Pero solo tres días después de la reunión de Navidad, sucedió lo inevitable: convocaron a todo el personal de Dounston's. Idra se arrepintió en voz alta de no haber echado veneno en aquella puñetera taza de flores cuando la señora Marsh, que ya debía de tener edad suficiente para jubilarse –según Idra, tenía que estar rondando ya los noventa años–, anunció con cierta alegría que los iba a despedir a todos o como dijo con su tono de voz irritante de señora pija: «Me temo que aquí ya no sois necesarios».

La señora Marsh miró a su alrededor a través de sus gafas anchas con montura de color pastel y se pasó la mano por el pelo corto lleno de laca.

–Estoy segura de que no os será difícil..., bueno, a algunos no os será difícil encontrar otro trabajo con una buena recomendación –añadió la señora Marsh, mirando exclusivamente a su empleada favorita: la maldita Lavinia McGraw.

Al oír esa frase, Carmen e Idra intercambiaron una mirada rápida, y Carmen tuvo esa horrible sensación que uno siente

cuando sabe que se va a reír en un momento de lo más ina-
propiado.

Porque la noticia no era buena. Era horrible. Un auténtico
desastre. Y lo peor era que lo había visto venir. Todo el mundo
lo había visto venir. Y Carmen no había hecho absolutamente
nada al respecto, así que tampoco tenía mucho sentido culpar
ahora a la señora Marsh.

Capítulo 1

Sofia d'Angelo –antes de casarse, Sofia Hogan– miró la corona de Navidad que había colgado en la brillante puerta negra de la entrada, entrecerró los ojos y la ajustó de nuevo. Después, dio un par de pasos hacia atrás para admirar la decoración colocada al milímetro.

No pudo evitarlo. Desde que vio la casa, lo supo. Enseguida se enamoró de ella. A ver, el techo del sótano tenía algunas goteras... Era una casa antigua. Pero el amor todo lo podía. Y nada ni nadie era perfecto. Aunque hoy, el número 10 de Walgrave Street era lo más cercano posible a la perfección.

Formaba parte de una hilera de casas adosadas de diferentes tamaños, pero la de ella era una de las más pequeñas: cuatro plantas en total contando el sótano. La habían construido en la época georgiana y estaba hecha de una piedra pesada de arenisca de color gris. Se encontraba al final de New Town, la ciudad nueva de Edimburgo –que de nueva tenía poco–, y tenía cinco ventanas perfectas de doce cristales, como en los dibujos que hacían los niños; un balcón de filigrana en el piso superior; un tramo de elegantes escalones de piedra que conducían a la puerta principal; y unas barandillas negras de hierro forjado, que en ese preciso instante estaban llenas de guirnaldas de acebo, de unas bonitas luces cálidas y de lazos de tartán de color rojo. Era como la típica casa que salía en las tarjetas de Navidad, con una luz acogedora que se filtraba desde el interior sobre el pavimento helado y con un árbol de Navidad gigantesco lleno de luces y lazos rojos.

¡Este año habían puesto dos árboles de Navidad! Sofia cruzó los brazos con alegría. Los abetos venían del pequeño piso de protección oficial que estaba justo en el lado opuesto de Escocia, así que habían recorrido un largo camino para llegar hasta su nueva casa.

Había encargado el pavo para el día de Navidad en septiembre y ya tenía los regalos de los niños envueltos con diferentes papeles, por supuesto, porque Papá Noel siempre tenía en cuenta esos detalles. También se había comprado un vestido para la ocasión, aunque por lo general no aguantaba mucho en las fiestas y menos ahora que estaba a punto de dar a luz. También había apuntado en el calendario las fechas en las que tendrían lugar las representaciones de los belenes y los conciertos de villancicos, así como la carísima escapada a la feria de Navidad y el espectáculo especial que harían los niños en el colegio. Y todavía era principios de noviembre. Acababan de quitar la decoración de color naranja y negra de Halloween de la puerta y las calabazas del suelo. También habían guardado la cesta con dulces sin azúcar.

Todo marchaba a la perfección en el mundo de Sofia.

Si no contaba el tema de Carmen, claro.

Había estado hablando por teléfono con su madre. Su hermana llevaba tres meses viviendo en casa de sus padres sin dar ni un palo al agua. Todas las semanas su madre la llamaba, rogándole que le encontrara trabajo a Carmen. Sin embargo, la situación era cada vez más desesperante. No había trabajo en la ciudad en la que vivían sus padres y menos aún de dependienta. Además, la actitud de Carmen no ayudaba.

Cuando Sofia era pequeña, le gustaba colocar sus muñecas en orden y darles pequeños sermones acerca de cómo comportarse a la hora de tomar el té. Su mundo era la viva imagen del orden y la limpieza. Pero después, cuando cumplió los cuatro años, su madre se quedó embarazada.

Durante aquellos meses, la gente no había parado de decirle que iba a ser una hermana mayor maravillosa, lo que había hecho a la pequeña Sofia muy feliz, sobre todo porque había recibido una infinidad de regalos increíbles, no como los destinados al bebé: un montón de ropa vieja y aburrida. Había sido una época magnífica. Y, aunque Sofia seguía siendo muy pequeña cuando Carmen llegó al mundo, no le había costado nada prepararse para recibir a su hermana. De hecho, había estado más que preparada para adoptar el papel de amiga, aliada y referente.

Pero, por desgracia para ella, el monstruo chillón de cara roja con el que se topó no se parecía absolutamente nada a las hermanitas de los libros infantiles que había leído. Carmen fue creciendo, pero, a diferencia de Sofia, a ella no le gustaban las muñecas ni jugar a tomar el té ni probarse vestidos nuevos. De hecho, odiaba los vestidos. En realidad, hasta odiaba ir al colegio, algo que Sofia nunca pudo llegar a entender. Desde el momento en que llegó, Carmen lo puso todo patas arriba: lloraba cuando salía o entraba en casa, cuando subía las escaleras, cuando tenía que bañarse o lavarse el pelo, cuando iba a clases de natación, cuando visitaban la casa de otras personas, cuando estaba y cuando no estaba sentada en el carrito...

Sofia nunca logró hacerle ver a Carmen que, aunque no le apeteciera, era mucho más fácil para todos que dejara de llorar delante de los demás porque así le sonreirían, le acariciarían la cabecita y le darían una galleta. Era algo que a Sofia le parecía sencillo. Pero a Carmen... Carmen era como un pequeño alfiler que se dedicaba a pinchar todo el rato el perfecto mundo de su hermana. Sofia frunció el ceño. Su madre le había dicho que Carmen... no estaba pasando por su mejor momento. Lo que explicaba por qué no había asistido a la fiesta de cumpleaños de su hija y por qué ni siquiera se había molestado en enviarle una tarjeta ni en llamarla ni en mantenerla informada, aunque estuvieran lejos la una de la otra, de lo que estaba sucediendo en su vida.

Bueno, tampoco tenía sentido enfadarse por eso ahora.

Sofia dejó de fruncir el ceño; no podía ponerse bótox hasta que diera a luz. Ya se preocuparía por Carmen cuando fuese estrictamente necesario.

Esbozó una sonrisa y volvió a echarle un vistazo a su querida casa antes de caminar por los charcos congelados de camino al trabajo.

Capítulo 2

Sofia no quiere verme ni en pintura.

—No digas tonterías —mintió su madre—. Simplemente estáis en diferentes etapas de la vida. Y le dolió que no fueras a la fiesta de Pippa.

—¿Le dolió? —repitió Carmen—. Yo soy la que está aquí sentada, sin hacer nada y viviendo otra vez en casa de sus padres porque la han despedido, pero, claro, aquí lo único que importa es cómo se siente la pobre Sofia.

—Cariño, por favor. Ni siquiera le mandaste una tarjeta de cumpleaños a la niña.

—Sofia no me quiere en su vida, mamá. Para ella solo soy la hermanita rara por la que todo el mundo tiene que sentir lástima, que trabaja como dependienta, algo que encima ya ni estoy haciendo, que sigue soltera y que no está preñada como todas sus amigas pijas —soltó Carmen, cabreada.

—Es normal sentir celos —añadió su madre, pero enseguida se arrepintió de haber pronunciado esas palabras y le lanzó a su hija una mirada de angustia.

—¡No estoy celosa! Simplemente no fui porque no quería estar rodeada de tanto mocoso —intervino Carmen—. No entiendo por qué hace un drama de eso. Pensé que tendría cosas más importantes de las que preocuparse que si yo iba o no a una estúpida fiesta de cumpleaños.

—¿Y no crees que para ella era importante que estuvieses allí acompañando a su familia?

—¡Pero es que esa no es mi familia, mamá! —gritó Carmen—. Además, está todo el rato celebrando cosas. Una boda. Un bautizo. Una fiesta de cumpleaños. Un *baby shower*. Por favor,

Carmen, renuncia a todo tu preciado tiempo libre para venir y decirme lo maravillosa que soy, lo maravillosa que es mi vida y lo maravillosos que son mis hijos. Ah, y no te olvides de traer los regalos más caros que encuentres, aunque sé que andas escasa de dinero. Ah, y solo iremos a restaurantes pijos que en realidad todos sabemos que no te puedes permitir, pero tranquila, yo haré el sacrificio de pagar la parte de mi pobre hermana. ¡Oh! ¡Mira qué casa más grande tengo!

Carmen se cruzó de brazos. Echaba mucho de menos el pequeño piso en el que vivía de alquiler y que, como era de esperar, ya no era viable para su economía. Le habían ofrecido hacer un par de turnos en algunas cafeterías y bares, pero todo el pueblo estaba buscando trabajo. Además, el hecho de que sus padres estuvieran actuando como si nada no ayudaba. Sabía lo que en realidad se morían por decirle: que en su día había sido una buena estudiante, que fácilmente podría haber ido a la universidad y que ahora mismo podría estar gozando de una carrera profesional exitosa. Pero ella había preferido llevarles la contraria, hacer oídos sordos.

Así que intentó dirigir su frustración a otra parte.

—Además, papá y tú tratáis a los niños como si fueran el centro del universo. Si hasta rechazáis cualquier compromiso por estar con ellos. Es como si toda la familia tuviera la obligación de unirse al club de fans de Sofia. Y desde el momento en que decidí que no quería participar en todo este circo, me convertí en la mala de la película.

Su madre no dijo nada. Había algo de verdad en las palabras de Carmen: tres hijos suponían muchas fiestas, muchos regalos y mucho alboroto. Pero la mayoría de las tías eran cariñosas... Ni siquiera estaba del todo segura de que Carmen supiera la edad de sus sobrinos. Solo quería que sus hijas se llevaran bien entre ellas. Quería que todos se llevaran bien porque eso era lo que significaba ser una familia.

—Creo que ahora tu hermana te necesita más que nunca —pronunció su madre, aunque en realidad no lo pensaba.

–Lo dudo mucho –soltó Carmen–. Ya tiene a su increíble niñera, yo no le hago falta para nada. –En su día Sofia le habló de lo maravillosa que era la chica que la ayudaba con los niños, un adjetivo que seguramente nunca utilizaría para describirla a ella–. Y a Federico.

–Federico se pasa todo el día trabajando –murmuró su madre–. Ella está a punto de tener otro bebé. Todavía no ha pedido la baja. Tres niños es mucho trajín, incluso con una niñera. Además, tiene espacio en su casa. Y me ha dicho que puede ayudarte.

–¡No puedes hablar en serio, mamá! –soltó Sofia cuando su madre volvió a llamarla–. No puedes echarme el muerto a mí. Tengo un marido, tres hijos y otro en camino. Es una responsabilidad enorme que no puedo ignorar así como así y encima... ¿ahora quieres que me ocupe de Carmen?

–Pero si tú eres de las que siempre encuentran tiempo para todo... –intentó su madre con esperanza–. Las cosas no van bien por aquí, Sofia. Ya no queda nada. La ciudad está desértica.

–Lo sé –contestó ella–. Por aquí las cosas van mejor.

–Y tu hermana... No me gusta verla tan deprimida.

Sofia sintió una punzada de culpabilidad.

–Dudo que quiera venir hasta aquí. Cree que en Edimburgo solo hay idiotas engreídos y pijos con pantalones rojos.

–Pero... –Eso era exactamente lo que Carmen pensaba. Además, lo había manifestado en voz alta en varias ocasiones–. Pensé que igual... –siguió hablando su madre–. Tu hermana hace como si todo estuviera bien, pero en realidad no lo está. Y a tu padre y a mí nos duele verla así. Ya no queda con nadie, ya no tiene trabajo... Estoy muy preocupada.

–Vale, pero eso no es problema mío.

–Lo sé –admitió su madre–. Es problema de todos. No... no quería decirlo así. Pero pensé que tal vez... podría ser la excusa perfecta para que conociera a tus hijos.

—¡Pero si ni siquiera sabe cómo se llaman! —exclamó Sofía con un resoplido.

—¡Claro que lo sabe!

—Ni siquiera se molestó en venir a la primera comunión de Pippa. ¡Le guardé un sitio en nuestra mesa y la silla se quedó vacía!

—Lo sé —dijo su madre—. Eso estuvo feo.

—Y lo único que hizo para solucionarlo fue enviarme veinticuatro horas después un mensaje pidiéndome perdón.

—Tu hermana no lo entiende —la defendió su madre—. No sabe lo que es tener hijos. Lo que es estar preocupada por ellos todo el tiempo. Lo importantes que son para ti. No tiene la menor idea.

—Lo sé —pronunció Sofía.

—Es inevitable que unos padres se preocupen por sus hijos y cuando uno de ellos no está bien..., mueven cielo y tierra para que eso cambie.

—Estás haciendo una montaña de un grano de arena, mamá —le dijo Sofía, aunque los engranajes de su cabeza ya habían empezado a girar en busca de una solución—. Además, ¿se esforzaba de verdad en el trabajo? ¿O solo se dedicaba a pasar las horas allí vagueando como hacía cuando iba al instituto?

—Sí que se esforzaba —respondió su madre—. Todas las novias le pedían ayuda a tu hermana. Cuando todavía se llevaba lo de comprar en las tiendas en vez de hacerlo por internet, claro.

—¿Sigue teniendo mal gusto para los hombres?

—La verdad es que no ha tenido mucha suerte en ese aspecto —contestó su madre, haciendo una mueca.

—¿Te acuerdas del poeta que llevó a casa?

—Y tanto —dijo su madre—. Cómo voy a olvidar aquel almuerzo que hicimos un domingo en el que terminó recitando un poema erótico delante de tu padre.

Las dos soltaron una carcajada, pero enseguida pararon: no estaba bien reírse de Carmen. Aunque a veces era ella misma la que se lo buscaba.

—Puf —soltó Sofia.

—¡Ay! —exclamó su madre—. Por favor, dime que eso significa que se te acaba de ocurrir una idea...

El cerebro de Sofia empezó a idear el plan y finalmente dijo:

—Como lo estropee...

—¡No lo hará! —la interrumpió su madre, cruzando los dedos con fuerza.

Capítulo 3

Solo le vas a hacer una sugerencia –se recordó Sofia a sí misma al día siguiente–, no es una obligación ni una promesa».

Pero el señor McCredie era uno de los clientes más antiguos del bufete, incluso de antes de que ella empezara a trabajar allí. Si –y era un «si» bastante importante– a Carmen se le daba bien trabajar como dependienta, bueno..., tal vez podría ser justo la solución que Sofia necesitaba para evitar lo peor, al menos hasta que pudieran encontrar un comprador. Además, serviría para tranquilizar a su madre. Y tal vez incluso para hacer que Carmen se sintiera un poco más agradecida y útil. Así que...

Con suerte el señor McCredie lo vería como una buena noticia, después de que Sofia le soltase las malas.

La mayoría de los clientes que entraban en el despacho se alegraban al enterarse de que Sofia estaba embarazada, o al menos le deseaban lo mejor o le hacían alguna que otra pregunta sobre el tema por educación. Sin embargo, esa mañana el señor McCredie le dejó claro que no formaba parte de esa mayoría. Se le veía bastante incómodo y evitaba a toda costa mirarle la barriga.

Ella esbozó una sonrisa más amplia de lo habitual e hizo todo lo posible para que no le afectara su reacción. Al fin y al cabo, el señor McCredie siempre había sido una persona un tanto... singular. Además, igual era mejor que no sacara un tema alegre como podía ser el del embarazo cuando ella estaba a punto de darle malas noticias.

–¿Qué tenía que decirme? –le preguntó él, nervioso, y se miró el reloj enorme y viejo que llevaba en la muñeca.

Odiaba esas reuniones. A Sofia tampoco le gustaban demasiado.

–Señor McCredie, he hecho lo que me pidió, pero lamento decirle que... debe hablar con su contable cuanto antes. Estamos ante una situación crítica. Ya no le queda casi nada que pueda vender.

Era una pena. Una fortuna familiar, un buen nombre, una finca enorme en las Tierras Altas de Escocia que le había generado ingresos durante años...

Pero el señor McCredie nunca mostró interés en hacerse cargo de la finca, la había abandonado a su suerte y había acabado desmoronándose. Encima no tenía familia ni hermanos que pudieran ocuparse de ella. Todavía le quedaba el piso de Edimburgo y la librería, pero esta última no le estaba generando los suficientes ingresos, así que se había visto obligado a vender cada vez más tierras y a gastarse parte de su herencia y de su capital para poder sobrevivir.

Al final, no le había quedado más remedio que vender la finca, pero el dinero que había conseguido lo había tenido que utilizar para pagar el impuesto sobre las ganancias obtenidas por la venta y el impuesto sobre la propiedad, entre otros. Así que a Sofia le habían asignado la desagradable tarea de decirle que, aunque había heredado una fortuna, había conseguido arruinarse él solito, y no por apuestas ni matrimonios ni por vivir una vida por encima de sus límites, sino simplemente por no prestar atención.

Sin embargo, la respuesta del señor McCredie la sorprendió.

–No pasa nada –contestó él–. Lo único que me importa es la librería.

–Ya... –dijo ella–. Sí. La librería. Me temo que también hay un problema con eso...

El señor McCredie se sobresaltó. Tenía una vieja librería en Old Town, la ciudad vieja de Edimburgo, y eso era prácticamente todo lo que Sofia sabía al respecto. Eso y el hecho de que no le generaba prácticamente ningún beneficio.

–Van a subir los alquileres –le informó ella–. ¿No se lo han dicho? –El señor McCredie se encogió de hombros. Ella sabía que no era de los que abrían las cartas que le enviaban–. Así que no creo que le resulte muy... rentable mantener la librería abierta.

Por primera vez, el señor McCredie mostró verdadera preocupación.

–Bueno, es que... ese no es su objetivo. Es más bien... Vendemos libros antiguos y raros. Libros muy específicos. No es un lugar en el que uno entra y consigue la última novela de Ian Fleming.

Sofia decidió no comentarle que hacía bastante tiempo que no se publicaba un nuevo libro de Ian Fleming.

–Entiendo... –dijo ella en su lugar.

–He estado creando una colección nueva: ¡tengo en mis manos algunos de los mejores estudios arquitectónicos de la ciudad!

–Vale. Pero..., si la tienda no le ayuda a pagar las facturas, le será complicado conseguir una subvención.

–Pero es que... es que esa librería es una reliquia. En Victoria Street hay librerías que tienen hasta doscientos años de antigüedad.

Sofia asintió.

–He estado informándome y... –añadió ella– podría venderla como una empresa en marcha.

Él parpadeó varias veces, perplejo.

–Ay, virgen santísima. Hacer eso sería una atrocidad.

Sofia hizo una mueca.

–Es la única solución que veo. Si el negocio no prospera, va a acabar perdiendo la librería de todos modos. Al menos así podrá sacar algo de dinero de ella.

El hombre parpadeó despacio.

–Además, como ya le comenté, van a subir el precio de los alquileres en cuanto empiece el año –añadió Sofia.

–Creo que no la estoy entendiendo bien...

Sofia nunca se habría atrevido a decirle al señor McCredie que, si hubiese leído la inmensa cantidad de cartas que le habían ido enviando, ahora mismo no estaría envuelto en este dilema. No era culpa de ella que el señor McCredie hubiese decidido ignorar el problema hasta que ya fuese demasiado tarde. Sofia no soportaba dejar las cosas para el último momento.

–Tiene que generarle beneficios –le advirtió ella–. Lo ideal sería que viésemos una mejora en los próximos dos meses, antes de que acabe la Navidad y antes de que se produzca el aumento de alquiler. Si lo consigue, le será más sencillo encontrar un comprador. Pero, si la cosa no mejora..., lo perderá todo.

Esta vez, cuando el señor McCredie alzó la vista, lo hizo con los ojos llorosos.

Ella suspiró. El maldito universo parecía estar conspirando con su madre.

–¿Antes... antes de Navidad? ¿Con tan poco tiempo de margen? –preguntó él.

–Creo... creo que conozco a alguien que podría ayudarle –soltó Sofia.

Capítulo 4

Todo en Edimburgo era cuesta arriba. Parecía algo imposible, pero no lo era.

Sobre todo en la estación de tren de Waverley. Habían decidido construirla encajada en medio de la ciudad, dentro de un lago que habían vaciado, donde en cualquier otro sitio habría habido ríos, puentes y ese tipo de cosas más normales.

Y en ese preciso instante, bajo la oscuridad y el frío helado de la tarde, en la terminal de la estación gris –llena de silbidos y de olor a café–, una persona bajita con un humor de perros se echó la mochila a la espalda y fulminó con la mirada lo que tenía a su alrededor.

«Oh, no es necesario que cojas un taxi, no hay que caminar mucho», le había escrito Sofia en un mensaje; pero ahora, que solo veía cuestas y soplaba un viento fuerte, la distancia que tenía que recorrer le parecía enorme, descomunal.

Carmen se dispuso a salir de la estación. Desde lo alto de la escalera y con el viento soplando, lo primero que se veía era la ciudad que se alzaba a su alrededor, pero ella apenas pudo disfrutar de las vistas porque tenía a miles de turistas delante, ocupando todo su campo visual con sus mochilas gigantescas. No era la primera vez que pisaba la ciudad; había estado allí con el colegio o para asistir a algún festival, pero en realidad no la conocía bien.

Mientras se abría paso hacia arriba, con la cabeza gacha en un intento de evitar el viento, lo primero que vio fue un enorme bar con terraza justo enfrente de la estación, con una banda que tocaba en directo y luces brillando a su alrededor.

Más allá, había una feria navideña que se extendía a lo lejos, con atracciones y puestos de comida en los que vendían salchichas, aguardiente, vino y chocolate caliente. Al parecer, allí les gustaba celebrar la Navidad con antelación.

Había gente por todas partes: niños pequeños, con los ojos muy abiertos y con sus zapatillas de luces; adolescentes riendo y empujándose los unos a los otros; y chicas a las que no parecía afectarles el frío porque llevaban blusas sin manga y minifaldas. Carmen siguió caminando como si nada, guiándose con el GPS del móvil, e intentó que no la atropellaran cuando, para su sorpresa, vio que se acercaba un tranvía a toda velocidad.

«¿Aquí hay tranvías? Quién lo diría», pensó.

En ese momento, Carmen volvió a acordarse de las tensas miradas de decepción que le habían dirigido sus padres cuando su madre había dejado caer, con toda la amabilidad que le había sido posible, que el bufete de abogados de su hermana prestaba servicios a un cliente que tenía una tienda y que estaba buscando ayuda de forma temporal.

–¿Le has pedido a Sofia que me busque trabajo? –le preguntó Carmen, molesta.

Era perfectamente capaz de buscarse trabajo ella solita. De acuerdo, era cierto que se había pasado la mayor parte del tiempo ojeando noticias catastróficas en internet, viendo Netflix y volviéndose a leer todos los libros de *Ana, la de Tejas Verdes*, pero era importante que se dedicara tiempo a sí misma, sobre todo ahora, que seguía intentando digerir que la habían despedido del trabajo y que ya no iba a poder tener la vida que tenía antes. ¿Qué había de malo en eso?

–Y Sofia siempre sabe lo que es mejor para todos... –soltó Carmen.

Sus padres intercambiaron una mirada.

–Está intentando ayudarte –comentó su madre.

–No, es una sabelotodo ¿Y si no me gusta el trabajo? –añadió ella.

Era plenamente consciente de que se estaba comportando como una mocosa, quedándose en casa, mientras sus padres le lavaban la ropa y le hacían la comida.

En ese momento, su padre –su querido padre, que casi nunca le llevaba la contraria a sus niñas– levantó la vista del crucigrama que estaba haciendo y enarcó las cejas.

A Carmen se le quebró la voz.

–A ver…, sabéis que no estoy pasando por un buen momento.

Había intentado probar suerte en varios trabajos, pero sin un título universitario y sin ninguna formación, nadie quería contratarla; a menos que quisiera ser bailarina exótica o repartidora, claro. Y Carmen no estaba segura al cien por cien de cuál de las dos opciones sería peor.

Esperó a que sus padres la defendieran como siempre hacían, a que le acabaran diciendo que entendían que estaba pasando por una mala racha, que el cierre de los grandes almacenes no había sido culpa suya y que se merecía un descanso para poder recuperarse bien del chasco que se había llevado.

Pero ninguno de los dos dijo nada. Su padre se quedó con la mirada fija en el suelo. Su madre parecía devastada, pero no abrió la boca.

–Vale, genial. Todos pensáis que me estoy comportando como una niñata –declaró Carmen.

Estaba destrozada.

–No, cariño –intervino su madre–. Es solo que… no nos gusta verte así.

–Pensáis que estoy tirando mi vida por la borda.

–Eso no es cierto –dijo su padre, pero, en la ordenada y pequeña cocina, a Carmen le pareció que sus palabras no eran sinceras.

«Me comportaré. Seré amable», se dijo Carmen a sí misma mientras se adentraba por fin en la calle en la que vivía su hermana.

Sofía les había enviado fotos de la casa, pero ella no quiso mirarlas porque daba por hecho que sería enorme, elegante y de pijos. Sin embargo, cuando la vio con sus propios ojos, le sorprendió descubrir que, además de eso, la casa también transmitía bastante encanto.

Capítulo 5

Sofia estaba hecha un manojo de nervios y, cuando oyó el timbre de la puerta, le tembló el cuerpo. «No seas tonta», se dijo a sí misma. Era su hermana. Esto podría hacer que acabaran teniendo una relación más estrecha. ¡Otras personas la tenían! En ese momento deseó que Federico estuviera allí con ella y no en Hong Kong. Él se llevaba bien con Carmen: le gustaba chincharla y sacaba el lado más divertido de su hermana, pero sin meter el dedo en la llaga, es decir, sin mencionar que siempre se comparaba con Sofia y que no le quedaba ni un duro. Al menos esta vez el cuerpo de Sofia no le causaría complejo a Carmen. Sofia era de las que se preocupaba mucho por la alimentación y por hacer ejercicio, mientras que Carmen se atiborraba a comer *pizza* y se quejaba de la suerte que tenía su hermana de tener ese cuerpo.

Su madre, aunque estaba ilusionada con la idea, le había prometido que no iba a interferir y que no intentaría ponerse en contacto con ellas. Aunque en realidad esa decisión la había tomado más por ella que por Sofia: sabía que no soportaría recibir llamadas de teléfono cada cinco minutos para escuchar como una de sus hijas se quejaba de la otra. Eso sí, echaría de menos a sus nietos –los adoraba–, pero tal vez este sería el empujoncito que Carmen necesitaba para que se integrara más en la familia.

O al menos eso esperaba.

Al igual que muchas madres, Irene no asimilaba que sus hijas ya eran mayores. A sus ojos, seguían siendo niñas, pero con vestidos de mujeres adultas (o vaqueros rotos en el caso de Carmen). Recordaba a la perfección aquel día festivo en Ayr en el que habían decidido ir en familia a comprarse un helado. La cola se extendía hasta el exterior de la heladería italiana y, mientras esperaban su turno, Sofia intentó convencer a su hermana para que se portara bien durante al menos cinco minutos. Sin embargo, a medida que la gente iba saliendo con sus cucuruchos y sus vasos llenos de helado, Carmen se iba removiendo cada vez más. Al final, Carmen cogió una pataleta y acabó tirando al suelo el helado de un niño que había cerca. Un auténtico desastre. Irene le había tenido que comprar a la pobre criatura otro helado. Sofia intentó hacer todo lo posible por calmar a su hermana, pero sus esfuerzos fueron en vano e Irene dejó a Carmen sin helado por gritar. A Sofia le dio pena, así que, una vez que tuvo el suyo, le dijo a su hermana: «Puedes probar un poco... ¡No! ¡Mamá, se lo está comiendo todo! ¡Me está dejando sin helado!». Y fue así más o menos como acabó el día.

Pero, pese a eso, seguían siendo hermanas. Y las hermanas siempre buscaban la forma de salir adelante, ¿no? Sofia fue una de esas niñas a las que les iba de maravilla en el colegio e inevitablemente, cuando llegó el turno de Carmen, empezaron las comparaciones entre las hermanas, algo que esta última no supo gestionar bien. Y, poco a poco, a pesar de haberse aficionado a la lectura desde muy pequeña, la pequeña de los Hogan fue quedándose atrás, casi como si lo estuviese haciendo a propósito.

–No las llames –le había dicho Rod, su marido, que ya sabía leer a la perfección las caras de Irene–. Déjalas tranquilas. Ya lo solucionarán.

Irene había levantado las manos para demostrarle que todavía no le había dado a la tecla del móvil.

–Está bien. Tienes razón.

Sofia abrió la puerta, forzando una sonrisa de oreja a oreja.
–¡Hola! –la saludó.
Por primera vez en su vida, Carmen se quedó sin palabras.

—Ostras —soltó ella—. Joder. ¡Menudo casoplón tienes!

Sofia esbozó una sonrisa más natural al escuchar las palabras de su hermana. Le encantaba que a la gente le gustara tanto la casa como a ella.

—Entra; te vas a congelar ahí fuera.

—Pero es que... Madre mía, parece sacada de un cuento. Joder. ¿Eres feliz todo el rato como en los libros? —le preguntó Carmen con cierta melancolía, aunque en realidad lo decía en serio. Era como tener delante una casa de muñecas. Ni siquiera podía ponerse celosa; era tan bonita y estaba tan fuera de su alcance... Habría sido como tenerle envidia a la mujer de George Clooney.

Sofia sonrió.

—Venga, pasa.

En el elegante pasillo había un armario para guardar las botas y los abrigos, y Carmen empezó a quitarse el suyo sin dejar de contemplar el brillante suelo de parqué que conducía al enorme espacio abierto en el que se encontraba la cocina, con una cristalera al fondo que daba al jardín cuadrado de la casa adosada, en la que habían puesto una pequeña portería de fútbol. A la izquierda había una puerta que llevaba a una pequeña y bonita sala de estar muy bien decorada en tonos negros y grises. La casa por dentro era preciosa. Y en ese preciso instante Carmen fue más consciente que nunca de que tenía el abrigo sucio y los vaqueros llenos de barro, y sintió que su mera presencia era capaz de romper aquel hechizo de cuento de hadas.

—¿Un té? —preguntó Carmen con la esperanza de que Sofia le dijera: «Qué té ni qué ocho cuartos. ¡Abramos una botella de vino!». Pero, cómo no, su hermana estaba embarazada... Puf, qué aguafiestas.

Descalza, Carmen siguió a Sofia hasta la enorme cocina, y, de repente, esta levantó las cejas a modo de pregunta.

Sin saber a qué se refería, Carmen se paró en seco. Luego echó un vistazo al hermoso hueco de la escalera que tenía una barandilla metálica con un acabado de madera. De pie en la parte superior había una niña con un vestido de terciopelo verde con la misma expresión decidida en el rostro que solía poner Sofía. Era mona y tenía un aspecto pulcro, con el pelo brillante que le llegaba hasta los hombros peinado hacia atrás, una postura elegante y unos ojos atentos.

–Ay, hola... –titubeó Carmen–. ¿Phoebe?

–En realidad soy Pippa. Phoebe sigue arriba. Mami, Phoebe debería bajar a saludar, ¿a que sí? Es de mala educación no hacerlo.

Sofía asintió y de pronto, un avioncito de papel pasó volando por delante de Pippa.

–¡Hooola!

–Jack –dijo Carmen con seguridad, ya que sabía que esta vez no se iba a equivocar porque era el único niño de la familia.

Jack tenía unos ocho años, el pelo corto de punta como si fueran las cerdas de un cepillo, y una cara redonda y alegre llena de pecas.

–Hola, ¿¡qué tal!? –gritó Jack sin apenas hacer una pausa para respirar mientras se dirigía al pequeño jardín de la parte de atrás con una pelota de fútbol bajo el brazo. Quería aprovechar las horas de sol que quedaban.

–¡Phoebe! –exclamó la mayor con un chillido agudo.

Carmen seguía sin saber muy bien qué decir mientras veía a Pippa bajando las escaleras. De hecho, se sintió juzgada de una forma un tanto extraña al notar que su sobrina la miraba de arriba abajo.

–No viniste a mi primera comunión –le dijo la niña a Carmen en tono acusador–. Fue hace un mes. Por lo menos la hermana de mi padre me envió este vestido.

–Ya... –respondió Carmen.

–Pippa, cariño, no...

–Solo era para que lo supiera. Por cierto, estoy en cuarto de primaria. Me gusta el baile y los caballos. No me gusta el *k-pop*, así que, por favor, no me regales nada que tenga que ver con el *k-pop*.

–Eh, vale... –respondió Carmen.

–¡Phoebe!

–Por favor, no chilles –le ordenó Sofia–. ¿Té entonces?

–Puedo prepararlo yo si quieres –sugirió Carmen al ver el barrigón enorme de Sofia y al recordar que su madre no había dejado de repetirle que, ya que iba a quedarse en casa de su hermana de gratis, como mínimo tenía que ayudar en todo lo posible. Aunque la cosa seguía tensa entre las dos.

–No, no. Aprovecha para conocer a los niños –dijo Sofia a la vez que ponía la tetera al fuego.

La tetera parecía cara. «¿Qué sentido tiene gastarse tanto dinero en una tetera?», pensó Carmen.

Pippa se sentó.

–Mi serie favorita es *Una pizca de magia*, pero no vemos mucho la tele porque Skylar dice que no es bueno para los ojos ni para el alma.

–¿Quién es Skylar?

–Nuestra niñera –respondió Pippa.

–Es la chica que nos ayuda en casa –explicó Sofia al mismo tiempo que su hija.

–¿Y dónde está ahora? –indagó Carmen.

–Ah, va a la universidad, así que ahora debe de estar en clase. Ya la conocerás... ¡Phoebe!

Justo en ese instante, se oyó el ruido de unas fuertes pisadas bajando las escaleras y todos miraron hacia allí.

De pronto, apareció otra miniversión de Sofia, aunque más desaliñada: llevaba el pelo despeinado y enredado. Tenía la cara regordeta, los ojos llenos de legañas y el labio inferior más grueso que el superior, por lo que parecía que estaba haciendo un puchero.

–¿Estabas dormida, cariño? –le preguntó Sofia, levantando la vista.

–No –contestó Phoebe con voz gruñona.

–Esta es tu tía, Carmen.

Phoebe observó a Carmen con cierta desconfianza.

–Sé que no nos manda regalos de cumpleaños –intervino Pippa–, pero hay que ser amable. ¡La bondad siempre gana!

Carmen hizo una mueca. Phoebe seguía mirándola, sin cambiar de expresión.

–¿Nos has traído algo? –preguntó Phoebe al final.

A Carmen no se le había ocurrido hacerlo. Empezó a pensar en las cosas que había metido en la mochila y se acordó de la bolsa de patatas fritas que había planeado compartir con Sofia mientras se tomaban una copa de vino que, cómo no, su hermana no iba a poder beberse. Joder.

–¡Phoebe! –la regañó Pippa–. Preguntar eso es de mala educación. ¿A que sí, mami?

Sofia hizo un ademán con la mano.

–Sí, sí que lo es.

–¡Cállate, Pippa! –gritó Phoebe.

En ese preciso instante, Carmen sintió esa incómoda sensación en la que no sabes si simpatizar o despreciar a una niña tan pequeña.

–Pues... –dijo ella, y cogió la enorme mochila que había llenado al tuntún de ropa después de haberse despertado tarde para coger el tren. Sin embargo, cuando la abrió, prácticamente todo lo que tenía dentro explotó por la cocina. Sin duda, la cosa más desordenada que había en la casa.

–Guau –soltó Pippa.

Carmen consiguió, con cierta dificultad, recoger la bolsa de patatas fritas del suelo.

–Aquí tenéis –dijo ella, lanzándola en dirección a los niños–. La podéis compartir.

Como llamado por un silbido que solo él había oído, Jack regresó a la cocina a toda velocidad.

–¡Patatas fritas! –gritó el niño.

Phoebe ya estaba abriendo la bolsa.

–¡Apártate! ¡Me las ha dado a mí!

–No. ¡Ha dicho que son para compartir! –les recordó Pippa, tratando de hacer lo correcto, pero, a su vez, alargando la mano para hacerse con las patatas más grandes.

–¡Pero he sido yo la que le ha preguntado si nos había traído algo!

–¡Puaj! Son las clásicas –anunció Jack, escupiendo migajas por todas partes.

Sofia se sobresaltó, con los ojos abiertos como platos.

–¡Ya casi es hora de cenar! –les regañó–. ¡Chicos, sabéis perfectamente que no podéis comer patatas fritas!

Los tres la miraron por encima de la bolsa abierta, con la boca llena de restos de patatas.

–Pero hoy es un día especial; ¡nuestra tía está aquí!

–¿Cenar? ¿Ya? –preguntó Carmen–. Pero si todavía es temprano. Es la hora del té, ¿no?

Sofia arrugó la frente y, en ese momento, la puerta se abrió y entró una de las personas más radiantes que Carmen había visto en su vida.

Skylar –Carmen dedujo que era ella– tenía el pelo largo y rubio, una piel de porcelana, un cuerpo esbelto y unos ojos azul claro. La niñera entró y se quedó mirando el caos que había en el suelo de la cocina y a los niños peleándose por las patatas fritas, como si no estuviera del todo segura de haber entrado en la casa correcta.

Sofia parecía un poco tensa.

–Oh, ¡hola, Skylar! –la saludó con demasiada alegría–. Esta es mi hermana, Carmen.

Y entonces Skylar hizo algo que provocó que Carmen se quedase a cuadros: levantó un dedo para hacer que Sofia –la gran abogada– permaneciera en silencio un segundo.

–Hola, ¿niños? –dijo Skylar, entonando la última palabra como si fuera una pregunta.

De inmediato, los tres dejaron de pelearse por las patatas fritas. Pippa se apartó de sus hermanos.

–Namasté, Skylar –se apresuró a decir la niña.

—Namasté —murmuraron los demás, aunque reacios a soltar la bolsa de patatas.

Skylar esbozó una sonrisa de oreja a oreja y se giró para mirar a Carmen.

—¡Hola!

—Eh, sí, hola. —Era tan guapa que a Carmen le resultó difícil no quedarse hipnotizada.

—Si vamos a trabajar juntas será mejor que sepas que Sofia no suele dejar que los niños piquen... ¿comida basura? ¿Y menos antes de cenar? ¿Porque es muy pero que muy malo para ellos?

—Eeeh, ¿no vamos a trabajar juntas? —respondió Carmen, percatándose de que de alguna manera había imitado la forma de hablar de Skylar.

Sofia soltó un gemido de dolor y se centró en la tetera.

—¿O sí? —indagó Carmen, mirando a su hermana.

—Pensé que quizá... Skylar tiene turno de tarde en la universidad algunos días de la semana... Tal vez tú... A ver, no tienes por qué, pero igual... ¿podrías encargarte tú de hacerles la cena y de acostarlos cuando eso pase?

Los niños miraron a Carmen; aquello les había cogido por sorpresa tanto como a ella.

—¡Pero yo también tendré que ir a trabajar, Sofia!

—Siento interrumpir, pero... ¿podrías mover esa mochila? —intervino Skylar—. ¿Me gustaría recoger los residuos que se puedan reciclar para ayudar a proteger el planeta? ¿Eres consciente de que las bolsas de patatas fritas no se pueden reciclar?

Carmen cometió el error de no cerrar la cremallera de la mochila, así que, al arrodillarse para recogerla, su neceser y su ropa interior también se desparramaron por el suelo.

—¡Bragas! —gritó Jack, echándose a reír.

Phoebe también se rio, pero Pippa frunció los labios y miró el desastre con desaprobación. Sofia parecía estar viviendo el peor momento de su vida al ver el caos que se había producido en su cocina de diseño. Con las mejillas encendidas, Carmen se puso de rodillas en el suelo y empezó a meterlo todo en la mochila, y cuando fue a cerrarla, cómo no, la cremallera no quiso funcionar. Le dio la sensación de que había tardado una eternidad en recoger el neceser –que estaba mugriento, y vio por el rabillo del ojo que Skylar murmuraba algo sobre él disimuladamente– y un par de jerséis, antes de colocárselo todo bajo el brazo, sentarse encima de la mochila e intentar cerrar la cremallera. Y todo, mientras la observaban tres niños que respiraban por la boca y que estaban cubiertos de migajas.

–Ven, te enseñaré dónde vas a dormir –le dijo Sofia, levantándose de la silla con cierta dificultad–. En realidad, debería enseñarte toda la casa.

–¿Voy a ir preparando el cuscús? –anunció Skylar–. ¿Espero que no os hayáis quedado sin apetito, niños?

Carmen se dio cuenta de que había otra escalera que daba a una planta más abajo.

Sin embargo, su hermana la llevó primero a la planta superior. Allí se encontró con un salón gigantesco, un dormitorio enorme con vestidor y baño, y una habitación de invitados sencilla. Más arriba, en la buhardilla, estaban los preciosos dormitorios de los niños que estaban decorados con un estampado marinero, unas pequeñas bombillas led y unas banderitas. Carmen forzó una sonrisa mientras Sofia le enseñaba el resto de la casa. Al final, su hermana la condujo al sótano y le dedicó una mirada de disculpa.

–Pensé que igual... –Sofia estaba usando el tono de voz animado que Carmen conocía a la perfección porque era el que utilizaba desde que era pequeña cuando tenía que dar noticias decepcionantes, como cuando sacaba un nueve en vez del diez al que tenía a todos acostumbrados o como cuando le había tenido que decir a Carmen que no podían quedarse con el gato que había encontrado en la calle porque ya tenía dueño...–. Podrías dormir aquí abajo... Tienes baño propio, así no tendrás que compartirlo con los niños. También tiene una puerta que da a la calle; ¡podrás entrar y salir cuando quieras!

Estaba haciendo que la idea pareciera tan atractiva que a Carmen le dio la sensación de que tenía que haber algo malo que no le estaba contando, y, efectivamente, cuando atravesaron las puertas plegables que dividían la acogedora y luminosa cocina, y bajaron al sótano, se confirmaron sus sospechas.

Carmen se encontró con tres habitaciones diminutas –que en otra época seguramente correspondían a los sirvientes– y un baño con ducha, pero sin bañera.

Justo detrás había un lavadero enorme lleno de todos los trastos que la mayoría de las personas tenían que dejar a la vista dentro de sus casas: tablas de planchar, lavadoras, botas de agua, abrigos de invierno... «Normal que la casa se vea tan ordenada si se dedican a tirar todo lo que les estorba por las escaleras...», pensó Carmen, enfadada.

–¡Y estarás justo al lado de Skylar, así las dos podréis conoceros mejor!

–Claro, como si yo también fuera tu empleada –dijo Carmen.

Sofia suspiró. Estaba haciendo las cosas lo mejor que podía, pero Carmen siempre se lo tenía que poner todo más difícil.

–Mira –añadió ella–. Solo tendrás que ayudarme un poco con los niños un par de noches. Hay días que llego tarde de trabajar. Y quizá también un par de mañanas.

–Pues puede que yo también llegue tarde –respondió Carmen–. Todavía no me has dicho dónde voy a trabajar. Mamá solo me dijo que necesitaban una dependienta.

Esa afirmación no era del todo cierta, pero Carmen no le había prestado demasiada atención a las palabras que le había dicho su madre. Además, Sofia tampoco había sido del todo sincera; había decidido no contarle a su madre lo mal que le iban las cosas al señor McCredie por si Carmen se echaba atrás en el último momento y se negaba a venir.

–Es en una librería –le explicó Sofia–. Es de uno de mis clientes. Del señor McCredie. Necesita ayuda para Navidad.

—Bueno, no suena tan mal.

—Te gusta leer, ¿no?

Sofia nunca había sido un ratón de biblioteca como lo era su hermana. Era verdad que se había esforzado mucho con los estudios y había leído bastantes libros de texto, pero ahora le gustaban más las revistas de diseño de interiores. Carmen, en cambio, era de las que se dejaban llevar por el corazón y siempre leía los libros que le iban apeteciendo: sobre el espacio, la historia, el amor..., cualquier cosa que le intrigara, saltando de un libro a otro como si una mariposa de flor en flor.

Carmen se encogió de hombros.

—Así que... —empezó Sofia.

—De acuerdo —dijo Carmen—. ¿Qué está estudiando Skylar?

—Algo... ¿relacionado con el arte? No estoy segura.

—Parece tenerlo todo... bajo control.

Sofia no estaba de humor para sacar el tema de las niñeras, sobre todo al recordar que las anteriores *au pairs* que habían tenido se habían pasado los días llorando de nostalgia, saqueando la nevera, fumando en las habitaciones, coqueteando con Federico o incluso robando.

—Es una chica estupenda —decidió responder Sofia—. Así que, por favor, intenta llevarte bien con ella. La necesito de verdad.

Carmen estuvo a punto de soltar que ella se llevaba bien con todo el mundo, pero no lo hizo porque era plenamente consciente de que no era del todo cierto.

—Vaaale —contestó ella finalmente—. Me comportaré.

—No tienes que comportarte —dijo Sofia con una sonrisa, como cuando eran pequeñas y Carmen se había vuelto a meter en algún lío—. Solo tienes que hacer que los adultos se crean que te estás portando bien.

Y esas palabras fueron el inicio de una especie de tregua entre las dos. De hecho, tranquilizaron a su madre cuando Sofia la llamó poco después para contárselo todo. Sin embargo, la paz les duró menos de veinticuatro horas.

Capítulo 6

ᴾues nada...», pensó Carmen a la mañana siguiente cuando se despertó en la extraña y sombría habitación silenciosa, y miró lo que tenía a su alrededor.

La cena había sido un auténtico desastre: Phoebe se había negado rotundamente a comerse el cuscús, y a Carmen le dio la sensación de que todo el mundo la estaba juzgando en silencio por haber sido la principal culpable del incidente de las patatas fritas. Después, Sofia había animado a Pippa a tocar el fagot, cosa que había hecho más que evidente que la niña carecía de talento para tocar el instrumento. También, le había dicho a Phoebe que cantara; una sugerencia que su hija recibió con el mismo entusiasmo que el cuscús. Jack, por su parte, se había pasado toda la cena pegándole patadas a la pata de la mesa de la cocina. Carmen enseguida había llegado a la conclusión de que lo mejor que podía hacer era irse a la cama temprano, para así evitar causar más problemas.

Y hoy era su primer día de trabajo. En un sitio nuevo. Estupendo.

Tal vez le iría bien. Pasaría el día en una librería encantadora y tranquila donde la gente vendría a sentarse a leer, y ella podría tomarse su té, elegir un buen libro y quedarse allí plácidamente hasta que alguien la necesitara.

Podría estar bien, ¿no? Era algo que le gustaría que sucediera. Limpiaría un poco el polvo... Sin duda sería más fácil que trabajar en la sección de mercería de los grandes almacenes; ya no tendría que aguantar el frenesí de las novias ni su preocupación por las telas y los encajes... Los libros no le supondrían un problema. Además, el señor McCredie júnior –como lo había llamado Sofia–, al parecer era un «hombre agradable, aunque un poco callado». La descripción no era del todo mala. Además, era imposible que fuese peor que la señora Marsh. Carmen había querido preguntarle a su hermana cuántos años tenía el hombre exactamente, pero no quería que Sofia la mirara con esa expresión forzada que usaba siempre que ella le hablaba sobre su vida amorosa y mentía sobre lo mucho que le gustaban los novios que le presentaba cuando era más que evidente que, para su hermana, cualquier hombre que no fuese su marido Federico –con su pelo siempre perfecto, al igual que sus modales, su trabajo y sus trajes– le resultaba una escoria del montón. El hecho de que Carmen hubiese acabado saliendo con escoria del montón tampoco ayudaba. A ver, tampoco había mucho dónde elegir, así que era normal que acabara cometiendo ese tipo de errores.

Subió a desayunar y se encontró a los dos niños más pequeños sentados en la mesa: Jack con un pijama camisero con botones, y Phoebe con un delicado camisón, aunque con el pelo despeinado y una expresión amenazadora en el rostro que, en una persona un poco más mayor, habría hecho que Carmen le llevara inmediatamente un café.

Carmen le preguntó a su hermana cómo llegar a la librería, y Sofia frunció el ceño y le explicó que la gente se movía por la ciudad caminando. Al parecer, los autobuses solo iban a lugares excepcionales y el tranvía en realidad solo era útil para ir al aeropuerto.

–¿En serio? –se extrañó Carmen, inquieta.

–En serio.

–Ya veo... ¿Y si voy en bici?

–¿Se te da bien subir escalones con la bicicleta?

–¿Puedes prestarme el coche? –le pidió Carmen, mirando las hojas que se arremolinaban calle abajo con el fuerte viento.

–¿El coche? –respondió Sofia–. ¿Por el centro de Edimburgo? –Sonaba como si Carmen le hubiese sugerido ir a trabajar montada en dragón–. Van a ir a por ti.

–¿Quiénes?

–Los... agentes de tráfico –le explicó Sofia, nerviosa, como si el solo hecho de nombrarlos pudiera hacer que aparecieran–. No hagas ninguna estupidez. Te lo pido por favor. –Sofia se dio la vuelta y se dirigió al armario increíblemente amplio y ordenado que había debajo de las escaleras, y cogió una enorme parka acolchada de marca para dársela a su hermana–. Ponte esto.

Carmen bajó la mirada hacia la desgastada chaqueta de cuero que llevaba puesta en ese momento.

–No es necesario. Así estoy bien.

–Te lo digo en serio. Te vas a congelar.

–No te preocupes –contestó Carmen, mirando Google Maps.

–Sube las escaleras que hay ahí, sigue recto y luego tendrás que bajar unos escalones –le explicó Sofia–. Si lo prefieres, también puedes rodear el castillo y subir las escaleras que encontrarás allí.

–No quiero subir ninguna escalera –dijo Carmen.

–¿Quieres que te prepare algo para el almuerzo? –le preguntó Sofia, y le dedicó una sonrisa amable.

–No, gracias. –A Carmen le hubiese encantado llevarse algo para almorzar, pero no iba a darle a su hermana embarazada de ocho meses una razón más para levantarse y demostrarle que lo hacía todo mejor que ella–. Me las arreglaré. ¡Y a partir de ahora puedo encargarme yo de la comida!

–Sí, *porfi* –dijo una vocecita a su lado–. Me gustaría que me hicieras un sándwich de Nutella.

Sofia soltó una tensa y sonora carcajada antes de lanzarle una mirada llena de preocupación a Skylar, que estaba con las piernas cruzadas sobre la alfombra mientras meditaba de una forma que resultaba un tanto molesta.

–¡Ja! Si nunca se ha comido Nutella en esta casa.

–La probé una vez en una fiesta –contó Phoebe con cierta melancolía, como si estuviese recordando aquel delicioso pecado que cometió–. Nunca lo olvidaré...

En ese momento, Carmen se preguntó si comprarles a todos un frasco enorme de Nutella serviría como regalo de Navidad.

–No, tranquila –intervino Sofia–. Siempre lo preparo todo el domingo por la noche y voy sacando las cosas del congelador a medida que pasan los días.

–¿Qué toca hoy? –preguntó Phoebe.

–¡Humus y rábano! –exclamó Sofia–. ¿A que es genial? Te he hecho una carita sonriente con las dos cosas. Ya la verás cuando abras el táper.

–El rábano no hace sonreír a nadie –soltó Phoebe.

–¡A mí me encantan los rábanos, mami! –gritó Pippa, apareciendo en la puerta de la cocina.

Ya estaba lista con su uniforme escolar de color azul y su falda escocesa de cuadros. Iba inmaculada, sin ninguna arruga en la ropa, y con el pelo brillante recogido en una coleta alta perfecta.

Sofia le sonrió.

–Pues estupendo –le dijo–. ¿Quieres que también te ponga algunas pasas?

–Ay, sí. ¡*Porfi*!

–Ay, sí. ¡*Porfi*! –la imitó Phoebe–. *Porfi, porfi,* ¡claro que quiero esas estúpidas pasas porque soy la estúpida de Pippa!

Carmen se dirigió a la puerta justo cuando Sofia regañaba a Phoebe por lo que acababa de decir.

–Y deseadle a la tita Carmen mucha suerte en su primer día de trabajo.

–¡Buena suerte, tita Carmen! –cantó Pippa.

Phoebe frunció el ceño.

–Espero que la gente sea amable contigo –añadió la niña en un tono de voz que dejaba claro que en realidad le daba igual si eso sucedía o no.

–Gracias –dijo Carmen, que también estaba bastante preocupada por eso.

Sofia no había exagerado cuando le había explicado que

tendría que subir y bajar escaleras. Había insistido en que fuera por Princes Street. Había otra forma de llegar a la librería, pero implicaba más subidas empinadas o pendientes cuesta abajo –lo que provocaba que la ciudad estuviese llena de calles con diferentes niveles, algunas en la parte superior y otras en la inferior de la colina que conectaba New Town con Old Town–, y sin ser su objetivo ofenderla, Sofia no estaba del todo segura de que Carmen estuviese preparada para coger ese camino. Carmen había estado de acuerdo con ella.

Así que decidió caminar por la calle principal de la capital. Un lado estaba lleno de tiendas y marcas típicas que se podían encontrar en cualquier gran ciudad; pero, en el otro lado, por ridículo que pareciera, había una serie de jardines de aspecto solemne, con templetes y fuentes. A lo lejos, justo en la cima de un acantilado de más de sesenta metros, había un antiguo castillo gris que parecía transportarte a un reino completamente diferente: una ciudad envuelta en una nube gris, enfrascada en sus propios asuntos allí arriba en el cielo.

Por los jardines, había varias vías ferroviarias ocupadas por locomotoras, como si fuese una gigantesca maqueta de una estación de tren, lo que lo hacía todo aún más ridículo.

Era el lugar más extraño en el que Carmen había estado; sin embargo, lo más raro de todo era que la mayoría de las personas con las que se cruzaba iban con la cabeza gacha y gorros con pompones y parkas similares a las de Sofia –algo que Carmen, ahora tiritando al llevar solo su chaqueta de cuero, se arrepentía de no haber cogido–, y parecían ignorar el hecho de que se habían deshecho de la otra mitad de la calle comercial principal y habían colocado en su lugar una estampa de cuento de hadas.

Encontró unas escaleras detrás de lo que parecía un enorme templo griego –«Cómo no», pensó– y, jadeando y dándose cuenta de que no estaba para nada en forma, llegó a la cima y se topó con la versión oscura del castillo de Drácula. Por lo visto, todavía le quedaban más escaleras por subir.

—Esto tiene que ser una maldita broma –se quejó Carmen en voz alta a la vez que fruncía el ceño y miraba Google Maps.

Efectivamente, el móvil le indicaba que tenía que seguir caminando por unos escalones estrechos que subían en espiral y desaparecían en la penumbra. Miró hacia atrás y contempló las vistas de la ciudad a sus pies: los jardines cuidados, las calles que se extendían de manera uniforme hacia el agua, el esporádico sonido del silbato de los trenes, el incesante zumbido de las gaitas que sonaba todo el día para deleitar a los turistas, y el leve tintineo de los tranvías, que en realidad no iban a ninguna parte. Qué lugar más peculiar.

Carmen sorbió por la nariz y avanzó por el oscuro pasadizo de un edificio que, por absurdo que pareciera, se llamaba «New College» y enseguida se sorprendió al descubrir que terminaba en lo alto de la Royal Mile.

La antigua calle, que se extendía desde el castillo de Edimburgo hasta el palacio de Holyrood, estaba llena de tiendas en las que se podía comprar cualquier cosa a la que se le pudiese poner un estampado de cuadros escoceses. Era demasiado temprano, así que todavía no estaba repleta de turistas.

Sin embargo, Carmen no se dio cuenta de inmediato de ese detalle porque, cuando terminó de subir los antiguos escalones y salió del oscuro pasadizo, lo primero en lo que se fijó fue en el patio de tres lados y la estructura imponente con ventanas que parecían inclinarse hacia arriba.

¿Cómo habían podido construir algo así sin ascensores ni tecnología moderna? Desde allí no se oía el ruido de los coches ni de los trenes, ni siquiera el sonido de las gaitas, solo pasos silenciosos de la gente que avanzaba a su alrededor. Después de atravesar el patio y salir a la acera, sintiendo los adoquines lisos bajo sus pies, Carmen tuvo una ligera sensación de estar bajo un hechizo que la había hecho retroceder en el tiempo. Se preguntó quién más habría caminado por allí en su día: reyes y reinas, los pobres y los olvidados..., innumerables personas durante cientos de años. Ella podría haber sido una de ellas:

una lechera, una campesina o una mujer de la alta sociedad que frecuentaba la inalterable vida en Edimburgo.

De repente, apareció un solitario rayo de sol e iluminó un antiguo edificio de color blanco y negro que justo se encontraba al lado del estrecho pasadizo por el que había salido, lo que provocó que los viejos cristales –seis en la parte inferior y seis en la superior– brillaran.

«¿Quién habrá vivido aquí?», se preguntó mientras avanzaba por el casco antiguo, lleno de bebederos de piedra para los caballos, además de pequeños pasadizos estrechos y escaleras misteriosas que uno se iba encontrando por doquier. ¿Era posible sentir todos los días la magia que transmitía el lugar o uno se acababa acostumbrando?

Justo en ese momento, un músico callejero empezó a tocar el tambor y una flauta metálica, y el sonido estridente hizo que el hechizo se rompiera. Carmen se percató de que la tienda del edificio que tenía delante vendía algo llamado «El antiguo dulce de azúcar escocés» y suspiró al ver que a todo le ponían la palabra «escocés» detrás. Al fin y al cabo, el negocio era el negocio, y ella llegaba tarde al del señor McCredie.

Todavía le quedaban un par de escalones más –aunque, por suerte, no tenía que subirlos sino bajarlos– para llegar a Victoria Street.

Una vez allí, volvió a comprobar si estaba en el lugar correcto: sí que lo estaba; y, en ese momento, casi le entraron ganas de enviarle un mensaje a Sofia para agradecerle lo que había hecho por ella porque Victoria Street era sin duda el lugar más bonito que había visto en su vida.

Victoria Street estaba formada por una hilera de edificios dispuestos en una cuesta curvada coronada por un balcón largo y el final de la calle daba a un gran espacio abierto llamado Grassmarket. La tendencia en Edimburgo de poner unas calles encima de otras era bastante peculiar, al igual que el hecho de ponerle el nombre New Town a una zona de la ciudad que no era nueva; de hecho, era muy pero que muy antigua. Carmen enseguida llegó a la conclusión de que a eso se refería Sofia cuando le había mencionado que las calles tenían diferentes niveles.

Victoria Street estaba llena de pequeños comercios; cada uno de ellos pintados de diferentes colores alegres: rosa, verde, azul. Había una ferretería; un restaurante de comida francesa; una tienda de magia con una amplia selección de hierbas y palos de escoba; tiendas especializadas en la caza, la pesca y en los tejidos escoceses; restaurantes pequeños y cursis; y... una librería.

El local estaba pintado de color verde y en el escaparate había unas ranas en bicicleta que llevaban libros envueltos en un papel de regalo de Navidad. Era una estampa adorable y perfecta, y, por un segundo, Carmen sintió un ligero cosquilleo de emoción en el cuerpo.

Pero entonces se dio cuenta de que se había equivocado de número: lo que tenía delante era una librería y una tienda de antigüedades, que no era para nada el lugar que estaba buscando. No tardó en descubrir que la librería en la que iba a trabajar estaba dos puertas más abajo.

La librería del señor McCredie también era verde, pero, en este caso, de un color más apagado. Y... no parecía una tienda en absoluto. El escaparate estaba lleno de polvo y repleto de mapas, carpetas y libros de consulta. Además, la decoración no era atractiva y divertida como la de la otra librería. En su lugar, los libros estaban apilados al azar contra el cristal, por lo que era imposible saber cuáles eran.

Nadie hubiese dicho que esa librería era una tienda. De hecho, parecía más bien un edificio de dos pisos con riesgo de incendio. Carmen volvió a comprobar la dirección que tenía en el móvil. Sí. Sin duda ese era el lugar en el que tenía que entrar. Pero ¿qué demonios pintaba ella allí? ¿Quién traspasaría por voluntad propia por esa puerta? Era imposible que a alguien sintiese ganas de comprar un libro en un sitio así.

Frunció el ceño. Tal vez era uno de esos lugares que servían de tapadera y que, en realidad, se utilizaba para traficar con drogas. Aunque, pensándolo bien, Sofia nunca la habría metido en un lío así. Pero para Carmen esa era la única explicación lógica porque, de lo contrario, ¿cómo podía el dueño de esa tienda permitirse el lujo de contratar los servicios de Sofia?

Había hasta moscas muertas pegadas en el escaparate y una gruesa capa de polvo sobre la mayoría de los objetos. En ese instante, Carmen se acordó de la señora Marsh; a su antigua jefa le hubiese dado un infarto al ver aquel desastre.

Respiró hondo, empujó la puerta –lo que provocó que sonara el tintineo de una antigua campanilla–, se recolocó el pelo y entró.

Capítulo 7

El interior de la librería se veía igual de desastroso que el exterior; ningún ser humano en su sano juicio querría perder el tiempo o el dinero en un lugar como ese.

En la sala principal –con las paredes del mismo tono verde con el que habían pintado la entrada– había estanterías repletas de libros –en su mayoría viejos–, lo que hacía que resultara imposible desencajar alguno de su sitio. Daba la sensación de que los títulos no seguían ningún orden.

Cerca de la puerta había un mueble largo de cristal con una caja registradora antigua encima, además de unos dos o tres libros viejos que a Carmen no le sonaban de nada y que seguramente llevaban una eternidad allí. En el resto del mueble reinaba el desorden: facturas, papeles, recibos, propaganda, sobres vacíos...

–¿Hola? –saludó Carmen en voz alta, pero nadie respondió.

Había una serie de escalones que solo estaban fijados por un extremo y que daban a los estantes más altos, y que a su vez estaban llenos de lo que parecían atlas; no atlas cualesquiera, sino unos ejemplares que Carmen apostó a que eran demasiado antiguos para tener la mitad de los nombres actuales de los países escritos en ellos. Había una colección de libros sobre Edimburgo; era evidente que los turistas la habían hojeado y leído en infinidad de ocasiones porque los volúmenes tenían un aspecto que dejaba mucho que desear como para ponerlos a la venta. Carmen atisbó una tela de araña en la esquina del escaparate: era bonita, pero no daba precisamente buena imagen.

–¿Hooola? –repitió.

El silencio la envolvió. «¿Cómo diablos le sale rentable tener abierta la librería? ¿¡Cómo!? ¿Cómo es posible que un negocio así le genere ingresos a una persona? Por no hablar de a dos...», se preguntó Carmen a sí misma.

En un expositor de metal circular que se estaba cayendo a pedazos –y que Carmen supuso que el dueño colocaba en la entrada cuando abría la librería, aunque ya eran las 10:10 h, por lo que ya debería estar abierta– había una pila de postales arrugadas, descoloridas y muy pero que muy desfasadas. ¿De verdad la gente venía a Edimburgo y se llevaba de recuerdo una postal a casa con la foto de compromiso de Carlos y Diana?

–Eh... ¿Señor McCredie? –volvió a preguntar.

Miró al suelo; sentía la suela de los zapatos pegajosa y no estaba del todo segura de si quería saber el porqué.

–¿Señor McCredie?

Finalmente Carmen oyó un ruido procedente de la parte trasera de la tienda –si ya lo que había visto era un completo desastre, a saber cómo estaba la parte de atrás–; un ruido parecido al que hacía uno cuando arrastraba los pies, como si alguien estuviera tratando de abrirse paso a través de un suelo lleno de papeles.

Siguió con los ojos el sonido y vio que la sala se estrechaba y luego, a través de una puerta, se desvanecía de nuevo en la oscuridad. No sabía a ciencia cierta cómo de grande y profunda era, pero, desde donde se encontraba, le dio la sensación de que podía llegar directamente hasta el corazón del mismísimo acantilado.

Justo cuando estaba pensando en ello, apareció el señor McCredie. El hombre parpadeó varias veces al sentir la tenue luz del sol, como si fuera un topo que se había perdido.

Carmen también parpadeó: resultó que, aunque su hermana se había referido a él como McCredie júnior, el hombre no tenía nada de júnior. De hecho, todo lo contrario.

Era corpulento, pero tenía los pies y las manos pequeñas,

lo que hacía que sus movimientos fuesen delicados a pesar del tamaño de su cuerpo; algo que a Carmen le sorprendió. Tenía las mejillas teñidas de un color rosa brillante y el pelo de color blanco, y llevaba un par de gafas apoyadas sobre la nariz, otro par metido en el bolsillo del chaleco y un tercero colgando del bolsillo de su chaqueta de *tweed*. Sus ojos eran diminutos y azules, y en ese instante los dirigía a Carmen con una mirada llena de confusión.

—Todavíííía no hemooos abieeerto —dijo el hombre con un bonito acento cerrado, alargando cada palabra que pronunciaba.

—Pues ya va siendo hora —declaró Carmen con una sonrisa—. ¡Hola! ¡Soy Carmen! ¡Su ayuda extra para Navidad!

El señor McCredie frunció el ceño y se tocó las gafas con los dedos para asegurarse de que seguían allí. Efectivamente no se habían movido de allí.

—Ah, ¿sí? —dijo él sin dejar de fruncir el ceño.

—Vengo de parte de Sofia. Su abogada. Le comentó que necesitaba a alguien para...

Y fue entonces cuando Carmen se empezó a preocupar, lo que provocó que el corazón se le acelerara. No quería volver a verse sin trabajo; no podía seguir así. ¿Qué haría si el señor McCredie le decía que ya no la necesitaba? La única solución que le quedaba era intentar que le dieran algún trabajillo en la feria de Navidad, pero no quería pasar frío. La librería no había resultado ser tan ideal como se había imaginado, pero ya no había vuelta atrás. Además, parecía que el señor McCredie no era tan estricto con el horario y, bueno, necesitaba sí o sí una excusa para poder salir de casa de su hermana, porque, de lo contrario, sabía que no le quedaría más remedio que convertirse en la limpiadora de Sofia.

—¿Le comenté eso? —preguntó el hombre con aire distraído, pero enseguida se acordó de las noticias espantosas que le había dado Sofia en la reunión que habían tenido.

Al señor McCredie se le desencajó la cara. Miró a Carmen. Era bajita y una chica bastante bonita: tenía el pelo y los ojos oscuros, y las mejillas rosadas por el frío. Tenía los labios fruncidos, un cuerpo curvilíneo y un estilo diferente al que estaba acostumbrado a ver. Virgen santa. ¿Era esa la persona que lo sacaría del aprieto en el que se había metido y que conseguiría que se quedase con sus amados libros y en su amada ciudad, para que así no se viese obligado a dejarlo todo atrás y a mudarse a un sitio horrible en el que no quería estar?

–¿Tienes experiencia? –le preguntó él, mirando a su alrededor.

–Llevo ocho años trabajando como dependienta –contestó Carmen con orgullo.

–¿En una librería?

–Eh..., no. En la mercería de unos grandes almacenes.

El señor McCredie pestañeó, confundido.

–¿Con botones y esas paparruchas?

–Con botones y esas paparruchas –repitió Carmen.

–Bueno... –El señor McCredie hizo un gesto con la mano para abarcar la librería–. Esto no es como vender botones...

–Ya me imagino.

–¿Te gusta leer?

–¡Pues claro! –exclamó Carmen, indignada.

Estuvo a punto de mencionar que se pasaba el día leyendo libros en digital, pero le dio la impresión de que el hombre no sabría ni que existía tal cosa.

De pronto, la campanilla de la puerta sonó y una mujer entró. El señor McCredie le dedicó una mirada a Carmen para hacerle saber que podía encargarse ella de la clienta.

–Hola –saludó Carmen con una sonrisa.

La mujer miró a su alrededor, un poco desconcertada por el desorden. Carmen la entendía perfectamente. Pero tal vez era algo que le funcionaba al señor McCredie. Igual la gente veía la librería como una auténtica mina de oro y entraba allí a comprar porque no era como el resto de las tiendas que tenían estanterías limpias y... aceptaban tarjetas de crédito. Madre mía. Qué desastre.

La mujer empujaba un enorme carrito y no había ningún sitio en la librería por el que pudiera pasar sin chocar con algo.

—Déjeme ayudarla —se ofreció Carmen con rapidez, mirando al bebé rechoncho y sonriente, fresco como una lechuga, sentado y mirando a su alrededor con mucho interés.

—Oh, no te preocupes —le dijo la mujer—. Estaba buscando un ejemplar de *El cartero simpático en Navidad*.

Carmen sonrió; había sido uno de sus libros favoritos cuando era pequeña, aunque había acabado perdiendo todas las cartas que venían con el libro y Sofía, que nunca perdía nada, se había enfadado con ella.

—Se lo buscamos —contestó ella al pensar que era imposible que una librería no tuviese ese título en esa época del año.

Después, le dedicó una sonrisa dulce al señor McCredie, quien frunció el ceño a modo de respuesta, distraído.

—No sé si... —dijo el hombre—. ¿Sabe en qué año se publicó?

La mujer se quedó a cuadros.

—Pues..., ¿no? —respondió finalmente, como si le hubiese hecho una pregunta de lo más extraña; cosa que era cierta.

—¿Ordena los libros por fecha de publicación? —siseó Carmen, bastante sorprendida.

—Mmm, a veces —admitió el señor McCredie.

Carmen le echó un vistazo a una caja llena de libros infantiles. Encontró una vieja edición de tapa dura de *Los niños del agua*, algunos libros religiosos con ilustraciones y uno muy antiguo que iba sobre un conejo que tenía alas y que en la portada salía caminando por un paisaje nevado con un farolillo en la mano.

—¡Madre mía! —exclamó de pronto la mujer cuando vio el libro del conejo—. ¿Es Pookie?

Carmen examinó la cubierta del libro.

—¡Sí que lo es! —le confirmó Carmen—. ¡*Pookie Believes in Santa Claus*!

—Mi abuela lo tenía —les contó la mujer con cierto asombro—. De hecho, creo que tenía justo esta edición.

La cubierta del ejemplar era roja, aunque tenía unas ilustraciones resaltadas en dorado. Carmen nunca había oído hablar del cuento, pero había algo, no sabía exactamente el qué, que hacía que las ilustraciones le parecieran adorables.

Carmen sacó el libro de la caja y le llegó un olor seco y cálido que le agradó. Después, lo abrió y se lo dio al bebé, que articuló un «Oooh» y se puso a señalar las ilustraciones con el dedo.

—Ay, es precioso —soltó la mujer—. Sé lo que pasa después... Déjame ver la página en la que llega Papá Noel...

—Oh, yo se la enseñaré —intervino el señor McCredie, haciéndose con el ejemplar—. ¿Sabe que tuve la oportunidad de conocer a la autora? Vivía en Edimburgo. ¡Y se casó con su editor! Una larga historia. En realidad, al principio el editor fue William Collins, luego se compraron los derechos, pero la obra original...

El bebé empezó a aplaudir, encantado, y Carmen le dedicó una sonrisa.

—Bueno —dijo Carmen, interrumpiendo a su jefe, algo que normalmente no haría, pero le dio la sensación de que si no lo hacía, el señor McCredie estaría una eternidad hablando—. Creo que está en la edad perfecta para leer *El cartero simpático en Navidad*.

—Tienes razón —coincidió la mujer—. Pero ahora no puedo sacarme de la cabeza el libro de Pookie. ¿Cuánto cuesta?

La pegatina impresa en el reverso decía «2,5 £», un precio bastante bajo que no le hacía ningún bien al negocio. Carmen miró al señor McCredie, que se encogió de hombros y mencionó algo relacionado con un acuerdo entre editores y minoristas. Saltaba a la vista que Carmen no tenía ni idea de a qué se refería y el hombre pareció estar dispuesto a soltarle de nuevo otro sermón para aclarárselo.

—Eeeh..., ¿siete libras? —se aventuró Carmen, y por la forma en la que se le iluminó el rostro a la mujer, supo que podría haber dicho sin problema una cifra más alta. En fin. Ya no había vuelta atrás—. ¿Dónde está el datáfono? —le preguntó al señor McCredie.

Como era de esperar, no tenía ninguno.

—Aceptamos pagos con cheques —dijo él, para intentar mejorar la situación.

Las dos mujeres se miraron, y Carmen le dedicó a la señora una sonrisa a modo de disculpa. Finalmente, la mujer le dio un billete de diez libras, y Carmen las pasó canutas para coger el cambio de un maltrecho bote gris lleno de monedas pequeñas que había debajo de la caja registradora.

La campanilla volvió a sonar cuando la mujer se las arregló pasa salir por la puerta con el enorme carrito y el bebé.

—¡Ah! —exclamó el señor McCredie—. Y lo más curioso de Pookie es que fue un auténtico éxito después de la guerra gracias a las recomendaciones boca a boca. Cierto es que había muchas historias de conejos, ya sabes, pero es que este tenía alas. Lo he archivado con el resto de los libros de conejos que tenemos en la librería. En la subespecie: «Alas». Sin duda un título muy especial.

Carmen lo miró.

—¿No separa los libros infantiles de los libros para adultos?

El señor McCredie parpadeó, sin entender muy bien lo que le preguntaba.

—Los libros no tienen edades —respondió por fin—. Uno tiene que ir descubriendo solo lo que le gusta. ¿Quiénes somos nosotros para decirles a los niños lo que tienen que leer?

Carmen puso los ojos en blanco.

—A ver, técnicamente estoy de acuerdo con usted, pero igual si los separásemos..., ¿venderíamos más?

Él se quedó un rato mirándola.

—Bueno, tu hermana me dijo que tenía que dejarte a tus anchas. —El señor McCredie se inclinó hacia delante—. Tengo la certeza de que harás un trabajo extraordinario. Bien, me voy a leer un rato. Me alegro mucho de que estés aquí para salvar la librería.

—¿Perdón? —soltó Carmen—. ¿Qué ha dicho?

—Tu hermana me comentó que, si no empezaba a obtener

beneficios, perdería la tienda y terminaría en la calle. Al parecer van a subir el alquiler. Si no conseguimos que la situación mejore antes de que acabe la Navidad, el banco se lo quedará todo. Pero, bueno, estás aquí para hacer que eso no suceda.

–¿¡Qué!?

–¿¡Qué!? –Carmen no había parado de gritar desde que había vuelto a casa de Sofia. Bueno, tampoco es que estuviese gritando a los cuatro vientos, pero estuvo cerca de hacerlo–. Pero ¿¡estás loca!? ¡Esa librería tiene los días contados! Está todo hecho un desastre. No hay por dónde cogerla, Sofia. Es imposible. No tiene solución y ese hombre se va a quedar sin nada a menos que yo... ¿A menos que yo qué? ¿¡A menos que sea capaz de hacer que se produzca un maldito milagro!? ¡Pero si ni siquiera me deja entrar en el almacén! ¡Dice que nos irá mejor si mantenemos su sistema de trabajo!

–Pensé que igual te lo tomarías como un cumplido –le dijo Sofia, que había deseado con todas sus fuerzas que así fuera, aunque en el fondo sabía que su hermana no lo vería así–. Míralo por el lado positivo; eres la única que puede hacer que esto funcione.

–¡No puedo hacer que funcione, Sofia! Porque ese lugar no tiene solución... ¡Es un auténtico caos! Es imposible encontrar lo que buscas y, para colmo, no hay libros nuevos; pero, claro, es que tampoco hay dinero para comprarlos. Y al señor McCredie no le va a quedar más remedio que cerrarla y, por mi culpa, el pobre hombre se quedará en la calle, porque, como era de esperar, volveré a decepcionar a todo el mundo. Muchísimas gracias.

–¿No crees que gritar no es la manera más sana de exteriorizar nuestras emociones? –soltó Pippa, entrometiéndose en la conversación.

Carmen tuvo que contenerse para no gritarle a la niña en la cara, pero por poco no lo logra.

–¿En qué estabas pensando, Sofia? Ah, ya sé, tu estrategia

era convencer a tu hermana inútil para que acabara trabajando en una pocilga durante un mes y así tú pudieras tener niñera gratis.

—¡Por supuesto que no! Pero ¿por quién me tomas?

—Tranquila, ya me voy directita a mi celda. No vaya a ser que haga que Skylar y tú lleguéis tarde a yoga.

Sofia se dio cuenta de que el conjunto de deporte que llevaba puesto —que era más caro que la ropa que normalmente se ponía Carmen— no contribuía a mejorar la situación.

—Estaba segura de que podrías ayudarlo —admitió Sofia—. Sigo estándolo. Confío en ti.

Carmen levantó las dos manos, molesta.

—Ah, entiendo. Tomaste esa decisión porque le venía bien a tu cliente. No lo hiciste por mí. No pensaste ni una sola vez en cómo iba a sentirme yo al respecto. Y ahora voy a arruinarle la vida a un hombre mayor mientras que la mía sigue yendo de mal en peor. Gracias, hermanita.

Capítulo 8

C: Joder, ¿y ahora qué hago? Ni siquiera sé por dónde empezar.

A la mañana siguiente, Carmen había salido de casa de su hermana sin dirigirle la palabra a nadie. Le preocupaba llegar demasiado temprano a la librería, pero, al parecer, el señor McCredie ni se molestaba en cerrar con llave por la noche. Mientras una tenue luz del sol invernal se colaba por el sucio escaparate, Carmen miraba desesperada las pilas de libros ordenadas según el ilógico sistema que utilizaba el señor McCredie. No había ni rastro del dueño de la librería. Este trabajo podría haber sido una solución provisional un tanto aburrida, además de una pérdida de tiempo, pero tampoco habría estado tan mal. Sin embargo, el día anterior solo entraron unos cinco clientes en la tienda: la mayoría no tardó en salir por donde había venido y solo dos compraron... una postal.

C: A ver, no debería estar dándole tantas vueltas, pero es que el hombre es muy mayor y encima lo va a perder todo.

En realidad estaba bastante celosa de Idra: su amiga había encontrado trabajo en un restaurante y estaba la mar de contenta consiguiendo propinas por hacer básicamente el mismo trabajo que hacía antes, aunque con helados. A medida que se acercaba la Navidad, le iba cada vez mejor y seguía sin entender cómo había acabado desperdiciando tantos años de su vida convenciendo a las clientas para que pensaran que los tocados les sentaban como un guante. «Los tocados no le quedan bien a nadie –había señalado más de una vez–. Hasta una modelo como Gigi Hadid se vería ridícula con uno puesto.

Por favor, ¡pero si es un trozo de tela con alambres! Y encima cuesta sesenta libras. ¡Y son todos de colores chillones! ¡No te protege del frío ni del calor! ¡Encima se te mueve todo el rato! Y, por si no te había quedado claro, son horrendos».

I: ¡Puf! ¿Y por qué no vuelves a tu casa?

C: ¿A casa de mis padres? ¿Para qué? ¿Para que me miren con pena y finjan que no les he vuelto a fallar? ¿Para dejar tirada a mi hermana, que encima está embarazada?

I: Pues menuda mierda.

C: ¡Lo sé!

Miró por el cristal del escaparate. La bonita calle estaba repleta de personas que caminaban de un lado a otro, sobre todo, de turistas de aspecto adinerado y con mucho tiempo libre. Carmen suspiró y recorrió con la mirada el interior de la librería. Necesitarían..., joder, ¿cómo iba a arreglar todo ese desastre? Ni siquiera sabía cómo se trabajaba en una librería; solo sabía colocar cintas en una vitrina, cortar la tela de terciopelo sin malgastarla, y convertir en un abrir y cerrar de ojos las unidades de longitud del sistema imperial británico al métrico y viceversa.

Cogió el libro que le quedaba más cerca. Era uno de la colección de Charles Dickens: una edición muy antigua con una encuadernación de cuero. Suspiró y hojeó el resto, sin dejar de preguntarse de dónde podría sacar un paño para limpiarles el polvo. Encontró un ejemplar de *Cuento de Navidad* y lo colocó en el escaparate de tal forma que se viera bien la cubierta desde fuera. Luego volvió a enviarle un WhatsApp a Idra:

C: ¿Sabes de algún restaurante que esté buscando personal? Madre mía, ¿qué estoy haciendo con mi vida?

No hubo respuesta, pero, media hora más tarde, a Carmen le empezó a sonar el teléfono.

—¡Hola!

—¡Hola! Estoy en el descanso. No he parado hoy —la saludó Idra.

—Esto sí que está parado... —contestó Carmen, mirando a su alrededor—. Mmm..., ¿sabes si en el restaurante necesitan que alguien les eche una mano?

—Lo siento —dijo Idra—. Ese alguien ya soy yo.

—Es verdad. —Carmen suspiró.

—Pero antes se me ocurrió una idea. Es buenísima.

—Es decir que es pésima.

Idra soltó una risita que dejaba claro que tenía toda la razón.

—No eres la única persona en el mundo que se ha mudado a Edimburgo, ¿sabes?

—¿A qué te refieres? —Carmen arrugó el ceño.

—Un pajarito me ha dicho que ha visto a alguien entrando y saliendo de Jenners... —Jenners era uno de los grandes almacenes antiguos que seguía teniendo un hueco en Princes Street—. Alguien que se ha dedicado a husmear y que no ha parado de quejarse del polvo que había en las barandillas y de la cantidad de gente...

—Tienes que estar de coña —soltó Carmen.

—Pues no —respondió Idra—. Al parecer se ha ido a vivir con su hermana.

—¡Como yo! Ay, madre, ¡soy como la señora Marsh! ¡No puede ser! —exclamó Carmen—. Espera. ¿Y qué ha pasado con el señor Marsh?

—¡Ja! Eso sí que es buenísimo.

—¿Lo mató?

—Eso también fue lo primero que pensé yo —confesó Idra—. Pero resulta que... nunca existió.

—¿Me tomas el pelo?

—No. Se inventó que estaba casada para que le tuviéramos más respeto.

—Joder —soltó Carmen—. Eso es lo más triste que he oído en mi vida. Ay, Dios mío. ¡Me voy a convertir en ella!

—Bueno, al menos la señora Marsh sabe cómo dirigir una tienda. Deberías llamarla para que te dé un par de consejos...

—¿¡Qué!? ¡Ni hablar! Dios. ¿Te imaginas? Joder, tampoco

estoy tan desesperada. Además, esta ciudad es grande. ¿Qué probabilidades hay de que me tope con ella?

En ese momento, la campanilla de la puerta sonó y una sombra grande llenó la librería.

—No, no. Tiene que ser una broma... —soltó Carmen al teléfono—. Idra, te voy a matar.

—Qué exagerada eres. Te va a ayudar —contestó Idra sin una pizca de remordimiento—. Bueno, tengo que irme. Están a punto de llegar los abogados buenorros. Hablan de negocios mientras almuerzan, así que voy a emborracharlos todo lo que pueda y a sonreír para que me den propina. Igual hasta me caso con al menos dos de ellos, ¿quién sabe? ¡La la la la la la la la!

Y se cortó la llamada.

Carmen alzó la vista hacia la tienda polvorienta.

—Dicen por ahí que ahora trabajas aquí —dijo la señora Marsh, cruzándose de brazos.

«No seas tonta —se dijo Carmen—; no hay de qué preocuparse. No puede despedirte otra vez».

Miró a la señora Marsh, sintiéndose como si se hubiese metido en un buen lío y la directora del colegio estuviese a punto de echarle la bronca.

—Sí. ¿Quiere comprar algún libro? —Había visto a la señora Marsh leyendo, sobre todo romances de época con mujeres enamoradas en la portada en brazos de algún duque o lord.

La señora Marsh enarcó las cejas.

—¿Así que esto es una librería? —le preguntó a Carmen.

—¿Qué pensaba que era?

—Un almacén para guardar trastos o algo así.

—Bueno. Pues es una tienda, y me pilla muy ocupada —mintió Carmen.

La señora Marsh chasqueó la lengua en señal de desaprobación. Carmen puso los ojos en blanco.

—¿Cómo puede tener alguien la tienda así? Qué vergüenza.

—Señora Marsh, ¿creo que usted no trabaja aquí? —soltó

Carmen, y en ese momento se dio cuenta de que en realidad no sabía cuál era el nombre de pila de la señora Marsh.

–Hombre, eso es evidente –contestó ella–. Porque si lo hiciera, la librería no estaría en estas condiciones.

–En realidad, estoy aquí para renovarla –dijo Carmen con orgullo–. Voy a asesorar al dueño para mejorar el diseño del local.

Le molestó tener que verse obligada a maquillar la situación delante de la señora Marsh, pero no iba a dejar que el fantasma malévolo de su antigua jefa la intimidara, ni aquí ni en ninguna parte.

La señora Marsh dio un paso hacia delante y pasó el dedo por una fila de libros para ver si había polvo. Encontró bastante.

–Entonces..., ¿por dónde vas a empezar? –indagó ella–. ¿Recuerdas lo que siempre os decía?

A Carmen se le estaba empezando a agotar la paciencia. La señora Marsh tenía una serie de mantras que todos los días intentaba meterles en la cabeza a sus empleados. Idra y Carmen habían decidido hacer oídos sordos y, en su lugar, habían preferido reírse a espaldas de su jefa.

–¿Qué es lo que siempre os decía, Carmen? –repitió la señora Marsh.

Era algo que empezaba por «D». «¿Desordenado, caótico y lleno de polvo? –pensó Carmen–. ¿Desastroso, inaceptable y lleno de porquería?».

–¡Despejado! ¡Limpio! ¡Organizado! –exclamó la señora Marsh, después de haber hecho una pausa para que Carmen contestara y ver que no tenía intención de hacerlo.

–Cómo no –respondió Carmen, cada vez más molesta.

–Eres consciente de que... –La señora Marsh se quedó callada de repente, como si le costara admitir lo que estaba a punto de decir–. Sin las telas y los electrodomésticos... Dounston's habría cerrado sus puertas mucho antes. ¿Lo sabías? Tener la mercería siempre fue rentable. Siempre.

Eso... casi sonó como un cumplido. Carmen frunció el ceño.

La señora Marsh se dio la vuelta con lentitud, como si fuese un acorazado, y se dirigió a la puerta.

—No sé qué estoy haciendo aquí —confesó Carmen de pronto—. No sé ni por dónde empezar.

La señora Marsh se giró enseguida en cuanto oyó esas palabras.

—Bueno, para empezar, revisa las existencias de la tienda; no vas a solucionar nada si te quedas de brazos cruzados, lloriqueando. Y, por el amor de Dios, aprovecha que la Navidad está a la vuelta de la esquina. Estamos a principios de noviembre. ¡El cuarenta por ciento; no te olvides! ¡El cuarenta por ciento de las ventas del año se consiguen siempre en las próximas ocho semanas! ¿Es que no me escuchabas cuando os hablaba? —Carmen no respondió—. En fin. Más vale tarde que nunca. Consigue que al entrar en la librería la gente recuerde que estamos en Navidad. ¡Y ordena todo esto! Llénalo de lo que sea que vendáis..., pero mantén la temática navideña.

—Vendemos libros.

—Pues eso. Y, por el amor de Dios, limpia. No me gusta salir llena de mugre. A nadie le gusta. —Le dedicó a Carmen una mirada penetrante—. ¿Entendido?

Y tras decir eso, la señora Marsh se marchó, sin despedirse y sin esperar siquiera a escuchar la respuesta de Carmen, que se había quedado afectada y molesta.

Justo en ese momento, unos turistas pasaron por delante de la librería y se quedaron mirando el escaparate. No se dieron cuenta de que los cristales eran finos y que desde dentro se oía todo perfectamente.

—¡Ostras! Mirad esto —exclamó una mujer con voz aguda—. ¿Tendrán algún libro nuevo?

—Deberían convertirlo en un bar —dijo otra voz—. ¿Tú has visto la de mierda que hay ahí dentro?

—Joder, pues sí. Estoy hasta las narices de subir tantas escaleras —dijo otra persona mientras seguían caminando—. Tengo una sed de campeonato.

–A ver, no sé. Igual hay gente a la que le va lo de comprar postales cutres...

–Shhh –soltó la primera voz–. Te van a oír.

–En ese caso, me disculparé la próxima vez que pase por aquí, aunque en realidad no sé cuándo será, porque no pienso entrar ahí en mi vida –manifestó la otra voz, sonando cada vez más lejana.

«No les falta razón», pensó Carmen, sintiéndose cada vez más desesperada. No habían dicho ninguna mentira. No era algo que se pudiera solucionar de la noche a la mañana. La señora Marsh se lo había dejado más claro que el agua. «No voy a poder ayudarlo. No soy capaz. Nunca consigo hacer nada bien. Sofia seguramente podría hacerlo en..., no sé, ¿diez minutos? Pero es que yo no soy como ella. Esto es demasiado. Ya encontraré otro trabajo. No vale la pena seguir aquí».

Se lo explicaría todo al señor McCredie. ¿Para qué iba a pasarse el día en una librería que ni siquiera tenía clientes, con un jefe que, por lo que había visto hasta ahora, no parecía tener interés en que funcionara como una tienda? Solo le serviría para seguir perdiendo el tiempo. De todos modos, el hombre tenía pinta de ser uno de esos viejecillos pijos de Edimburgo. Seguro que en realidad le sobraba el dinero. Estaría bien. Seguro que Sofia lo había exagerado todo para hacerla sentir mal, como siempre... Había miles de restaurantes en la ciudad. Si se iba ya, podría aprovechar la tarde para investigar y encontrar un trabajo genial en el que le pagaran bien, justo como le había pasado a Idra. En esta época del año siempre se necesitaban más camareros. Sofia podía resolver ella solita sus malditos problemas.

–¿Señor McCredie? –llamó Carmen, pero siguió reinando el silencio en la tienda.

De repente, oyó algo. ¿Qué era eso? Un pequeño ruido que venía de alguna parte de la librería. Ay, no. ¿Y si eran ratones? Visto lo visto, no sería raro. Ratones mordisqueando papel, descansando cómodamente en sus nidos... ¿Los ratones comían papel y se hacían nidos? Podría ser que sí. Seguro que los ratones en Edimburgo construían nidos de siete pisos. Con la entrada en el tercero.

Carmen fue dando pasos en silencio e inclinó la cabeza. No sonaba como si fueran... ratones; igual eran... ¿gatos maullando? Se quedó inmóvil. Y entonces se dio cuenta. Era una persona.

Frunció el ceño. Podría ser..., bueno, el señor McCredie, tal y como había comprobado esta mañana, dejaba la puerta abierta por la noche, así que podría ser cualquiera. Tal vez era él. O un sintecho o alguien herido... o un ladrón. Bueno, era imposible que fuese un ladrón. El dinero de la caja registradora seguía allí, intacto.

Carmen se sacó el teléfono del bolsillo con cautela, por si acaso tenía que llamar a la policía. Luego dio un paso hacia delante, atravesó la entrada de la parte trasera de la librería y entró en el almacén prohibido. No lograba dar con ningún interruptor para encender la luz; fue palpando la pared, pero no hubo suerte.

Qué cosa más extraña. Seguía avanzando a tientas: el espacio en el que se encontraba parecía hacerse cada vez más largo y cada vez más estrecho. Sin embargo, se percató de que cada vez había menos libros, que había alguna que otra maceta por aquí y por allá, y que la escasa luz que había se empezaba a desvanecer para dar paso a la oscuridad. De repente, dio otro paso y notó que el suelo era más inestable de lo normal. «¿Qué es esto? ¿Un tablón suelto?», pensó, agachándose para tocarlo con las manos. Pero en lugar de sentir un material duro y liso como el del suelo de la librería, tocó algo extremadamente suave y delicado, como si estuviera hecho de una madera vieja y fina. «¿Qué narices es esto?», se preguntó a la vez que daba uno o dos pasos más.

En ese preciso instante, detectó una luz justo enfrente de ella, pero no era una lámpara fluorescente que colgaba del supuesto almacén, sino un resplandor tenue a lo lejos. Un momento después, descubrió que se encontraba en medio de una sala de estar, en la que había alfombras en el suelo y papel pintado en las paredes.

Miró hacia atrás por encima del hombro y allí, entre las oscuras pilas de libros, todavía se veía la puerta abierta de la entrada de la librería y la concurrida calle al fondo.

Carmen observó lo que tenía alrededor y pensó que nunca había estado en un lugar tan agradable como ese. Era un espacio cálido y limpio, con una alfombra en el suelo, dos sillitas, una mesa, un aparador, una repisa encima de una chimenea y un retrato de un anciano con barba gris. En una esquina había una puerta, y Carmen enseguida llegó a la conclusión de que ese debía de ser el dormitorio del señor McCredie. También había una pared con una estantería llena de libros. Y allí, en el sillón que estaba más cerca del fuego, estaba el señor McCredie, sollozando tan suave como le era posible.

–Ay, madre. ¡Señor McCredie! ¿Está usted bien?

El hombre levantó la vista y los ojos azules se le humedecieron aún más. Las lágrimas le empezaron a caer por las mejillas, mojándole la nariz a su paso. Al final, sin dejar de gimotear, optó por cubrirse la cara con las manos.

–¡Señor McCredie! ¡Señor McCredie! –exclamó Carmen, preocupada–. ¡Ay, no! ¡No! ¿Qué le pasa? ¿Se encuentra bien? Hábleme.

Pero el hombre siguió sollozando, como si se le estuviese a punto de romper el corazón.

Carmen vio que había una tetera al fuego, así que le sirvió una taza de té recién hecho y se la tendió. Al final, el señor McCredie se enderezó.

–Lo... lo siento mucho. Me he comportado como un auténtico necio.

–¿A qué se refiere?

–He descuidado la librería... He terminado desperdiciando mi vida, decepcionando a mi familia... –dijo él a la vez que miraba el cuadro en el que aparecía su padre con expresión severa y el pelo canoso. Después, le enseñó a Carmen la carta que tenía en la mano. Ella la miró–. Es del ayuntamiento –le aclaró él.

–Lo sé –respondió Carmen–. Sé lo que pone. Me lo dijo Sofía.

El señor McCredie se echó a llorar otra vez.

–Y a mí –le confesó él–. Pero no era consciente de la gravedad del asunto hasta ahora.

–Estoy segura de que todo irá bien –le animó Carmen–. Todavía podemos arreglar la librería.

–¡Esto ya no tiene solución!

–Todo en la vida tiene solución –le aseguró Carmen, con la esperanza de que fuese cierto–. Todo.

–Pero ya casi es Navidad.

–¿Y qué? –dijo Carmen–. Aquí el invierno parece que dura nueve meses por lo menos. Así que eso es lo de menos. Estoy convencida de que nos las arreglaremos. Además, el cuarenta por ciento de las ventas se consigue siempre en esta época.

–¿Tú crees?

–Eso dicen. –Carmen miró a su alrededor–. Perdón por entrometerme, pero... ¿vive aquí?

–En realidad vivo en el piso de arriba –respondió el señor McCredie–. Pero aquí es donde vengo a leer.

–Es muy bonita. Es como una pequeña guarida.

–Sí, lo es. Pero he perdido el tiempo aquí cuando debería haber...

–No se preocupe –lo interrumpió Carmen con seriedad, haciendo todo lo posible para que no acabara derramando más lágrimas. Estaba a punto de meterse en un buen lío, pero aun así añadió–: Me aseguraré de que todo salga bien.

–¡Pero si no quieres estar aquí! Te he oído hablar con tu amiga.

–Bueno, está feo ir por ahí escuchando conversaciones ajenas.

El señor McCredie sorbió por la nariz y asintió, luego miró a Carmen con esperanza.

–Me quedaré hasta Navidad –dijo ella al final–. Pero tiene que darme cierta libertad. No puede seguir prohibiéndome entrar en el almacén ni ordenándome que no cambie nada.

El hombre tragó saliva.

–Lo intentaré.

Capítulo 9

Nos vas a llevar de excursión o algo así? –le preguntó Jack a Carmen al día siguiente, sin dejar de botar contra el suelo la pelota que tenía en la mano.

Era domingo, así que la librería estaba cerrada, aunque Carmen seguía pensando que no abrir la tienda los fines de semana antes de Navidad no era una decisión muy inteligente.

–¿De excursión adónde? –quiso saber ella.

Los niños no esperaban mucho de ella. No había mostrado demasiado interés cuando Pippa le había enseñado las medallas de oro que tenía, tampoco le importaba lo más mínimo el fútbol y, bueno, en cuanto a Phoebe..., digamos que no le prestaba mucha atención. Carmen no era como el hermano de Federico, el tío Julio, que siempre estaba dispuesto a jugar de portero, a saltar a la comba o a hacerle cosquillas a Phoebe a pesar de que ella fingía odiarlo. Además, siempre que iba a verlos, les compraba dos helados; algo que sin duda le hacía sumar puntos. Era el tío divertido que todo niño querría tener. A Carmen, según le había dicho Pippa en voz alta a Skylar, no se le daba demasiado bien ser tía. Skylar había aprovechado aquella confesión para recordarle a la niña que la bondad siempre ganaba, aunque también le había respondido: «¿Tu tía no tiene un propósito en la vida y eso es muy triste?». Una conversación que Carmen no pudo evitar escuchar porque justo estaba saliendo del cuarto de baño en ese momento, y tuvo que clavarse las uñas en las palmas de la mano para fingir que no se había enterado de nada. Sofia y ella seguían sin hablarse, algo que a Carmen le estaba empezando a sacar de quicio, sobre todo en ese preciso instante, porque le llegaba el olorcillo del delicioso estofado de venado que estaba preparando su hermana, y ella se moría de hambre.

—¿Adónde quieres ir? —le preguntó Carmen en voz baja.

—Pues, no sé. ¿Al zoo?

—No me gustan los zoológicos —respondió Carmen—. Son como una cárcel, pero para animales.

Jack suspiró.

—Bueno, pero es que estoy superaburrido.

—Yo también, tranquilo —contestó ella, pero enseguida le vino a la cabeza una idea—. ¿Limpiáis a menudo?

—¿Limpiar? ¿Te refieres a limpiar nuestras habitaciones?

—¡Yo no pienso limpiar mi habitación! —gritó Phoebe, apareciendo de la nada, con el pelo despeinado y la misma cara de gruñona de siempre—. ¡Mi habitación, mis reglas!

—No me refiero a vuestras habitaciones —les aclaró Carmen, y los niños la miraron, todavía con cierta desconfianza—. ¿Queréis venir conmigo a limpiar la librería?

—¿Y qué nos darás a cambio?

—No puedo ensuciarme el vestido; es nuevo —saltó Pippa, acariciándose con cuidado la tela de color morada.

—¿Por qué no? —intervino Phoebe—. Es la cosa más fea que he visto en mi vida. Parece una ciruela en vez de un vestido.

—Tenemos que ser amables, Phoebe —dijo Pippa con remilgo.

—¿Tendré mi propia escoba? —preguntó Jack.

—Por supuesto.

—¿Y me darás una golosina?

—Veo que te gusta negociar.

Justo en ese instante, Skylar apareció con su conjunto de yoga, moviendo su pelo rubio recién lavado de un lado a otro.

—Pásatelo bien con los niños, ¿vale? ¡Adiós, niños! ¡Y que no se os olvide tomar las cinco piezas de fruta del día! ¡Namasté! —Skylar miró a Carmen y añadió en voz baja—: ¿Por favor, no dejes que se queden absortos delante de una pantalla? ¿Es muy injusto para Sofia porque luego no hay quien los duerma? ¿Entiendes?

Carmen puso los ojos en blanco.

—Oh, ni te preocupes. Ya tenemos planes.

Sofia se había mostrado reacia al principio. Sin embargo, no tardó en llegar a la conclusión de que, si Federico estaba en Hong Kong haciendo lo que fuese que estuviese haciendo allí, Skylar iba a una clase de yoga y Carmen se llevaba a los niños, tendría la casa para ella sola. Tal vez así podría acostarse en el sofá, leer una revista..., igual hasta podría abrir la cesta de Navidad que le había enviado uno de sus clientes como muestra de agradecimiento. Además, durante ese rato, no tendría que estar alerta para evitar que tres personas pequeñas se tiraran de los pelos, aunque ya quedaba poco para que fuesen cuatro... De hecho, la idea acabó por parecerle tan buena que Carmen podría haberle dicho que se los llevaba a una mina de carbón, y ella tampoco habría opuesto mucha resistencia.

En el fondo, le costaba un poco despegarse de los niños. No era de esas personas que se pasaban el día trabajando y que cuando llegaban a casa querían librarse a toda costa de sus hijos. No. Definitivamente no era así.

—A ver, ya que tengo que quedarme aquí para solucionar el problemón de la librería... —probó Carmen.

—¿Y tu solución es utilizar a mis hijos como mano de obra barata?

—¿Acaso no quieres que aprendan a limpiar?

—A ver, así no —dijo Sofia.

—Tenemos una mujer de la limpieza —se entrometió Pippa—. Así es como termina la gente que no se esfuerza en el cole y encima después no va a la universidad...

A Carmen se le abrieron los ojos como platos. Sofia, que sabía que debía hablar seriamente con su hija cuanto antes, se sintió más avergonzada que nunca.

—Sí, sí. Genial. Llévatelos.

—¡Pero, mami! —se quejó Pippa.

—Será mejor que te cambies de ropa —le dijo Carmen a la niña.

—Eso —soltó Phoebe.

Cogieron el autobús, a pesar de que la librería no estaba muy lejos, y Carmen se quedó atónita al ver que a los niños les parecía toda una novedad ir en transporte público.

—¿Nunca habéis ido en un autobús? —les preguntó.

Los niños negaron con la cabeza y subieron las escaleras del vehículo. Jack y Pippa encontraron enseguida dos asientos libres en la parte delantera. Phoebe, en cambio, estuvo a punto de montar una escena al ver que no conseguía ninguno. Carmen dejó que se desahogara y se puso a mirar el móvil, ignorando las caras de desaprobación de las señoras que estaban sentadas a su alrededor. Para su sorpresa, a Phoebe se le pasó el enfado más rápido de lo que esperaba mientras subían por Lothian Road y pasaban por delante del enorme hotel caledoniano de arenisca roja.

A lo largo de todo el trayecto por Victoria Street, los niños soltaron varios «Oooh» y varios «Guaaau», y Carmen enseguida se dio cuenta de que era porque ya habían colocado la decoración navideña: habían puesto unas estrellas plateadas gigantescas que hacían que la calle se viera aún más bonita de lo que era. Y entonces Carmen se percató de que todos los comercios, excepto la librería, estaban abiertos a pesar de ser domingo. Las tiendas también estaban adornadas con esmero y cada escaparate que veía era más bonito que el anterior: árboles de Navidad de color verde oscuro con adornos rojos dentro y fuera de la lujosa tienda de caza; figuras hechas de papel y luces en la acogedora librería; farolillos dorados y bombillas de colores por toda la tienda de magia; y guirnaldas grandes y pomposas de hiedra y acebo alrededor de la cafetería a la que Carmen tendría que ir más tarde porque les había prometido a los niños un batido. Cuando finalmente se bajaron del autobús y entraron en la ferretería para comprar una escoba —algo que al parecer el señor McCredie no tenía, pero que necesitaba con urgencia—, vieron que también estaba decorada con unos árboles pequeños alineados en una fila ordenada, intercalados con soldaditos.

–Eres la chica del señor McCredie –dijo el hombre de la ferretería que llevaba un mandil burdeos decorado con muérdago.

–Veo que ha corrido la voz –comentó Carmen.

–Ah, sí. Por aquí nos lo contamos todo; somos como una familia –añadió él–. Bueno, al menos eso intentamos. Aunque el señor McCredie nunca ha querido formar parte de ella. Ojalá se mostrara más cercano con nosotros. –De repente bajó la voz–. ¿Crees que conseguirá quedarse con la librería?

–No lo sé –respondió Carmen; tampoco quería decepcionar al hombre, así que añadió–: Espero que sí.

–Mucha suerte, querida –añadió el hombre, y les regaló un recogedor.

Los niños dieron la lata, las cosas como eran. Gemían y se quejaban diciendo que estaban cansados y que les dolían las manos y que Carmen era mala por obligarles a trabajar.

Pero aun así, poco a poco, fueron limpiando el polvo y el escaparate –aunque el resultado tampoco era para tirar cohetes–, y sintonizaron la radio en una emisora en la que solo sonaban villancicos. En un momento dado, Carmen desapareció de la librería y cuando volvió, trajo consigo los tres batidos más grandes que había visto en su vida –algo que consideró una especie de triunfo–, aunque eso suponía que había ignorado la lista de los alimentos prohibidos –los productos del McDonald's, los refrescos, las golosinas, el agua con gas, los zumos de fruta (al parecer eran malos para los dientes) y un largo etcétera– que Sofia y Skylar le habían dado. Todo iba bien hasta que Phoebe le dio un empujón a Pippa y acabó derramándole el batido; a partir de ahí, las dos niñas se declararon la guerra y el suelo acabó hecho un asco.

Pero, a medida que fueron organizando los libros, las cosas empezaron a mejorar. Cuando lo colocaron todo de manera ordenada y despejaron el pasillo de trastos, sobre todo de atlas, la librería ya se asemejaba más a una tienda. Además, encontraron algún que otro libro interesante, y eso hizo que los lloriqueos y las quejas se fuesen disipando. De repente, Phoebe se acercó a Carmen.

–¡No hay libros de Navidad! –dijo la niña–. ¿Cómo es posible que estemos en Navidad y que no haya libros de Navidad? Esta tienda es una caca.

Carmen estaba de acuerdo con ella.

–¿Crees que deberíamos tener más cosas de Navidad?

–Creo que solo deberíais tener cosas de Navidad –comentó Phoebe–. Aunque sean cosas aburridas de mayores.

En ese instante, Carmen recordó lo que le había dicho la señora Marsh. Bueno, tal vez su antigua jefa tenía razón. Además, no sabía cómo demonios iban a arreglárselas para vender todas esas... cosas, todos esos libros viejos.

–De acuerdo –decidió Carmen–. Chicos, cada vez que encontréis un libro que ponga «Navidad», me lo dais.

–¿Y qué nos darás a cambio? –preguntó Jack al instante.

–La satisfacción personal de haber hecho bien un trabajo –contestó Carmen, sacándole la lengua–. Vaaale. Y una golosina.

–No nos dejan comer... –empezó a decir Pippa, pero enseguida se calló al ver la mirada que le lanzaban sus hermanos.

–Podrías organizar un cuentacuentos de Navidad –sugirió Phoebe–. Seguro que vendría todo el mundo.

–Pues... no es mala idea –admitió Carmen–. Pero la verdad es que no se me da muy bien leer en voz alta.

–A Phoebe tampoco se le da bien –comentó Pippa con su habitual y desconcertante tono de voz de adulta–. Necesita ayuda especial en el cole.

–¡Eso no es verdad!

–Sí que lo es.

Y de inmediato Carmen se vio obligada a dejar el tema de los cuentacuentos, aunque le gustaba bastante la idea.

Al final de la tarde –todavía eran las 15:30 h, pero ya empezaba a oscurecer–, la tienda se veía mucho mejor y más ordenada, aunque seguía sin estar reluciente. Los niños se habían tomado al pie de la letra lo de buscar cualquier ejemplar que tuviera la palabra «Navidad» en el título. Y, de hecho, gracias al cuestionable sistema que utilizaba el señor McCredie para archivar los libros, les fue fácil encontrar lo que buscaban justo a la izquierda de los libros de conejos, debajo de los de caballería y encima de los de barcos. Había una pila entera de títulos navideños, sobre todo de historias antiguas de las que Carmen nunca había oído hablar, como *Jolly Jill Saves Christmas*.

Era como si hubiesen encontrado un tesoro. Después, los limpiaron uno a uno con cuidado y los colocaron en el escaparate. Cuando salieron a la calle y examinaron su obra de arte, se dieron cuenta de que la decoración de la librería seguía siendo... patética en comparación con el resto de las luces que brillaban por toda la calle.

Pero, bueno, al menos ahora sí que parecía una tienda.

Cuando llegaron a casa, Sofia sintió pena al ver las caras sucias y cansadas de los niños; no le gustaba ver a sus hijos así, pero el disgusto no le duró mucho. Al principio, procuró no ser muy dura con ellos, pero enseguida se sorprendió a sí misma diciéndoles que todavía tenían que hacer los deberes y practicar con el fagot. Madre mía, ¿cuándo se había convertido en una bruja? Su rato a solas no había ido tan bien como esperaba: había desperdiciado el tiempo mirando las redes sociales y luego se había quedado dormida en el sofá y se había despertado aturdida, con un dolor de cabeza insoportable. Estaba agotada por el embarazo y Skylar parecía necesitar cada vez más tiempo para el «cuidado personal», las clases, el yoga, los masajes terapéuticos y la limpieza de aura. Necesitaba a Carmen. Aunque dejara a los niños hechos un cuadro.

Capítulo 10

Carmen trató de convencerse a sí misma de que la razón por la que la ciudad estaba siempre tan bonita era porque estaba llena de gente rica e irritante a la que le gustaba alardear –como a su hermana Sofia–, y que llevaba pantalones rojos y utilizaba el apellido en vez del nombre de pila.

Pero le resultaba imposible no sentir esa magia. Incluso en ese momento, cuando todavía no había llegado diciembre y oscurecía temprano, las calles estaban más vivas que nunca, como si quisiesen ignorar a toda costa la falta de luz. Desde las ventanas de los elegantes apartamentos de New Town y desde los grandes ventanales de las casas de West End ya se veían los primeros árboles de Navidad brillando. Las calles estaban decoradas con luces que se extendían por todo George Street, con sus tiendas de lujo y sus bares llenos de adornos y luces. Los pilares del inmenso restaurante Dome estaban envueltos en metros y metros de guirnaldas y luces que no paraban de centellear; mientras que las puertas del restaurante Ivy parecían haberse convertido en el armario mágico de Narnia, como si fueran una entrada secreta a un mundo lleno de nieve. En lo alto de la Royal Mile había una catedral llena de luces por donde se podía pasear y disfrutar del coro y de los villancicos. Desde las pequeñas cafeterías que había en cada esquina llegaba el delicioso olor a pan de jengibre y canela; lo mismo pasaba con la feria de Navidad, con su característico aroma a vino caliente flotando en el aire. En lo alto de The Mound, la colina por la que Carmen pasaba caminando todos los días, habían colocado el árbol de Navidad más grande que había visto en su vida y una gran cantidad de luces de colores.

Hasta una persona que odiara esa época del año tendría que reconocer que la ciudad estaba preciosa.

El señor McCredie miró el *latte* de pan de jengibre que tenía Carmen en la mano con cierto disgusto.

–¿Qué...? Creo que sigo sin comprender qué es eso.

–Sigue siendo un café, pero sabe a pan de jengibre. Debería probarlo. Está buenísimo.

El hombre frunció el ceño.

–No creo que pueda llegar a gustarme tal cosa –comentó él a la vez que revolvía meticulosamente la rodaja de limón que había puesto en la delicada tacita con mango en la que se había servido el té y que iba a juego con el pequeño plato de cerámica que tenía unos dibujos de aspecto chinesco.

–Ya –contestó Carmen con una sonrisa–. Puede que tenga razón. –Miró a su alrededor–. Que sepa que su sistema para archivar los libros tampoco está tan mal. ¡Mire! ¡He puesto allí todos los libros de Navidad!

El señor McCredie volvió a fruncir el ceño.

–¿Eso quiere decir que ahora solo vendemos libros de Navidad?

–Eso quiere decir que igual así nos va mejor –dijo Carmen con valentía.

Se miraron el uno al otro. Y, en ese momento, Carmen deseó que el señor McCredie no tuviese tanta fe en ella.

Es verdad que había conseguido que la librería empezase a parecer una tienda, pero seguía sin entrar mucha gente por la puerta. Durante la siguiente semana, Carmen se dedicó a limpiar el polvo y a intentar esbozar su mejor sonrisa, pero la gente que entraba le seguía preguntando por libros que se habían publicado hacía poco o por algún ejemplar muy concreto y difícil de conseguir. Ella se veía obligada a lanzarles una mirada de disculpa a los clientes, sobre todo cuando el señor McCredie salía de su escondite y aparecía de repente en el mostrador con cara de satisfacción y dispuesto a pasarse horas charlando con la persona –la mayoría hombres– con el objetivo de descubrir sus intereses y ver si sus gustos de lectura coincidían con los suyos. Eso no animaba a los clientes a comprar, pero sí que hacía que el señor McCredie se quedara contento.

De repente, durante una mañana, una larga sombra tiñó el suelo. «Pues todavía tiene que ser temprano», pensó Carmen, levantando la vista del papel de regalo con el que llevaba toda la mañana peleándose, a pesar de haber practicado. En uno de sus momentos de aburrimiento, se le había ocurrido que tal vez podría ofrecer en la librería el servicio de envolver regalos. Pero, por desgracia, se necesitaban diez mil horas para convertirse en un experto en algo. Seguramente ya había alcanzado las horas que se requerían, pero, aun así, se le seguía dando fatal. Y eso que en realidad solo tenía que envolver cosas rectangulares y planas... Ya se estaba arrepintiendo de haber sugerido la idea.

Uno de los hombres más altos que Carmen había visto en su vida entró con cierta torpeza por la puerta, con un par de cajas a sus pies. Él la miró, perplejo.

–¿Hola? –dijo Carmen.

–Eh, hola. ¿Dónde está el señor McCredie júnior?

–Está ocupado..., leyendo.

El hombre altísimo arrugó la frente.

–Ah, ya veo.

Carmen pensó que el hombre aprovecharía para darse una vuelta por la librería, pero, en lugar de eso, se cruzó de brazos y se quedó allí de pie; lo que la llevó a la ridícula e inevitable conclusión de que no quería comprarle un libro a una mujer. Tampoco era un hombre tan mayor, aunque con esos pantalones de pana, esa camisa de *tweed*, ese jersey de color marrón oscuro, ese sombrero y esa chaqueta de algodón encerado, sin duda lo parecía.

–¿Quiere que vaya a buscarlo? –le preguntó Carmen.

El hombre se quedó mirándola.

–¿Te deja entrar en el almacén?

Carmen esbozó una sonrisa engreída.

–Eso parece.

–¡Ostras! Eso sí que no me lo esperaba.

El hombre le echó un vistazo a la calle, justo donde había dejado el Land Rover con los cuatro intermitentes puestos, es decir, con el imán para atraer al peor enemigo de todo conductor en Edimburgo: el agente de tráfico. Escudriñó la calle; desde la librería se veía perfectamente lo que sucedía en el exterior. Por ahora no había peligro, pero no podía confiarse, tenían la costumbre de aparecer sigilosamente de la nada.

De repente, el señor McCredie salió del almacén, sacudiéndose las pelusas del jersey y toqueteándose las gafas.

–¡Ramsay! –lo saludó con alegría a la vez que miraba la calle por el escaparate–. ¡Virgen santa! ¿No te has acercado al parquímetro para pagar el tique?

Ramsay resopló.

–¡Claro que no! Son unos ladrones.

–Pues, en ese caso, será mejor que nos demos prisa. ¿Cómo está la familia?

–Bien, bien.

–¿Cuántos van ya?

–Cinco... Bueno, en realidad en nada serán seis –contestó Ramsay con orgullo.

–¿Tiene seis hijos? –preguntó Carmen, incapaz de quedarse callada.

–Bueno... cinco y medio.

Carmen parpadeó varias veces.

–¿Y eso es lo que quiere su mujer o...?

–Bueno, todavía no estamos casados y en realidad es ella la que quiere tener más, así que... –La voz de Ramsay se fue apagando a medida que hablaba, pero se le había escapado una sonrisa, algo que siempre le pasaba cuando pensaba en Zoe.

–Joder –soltó Carmen–. Pues espero que tenga una casa grande.

El señor McCredie se echó a reír.

–Oh, sí que la tiene, sí.

–¿Así que tiene una casa enorme, pero no tiene suficiente dinero para pagar el aparcamiento?

–¡No es por el dinero! –exclamó Ramsay–. Es por la adrenalina que siente uno cuando sabe que está haciendo algo mal.

–¿Qué tienes para mí hoy? –le preguntó el señor McCredie.

–Espere, ¿qué? –intervino Carmen–. ¿Es un comercial?

Los dos hombres asintieron como si fuese algo evidente. Carmen había asumido desde el principio que eran amigos (y lo eran). Y en ese momento volvió a acordarse de la señora Marsh; la mujer tenía la costumbre de tratar a todos los representantes comerciales como si fueran delincuentes peligrosos.

A Ramsay se le iluminó el rostro.

–¡No te vas a creer lo que te he traído!

–¿El qué? Ya sé: ¡un ejemplar de *Up on the Rooftops*!

–¿Me lo dices en serio? Si lo hubiese conseguido, ahora mismo estaríamos disfrutando de un viaje a las Bahamas y no aquí –contestó Ramsay a la vez que levantaba las dos cajas pesadas que había traído y las dejaba encima del mostrador.

La curiosidad pudo con Carmen y se acercó un poco más.

–Oh, por cierto, esta es Carmen –aclaró por fin el señor McCredie–. Me está ayudando durante las fiestas.

–Encantado de conocerte, Carmen –dijo Ramsay–. Tienes un... –Le señaló el cuello con el dedo.

Carmen, que seguía con la mosca detrás de la oreja porque Ramsay no la había tratado como si fuese la encargada de la tienda, se llevó la mano al cuello. No sabía cómo, pero había acabado con un lazo rojo pegado en la piel.

–Genial... –soltó ella, enfadada, a la vez que se arrancaba el adorno del cuello.

–Pensé que te lo habías puesto a propósito –se justificó el señor McCredie–. Ya sabes. Por la Navidad y esas cosas.

–¿Un lazo para envolver regalos? ¿En el cuello? ¿Pensó que esto formaba parte de mi idea de modernizar la tienda?

–Pues...

A modo de distracción, Ramsay aprovechó el momento para abrir una de las cajas con cuidado. Dentro había un montón de libros grandes de tapa dura llenos de polvo. El señor Mc-Credie los miró con devoción antes de pasar los dedos con delicadeza por encima de las cubiertas.

–¿Qué es todo esto? –quiso saber Carmen, cogiendo uno de los libros con el título: *La sublime historia de la arquitectura del paisaje, 1759–1805.*

–Una colección de libros con láminas ilustradas –le explicó Ramsay.

–Oooh –suspiró el señor McCredie.

–¡No! ¡Me niego! –dijo Carmen–. Nadie los va a comprar.

–Pero ¿tú has visto lo bonitos que son? –insistió Ramsay, y el señor McCredie asintió con la cabeza, ilusionado.

–Pero ¿quién va a querer comprarlos? –repitió Carmen–. Como no aparezca un friki de estas cosas...

El señor McCredie la miró, obstinado, con la mano sobre la vieja encuadernación.

–¿Qué más tiene? –preguntó Carmen, fulminando a Ramsay con la mirada.

Debajo de la pila de los libros de arquitectura había una colección completa de cuentos en tapa dura de color verde. Carmen sacó el primero que vio.

Esa edición sí que era bonita. Encuadernada en un color verde oscuro, con la ilustración de una reina de las nieves en la cubierta. Al abrir el libro, se encontró con una fina y delicada hoja de papel de seda, y cuando pasó la página, descubrió otra ilustración: la reina frente a su castillo helado. Los libros, aunque era más que evidente que eran antiguos, estaban en perfecto estado; era como si nunca nadie los hubiese abierto.

–¡Caray! –soltó el señor McCredie, sorprendido.

De inmediato, Carmen sintió la necesidad de extender la mano y coger otro libro.

–Qué preciosidad. ¿Hans Christian Andersen? –quiso saber ella.

Ramsay asintió. Las guardas eran jaspeadas y había láminas a color a lo largo de toda la historia, así como dibujos lineales y una cinta de seda que servía de marcapáginas.

–¡Qué maravilla, Ramsay! –exclamó el señor McCredie–. ¿Dónde diablos has encontrado este tesoro?

–En una liquidación por cierre, pero no te creas que fue fácil conseguirlos –murmuró Ramsay–. Al parecer un joven se aventuró en el mundo de la edición y no le salió muy bien la jugada, así que supongo que esa era la única solución que le quedaba.

–Ya veo –dijo el señor McCredie–. Debió de costarle una fortuna publicarlos. Qué pena lo de estos jóvenes esnobs de hoy en día y sus empresas editoriales...

Ramsay y el señor McCredie intercambiaron una mirada de complicidad y, de repente, se echaron a reír.

–Y también habrá tenido que negociar lo suyo para obtener los derechos de publicación del libro... –comentó Ramsay, sacudiendo la cabeza.

–Bueno –dijo el señor McCredie–, está claro que sabes cómo hacer tu trabajo. –Luego se incorporó y se volvió hacia Carmen, que se había cruzado de brazos–. ¿Qué opinas, querida?

Ella volvió a mirar los libros.

–¡Sí! Navidad, frío, invierno..., y encima son preciosos. ¡Estos sí! Nos sirven. Nos quedaremos con estos, pero olvídese de los de arquitectura.

El señor McCredie hizo una mueca, dolido. A Ramsay, en cambio, pareció que le daba igual.

–Son muy bonitos –dijo Carmen, volviéndolos a tocar. Cada una de las ilustraciones a color estaban cubiertas con la misma hoja de papel de seda que había visto antes–. No sé quién no querría quedarse con uno.

–Pues..., ¿tal vez algún niño traumatizado con la Navidad? –reflexionó Ramsay–. Cuando le leímos a los niños *La reina de las nieves*, mi hijo Patrick tiró todas las gafas que teníamos a la basura por si rompía el cristal de alguna y se le metía un trozo en el ojo, como le pasa al protagonista del cuento. Encima Hari lo ayudó.

–Ay, qué cosas tienen los niños... –dijo el señor McCredie con cariño.

Justo en ese momento, Carmen intervino en la conversación y preguntó por los precios. Discutió con Ramsay de una manera que al señor McCredie le pareció fuera de lugar y vergonzosa. A Ramsay, en cambio, le resultó divertido. Al final, consiguieron ponerse de acuerdo y se estrecharon la mano. Ramsay esbozó una sonrisa alegre, hasta que vio a una persona con un uniforme que le resultaba familiar subiendo sigilosamente por las escaleras de una tienda cercana. Enseguida supo el porqué y salió corriendo de la librería con las llaves del coche en la mano.

Ramsay se metió en su viejo Land Rover y se fue a toda velocidad, dejando una estela de humo negro a su paso, justo cuando el agente cruzaba por delante del escaparate, dispuesto a ponerle una multa.

–¡Bien hecho! –exclamó el señor McCredie.

–¿¡Qué!? –soltó Carmen–. ¡Pero si se ha ido sin pagar!

–Estaba ocupado haciendo negocios –lo defendió el señor McCredie–. Además, pagar el aparcamiento le supone un gasto.

–¿Me lo dice en serio?

–A ver, es verdad que tiene tierras. Pero vive con lo justo y necesario. Al final todo el dinero se le va en mantener sus propiedades y en los miles de hijos que tiene, y eso que no son todos suyos.

–Con eso no va a conseguir que me sienta culpable por haber interferido en sus decisiones de compra –dijo Carmen–. Porque no me arrepiento de haberlo hecho.

Después de eso, sacaron las nuevas ediciones de la caja y decidieron ponerlas justo al lado de la puerta. Para alegría de Carmen, no tardaron mucho en venderse, aunque los clientes no las compraban para sus hijos, sino para ellos. Al parecer, les traía recuerdos de su infancia y no podían resistirse a llevarse aquel ejemplar tan bonito.

Cada vez que la puerta de la librería se abría, el señor Mc-Credie levantaba la vista, gratamente sorprendido. Carmen, en cambio, sonreía satisfecha y se aseguraba de que los libros estuviesen siempre en un lugar donde los adultos pudieran cogerlos y hojearlos sin problema.

El señor McCredie observó que, aunque a los niños no les llamaba la atención aquellos ejemplares, a los adultos sí. Sobre todo a aquellos que amaban el color, la belleza y las historias interminables. Y Carmen decidió poner otros libros infantiles cerca, para que así los padres no solo salieran con aquella preciosa copia bajo el brazo, sino también con algún regalo para sus hijos. También le envió un correo electrónico a Ramsay y le pidió que les trajera todos los libros de Navidad que encontrase. Él le envió el emoticono del pulgar hacia arriba y no tardó en ponerse manos a la obra.

Con las mejillas encendidas y la satisfacción de ver que su idea había funcionado, Carmen se sentía imparable.

–Tal vez podríamos organizar un cuentacuentos –comentó ella, y el señor McCredie enarcó las cejas.

–¿Tengo que estar presente? –quiso saber él–. Es que... habrá niños por todas partes y yo...

Carmen ya se había fijado en que el señor McCredie se ponía nervioso cuando veía que un dedo pegajoso se acercaba peligrosamente a una de sus queridas primeras ediciones.

–No hace falta –respondió Carmen–. Además, necesitará descansar después de estar todo el día en el mostrador atendiendo a los clientes. Así que le ordeno que ese día se quede en la sala de estar de atrás mientras yo me encargo de lo del cuentacuentos.

Él sonrió a modo de respuesta, y a Carmen le recorrió una extraña sensación por el cuerpo al pensar que aquello también podría funcionar.

La puerta se abrió una mañana en la que Carmen se preguntaba por qué el señor McCredie júnior seguía sin colocar los libros con la cubierta de cara a los clientes; a ella le parecía algo bastante lógico, sobre todo en una tienda, pero enseguida se acordó de que en la librería las cosas funcionaban de forma diferente.

Bajó de la escalera de tijera en la que estaba subida y se esforzó por esbozar una sonrisa alegre, esperando lo inevitable.

—No estará por aquí el señor McCredie júnior, ¿verdad?

Ya le habían hecho esa pregunta en varias ocasiones, aunque siempre de forma diferente. En este caso, el hombre que se la formulaba era delgado y huesudo, y tenía los mofletes rojos; además, llevaba un abrigo largo, que tenía un aspecto grasiento, y una bolsa desgastada de plástico en la mano llena de papeles. A Carmen le dio la sensación de que ocultaba algo y cuando le hizo saber que solo estaba ella en la tienda, el hombre se convirtió en el primer cliente que suspiraba de alivio al escuchar esa respuesta.

—Pues, en ese caso... —dijo él, acercándose al mostrador de cristal y apartando varios ejemplares de *Christmas with the Savages* que Carmen tenía pensado recomendarles a los clientes que aparecieran hoy por la tienda—. La librería no está muy... navideña —añadió.

—Lo sé —contestó Carmen, que justo estaba pensando lo mismo, pero no podía gastarse el poco dinero que quedaba en la tienda y tampoco sería plato de buen gusto dejar al señor McCredie en números rojos. Tal vez podría pedirle ayuda a Sofia, aunque en estos momentos no le apetecía demasiado tener una conversación con su hermana.

Aunque la cosa parecía ir mejorando en la librería, la relación entre las hermanas no lo hacía. Su madre no quería ponerse de parte de ninguna, así que había decidido apostar por una actitud más neutral, como Suiza. Sofia siempre se quejaba del comportamiento de su hermana cuando hablaba con Federico por las noches, es decir, a primera hora de la mañana en Hong Kong cuando a uno no le apetecía mucho tener ese tipo de conversaciones. Sin embargo, él solo quería escuchar la voz de su mujer y la de sus hijos, que iban participando en la conversación por turnos: Jack siempre le contestaba gritando monosílabos cuando le preguntaba cómo le iban las cosas; Pippa le contaba con pelos y señales quién se había portado mal en el colegio ese día y se había acabado metiendo en un buen lío por no escuchar a la señora Bakran; y Phoebe, la mayoría de las veces, se limitaba a respirar fuerte con la nariz llena de mocos. Le gustaba la dinámica que tenían: dejar que fuesen ellos los que hablaran mientras él se relajaba al escuchar las voces que tan bien conocía. Algo que hacía que a Sofia le fuese más fácil desahogarse porque pensaba que eso significaba que él estaba de acuerdo con ella en todo lo que decía, cuando en realidad Federico solo podía pensar en lo feliz que le hacía su familia. Era un buen hombre, pero, como muchas otras personas, se sentía culpable de que fuese su mujer la que siempre se encargara de las tareas del hogar, a pesar de que ella había terminado la carrera de Derecho y había sacado mejores notas que él.

Carmen había decidido usar la puerta del sótano para entrar y salir de la casa. Solo tenía contacto con la familia de su hermana durante aquellas tardes en las que Skylar no podía quedarse cuidando a los niños. Cuando eso ocurría, permanecía sentada en el sillón y dejaba que sus sobrinos se pelearan mientras ella miraba las redes sociales y hablaba por WhatsApp con Idra, pero la mayoría de los mensajes que le mandaba a su amiga contenían palabrotas, así que al menos intentaba que los niños no los leyeran. Pensaba que a sus sobrinos les venía bien pasar aquellos momentos con ella porque así podían descansar de tanto instrumento y de tantos deberes y libros. A su hermana no le hacía tanta gracia. Se comunicaban entre ellas con mensajes fríos y escuetos.

Carmen seguía perdida en sus pensamientos cuando el hombre que había entrado en la tienda resopló.

—Esto... —empezó él—. ¿El señor McCredie te ha hablado de mí?

—¿Y usted es...? —quiso saber Carmen.

—¡Ja! Genial. Es mejor así. Soy Justin Feeney —se presentó, mirándola a los ojos—. Bueno. Mmm. Vale, sí. El señor McCredie me dijo que pasara por aquí porque tengo el libro perfecto para la librería —le comentó el hombre, sacando de la bolsa un tocho de papeles mal grapados.

En la primera página había un dibujo horroroso de lo que parecía un pez. Le habían añadido con bolígrafo un gorro de Papá Noel. El título de la obra era *El pez*, pero habían escrito a mano las palabras «de Navidad» justo detrás.

—¿*El pez de Navidad*? —leyó Carmen con lentitud.

—¡Exacto! Soy un escritor independiente —le explicó Justin con orgullo—. Me autopublico los libros.

—Ya veo —dijo Carmen—. ¿De qué va la historia?

—De un hombre que lucha contra un pez —le aclaró Justin—. El protagonista tiene que luchar y vencer al pez, pero el animal es escurridizo y se acaba librando una batalla titánica entre los dos. El pez es una metáfora.

—¿De la Navidad?

—No. De las mujeres.

—Ah —soltó Carmen—. ¿Y qué tiene que ver la Navidad en todo esto?

Justin frunció el ceño.

—Creo que tal vez tendrías que leerte primero la historia para entenderla. Pero aun así estoy seguro de que al señor McCredie le encantaría quedarse con algunos ejemplares para poder venderlos aquí. Solo cuestan diez libras cada uno; si lo compráis al por mayor, claro.

—Creo que primero tendría que consultarlo con él —dijo Carmen.

—Pero tú trabajas aquí, ¿no?

–Sí –contestó Carmen, y después soltó una mentira–: Pero él tiene la última palabra.

Justin volvió a fruncir el ceño, y Carmen juraría que lo oyó murmurando «pez» para sí mismo.

–Pero nos puede dejar una copia si quiere –le sugirió ella, esbozando una sonrisa alegre cuando vio que entraba otro cliente–. Ya sabe, para que podamos echarle un vistazo...

–¿Para que acaben robándome la idea? ¡Me niego! –exclamó Justin, agarrando la bolsa de plástico, dispuesto a salir por la puerta–. ¡Te arrepentirás!

La única conclusión que pudo sacar Carmen de aquello fue que su idea de limitarse a vender libros de Navidad estaba funcionando, ya que la gente parecía estar desesperada por que sus historias se vendieran en la librería. Eso sí, muy a su pesar, el hombre tenía razón: el tema de la decoración seguía siendo un problema.

Carmen lo vio alejarse en dirección al Grassmarket, con la bolsa de plástico en la mano, y sintió lástima por él.

O mejor dicho, habría sentido lástima por él si durante los cuatro días siguientes, no se hubiese pegado un susto cada vez que el viejo teléfono negro de la librería emitía un sonido estridente y si la persona que llamaba no hubiese sido un hombre al que se le daba de pena disimular el acento de Edimburgo y que no paraba de preguntarle si tenían algún libro sobre peces, ya que ese era justo el tipo de cosas que solía leer en Navidad. Eso sí, el señor McCredie le había dejado bastante claro que si Justin volvía a aparecer por la librería, debía dar su brazo a torcer y comprarle un ejemplar con el dinero que había en la caja porque estaban en Navidad. Carmen se sintió como una niña a la que estaban regañando.

Como de costumbre en Edimburgo, la gente que tenía comercios no solo trabajaba de cara el público en su negocio, sino que al parecer también tenía que actuar como si fuese guía turístico e historiador. Eso Carmen no lo llevaba muy bien, sobre todo porque no era de allí, aunque al final se las había ingeniado para descubrir la respuesta a las preguntas: «"¿Dónde está el castillo?". "Suba los escalones que encontrará a la izquierda"»; «"¡Pero qué susto! ¿¡Qué es ese ruido!?". "El cañón que suena todos los días a la una de la tarde"» (aunque Carmen estaba bastante segura de que solo lo usaban para asustar a la gente y hacer que sufrieran ataques cardíacos, para que así se redujera el número de turistas); y «¿Dónde está la cafetería en la que J. K. Rowling escribió *Harry Potter*?», aunque, en ese caso, solía decirles el nombre de una de sus cafeterías favoritas porque creía que todas merecían una oportunidad.

Así que cuando la puerta se abrió –un día en el que se había pasado toda la mañana mirando la chimenea con nostalgia y deseando que no hubiera reglas que prohibieran encenderla en una tienda vieja llena de libros y papeles– y vio entrar a un chico delgado que parecía universitario, Carmen intentó centrarse.

El chico llevaba una mochila desgastada colgada del hombro, una sudadera con capucha de color burdeos y una camisa de rayas de manga corta encima de una camisa de manga larga. Parecía que se había puesto encima toda la ropa que tenía, algo que hacían mucho los estudiantes que acababan de llegar a la ciudad.

Era alto, con la piel ligeramente bronceada, el pelo de color oscuro recogido en un moño alto y los ojos verdes. Carmen sintió una ligera tristeza al verlo; seguramente había entrado para preguntarle por el albergue juvenil que se encontraba al otro lado del Grassmarket. Aun así, le impactó ver a alguien tan joven entrando en la librería; la mayoría de los clientes de la tienda se acercaban más a la edad del señor McCredie que a la de ella.

–¿Hola? –lo saludó Carmen con una sonrisa forzada.

–Hola –contestó él con voz grave y un acento poco marcado a la vez que Carmen se preparaba para coger el mapa de la ciudad que guardaba en el mostrador–. ¿Por casualidad no tendréis algún ejemplar de *La fisiología del cultivo de los árboles*?

Carmen lo miró y estuvo a punto de llamar al señor McCredie, pero luego se dio cuenta de que, si lo hacía, el pobre chico tendría que aguantar algún sermón del señor mayor.

–No, pero ¿tal vez podríamos pedírtelo? –dijo ella, insegura–. ¿Eres universitario?

Él sonrió.

–¿Tengo pinta de serlo?

–Bastante. Solo te falta una de esas bufandas roñosas y meterte la cafeína entre pecho y espalda.

El chico se echó a reír.

–¿No te caen bien los universitarios?

Carmen se encogió de hombros. Las amigas que Sofia había hecho en la universidad –esas que de vez en cuando iban a su casa a visitarla o acudían a su despedida de soltera, a su boda o a los bautizos de sus hijos...– siempre iban por ahí presumiendo de sus logros y haciendo fiestas en sus apartamentos de pijos, pero a Carmen le seguía pareciendo que eran unas auténticas inmaduras y arrogantes, con mucha confianza en sí mismas y mucho dinero. Aunque siempre que las veía, como un recuerdo que se le había grabado a fuego en la mente, escuchaba el «Pero si eres una chica de lo más inteligente» que le había dicho su padre el día que les contó que no quería seguir estudiando y que iba a trabajar en Dounston's. No podía negar que envidiaba la vida que llevaban los universitarios, pero siempre lo disimulaba tratándoles con un poco de desdén. Ella podría haber sido uno de ellos. Pero no se dio así.

–Digamos que... les tengo echada la cruz –terminó contestando Carmen.

Él sonrió.

–En ese caso, igual te alegra saber que, aunque he sido estudiante durante mucho tiempo, ahora soy profesor.

–Un profesor que se viste como si fuese un universitario.

–Vaya, veo que eres un hueso duro de roer; al menos, más que la mayoría de las personas que conozco que trabajan en una librería.

–¡Te lo he dicho! Es una historia muy larga... En fin. ¿De qué das clases? ¿De árboles? –Carmen soltó una risita.

–Pues... sí –contestó él–. Soy dendrólogo.

–¿Que eres qué?

–Árboles –le aclaró él con rapidez–. Estudio los árboles.

–Oh –soltó ella, y enseguida le vino un pensamiento a la cabeza–. Te habría gustado aquel libro sobre paisajes...

–Seguramente –dijo él.

–Ah, pues no lo tenemos.

–¿Y el que te dije antes...?

–Ah, sí. Espera, te lo pido.

No tenían un ordenador en la librería, así que Carmen tenía que llamar a los proveedores por teléfono, algo que le daba bastante vergüenza, y apuntar en una libreta los pedidos. Mientras ella anotaba los datos en la hoja, el chico cogió uno de los libros que había cerca del mostrador. Era una edición de *Cuento de Navidad* de Charles Dickens con ilustraciones de Arthur Rackham que Ramsay había tenido la amabilidad de dejarles en depósito.

–Guau –suspiró él.

–Lo sé –dijo Carmen–. ¿A que es preciosa?

–Me encantan las ilustraciones de bosques... y de árboles.

–Cómo no...

–Ya –dijo él, sonriendo.

–¿Quieres comprar un ejemplar? –le preguntó Carmen.

Él levantó las manos al instante.

–Oh. No. Yo..., gracias. Así estoy bien –añadió él, pero seguía mirando la edición con cierto pesar.

–Vale. ¿Me das tu número?

Él la miró. Y en ese momento ella se dio cuenta de que tenía unos ojos demasiado verdes. Qué curioso. Se preguntó de dónde era.

–Eh... –soltó él, incómodo.

–Es para el pedido –le aclaró ella enseguida, molesta al saber que se estaba ruborizando al ver que él había malinterpretado sus intenciones–. Para que te podamos avisar cuando...

–Claro, sí. Claro. Perdón –respondió él–. Oke.

–¿Okey? –preguntó ella.

–No, okey no. Oke. Me llamo Oke. O-K-E. Es la abreviatura de...

–¿De qué? –quiso saber Carmen al ver que el chico se había quedado callado.

–Da igual –contestó él.

–Aaah, ya sé –pronunció ella–. ¿Te llamas Okehampton?

–Mmm. Nunca he oído ese nombre.

–¿Ocarina? Espera, ese creo que sí que me lo he inventado.

Los dos intercambiaron una sonrisa, pero él no dijo nada más, así que Carmen optó por escribir «Oke» junto al número de teléfono que le había dado y que comenzaba con el prefijo +55.

–No estoy muy segura de que podamos llamarte a este número –le comentó ella, mirando el antiguo teléfono fijo que había sobre el mostrador–. No sé si se pueden hacer llamadas internacionales con esto. ¿De dónde es el prefijo? ¿De Marte?

–De Brasil..., pero te he pedido el libro, ¿no? –dijo él, un poco confundido–. Así que no te preocupes, pasaré por aquí para recogerlo.

Carmen, una auténtica veterana en el mundo del comercio minorista, esbozó una sonrisa poco natural.

–Sí tú lo dices... Espero que no desaparezcas y te vuelvas a Brasil.

El chico caminó hacia la puerta dando saltitos. «Es imposible que sea profesor», pensó Carmen. Además, si diera clases, no estaría pasando el rato en una librería a las 11:00 h.

Justo cuando ella estaba perdida en sus pensamientos, él se dio la vuelta para mirarla.

–¿Me harás el descuento de estudiantes? –le preguntó él, y

ella enseguida se sintió mal por haberse burlado de él cuando era más que evidente que no iba sobrado de dinero.

—Por supuesto —respondió ella con rapidez, a pesar de que se había pasado desde los diecisiete hasta los veinticinco enfadada por que existiera un descuento para esas almas privilegiadas que andaban por ahí bebiendo café, hablando y haciendo el vago mientras que la gente trabajadora como ella curraba cincuenta horas a la semana. Bueno, ya pensaría en eso otro día.

—Genial. ¡Adiós! —se despidió él, sonriendo.

Capítulo 11

Carmen subió las escaleras del sótano y enseguida le llegó el olorcito a pollo al curri. Se quedó un momento mirando a su hermana y a sus sobrinos, que estaban sentados en la mesa de la cocina, comiendo algún tipo de verdura. Sintió una punzada en el corazón. ¿Quería ella tener algo así? ¿Estaba celosa?

Justo en ese momento, Pippa le dijo a Phoebe que tenía restos de comida en la cara y, en respuesta, Phoebe le pegó una fuerte patada a su hermana por debajo de la mesa.

–¿A qué ha venido eso, Phoebe? –le preguntó Sofia, con los ojos oscuros muy abiertos y llenos de preocupación–. Creo que si dejaras de comportarte así, serías más feliz. ¿O quieres que convoquemos una reunión familiar?

–Tal vez se siente infravalorada, mami –dijo Pippa con una expresión de autosatisfacción en la cara–. Phoebe, ¿sientes que no te escuchan?

Phoebe frunció el ceño y emitió un gruñido.

–Es normal sentir frustración –continuó Sofia–. Desahógate todo lo que quieras.

Al oír eso último, Phoebe le dio una patada a Jack, que estaba la mar de tranquilo, con tanta fuerza que el niño pegó un grito.

–Bueno, tal vez no me refería a ese tipo de desahogo, Phoebe –añadió Sofia, y se hizo un silencio incómodo.

–Eh, ¿hola? –saludó Carmen.

Sofia se habría puesto de pie al verla si no hubiese estado tan agotada por el embarazo, pero se alegró al ver que Carmen había decidido salir por fin de su escondite en el sótano.

–Siéntate con nosotros –la invitó.

–Vale –contestó Carmen–. Esto..., quería preguntarte si me

podrías prestar algunas cosas para decorar la librería... ¿Tienes algo que ya no quieras?

Sofia se sonrojó mientras le servía un plato de curri a su hermana y le espolvoreaba almendras por encima. A Carmen se le hizo la boca agua.

—Ah —contestó Sofia—. Bueno, es que en realidad... —Odiaba tener que decirlo en voz alta, ya que le gustaba que la gente pensara que no le suponía ningún esfuerzo decorar toda la casa ella sola—. Alquilo la decoración.

—¿Que tú qué? —preguntó Carmen, que ni siquiera sabía que se podía hacer tal cosa.

—Alguien viene y la pone. Y cuando se acaba la Navidad, vuelve para quitarla.

Carmen se quedó sin palabras.

—Por eso no nos dejan tocar los árboles de Navidad —comentó Phoebe, asintiendo con la cabeza y apartando con cuidado todos los trozos de zanahoria que se iba encontrando en el plato. Sabía que tenía que comerse la verdura, pero podía dejar ese sufrimiento para el final. La casa podría venirse abajo o algo así, y sabía que si eso sucedía, se arrepentiría al instante de haberse comido las zanahorias primero.

—Vale —respondió Carmen, desconcertada. Pensaba que eso era algo que solo hacían las famosas.

—¿Cómo van las cosas por la librería? —preguntó Sofia en un intento de cambiar de tema.

—El señor McCredie es... majo. Aunque un tanto... peculiar. ¿Qué se sabe de él?

—No puedo ir por ahí contando la información privada de mis clientes. Pero, bueno, todo el mundo sabe que los McCredie son una familia bastante conocida en Edimburgo, aunque eso viene de hace mucho tiempo. Él es el señor McCredie júnior, aunque creo que a su padre también lo llamaban así. Un poco lioso, ahora que lo pienso. Todo empezó cuando su abuelo se hizo famoso por participar en la Expedición Antártica Nacional Escocesa.

–¿En la qué?

–La expedición que se hizo al Polo Sur.

–¿La del capitán Scott? ¿Te refieres a esa?

–¡No! Esa no. La de 1902 o algo así. Aunque en realidad no llegaron al Polo Sur, pero sí que encontraron otras tierras e instalaron una estación meteorológica que al final resultó ser bastante útil. En su día fue toda una novedad, pero como no hubo ningún muerto en la expedición, ya nadie la recuerda.

–Qué fuerte.

–Pues sí.

–Joder –dijo Carmen–. Pues el señor McCredie júnior no parece haber heredado ese espíritu aventurero.

–No, la verdad es que no. Pero, después, el otro señor Mc-Credie júnior...

–¿El que fue al Polo Sur?

–No, ese no. Me refiero al padre del señor McCredie júnior.

–Pero ¿sigue vivo?

–Oh, no. Él también se convirtió en un gran héroe de guerra. De hecho, le hicieron un homenaje y todo. Pero, bueno, el nacimiento de su hijo... creo que los pilló por sorpresa.

–¿Y eso por qué?

–Bueno, a la familia se la conocía por sus hazañas: muchos hermanos en el ejército y todo eso. Muchos no, muchísimos. –Sofia hizo una pausa–. Pero ya fallecieron todos. Tengo los documentos en mi despacho; es bastante interesante. Pero el señor McCredie, en este caso, era hijo único; nació justo después de la Segunda Guerra Mundial. Solo le interesaban los libros, así que no siguió los pasos de su familia.

–¿Está casado?

–Nunca se ha casado.

–¿Es gay?

–No lo sé. No creo.

–Mmm –dijo Carmen–. ¿Es buena persona? ¿Te cae bien? Sofia asintió.

–Se... distrae con facilidad, pero sí. Es muy amable. Creo.

Pero yo... yo nunca te habría mandado allí si pensara que es mala persona, Carmen.

—Ya —respondió Carmen—. Pero sí que sabías que era la única persona en esta ciudad a la que le iba peor que a mí.

—¡Tienes que decorar la librería con cosas de Navidad! —intervino Phoebe.

—¡No se interrumpe a los mayores! —exclamó Pippa sin poder contenerse.

—¡Y contar historias! —continuó Phoebe.

—Sí, ¡al final voy a organizar un cuentacuentos! —respondió Carmen—. Díselo a tus amigos.

—Pero si Phoebe no tiene amigos —dijo Pippa, abriendo mucho los ojos—. Es tan triste...

—No lo es —dijo Carmen—. La mayoría de los niños son idiotas; todo el mundo lo sabe. Son un auténtico asco.

A Sofía se le escapó un grito ahogado. Su hija Phoebe, en cambio, hizo algo insólito hasta la fecha: curvó ligeramente la comisura de los labios hacia arriba.

Capítulo 12

A la mañana siguiente, Carmen observó la entrada de la librería con los ojos entrecerrados. El problema era que desentonaba con el resto de los comercios. Justo en el centro de Victoria Street habían colgado estrellas plateadas brillantes y toda la calle estaba llena de adornos. Los escaparates de las tiendas estaban decorados para la ocasión y sus dueños charlaban entre ellos mientras se ayudaban los unos a los otros a colgar guirnaldas. Carmen seguía sin entender por qué su jefe no hacía lo mismo.

Carmen se acercó al señor McCredie, que estaba sentado en su sillón junto a la chimenea, revisando las facturas con sus gafas con forma de medialuna y una expresión de desilusión en el rostro. El hombre se sobresaltó al notar la presencia de Carmen, pero enseguida fue a servirle una taza de té. Carmen estaba empezando a cogerle el gustillo al sabor que le daba la rodaja de limón al té. Sin embargo, ella no había conseguido convencer al señor McCredie para que probara el *latte* de pan de jengibre.

–¿Tiene algún adorno navideño por ahí guardado? –le preguntó Carmen–. Creo que deberíamos decorar la tienda. Los demás ya lo están haciendo.

–Hacer lo que hacen los demás nunca ha sido mi punto fuerte –comentó el señor McCredie.

–Ya me he dado cuenta... –respondió Carmen–. Pero ¿tiene algo que nos pueda servir?

El señor McCredie la guio hasta la puerta que ella había dado por hecho que conducía a su dormitorio, pero que en realidad daba a un tramo de escaleras.

—Creo que a los arquitectos de Edimburgo les gusta... hacerlo todo al revés —dijo Carmen.

—Pues yo creo que tiene mucho sentido que hayan ido construyendo de forma vertical cuando la ciudad es... vertical —intervino el señor McCredie—. En Ámsterdam les funciona.

Cuando llegaron a lo alto de la escalera, el señor McCredie abrió otra puerta y Carmen soltó un grito ahogado al ver el enorme salón que se escondía detrás.

Estaba en la segunda planta —un salón entero que ocupaba todo el nivel superior del edificio; nada tenía sentido— y encima daba al otro lado de la manzana, es decir, a la Royal Mile.

Había dos ventanas delante y dos al fondo, pero no eran tan grandes como las que tenía Sofia en su casa. De hecho, eran más bien pequeñas y parecía que las habían colocado al tuntún. Sin embargo, la habitación en general sí que era grande, con techos altos y una enorme chimenea en la pared del lado izquierdo. Había un piano de cola en un rincón que estaba cubierto con una tela con flecos de color rosa y con varias fotografías en marcos plateados. La vieja alfombra que cubría el suelo de madera estaba descolorida y tenía un estampado de flores rosas. También había varios sofás antiguos de diseño con reposabrazos curvados de madera y que quedaban a la perfección en el salón; además de un candelabro en el techo y de algunos cuadros viejos en las paredes. El salón era precioso, aunque parecía sacado de otra época. Carmen estaba empezando a darse cuenta de que, en realidad, toda la ciudad era así; tenía su encanto, pero a su vez era extraña y tenía un aspecto antiguo; como una casa abandonada o tapiada que permanece intacta durante sesenta años.

No había nada moderno en ese salón. Había una radio, pero no una televisión; había libros, por supuesto, pero no revistas; había un reloj, pero ni rastro de ordenadores ni cargadores. Nada que uno encontraría normalmente en una casa de hoy en día. Hasta las fotografías eran demasiado viejas: en blanco y negro, y con los marcos llenos de polvo. Era como si el señor

McCredie no hubiese querido hacer suyo aquel lugar. Puede que viviese allí cuando era un niño, pero no había señales de que lo hubiese hecho de adulto.

—Guau —soltó Carmen, sin saber muy bien qué decir—. No voy a negar que es precioso. Encima tiene un túnel secreto que da a la tienda. Eso sí que es guay.

—¿Tú crees? —dijo el señor McCredie, mirando a su alrededor—. Era la casa de mis padres. Nunca... nunca me he atrevido a cambiar nada.

Una vez más, Carmen sintió la tristeza que desprendía el señor McCredie, que parecía estar en sintonía con el salón lleno de relojes rotos. No era ira —como le solía pasar a otras personas— y tampoco era rencor. Solo era tristeza, como un niño que no sabe muy bien qué hacer porque le acaban de arrebatar las golosinas.

—Es perfecta para hacer fiestas —comentó Carmen, y lo decía en serio.

A un lado, había otra puerta que daba a una pequeña cocina, además de otro tramo de escaleras, pero en general era lo bastante grande para convertirla en una sala de baile.

—Oh, solían... Sí, solían hacer fiestas aquí —contestó el señor McCredie, con la vista cada vez más nublada—. A mi madre le encantaban las fiestas. Siempre contrataba a una banda y había música, baile...

—Seguro que crecer aquí tuvo que ser una maravilla.

—Bueno..., sí —contestó él—. La verdad es que... lo tenía todo, supongo.

Carmen miró las fotos que había encima del piano. La madre del señor McCredie había sido una mujer muy guapa: pelo largo y oscuro, cejas pobladas, rasgos marcados y una boca pequeña, como la de su hijo. Su padre, en cambio, tenía una mirada intensa, una enorme mata de pelo y una barba kilométrica. «En realidad, fue un hombre bastante atractivo», pensó Carmen.

—¿Es cierto que su abuelo fue un explorador? —quiso saber

ella, aunque enseguida se dio cuenta de que tal vez había metido la pata al preguntárselo.

Él parpadeó varias veces, pero al final llegó a la conclusión de que la mayoría de la gente en Edimburgo conocía la historia de su familia. «Sofia me dijo que eso era algo que sabía todo el mundo», pensó Carmen, aliviada al recordar las palabras de su hermana.

—Bueno, participó en la Expedición Británica a la Tierra de Graham —le explicó el señor McCredie, mostrándole una vieja fotografía en la que salían varios hombres en la cubierta de un barco con una sonrisa de oreja a oreja y unas botellas de vino abiertas—. Seguía siendo un niño cuando fue.

—Qué fuerte —soltó Carmen con sinceridad—. ¡Viene de una familia de exploradores! Ni siquiera sabía que ser explorador era un trabajo. ¿Nunca quiso seguir los pasos de su abuelo?

El señor McCredie bajó la mirada.

—Bueno, sí. Pero no creo que me hubiese ido muy bien —admitió él, frunciendo el ceño—. ¿Dónde estarán metidas todas esas medallas? Seguro que le entregaron una alguna vez.

—Ahora deben de valer un pastizal —dijo Carmen.

—Lo dudo —dijo él—. Nadie recuerda las expediciones en las que no hay fallecidos.

En ese momento, Carmen se preguntó por qué el señor McCredie no tenía ni la más remota idea de dónde estaban esas medallas y por qué nadie las había guardado como oro en paño cuando su abuelo se murió.

—Bueno, hemos venido a buscar los adornos de Navidad —le recordó Carmen—. Así que, si están en el desván, también puedo aprovechar para ver si hay alguna medalla.

El señor McCredie había cogido uno de los marcos en los que salía su madre: era una foto de estudio de los años cuarenta, en un ángulo tres cuartos —de lado y sin mirar al objetivo—, con sus bonitas cejas y sus pómulos altos enmarcándole el rostro.

—Era guapa —comentó Carmen, pero él se quedó en silencio.

El desván se encontraba en lo alto del siguiente tramo de

escaleras en el que había un rellano con varias puertas grandes: la casa era enorme. El señor McCredie tiró de una cuerda y de repente apareció una vieja escalera.

—No sé cuándo fue la última vez que estuve aquí —dijo con el ceño fruncido.

—¿No sube cada año para coger los adornos de Navidad?

—No. Es la primera vez que voy a decorar la librería.

A Carmen se le desencajó la cara al oír su respuesta. Después, encendió la linterna del móvil, subió las escaleras y se adentró en lo desconocido.

Capítulo 13

El techo del desván no era bajo, así que Carmen no tuvo que agacharse al entrar. Había unas ventanas pequeñas; de hecho, desde la del fondo se veía el Grassmarket y las colinas que se extendían a lo lejos. Carmen se quedó un buen rato disfrutando de las magníficas vistas, aunque no tardó en sentir el frío. No le habría venido mal que hubiese calefacción allí arriba.

El desván estaba lleno de cosas: cajas viejas, maletas con iniciales grabadas, cajitas de té y marcos de fotos llenos de polvo. También encontró unos esquís viejos: eran tan antiguos que tenían ataduras de cuero y estaban hechos de madera. Carmen parpadeó, atónita, y se preguntó si esos serían los esquís que había utilizado el abuelo del señor McCredie para ir a la Antártida. Verlos allí le resultó fascinante. Sin embargo, no había ni rastro de medallas. Tal vez el señor McCredie las había vendido hacía años y no se acordaba.

Carmen se estaba llenando de polvo, pero no le importaba. Abajo, el señor McCredie cambiaba el peso de un pie a otro con cierta torpeza.

—Ve con cuidado —le dijo a Carmen.

Ella asomó la cabeza por el hueco y le preguntó:

—¿Nadie en su familia tiraba nunca nada?

El señor McCredie parpadeó, desconcertado.

—¿Y por qué iban a hacerlo?

—No sé —dijo Carmen, pensando, por una vez con cierto cariño, en la mochila en la que había metido la mayor parte de sus pertenencias—. ¿No le agobia saber que esto está lleno de cosas?

El señor McCredie levantó la vista de su salón de tonos rosados, de los juegos de porcelana, de los cuadros en marcos de color plateado, del viejo piano –que necesitaba con urgencia que alguien lo afinara–, de los reposapiés con bordados y del maletín que contenía todo lo necesario para jugar al póquer.

–No sabría decirte –respondió él, mirándola con sus ojillos por encima de las gafas–. Es el único hogar que he tenido.

Carmen esbozó una sonrisa. Si sus padres tuvieran la casa llena de antigüedades que costaban una fortuna en lugar de licores extraños que se habían traído de España y de una Virgen María enorme con una etiqueta en la que ponía REGALO DE LOURDES y que se iluminaba con fibra óptica –era algo que a Sofia y a ella les había encantado cuando eran pequeñas, pero hacía años que había dejado de funcionar–; entonces, tal vez, ella podría haber entendido lo que sentía el señor McCredie en ese instante.

Aunque, en realidad, a Carmen le dio la sensación de que el señor McCredie sentía más melancolía que otra cosa.

–Madre mía, ¡qué de trastos hay aquí! –exclamó ella.

Libros y más libros, osos de peluche espeluznantes, palos de *hockey*, botas de *rugby* y una vajilla completa sin usar guardada en una caja. Carmen frunció el ceño al ver esto último; seguramente la habían dejado ahí por si les llegaba a ser útil en... algún momento. Sofia tenía una de esas vajillas de barro que estaban de moda ahora y que seguramente venía de Marruecos (o al menos eso parecía), con diferentes patrones de color turquesa y de un azul intenso. Pero ¿para qué iba a querer Carmen una docena de platos delicados con dibujos de flores?

De repente, vio algo que parecía un adorno saliendo de una caja vieja. Fue directa hacia ella, pero, con las prisas, tropezó con algo y acabó dándose un golpe fuerte en la pierna con una mesa baja.

–¡Joder! ¡Me cago en...! –gritó Carmen.

–¿Estás bien? –dijo la voz temblorosa y lejana.

–Sí –soltó ella, aunque no lo bastante alto para que el señor McCredie la oyera–. Eso es justo lo que uno dice cuando le va todo de maravilla... –añadió antes de morderse el labio y frotarse la pierna con la mano. Le iba a salir un moretón. «Maldita mesa asquerosa», pensó. Después, miró hacia atrás para comprobar con qué había tropezado y se quedó con la boca abierta.

Justo delante de ella, cubierto de polvo, había un viejo tren de juguete con un pequeño campo, árboles, estaciones, señales de tráfico, figuritas de personas cargadas con maletas en uno de los diminutos andenes y vías de tren que se cruzaban unas con otras. Era enorme y bonito; además, estaba muy bien conseguido.

–¡Guau! ¿Este tren es suyo?

–Ay, ¡sí! –exclamó el señor McCredie, emocionado; el recuerdo del tren parecía haberlo animado–. Hace tantos años que no lo veo... ¿Podrías bajarlo?

–¿Por qué no...? –Carmen iba a soltar que por qué no lo vendía, pero se contuvo. Sabía que el señor McCredie no le haría caso. Además, no quería ser como Sofia, siempre diciéndoles a los demás lo que tenían que hacer, así que añadió–: Vale.

Después, vio que había más adornos de Navidad justo al lado del tren.

Antes de bajar las cajas y todas las piezas del tren con cuidado, Carmen le pidió al señor McCredie que cubriera la vieja y carísima alfombra persa con una sábana para protegerla del polvo.

Cuando el señor McCredie vio el tren, se le abrieron los ojos de par en par y sopló el polvo que se había acumulado encima del juguete. Al ver su reacción, a Carmen le dio la sensación de que estaba viendo al niño que debió de ser en su día: uno con gafas al que le volvía loco aquella locomotora eléctrica en miniatura. Carmen se dio cuenta de que los arbolitos de juguete estaban llenos de nieve y que las pequeñas figuras de metal representaban a un trabajador de la estación y a un cartero que colocaba unos sacos enormes de color marrón llenos de cartas en un vagón de mercancías que lucía el logotipo de la empresa de servicio postal del Reino Unido: el Royal Mail.

–¿Seguirá funcionando? –preguntó Carmen.

El señor McCredie la miró con cara de impaciencia, como si quisiese empezar cuanto antes a colocar las vías.

–No lo monte aquí –le dijo Carmen de pronto–. Y si... Ay, ¡sí! ¿Y si lo ponemos en el escaparate de la librería?

–No vamos a vender mi tren.

–¡Claro que no! Pero nos servirá para llamar la atención de los niños. Y podríamos poner algunos libros de Navidad y de trenes alrededor. Y de trenes de Navidad... –Carmen frunció el ceño y añadió–: ¡Alguna historia como la de *El Polar Express*! Madre mía, creo que la idea es buenísima.

El señor McCredie la miró.

–Bueno, supongo que... por ahora no me has dado ninguna razón para dudar de tus métodos, así que...

Carmen se sintió tan feliz al oír sus palabras que acabó dedicándole una sonrisa. Después, llevaron con cuidado las cajas hasta la librería.

Carmen se pasó el resto del día pidiendo los libros que quería poner en el escaparate y atendiendo a los clientes que entraban. El señor McCredie, en cambio, se pasó dos horas –eso sí, con una sonrisa de oreja a oreja– colocando cada pieza del tren en su sitio: las vías, los edificios, los árboles e incluso el túnel de la colina que había justo delante de la estación. Además, tal y como Carmen le había ordenado, había limpiado el polvo de las piezas con un paño húmedo. Fue una mañana agradable para los dos.

Cuando enchufaron el tren eléctrico, vieron que no funcionaba. Así que Carmen salió disparada hacia la ferretería y no tardó en volver con un enchufe completamente nuevo, alambres y otros cachivaches que el amable señor le había asegurado que necesitarían, además de con una invitación a la fiesta que iban a hacer en la tienda de magia. Nada más llegar, Carmen le mencionó esto último al señor McCredie. Él hizo una mueca y respondió:

–Oh, en la tienda de Bronagh. En ese caso, será mejor que no acudamos. No vaya a ser que nos eche una maldición.

–Le vendrá bien ir –dijo Carmen–. Parece que por aquí se apoyan todos los unos a los otros...

El señor McCredie se encogió de hombros.

–Ya, bueno –respondió él, jugueteando con el mecanismo del tren–. Pero es que yo soy de los que prefieren ir a su aire.

–Bueno, pues mala suerte entonces porque... ya le he dicho que iríamos los dos.

Ambos contuvieron la respiración cuando el señor McCredie sustituyó el viejo enchufe –que era redondo, marrón y de baquelita– por el nuevo. Para su sorpresa, el trenecito se puso en marcha, con las luces de la parte delantera encendidas, y empezó a dar vueltas por las vías. Las señales también funcionaban a la perfección; de hecho, se iban encendiendo y apagando a medida que el tren se acercaba a ellas.

Los dos se quedaron allí, mirándolo, completamente hipnotizados.

–Necesitamos perdigones de humo –dijo el señor McCredie, que parecía estar a punto de derramar una lágrima de felicidad al ver que su juguete de la infancia volvía a funcionar.

–¿Para qué...? Ah, ¿es así como consiguen simular el vapor del tren? –le preguntó Carmen, poniéndose en cuclillas.

Incluso había figuritas de plástico en cada uno de los vagones, como si fueran pasajeros: mujeres con sus sombreritos leyendo el periódico y hombres fuertes en traje y con un sombrero tirolés.

A Carmen le pareció un poco siniestro pensar que esas figuras se habían pasado cuarenta años allí arriba atrapados en un vagón de tren, en una eterna sala de espera. Pero, bueno, era un pensamiento un tanto ridículo.

–Claro –le contestó el señor McCredie.

–Pues podría pasar por Poundworld, así también miro a ver

si hay algunas luces baratas –sugirió Carmen–. Ya sabe, para ponerlas en los árboles de Navidad. E igual también podría comprar algodón para colocarlo por encima como si fuera nieve.

–¿Poundworld? –repitió el señor McCredie con el ceño fruncido–. ¿Qué diantres es eso?

–Tienen de todo. Puede acompañarme si quiere –dijo Carmen, pero enseguida lo reconsideró–. Bueno, no. Igual se desmaya al entrar... Mejor deme algo de dinero y confíe en mí.

–No me puedo creer que tengamos un... escaparate.

–¿Qué? –pronunció Carmen, incrédula–. Pero ¿no es usted el dueño de la librería?

–Me gusta pensar que soy el «guardián» en vez del dueño –admitió el señor McCredie, que seguía ensimismado con el trenecito.

Carmen se acercó al resto de las cajas que habían bajado del desván y fue comprobando los viejos adornos uno a uno para desechar todo lo que estaba roto y que ya no podían aprovechar. Había una cantidad sorprendente de candelabros pequeños de color dorado que parecían ser de buena calidad, un precioso belén de cerámica, algunos ángeles de latón y, lo más bonito y extraño de todo, una casa de muñecas en perfecto estado. La casa venía con escaleras, alfombras y camas diminutas; así como con sillones estampados, mantas y cortinas. Sin embargo, en lugar de personitas –como había en la que le habían regalado a Sofía cuando era pequeña–, había unas figuritas de ratones; eran perfectas en todos los sentidos: tenían pelo, bigote y unos ojillos brillantes, y llevaban puestos chalecos, gafas, delantales y vestidos de época. Al verla, Carmen tuvo que ignorar el sentimiento que la invadió pensando que le habría gustado tener algo así.

Más tarde, Carmen se acercó con una sonrisa a Poundworld –que estaba lleno de adornos de Navidad y de gente– y consiguió nieve artificial y luces para los árboles. Y, cuando volvió a la librería, siguió decorando los escaparates. Al final decidió dejar el tren en uno y poner la casita de los ratones en el otro. A medida que iban pasando las horas, eran más las personas que se detenían a ver lo que estaba haciendo. De hecho, varias entraron en la tienda y compraron algún libro.

Carmen terminó de decorar a eso de las 16:00 h. De repente, dio un paso atrás, pulsó el interruptor y la tienda cobró vida: las luces doradas del tren y de la estación, y las de la pequeña farola que venía con la casita brillaron, creando una estampa preciosa, al igual que las que había colocado en las pequeñas ventanas de la casa. Y el trenecito, ahora con una pequeña corona de Navidad en la parte delantera, avanzó hacia el túnel que había delante de la estación. Y al fin en Victoria Street –repleta de gente por la época del año en la que se encontraban–, había un pequeño grupo de personas amontonadas delante del escaparate de la librería.

Carmen aprovechó el momento para colgar un letrero:

CUENTACUENTOS INFANTIL:
PRÓXIMO MIÉRCOLES A LAS 16:00 H

Y, por primera vez, cerró la puerta de la librería con una sonrisa; al final, había decidido hacerse cargo ella misma de las llaves, dado que el señor McCredie no parecía tener demasiado interés en hacerlo.

–¡Que tenga una buena noche! –se despidió Carmen.

El señor McCredie negó con la cabeza.

–¿Qué? Oh, vaya –murmuró él.

–¿Qué pasa? –quiso saber ella.

–Bueno, siempre me ha gustado estar rodeado de mis libros, pero... creo que es la primera vez que me enorgullezco de ser el dueño de la tienda.

Y así, Carmen volvió a casa de su hermana de buen humor, aunque el sueño que tuvo esa noche la dejó un poco descolocada.

Esa noche, tapada en la cama individual que había en el sótano de su hermana, Carmen tuvo el sueño más extraño que había tenido nunca. Estaba montada en un tren.

El tren era antiguo, con compartimentos en lugar de espacios abiertos con muchos asientos, y ella estaba sentada en un asiento largo forrado con un material polvoriento que se asemejaba a la tela de una alfombra. En la parte de arriba había unas correas y un portaequipajes con una malla.

Desde la vieja ventana –que por alguna razón también estaba cubierta con una malla–, se veía un bosque nevado por el que el tren avanzaba con rapidez y se oía el extraño y agradable traqueteo de las ruedas sobre las vías de madera.

De repente, Carmen se dio cuenta de que no estaba sola en el tren y levantó la vista con brusquedad. Una mujer que llevaba un sombrero de color rosa en la cabeza, como si estuviera hecho a medida para ella, le devolvió la mirada y le sonrió con dulzura. Tenía los labios pintados de rosa y leía un libro titulado *Up on the Rooftops*.

–Cuéntaselo a él –le dijo la mujer con amabilidad.

Sin embargo, mientras la mujer seguía hablando, Carmen se percató de que se iban acercando cada vez más a un túnel y de que la nieve era cada vez más espesa. El tren aceleró y la mujer abrió más la boca para que Carmen la oyera por encima del sonido estridente del silbato que sonaba a medida que se iban aproximando al túnel. El sonido era cada vez más fuerte y la boca de la mujer se fue haciendo cada vez más grande. Seguía diciendo algo, gritando algo, pero entraron en el túnel y... De repente, Carmen se sobresaltó y se despertó, muerta de frío y completamente confundida, incapaz de recordar dónde estaba. Miró por la ventana; no había luz fuera, pero, según su móvil, ya eran más de las 7:00 h.

Se incorporó en la cama, aferrándose al edredón.

En realidad no estaba aterrorizada. Tampoco había sido una pesadilla: el tren no se había estrellado ni se la había tragado. Es verdad que se había asustado, pero no estaba muerta de miedo. Aunque, no sabía muy bien por qué, pero en el fondo se sentía triste, como si una oleada de pena la hubiese invadido al no haber logrado entender nada de lo que aquella mujer había intentado decirle.

Capítulo 14

El sueño que había tenido se fue borrando de su mente poco a poco mientras se dirigía al baño, acompañada por el sonoro «Ommm» que emitía Skylar todas las mañanas cuando meditaba en la habitación de al lado. De hecho, después de haber abierto el pedido del libro para el estudiante brasileño —era enorme, pesaba muchísimo y estaba lleno de diagramas y palabras que Carmen fue incapaz de comprender— y de haber visto la cantidad de gente que se había acercado a la librería para el cuentacuentos, prácticamente se había olvidado por completo de aquel sueño.

Y, para variar, debía darle las gracias a Sofia...: se había metido en el grupo de WhatsApp de las madres del colegio, una extraordinaria fuente de poder en la sociedad de Edimburgo, y había conseguido que en ese instante la pequeña librería estuviera repleta de sillitas de paseo y de niños impacientes que se habían quedado boquiabiertos al ver el tren del escaparate. Igual hasta demasiado boquiabiertos o eso es lo que seguramente estaba pensando en ese momento el señor McCredie porque no paraba de cambiar el peso de un pie a otro, preocupado por lo que le pudieran hacer a su juguete.

—No se puede tocar nada —ordenó Carmen con esperanza, y después añadió—: ¡Si os portáis bien, os daré un bastón de caramelo después!

—¡Yuuupi! —gritaron los niños.

A las madres no les hizo tanta ilusión.

—Pero tranquilos: ¡he traído suficientes mandarinas para todos! —añadió Sofia con una sonrisa que hizo que a Carmen le entraran ganas de pegarle un puñetazo.

Carmen se sentó en un pequeño taburete, con la intención de que no se la viera demasiado, y levantó el libro en el que salía la imagen colorida de una niña que iba muy poco abrigada para estar en la nieve; a diferencia de los niños allí presentes, que llevaban chaquetones, como si estuvieran a punto de partir al Polo Norte. De hecho, ninguno de ellos podía levantar los brazos por encima de la cabeza de tantas capas de ropa que llevaban encima.

Carmen empezó a leer y enseguida todos soltaron un «oooh» o un «aaah», emocionados.

—*La última noche del año, la noche de San Silvestre, nevaba y hacía mucho frío. Una niña descalza daba vueltas por la ciudad...*

Carmen se sintió satisfecha al ver que los niños abrían los ojos de par en par y se acercaban un poco más a ella para escucharla mejor.

—¿¡Descalza!? —preguntó uno de los niños.

—Significa que va sin zapatos —le explicó Carmen mientras se oía alguna que otra risilla.

—Sí, y, por favor, no interrumpas —soltó Pippa, y, por una vez, Carmen se alegró de la costumbre y la facilidad que tenía su sobrina de regañar a todo el mundo porque ella no podría haberlo hecho: la presencia de todas esas mujeres rubias hacía que se sintiera un poco intimidada.

Poco a poco fue introduciendo a los niños en la historia: la llama de las cerillas, el increíble ganso, el maravilloso árbol de Navidad, la muerte de la abuela... Los niños la miraban, embelesados. Al ver que el estudiante brasileño se había quedado cautivado con una edición ilustrada por Rackham, Carmen había decidido leerles el cuento de *La pequeña cerillera* en el que el ilustrador había conseguido captar el temor en la expresión de la protagonista y en el que aparecía un árbol de Navidad lleno de luces.

—*... Pero en el ángulo de la casa, la fría madrugada descubrió a la chiquilla, rojas las mejillas, y la boca sonriente... Muerta, muerta de frío en la última noche del Año Viejo. La primera* *mañana del Nuevo Año iluminó el pequeño cadáver, sentado, con sus fósforos, un paquetito de los cuales aparecía consumido casi del todo. «¡Quiso calentarse!», dijo la gente.*

La librería se quedó en silencio.

—Pero ¿qué...? —dijo Phoebe—. ¿Es una broma?

—Pero ¿y adónde se fue la cerillera? —quiso saber uno de los niños.

El rostro de Pippa se llenó de tristeza.

—¿Podrías terminar de leer la historia, tita Carmen? —preguntó ella con educación, como siempre, aunque esta vez Carmen distinguió cierto temblor en su tono de voz.

—¿¡La cerillera muere!? —gritó Phoebe, a punto de echarse a llorar.

—Ay, madre. Sí que muere —dijo una de las mujeres rubias—. Se me había olvidado cómo terminaba la historia. —Luego, en voz baja, añadió—: Mierda.

—Pues yo no... Yo no conocía la historia —intervino otra madre—. Pero por lo que he oído..., no creo que sea un cuento apropiado para los niños.

—¡Es del mejor escritor de literatura infantil de todos los tiempos! —exclamó Carmen, pero enseguida se arrepintió de no haberse mordido la lengua.

—Pero entonces..., ¿la cerillera muere? ¿Descalza, muerta de frío, sola y sin su mamá ni su papá? —susurró una niña diminuta con unos ojos enormes abiertos de par en par en la que Carmen no se había fijado antes.

—A ver... Bueno, más bien..., ¿se va con su abuelita? —dijo Carmen, intentando arreglar la situación.

—¿¡Con su abuela muerta!? Pues entonces la cerillera sí que se muere —intervino el pequeño que antes había preguntado lo que significaba la palabra «descalza».

Al oír al niño, la niña diminuta se convirtió en un mar de lágrimas y, como era de esperar, el resto la imitó. De repente, Carmen se vio rodeada de mocosos sollozando a sus pies y de madres chasqueando la lengua en señal de desaprobación. Y, en ese momento, preferiría tener un desenlace como el de la cerillera antes que tener que soportar aquello.

–¡Bueno! –exclamó Carmen, echándole un vistazo rápido al resto de los libros. Su mirada terminó posándose en *La reina de las nieves*, pero, cuando lo cogió y leyó el fragmento en el que se mencionaban los trozos de hielo que se le metían a la gente en los ojos, decidió que una retirada a tiempo era una victoria–. ¡Muchas gracias a todos por venir! –soltó al final.

–¡Pero es que la cerillera está muerta!

–Creo que lo mejor será que... –añadió Carmen, desesperada–. Bueno, voy a darles los bastones de caramelo a vuestras madres y ellas decidirán si os los podéis comer o no.

Varias madres fulminaron a Carmen con la mirada y aunque ella no se dio cuenta, Sofia sí lo hizo.

–¡Ay! –exclamó Sofia–. ¡Pero si falta por leer una página! ¡Se nos había olvidado! ¡Aquí dice que la cerillera se despierta y que todo era un sueño!

–A ver, quiero ver los dibujos –dijo el niño.

–¡No puedes! –gritó Phoebe, que era la que más cerca estaba de su madre–. ¡Porque no hay! ¡La cerillera no está muerta; está muertísima!

Y así fue como empezó otra oleada de llantos.

–Voy a llevarme uno de esos bastones de caramelo –pronunció una madre, desesperada por salir de la librería lo antes posible.

–Sí, yo también –dijo otra mujer, llevándose a su pequeño.

La gente se fue marchando, y Sofia y Carmen se quedaron solas en la tienda.

–Bueno, al menos lo has intentado –dijo Sofia con un tono de voz mucho más forzado de lo que pretendía.

Carmen la miró.

–Ya puedes ir corriendo a contárselo a papá y a mamá. Seguro que os echáis unas risas –respondió Carmen, enderezándose–. Joder, pero ¿por qué nunca me sale nada bien?

–No digas eso –protestó Sofía–. Porque no es verdad.

De repente, se dieron cuenta de que no todos se habían marchado de la librería. La niña pequeña de ojos enormes seguía allí.

–El cuento era muy triste –le susurró la pequeña a Carmen.

–Lo sé –respondió Carmen–. Se me había olvidado que ahora todas las historias deben tener un final feliz.

La pequeña negó con la cabeza.

–A mí me ha gustado –le dijo la niña, sin dejar de susurrar.

–Nos lo llevamos –intervino su madre, que tenía aspecto de ricachona–. La edición es muy bonita y además está en buen estado. No puedo con los cuentos infantiles que están sacando ahora. Siempre están con el «quiérete», «sé amable», bla, bla, bla... Creo que nosotras podríamos probar con otro tipo de historias. ¿Qué te parece, Leone?

Después de que Carmen envolviera el libro con cuidado, la pequeña Leone lo cogió con una sonrisa y lo apretó contra su pecho, como si lo amara, pero a su vez le tuviera un poco de miedo. Pero, bueno, visto lo visto, esas no eran las peores emociones que se podían sentir al leer un libro.

–Gracias –susurró la pequeña.

–¿Sabes qué? –añadió la madre, girándose hacia la puerta, mientras Leone se le adelantaba para poder salir y observar el trenecito del escaparate con esos ojos enormes–. Es la primera vez que habla en público desde que empezó a ir al colegio. Así que... gracias.

Y la campanilla de la puerta sonó, y Carmen observó cómo se marchaban, justo en el momento en que entraba el estudiante larguirucho. El brasileño frunció el ceño al ver a los hijos de Sofía, que tenían los ojos hinchados por las lágrimas.

–En la calle también hay unos cuantos llorando –comentó él con una expresión perpleja en el rostro.

–Es por una historia triste de Navidad.

–Creía que los cuentos de Navidad siempre tenían un final feliz –respondió él, desconcertado.

–Y yo –intervino Sofía en voz baja, tratando de llevarse a los niños, aunque en el fondo a Jack no le hubiese importado quedarse allí sentado durante varias horas mirando el tren.

–*La pequeña cerillera* –le aclaró Carmen. El brasileño sacudió la cabeza, así que ella añadió–: ¿No conoces la historia?

Él sonrió.

–En realidad... En realidad no conozco ninguna historia de Navidad.

–¿En serio? ¿Ninguna? –preguntó Carmen, mirándolo con el ceño fruncido.

–No celebro la Navidad.

–Ah. Lo siento –dijo ella.

–No hace falta que te disculpes –respondió él–. Además, por lo que he visto, celebrarla parece un trabajo a tiempo completo.

–¿¡No celebras la Navidad!? –gritó Phoebe, que había dejado de sollozar para escuchar la conversación.

Sofía agarró a su hija de la mano.

–Cariño, hay mucha gente que no la celebra, ¿no te acuerdas? Lo aprendiste en el cole. Tienes muchos compañeros de diferentes culturas. Algunos celebran el final del ramadán, otros la Janucá... –le explicó su madre.

Pero Phoebe en realidad no la estaba escuchando. Se acercó a Oke.

–Pues mi amiga celebra la Janucá y la Navidad. ¡Las dos cosas! –le dijo la niña–. ¡Es superinjusto! Yo también quiero.

Oke sonrió.

–Bueno, yo tampoco celebro la Janucá, así que no te preocupes.

Phoebe torció el gesto.

–¿Y entonces qué celebras?

–Nada.

Al oír eso, los tres niños se quedaron boquiabiertos.

–¿No celebras la Navidad?

–¿Y tampoco el ramadán?

—¿Y tu cumple? ¿Lo celebras? –indagó Jack.

Oke negó con la cabeza.

—¿¡No celebras tu cumpleaños!?

—¿No sabes cuándo es? ¿Es por eso?

Oke volvió a esbozar una sonrisa.

—Sí sé cuándo es, pero no lo celebro.

—Ay, ¡qué triste! –exclamó Phoebe, y volvió a torcer el gesto.

Oke se agachó para estar a la altura de la niña.

—A mí no me lo parece –la tranquilizó–. Soy cuáquero. Y a los cuáqueros nos hace felices tener... –Oke movió las manos como si estuviera buscando la palabra correcta–. Tener un estilo de vida más... simple. O eso intentamos. Así que no nos suele gustar el alboroto ni nos entusiasman mucho las celebraciones.

—¿Eso quiere decir que siempre estás feliz como si fuera Navidad? –preguntó Phoebe con incredulidad.

—Bueno, no sé qué es lo que se siente al celebrar la Navidad –respondió Oke–. Pero supongo que sí. Intentamos mantener siempre una actitud positiva durante todo el año.

Jack y Pippa adoptaron una expresión pensativa.

—¡Pues qué caca! –exclamó Phoebe, y Sofia le pidió perdón a Oke con la mirada mientras se llevaba a su hija a rastras–. ¡No te dan regalos! ¡No comes dulces ni comida típica de Navidad! ¡Y encima no celebras tu cumple!

La niña se seguía quejando cuando se oyó el ruido de la campanilla y salieron por la puerta.

—Es la primera vez en mi vida que veo a esos críos –se apresuró a decir Carmen.

—¡Adiós, tita Carmen! –gritó Pippa a propósito antes de seguir a su madre y a sus hermanos.

En ese momento, Carmen decidió que lo mejor que podía hacer era fingir que no había oído el comentario de la niña.

Oke sonrió.

—Bueno..., ¿y mi libro? –le preguntó él.

—Ah, sí. –Carmen se agachó debajo del mostrador, sacó el

libro enorme y, con una sonrisa, añadió–: Igual aparece algún árbol de Navidad en el libro.

–¿Tú crees? –le dijo Oke, aunque en el fondo ella sabía que no se lo estaba preguntando en serio.

El libro costaba una cantidad desorbitada de dinero. Carmen se sentía fatal al saber que tenía que cobrárselo, sobre todo, al pensar que el brasileño podría emplear ese dinero en un buen abrigo de invierno o un par de guantes porque estaba haciendo un frío de mil demonios y él no iba abrigado. No pudo evitar sentir pena por él.

–Gracias –le dijo Oke mientras abría una vieja cartera de cuero e iba contando el dinero despacio.

–Ah, ¡se me había olvidado! El descuento para estudiante es... de... un veinte por ciento –soltó Carmen, inventándose la cifra.

Él levantó las cejas.

–Vaya, qué generosos.

–Sí, somos muy simpáticos en esta librería –contestó Carmen–. Y no somos de los que juzgan a la gente que no celebra la Navidad. –Luego, frunció el ceño y añadió–: No sabía que había cuáqueros en Brasil.

–¿Has ido a Brasil en busca de cuáqueros? –bromeó él.

–No, no. Lo siento –dijo Carmen, echándose a reír.

Él también se rio.

–Sí que hay. No somos muchos, pero alguno encontrarás. Y gracias por no juzgar a la gente que no celebra la Navidad –añadió él a la vez que examinaba la ridícula cantidad de adornos que habían colocado en la tienda.

–¡Podrías recomendarles la librería a tus amigos! Tal vez a algunos que tengan más... ¡espíritu navideño! –sugirió Carmen, ilusionada.

–Lo haré –le aseguró él, antes de despedirse con un movimiento de cabeza y salir por la puerta.

Capítulo 15

Unos días más tarde, Carmen recibió una llamada de lo más inesperada, justo en el momento en que estaba observando con orgullo la decoración de la librería.

Había llegado temprano cuando las luces de Victoria Street seguían brillando en la oscuridad de la madrugada, al igual que las de los otros comercios. Por primera vez, las de la librería también lo hacían, con el trenecito dando vueltas por el escaparate. Cada día iba añadiendo alguna figurita nueva por diversión –una vaca por aquí, otra por allá– y hoy tenía la intención de poner a Papá Noel en el tejado de la pequeña estación, junto a la chimenea.

Además, había llegado un pedido nuevo: una caja llena de libros que habían envuelto en poliestireno, algo de lo que normalmente se hubiese quejado porque no soportaba ver que se malgastaba tanto plástico. Pero tal vez podría deshacerlo en pedacitos, para luego ir tirándolo por el escaparate como si fuese nieve...

Se quedó pensando en la idea con una sonrisa al mismo tiempo que disfrutaba de la tartaleta de frutas calentita que se había comprado en la cafetería del final de la calle, algo que normalmente la habría hecho sentirse un poco culpable. Sin embargo, se pasaba el día caminando arriba y abajo, sobre todo por las colinas de Edimburgo, y desde su llegada se había visto obligada a comerse los platos meticulosamente equilibrados que preparaba Sofia; y eso al final había hecho que bajara algunos kilos, así que, de vez en cuando, podía permitirse un pedazo de pastel. Además, el aroma hacía que la tienda oliera de maravilla.

–¡Buenos días! ¡Librería del señor McCredie! –contestó Carmen al teléfono con alegría.

Una voz con acento británico que emanaba seguridad le devolvió el saludo y le pidió que le pasara con el encargado de la tienda. Carmen respondió sin titubear que la encargada era ella.

–Bueno –dijo la voz–. Supongo que ya sabrá que Blair Pfenning va a venir a Edimburgo a promocionar su libro, ¿no?

Carmen no lo sabía, pero sí que era perfectamente consciente de quién era Blair Pfenning: el gran autor superventas que escribió un libro sobre el poder del espíritu para motivar el amor. O igual era el poder del amor para motivar el espíritu. Tampoco es que estuviera segura al cien por cien de todos los detalles, porque su primer amor fue un personaje de ficción, pero sabía que Blair siempre salía en un programa de televisión que daban por las mañanas, riéndose junto a Phil y Holly en el sofá, y que tenía los dientes demasiado blancos.

–Mmm, ¿y...? –dijo Carmen.

–Está buscando un lugar pintoresco en el que poder grabar un reportaje para la BBC de Escocia –le explicó la voz–. Al parecer, una de las trabajadoras llevó a su hija a la librería para un cuentacuentos y sugirió la idea de usar la tienda como fondo para la entrevista. ¿Cree que sería posible grabar allí?

El señor McCredie se había acercado a ella y había escuchado toda la conversación. Carmen lo miró, y él negó con la cabeza con rapidez.

Carmen sopesó la idea. Una vez habían usado Dounston's como telón de fondo para una ostentosa película de época: los grandes almacenes contaban con una escalera de madera y una bonita vidriera que quedaba preciosa en escena, siempre y cuando no enfocaran la alfombra cochambrosa que había en el suelo y taparan las señales en las que ya apenas se podía leer sin salida porque se estaba cayendo a pedazos. Sin embargo, la emoción le había durado cinco minutos; la idea dejó de parecerle divertida en cuanto se imaginó a unas mil personas en pantalones cortos deambulando por la tienda con kilómetros de enchufes y cables, gritándose entre ellos por el *walkie-talkie* y empujando a los clientes de verdad al mismo tiempo que les rogaban que se mantuvieran en silencio, una y otra vez.

—No sé yo si... —empezó a decir el señor McCredie, pero Carmen le hizo un gesto para que dejara que ella se hiciese cargo de la situación.

—Bueno —respondió Carmen—. Es una época del año complicada para hacer algo así. No podemos tener la librería cerrada; ahora mismo estamos a tope con la campaña de Navidad.

—Lo entendemos perfectamente —dijo la voz.

Carmen parpadeó varias veces. En realidad..., esto podría venirles bien.

—Pero si Blair Pfenning hace una firma de libros en nuestra librería..., aceptaremos la propuesta —decidió ella.

Hubo un momento de silencio al otro lado.

—Bueno, eso tendría que consultarlo primero...

—La decoración de Navidad que hemos puesto en la tienda es preciosa —insistió Carmen—. Solo nos faltaría colocar los libros de Blair en el escaparate para que se vean bien en cámara.

—¿¡Cámaras!? —gimió el señor McCredie con cara de sufrimiento.

Carmen lo miró con el ceño fruncido antes de ponerse a hojear el catálogo que tenían encima del mostrador.

De repente, leyó el título *Siente el espíritu navideño del amor*: era uno de los libros de Blair. Al lado había una foto del autor: llevaba un jersey rojo y un sombrero, y estaba sentado junto a un enorme árbol de Navidad, sonriendo con sus dientes blanquísimos y rodeado de un montón de niños felices de diferentes culturas. Carmen no llegó a comprender del todo por qué había elegido aquella foto si así parecía un donante de semen.

—Te concede media hora para la firma —dijo la mujer, sorbiendo por la nariz.

—¿Cuánto tardarán los de la BBC en hacer el reportaje?

—Oh, no se preocupe por eso; será rápido.

—Eso quiere decir que vamos a tener la librería cerrada durante horas... —concluyó Carmen—. Pues quiero que la firma dure cuarenta y cinco minutos.

—Va a llegar cansado; vendrá directo de Estados Unidos.

—Tal vez así pueda poner a prueba todo ese espíritu festivo y esa energía positiva de la que habla en sus libros —dijo Carmen.

La mujer al otro lado del teléfono se rio.

—De acuerdo. Trato hecho. Pero consiga que venga gente a la firma. No quiero que al final solo aparezcan dos señoras locas y un perro.

—¡Toma ya! —exclamó Carmen después de colgar el teléfono—. ¡Esto sí que nos va a hacer ganar dinero!

—¿Tú crees? —soltó el señor McCredie—. Aunque lo de las señoras locas y el perro... me ha parecido un comentario desafortunado.

—Ahora sí que sí; ¡ya verá! —le respondió Carmen—. Aunque, a juzgar por cómo es este libro..., igual no viene ningún perro, pero estoy segura de que aparecerán tropecientas mujeres locas.

Una vez que Carmen publicó la noticia por redes sociales, empezaron a aparecer admiradoras de Blair hasta de debajo de las piedras.

—¿Me lo dices en serio? —preguntó Carmen cuando Sofia le mencionó que tal vez podría pasar por la librería al salir del despacho.

—¿Has visto los dientes que tiene? —dijo Sofia—. ¡Son perfectos!

—Pensaba que solo leías la revista *Interiors* y el *Edinburgh Law Review*.

—¡Pues claro que no! —contestó Sofia—. ¡Yo también leo! Los libros de autoayuda me parecen una maravilla.

—¿En serio? —preguntó Carmen con el ceño fruncido—. ¿Más

maravillosos que los de ficción de Rainbow Rowell o de Douglas Adams? Lo dudo.

Sofia, aunque estaba bastante emocionada con la noticia de Blair, se volvió hacia Carmen y la miró con seriedad: este podría ser el momento perfecto para hacer que su hermana despertara.

–Blair da consejos buenísimos, ¿sabes? Dice que uno debe encontrar algo que motive su espíritu y su alma, y hacerlo todos los días.

Carmen arrugó el gesto.

–¿Como qué? ¿Como preparar almuerzos para llevar? –le preguntó a su hermana.

–No –negó Sofia–. Como encontrar lo que verdaderamente te hace feliz.

Carmen dejó de mirar a su hermana y desvió la vista a la vinoteca.

–No me refiero a ese tipo de felicidad, Carmen. En fin. Creo que Blair es genial.

–Tiene pinta de ser un creído –respondió Carmen, mirando las fotos que salían de él en internet, la mayoría posando junto a sus caballos–. «Solo cuando estoy con mis caballos me siento cien por cien libre» –leyó en voz alta–. Madre mía. Si todos sus amigos son caballos... Dudo que tengamos algo en común.

–Puede que tenga mucho dinero, pero igual se siente solo.

Carmen resopló y añadió:

–Sí, eso es justo lo que les pasa a los niños de papá a los que ya les ha salido todo el pelo y que encima están en forma y son superricos... Qué pena; no tienen a nadie que les haga compañía...

–Bueno, hablando de pelo, quizá deberías lavarte el pelo por si acaso.

De repente, Pippa entró con su fagot.

–¡Me van a dar un solo en el espectáculo del cole! –anunció la niña–. ¡Me lo ha dicho la profesora McGillicuddy!

–Ay, tesoro. ¡Qué bien! –exclamó Sofia.

131

Pippa le dirigió una sonrisa desafiante a Carmen, como si estuviese echándole en cara a su tía que no le hubiese dorado la píldora lo suficiente. La niña no había pasado por alto que Carmen parecía ponerse a menudo del lado de Phoebe, y eso no le gustaba nada. Absolutamente nada.

—Felicidades —dijo Carmen sin prestarle demasiada atención porque sabía que sus sobrinos no pararían de hablar del tema hasta que llegase el gran día.

—Mami, creo que deberías convencer a Phoebe para que haga la audición —sugirió Pippa, como si su madre y ella fueran dos amigas de la misma edad—. ¿No crees que le serviría para ganar confianza?

Sofia no parecía del todo convencida.

—Tesoro, ya sabes lo que pasó el año pasado.

—¿Qué pasó el año pasado? —indagó Carmen.

—Ay, fue horrible. ¡Se quedó en blanco delante de todo el cole! —le explicó Pippa, como si la situación le hiciese gracia—. Qué vergüenza. ¡La gente se pasó meses hablando de eso! Qué penita —añadió la niña con un largo suspiro—. La pobre Phoebe...

Con el ceño fruncido, Sofia cogió las tortitas de avena y la leche de soja para que los niños merendaran.

—¿Por qué soy la pobre Phoebe? —quiso saber la aludida, entrando por la puerta, con la bufanda mal colocada, una de las trenzas deshechas y el jersey manchado de algo que parecía pintura.

—Solo estaba diciendo que cantas de maravilla —mintió Pippa—. Y que sería estupendo volver a escucharte cantar este año en el cole.

Phoebe se acercó a la nevera con las mejillas un poco sonrojadas.

—Sí, hace tiempo que no te oímos cantar —comentó Sofia, y, sin pensarlo, añadió—: Lávate las manos.

Phoebe emitió un ruido evasivo y luego arrugó el gesto cuando vio las tortitas de avena.

—Qué asco —le dijo a su madre—. ¿Por qué no podemos comer galletas?

—Porque no son sanas —contestó Pippa—. A mí me encantan las tortitas, mami.

«¿No se da cuenta Sofía del papelón que hace siempre su hija? —pensó Carmen—. Tal vez está demasiado cansada por el embarazo para notarlo». De repente, Jack apareció sin decir nada, cogió unas cuantas tortitas de avena, se las metió en la boca y se fue corriendo al jardín para seguir dándole patadas al balón contra la pared.

—Estoy segura de que a la tita Carmen le encantaría oírte cantar —insistió Pippa con crueldad.

—No hace falta —pronunció Carmen—. Puedes cantar, pero no tienes por qué hacerlo. Me da igual. Además, todavía no conozco a nadie que cante peor que yo.

—Lo sé —contestó Phoebe—. Te he oído cantar en la ducha.

—Ya —soltó Carmen—. ¡Y eso que dicen que en la ducha uno canta mejor! —añadió ella con una sonrisa, y Phoebe se la devolvió.

De repente, Pippa cogió su fagot y empezó a tocar el villancico *Once in Royal David's City*, emitiendo un sonido demasiado fuerte. Y sí, interpretó la canción entera con el instrumento; una canción que tenía nada más y nada menos que noventa y cinco versos.

—Conque Blair Pfenning, ¿eh? —dijo Sofía, intentando darle ánimos a su hermana y hacerle saber que estaba orgullosa.

Carmen no lo interpretó así; de hecho, le molestó percibir cierta exageración en el tono de voz de Sofía, como si solo estuviera tratando de complacerla.

—¡Píntate los labios! —añadió Sofía cuando Carmen se disponía a bajar las escaleras—. ¡Solo es un consejo!

Capítulo 16

Carmen no se lo podía creer: a las 9:30 h –bajo un frío insoportable y a lo largo de Victoria Street–, ¡había una cola que llegaba hasta el Grassmarket! ¡Una cola de personas que querían entrar en su librería! Eso sí que no se lo esperaba.

La mayoría eran mujeres, aunque había algún que otro hombre mirando el móvil, con la cabeza gacha, como si así nadie pudiese reconocerlos. Las mujeres se habían puesto abrigos de *tweed* y bufandas que les daban un aspecto elegante, además de botas que resonaban al caminar por la calle empedrada.

A Carmen le empezó a sonar el teléfono después de haber dado un paseo por el Grassmarket y tomado un buen café. La pequeña cafetería estaba perfectamente decorada para la época en que estaban: del tejado caían copos de nieve que habían hecho con papel y cada capuchino venía con una galleta que tenía la misma forma. Había pedido un capuchino para llevárselo al señor McCredie, pero, sin darse cuenta, antes de llegar a la librería ya se había comido la galleta de su jefe.

–Hola, sí. Seguimos en el hotel –le informó una publicista que parecía estar bastante estresada–. ¿Está todo listo por allí?

–Eh, no –respondió Carmen, tragándose el último trozo de la galleta que le quedaba–. Todavía no he abierto la librería.

Se oyó un resoplido impaciente al otro lado del teléfono.

–Tenemos una agenda muy apretada –le recordó la publicista.

–Lo sé, lo sé –contestó Carmen–. Ya estoy llegando, así que podéis venir cuando queráis.

Los cámaras ya estaban amontonados en la entrada de la librería, preparando el equipo para el reportaje. No era la primera vez que Carmen se enfrentaba a esta situación, así que sabía perfectamente que tenía que dirigirse a la mujer que llevaba en la mano una tablilla con sujetapapeles.

–Primero tenemos que hacer la entrevista –intentó explicarle la mujer a las personas que estaban haciendo la cola–. Vamos a tardar un poco... Tal vez sea mejor que os marchéis y volváis más tarde.

La mayoría la fulminó con la mirada. Era evidente que nadie en la cola contemplaba esa opción.

–Pues, en ese caso, no podréis pasar hasta que terminemos de grabar –añadió la mujer.

El viento silbaba a través de las escaleras, serpenteando por los tejados de la calle y llegando hasta la colina. Las nubes cubrían el cielo, dejando pasar de vez en cuando un destello de luz, aunque nunca lo hacían antes de las 8:30 h ni después de las 15:30 h. No solía verse mucho el sol, así que si alguien en la cola dudaba entre quedarse allí o refugiarse en un lugar agradable y acogedor, la naturaleza le estaba sirviendo la respuesta en bandeja.

Sin embargo, aquellas mujeres parecían tener muy claro que no iban a rendirse tan fácilmente, así que Carmen les dedicó una sonrisa en señal de disculpa y entró en la librería con la sensación de que a ella también la estaban fulminando con la mirada.

Los cámaras empezaron a toquetear las luces y a arrastrar cables mientras intentaban, sin mucho éxito, no tirar ningún libro al suelo. La mujer con el portapapeles sonrió y se comunicó con alguien por el *walkie-talkie* antes de pedirle a Carmen que apagara el tren del escaparate. Y entonces Carmen le tuvo que recordar al señor McCredie que estaba a punto de entrar por la puerta de la librería una superestrella, aunque en realidad lo haría por la puerta de atrás, es decir, por el callejón que daba a la casa del señor McCredie. Él esbozó una sonrisa forzada, pero enseguida se le pasó el disgusto.

Al final, el equipo de la BBC había conseguido que la librería se viera más bonita que nunca: habían traído un montón de guirnaldas y las habían colgado por las estanterías, y habían hecho lo mismo con unas luces de colores. Las dos cosas quedaban bien, pero Carmen se dio cuenta de que, si dejaban las estanterías así, a los clientes les resultaría incómodo hojear o coger los libros. Las admiradoras de Blair se amontonaron en el escaparate para ver lo que se cocía dentro, pero enseguida se les pidió con educación que se alejaran. Todo estaba listo para la llegada del escritor.

–¡Ya llega! –dijo una voz por el *walkie-talkie* a las 10:45 h.

Carmen salió disparada hacia el callejón trasero para así poder guiar al famosísimo escritor por la casa del señor McCredie y el almacén.

La publicista de Blair apareció y avanzó hacia la puerta con rapidez, con una sonrisa de oreja a oreja. Era joven, delgada, rubia y guapa; sin duda, parecía una modelo.

–Guau, qué preciosidad –comentó la publicista–. Vamos, Blair, es por aquí.

Detrás de ella había un hombre alto que se movía arrastrando un poco los pies. No se parecía para nada al chico presumido y superseguro de sí mismo que salía en las fotos que Carmen había encontrado por internet. Hoy llevaba unas gafas grandes de montura redonda, y tenía el pelo despeinado y la boca cerrada, por lo que no se le veía la dentadura perfecta.

Blair suspiró.

–Será rápido, ya lo verás –le aseguró la chica para animarlo, como si estuviera intentando convencer a un niño pequeño.

Blair soltó otro suspiro.

–Está bien –contestó él.

–¿Todo listo? –le preguntó la publicista al equipo con una sonrisa radiante–. Por cierto, soy Emily. ¡Encantada! Y este es Blair.

Blair levantó la mano con cierta pereza para saludar. «¿Estará de resaca?», pensó Carmen. Aunque eso en realidad no encajaba mucho con la felicidad y la positividad de la que solía hablar en sus libros.

–Vamos allá, Blair –dijo Emily cuando los miembros del equipo de la BBC se acercaron a ellos para ir presentándose uno por uno.

–¿Peluquería y maquillaje? –preguntó una mujer con un maletín enorme en la mano–. Por allí tenemos un hueco libre.

Sí que lo había, pero era justo detrás del mostrador, en medio de todo el barullo y el enredo de cables, así que lo único que pudo hacer Carmen fue quedarse allí de pie y mirar. Como era de esperar, el señor McCredie no tardó mucho en desaparecer, sobre todo al ver el caos que reinaba en la librería y la cantidad de gente que había en ella. «Normal que no le fueran bien las cosas si le da pavor ver la librería repleta de gente», pensó Carmen.

Carmen se pasó la mañana acompañando a los empleados a la parte de atrás de la tienda para enseñarles dónde estaba la cafetera. Evitó a toda costa cruzar miradas con las admiradoras enfadadas que se habían quedado esperando a la intemperie, con la nariz pegada en el escaparate. En realidad no tendría por qué haberse preocupado por eso último porque una mujer menuda y mandona –que enseguida llegó a la conclusión de que tenía que ser la directora– no tardó en salir por la puerta para gritarles que, si no se quitaban de en medio, la espera sería aún más larga. Las personas de la cola obedecieron y se apartaron de inmediato; algo que no le benefició mucho a la tienda de magia, pero sí a la cafetería, que aprovechó la ocasión para atender a las mujeres sin necesidad de que se movieran de la cola.

–Vale, ahora sí. ¡Silencio, por favor! –exigió la directora al resto del equipo.

En ese momento, Carmen dio unos pasos hacia delante para ver mejor lo que iban a grabar.

Para su sorpresa, Blair parecía haberse convertido en otra persona completamente diferente; ya no quedaba ni rastro del hombre somnoliento de aspecto gruñón con el que se había topado antes.

Enfrente de Carmen –de pie junto al tren inmóvil y el árbol de Navidad que había traído el equipo– había un hombre que desprendía luz y simpatía, y que, de alguna manera, también imponía respeto. Tenía el pelo castaño peinado hacia atrás, los ojos brillantes y una sonrisa perfecta de dientes blancos, como si estuviera viviendo el momento más feliz de su vida. La directora volvió a pedir silencio, y los cámaras empezaron a grabar. La presentadora pelirroja presentó a Blair con un tono de voz lleno de asombro y admiración. Él hizo una mueca, como si se sintiese halagado, pero a su vez incómodo.

–Buenos días –dijo él con seguridad y un acento que parecía una mezcla entre el inglés británico y el norteamericano–. Para mí es un placer poder estar en Edimburgo; una de las ciudades más bonitas del mundo.

La presentadora pelirroja soltó una risita.

–Bueno, para nosotros también es un placer tenerte hoy aquí. ¿Podrías contarnos un poco de qué va tu nuevo libro?

–Por supuesto, Caroline. –Blair se inclinó hacia delante, mirando a la presentadora a los ojos, o más bien a la cámara–. Va de todas esas personas que alguna vez han pensado que no están a la altura, que sus Navidades nunca son perfectas, que no se curran los regalos, que su familia no se muere de ganas de verlos o que el pavo que han preparado para la cena va a quedar seco... –Hizo una pausa y después esbozó una sonrisa amplia y radiante antes de añadir–: Porque quiero transmitir a cada una de esas personas que son suficiente. De verdad, lo sois. Tenéis a gente alrededor que os adora. Y que sepáis que todo va a salir bien.

Carmen frunció el ceño al escucharlo y al ver que volvía a sonreír de la misma forma que lo había hecho antes.

–¿A que es un genio? –susurró Emily, que estaba de pie junto a Carmen, observando a Blair con admiración.

–¿En serio? –respondió Carmen–. ¿Sabe decir algo que no sea «Todo va a salir bien»?

–Sé que puede parecer muy fácil decir que todo va a salir

bien –prosiguió Blair con un tono de voz alegre–. Pero ¿sabéis qué? A veces simplemente con escucharlo es suficiente. Porque tú sí que eres suficiente.

En ese momento Carmen podría haberle demostrado que las cosas no funcionaban así, sobre todo después de haber tenido que ver con sus propios ojos cómo la situación laboral en su ciudad natal empeoraba, lo que había provocado que la mitad de los trabajadores jóvenes se quedaran en paro, y que la otra mitad se viera obligada a marcharse, tal y como había tenido que hacer ella. Sin embargo, decidió quedarse callada.

–Lo eres, aunque creas que te has metido en un callejón sin salida. Algo que es fácil que te pase en Edimburgo, teniendo en cuenta que está lleno de callejones... –bromeó Blair con una patética imitación del acento escocés, aunque sabía perfectamente que se le daba de pena.

–Guau, bien dicho –dijo la presentadora, que se había sonrojado al tener al escritor tan cerca–. Es una suerte para nosotros que hayas decidido visitar nuestra ciudad.

–Bueno, me llamo Blair. ¿Acaso existe un nombre más escocés que ese? –le respondió él–. Mis antepasados eran de este lugar tan maravilloso, así que estoy deseando conocer a más personas de esta ciudad. Y ahora es cuando diría que espero que todos sean tan atractivos como tú, Caroline, pero nunca me atrevería a soltar algo así hoy en día, así que diré que espero que todos sean tan atractivos como Dean, el cámara.

Algunos miembros del equipo se rieron de su comentario.

–Esta tarde iré al hospital a visitar a los niños enfermos y a firmar ejemplares de *Cinco minutos al día para mejorar el bienestar de tus hijos*, así que espero veros a todos por allí.

–Gracias por dedicarnos tu tiempo, Blair.

–No me des las gracias. Para mí es un honor. Y lo digo en serio; es una suerte poder vivir en el corazón de un lugar tan increíble como Edimburgo. Esta ciudad me inspira. De verdad.

–Bueno, para nosotros ha sido un placer. Y ahora de vuelta al estudio...

Blair Pfenning no se movió de su sitio cuando las cámaras se apagaron, así que Emily tuvo que acercarse a él y acompañarlo hasta la mesa en la que iban a hacer la firma.

—¿Podemos hacer que pasen ya, por favor? —dijo la publicista, mientras que los cámaras guardaban el equipo y los de sonido quitaban un artilugio extraño de los micrófonos.

Emily se acercó a la puerta y dejó que la gente fuese entrando de dos en dos. Todos se acercaban nerviosos y emocionados, con algún libro de Blair en la mano que se notaba que les había encantado porque la mayoría tenía los bordes desgastados, como si se los hubieran leído varias veces.

El autor parecía estar distraído, pero aun así se mostró encantador con todos: no fue con prisas, se tomó las cosas con calma, se aseguró de escribir bien los nombres en las dedicatorias y les soltó algún que otro piropo a las personas que llevaban sombrero o broches. No rechazó ninguna foto: esbozaba su mejor sonrisa y se acercaba a las mujeres, pero sin llegar a tocarlas. Además, cuando alguien llegaba y le empezaba a contar sus problemas, Blair les pedía que hablaran con Emily para que ella pudiera cogerles los datos y les prometía que alguien de su equipo se pondría en contacto con ellos.

Y, cuando llegó la hora del mediodía, ya habían desaparecido todas las admiradoras del autor, los cables y los adornos de Navidad que habían traído los de la BBC. Además, se habían vendido todos los libros que tenían de Blair, así que la caja registradora estaba llena, pero la tienda se había quedado vacía y en ella reinaba el silencio.

Era como ver el aire saliendo de un globo. Una flor que se iba marchitando poco a poco. Ya no quedaba ni rastro de aquella sonrisa ni de aquellos dientes perfectos. A Blair le fallaron las piernas. Se quitó la chaqueta de *tweed* de marca con coderas y se puso una sudadera con capucha de color gris que Emily le había dado. Después, se subió la cremallera hasta la barbilla, se puso las gafas y apoyó la cabeza en el mostrador.

−¿Ya está todo? –preguntó él.

−Todavía faltan cuatro entrevistas para unas emisoras de radio locales, dos para las nacionales, el hospital y la BBC –le recordó Emily.

−Pero si acabamos de hacer lo de la BBC.

−Pero eso era una emisión local. Falta la nacional.

Blair soltó un quejido que salió de debajo de la sudadera con capucha.

−Joder.

−Te traeré un café.

No salió ninguna respuesta del enorme cuerpo que en ese momento se encontraba desplomado sobre el mostrador.

−Eeeh –titubeó Carmen–. Muchísimas gracias por lo de hoy.

Lo decía en serio. Gracias a él, habían ganado mucho dinero: se habían pasado todo el rato abriendo y cerrando la vieja caja registradora hasta que la pila de libros que tenían de Blair finalmente desapareció. Era la primera vez que Carmen veía algo así; ni siquiera llegaron a ese nivel cuando las ventas se dispararon en la mercería después de que la presentadora Kirstie Allsopp apareciera por Dounston's.

−¿Te molesta que me ponga con el recuento de la caja? –le preguntó Carmen.

Blair la miró con los ojos hundidos por las ojeras.

−Haz lo que quieras –contestó él.

Emily se había ido a buscarle un café y se habían quedado los dos solos en la librería.

−¿Te encuentras bien? –dijo Carmen, un poco perpleja.

−¿Acaso no te parece que esté bien?

−Me lo parecía hace dos minutos –contestó ella–. Pero es que ahora tienes la cabeza apoyada en un mostrador.

−Ah, ¿será por el *jet lag*?

−No creo –añadió Carmen–. Yo he tenido *jet lag* y aun así he podido levantar la cabeza.

Blair suspiró.

−Bueno, pues qué suerte. –De repente la miró a los ojos y

añadió–: ¿Por casualidad no conocerás algún restaurante bonito y tranquilo que quede cerca de aquí?

–Hay muchísimos –respondió Carmen–. Pero estoy segura de que Emily ya los conoce todos.

Blair volvió a pegar la cara en el mostrador.

–He pasado treinta y cinco horas con Emily y todavía me quedan cuatro días más con ella.

Carmen enarcó las cejas.

–Por trabajo –murmuró él, con el rostro tapado por la capucha de la sudadera–. Por favor. ¿Podríamos ir a alguno? ¿Me llevas? Antes de que vuelva Emily.

–Es que... no puedo cerrar la librería.

–¿Estás de coña? –dijo él–. Acabo de triplicaros los ingresos de la semana y lo sabes.

–Ya, pero...

–Dile a tu jefe que te obligué.

–Pues podría –añadió Carmen–. Porque técnicamente me estás obligando.

Blair alzó la vista.

–¿Quieres que saque mi lado encantador? –le preguntó él.

–La verdad es que no.

–Si quieres, lo hago. Me está bajando el azúcar y si no salgo pronto de aquí, creo que me va a dar una rabieta. Así que allá voy.

Carmen miró a Blair con los ojos entrecerrados mientras él se enderezaba, se quitaba la capucha de la sudadera y se echaba el pelo hacia atrás. Después, él se inclinó hacia ella y la miró fijamente a los ojos antes de añadir:

–Me resultaría bueno y enriquecedor para el alma, librera infravalorada, si me permitiese llevarla a almorzar porque sin duda merece que alguien le añada un poco de luz a este miserable día gris. Y, por supuesto... –le dedicó una de sus sonrisas deslumbrantes–, sería todo un honor para mí acompañarla e invitarla.

–¿Se supone que eso me tiene que parecer encantador?

–Joder, ¡y tanto! ¡Así es como he conseguido vender seis millones de ejemplares!

–Pues a mí me ha dado mal rollo.

–Vale, lo que tú digas. Pero, por favor, vámonos de aquí. Venga. ¿Acaso no tienes hambre? Porque yo llevo veinte horas sin comer.

–¿Y eso por qué?

–Por una sesión de fotos para un calendario.

–¿Me lo dices en serio? –preguntó Carmen, riéndose a carcajadas.

–Ya. Lo sé –respondió Blair–. Bueno, pues nada –añadió, y después volvió a ponerse la capucha de la sudadera y, poco a poco, se dejó caer sobre el mostrador.

–¿La única opción que tengo para que dejes de quitarme espacio en el mostrador es llevarte a almorzar?

–Ajá –dijo la voz apagada.

–Ah, ya viene Emily.

Los zapatos de Emily hacían ruido por la calzada mientras caminaba con una caja de cartón llena de vasos de café.

–¡Ay, no! ¡Necesito salir de aquí! ¡Por favor, no hagas que me obligue a ir a la radio local!

–¡Pero si las radios locales son lo mejor!

–¡Me da igual! Venga, salgamos por la parte de atrás. Vamos. Ya. Tenemos que darnos prisa –le pidió a Carmen con una de sus ridículas sonrisas, pero esta vez la esbozó con impaciencia al ver que Emily se iba acercando cada vez más a la puerta de la librería, con los ojos clavados en la pantalla de su móvil–. Joder, me va a pedir que haga algo más que ni siquiera estaba en la lista. Y necesito un trago antes de ir al hospital. Venga. Vamos. ¡Te lo pido por favor! –añadió, mirando a Carmen con intensidad.

Y ella vio sinceridad en aquellos ojos marrones: no intentaba dar pena, estaba siendo sincero.

–Joder –soltó Carmen.

Justo en ese momento, el señor McCredie apareció andando

de forma vacilante, con una expresión de perplejidad en el rostro.

–Ah, Carmen... –empezó a decir el librero.

–¡Descanso para comer! –gritó Blair–. Nos vamos a almorzar –añadió mientras se ponía derecho–. La traeré de vuelta en una hora..., más o menos.

–¿Descanso para comer? –repitió el señor McCredie, como si Blair hubiese dicho algo extraño como: «Vamos a ir a bañarnos en un acuario».

El señor McCredie nunca salía de la librería, así que Carmen llegó a la conclusión de que le costaba creer que alguien quisiera hacer un parón para comer.

Estaba decidido. Carmen dio un paso hacia delante y miró a Blair.

–¿Eso quiere decir que vienes? –le preguntó el escritor, dejando atrás la seguridad que había mostrado antes.

–Será mejor que nos demos prisa –respondió ella.

Blair la agarró del brazo y se escabulleron por la parte de atrás justo cuando Emily, que todavía no había levantado la vista de su móvil, abrió la puerta de la librería.

–Este sitio es una pasada –comentó Blair, mientras seguía tirando de Carmen en la oscuridad.

Carmen no pudo evitarlo: sintió cierta adrenalina al saber que estaban huyendo de alguien y le entraron ganas de echarse a reír al ver la estupidez que estaban haciendo. Corrieron a toda velocidad hacia la escalera, pero, de pronto, Blair se detuvo: por la mañana, al bajar por allí, no se había dado cuenta de lo impresionante que era la sala de estar del señor McCredie.

–Es como la Batcueva de Batman –murmuró Blair–. Aunque esta está llena de libros viejos y sucios. ¡Qué maravilla!

No tardaron en llegar a la pequeña puerta que daba al callejón. Y Blair volvió a pararse para observar el lugar en el que se encontraban.

–Lo de esta ciudad es una locura –comentó él, mirando los

imponentes edificios que había encima y debajo de él–. ¿Fue idea de alguien? ¿O simplemente surgió así?

En realidad Carmen no conocía bien ningún restaurante de la zona, así que fueron al que había en el hotel en el que se alojaba Blair. Era un restaurante de los finos, en el que solo servían pescado fresco, situado en un edificio de cristal que daba a la calle y contaba con un expositor lleno de langostas y ostras. Carmen lo miró e hizo una mueca.

–¿No te gusta el marisco? –le preguntó él.

–No lo sé –respondió Carmen–. El pescado que suelo comer viene en latas de conserva. O está frito. O precalentado. Así que esto... no se parece en nada a lo que estoy acostumbrada.

Blair le dedicó al camarero su habitual sonrisa de persona famosa y le dijo:

–¿Nos podría dar una mesa junto a la ventana? Y por ahora pediremos una botella de champán Louis Roederer y una docena de ostras.

Capítulo 17

El almuerzo con Blair fue intenso, aunque la conversación fue fluyendo de manera natural. El champán no tardó en aparecer e inmediatamente se colocaron bien la servilleta para no mancharse. Carmen observó cómo Blair saboreaba las ostras sin disimular su alegría, pero ella no se atrevió a probarlas.

–No puedes irte de aquí sin probar una –dijo él–. No sabes lo que te estás perdiendo.

–Parecen mocos de dragón –respondió Carmen.

Blair las miró.

–Ya –dijo él, pero eso no hizo que dejara de comérselas.

Después, Blair se pidió una langosta, y Carmen preguntó si podían traerle a ella un plato de pescado frito con patatas fritas. Y el camarero, que fue muy amable, la miró como si acabara de tomar la mejor decisión de su vida.

–Por cierto, gracias –volvió a intervenir Blair–. Es que a veces... no lo llevo bien.

–¿Qué es lo que peor llevas? –quiso saber ella, dándole un sorbo al champán frío y espumoso, que estaba buenísimo y que iba a hacer que ya no pudiese ver el *prosecco* de seis libras que siempre se compraba con los mismos ojos de antes, lo que en el fondo le resultaba bastante molesto–. ¿El dinero? ¿La fama? ¿Que la gente siempre quiera acercarse a ti o que te estén todo el rato regalando los oídos?

Incluso en ese momento había gente observándolos: alguien sentado en otra mesa se había percatado de que Blair estaba allí y no había dudado en llamar la atención del resto de las personas con las que compartía el almuerzo para que miraran en su dirección.

Blair hizo un gesto con las manos.

–Todo es una mierda..., querida –respondió él, como si tuviese el nombre de ella en la punta de la lengua, pero fuese incapaz de recordarlo–. Ya sabes.

–No, no lo sé –dijo Carmen, a la que le quedaban treinta y nueve libras en la cuenta y solo había conocido a otro famoso, aparte de Blair, claro: un cómico sexista viejísimo que había ido exclusivamente a Dounston's para inaugurar la nueva y nefasta sección de informática (nadie sabía cómo funcionaban los ordenadores y venderlos había hecho que aumentaran los robos en la tienda). Además, se había presentado allí borracho a las 11:00 h y se había dedicado a pellizcarle el trasero a cualquier mujer que pasara por delante. Idra le había enseñado a todo el mundo el moretón que le había salido y al final las dos habían llegado a la conclusión de que Idra había conseguido más atención así que si hubiese demandado al cómico.

–Pues nada es real –añadió el escritor.

–¿No es real el dinero?

–Sí, eso sí que lo es –admitió él.

–¿Y los libros? La gente los lee como si no fueran más que... –prosiguió Carmen, pero no llegó a terminar la frase porque no quería que el alcohol la hiciese decir algo de lo que se acabaría arrepintiendo.

–¿Como si no fueran más que qué? –insistió Blair, consternado.

–Pues... ¿palabras? –intentó solucionarlo Carmen.

–A ver, a la gente le gustan mis libros –respondió Blair–. Leerlos les ayuda.

–Sí, por supuesto –se apresuró a decir Carmen.

–¿A ti no? ¿O es que no necesitas ayuda?

–En realidad, sí que la necesito –admitió ella, y estuvo a punto de contarle su vida, pero él la interrumpió.

–A ver, siento que al escribir ayudo a la gente, así que debería estar contento, ¿no?

–Pues, supongo.

—Pero es que en realidad lo odio. Odio viajar. Odio estar siempre rodeado de gente. Odio tener que fingir que esto me gusta. No es real. Nada lo es. Pero tú sí que eres real...

—Carmen —le recordó ella para echarle un cable.

Él la volvió a mirar a los ojos, como había hecho antes, y añadió:

—Es que he visitado tantas ciudades. Y tengo tantos fans a los que les gusta lo que escribo. Y luego vas tú y dices que mis libros no son más que... ¿Qué ibas a decir?

—No iba a decir nada —respondió Carmen, manteniendo el tipo.

—Bueno, en realidad me gusta que seas sincera —continuó él—. Eres como un soplo de aire fresco. —Se inclinó hacia ella con cierta torpeza—. ¿Crees que... estoy engañando a la gente?

Carmen volvió a darle un sorbo a aquel champán exquisito y decidió que era mejor decirle la verdad, ya que seguramente esta iba a ser la primera y la última vez que un famoso la invitara a almorzar.

—Creo que todos lo hacemos —contestó ella.

—¿Qué quieres decir? —preguntó Blair, parpadeando.

—Todo el mundo finge. Fíjate en el primer ministro. Está fingiendo. Fíjate en cualquier persona que tenga un cargo importante. Lo único que hacen es fingir. Y tú también lo haces. Y yo. Ni siquiera sé cómo llevar una librería. No tengo ni la más remota idea, pero finjo que sí. Y el señor McCredie tampoco sabe. La vida de un adulto es eso, fingir. Así que...

—Así que... no tengo nada de especial —dijo Blair con tristeza.

—Bueno, mi hermana no finge —soltó Carmen de repente cuando la idea se le cruzó por la mente—. No hay nada que no se le dé bien. Joder. No me extraña que siempre esté tan cansada.

—Tu hermana parece una mujer increíble.

—Supongo que lo es —dijo Carmen, tras considerar las palabras de Blair—. Pero nunca diría eso delante de ella. Ya se encarga el resto de recordárselo cada maldito día de su vida.

–Igual necesita uno de mis libros.

–Ah, bueno, ella también piensa que tú eres increíble.

–Anda, qué bien –dijo Blair, al que en realidad no le interesaba lo más mínimo lo que pensara Sofia de él–. Pero, te lo digo en serio, a veces siento que no sé ni lo que estoy haciendo.

–Bueno, eso te pasa a ti y le pasa a todo el mundo.

–Maldita sea –soltó él–. Pensé que era el único que se sentía así y que eso me convertía en alguien especial.

–Eso también lo piensa todo el mundo.

–Joder –dijo Blair–. Eres dura, ¿eh?

–¿No tienes, no sé, unos... nueve psicólogos que te puedan ayudar con este tema?

–¿Estás de coña? Por favor, si hasta los psicólogos tienen mis libros en sus consultas. Ay, madre; ¿me hace eso parecer un arrogante? –Blair alzó la vista, con los ojos hundidos–. Porque... a veces me preocupa un poco que todo lo que escribo... sea... No sé. A veces es un poco incoherente –añadió él, y Carmen lo miró, sorprendida–. A ver, ¿«Sonríele al amanecer»? ¿Qué diablos significa eso? ¿«Encuentra lo que te hace feliz»? Vale, y si lo que te hace feliz es..., no sé, ¿darle patadas a un perro? Haz lo que te gusta. A menos que seas un pedófilo, claro. Es que... al final creo que nos volvemos infelices intentando conseguir lo que nos hace felices. Ni una palabra de esto a mi editora.

Justo en ese momento, el villancico *I Wish It Could Be Christmas Everyday* empezó a sonar en el interior del restaurante.

–Ves, escucha lo que dice la canción –añadió él–. Sería una auténtica pesadilla que todos los días fuese Navidad. Una auténtica tortura. Pero igual eso es justo lo que le estoy pidiendo a la gente en mis libros.

–Bueno, al menos te pagan bien... –se aventuró a decir Carmen.

–¿Sabes lo que me obligaron a hacer? –la interrumpió él–. ¿Sabes lo que me hicieron en los dientes?

–¿Pintártelos con típex? –dijo Carmen, riendo.

Blair la miró con el ceño fruncido, como si no estuviera del todo seguro de si se lo preguntaba en serio o no.

—Peor —contestó él—. Me pusieron carillas.

—Anda —respondió Carmen—. Como a Simon Cowell, que tiene unos dientes tan grandes y blancos que hasta da miedo.

—¿Sabes cómo te ponen las carillas?

—¿Te clavan los dientes de un caballo por encima de los tuyos y luego te los pegan con cola?

—Algo así —dijo Blair—. Pero antes tienen que limarte los dientes. Los tuyos. Los de verdad.

Carmen parpadeó. No lo sabía.

—¿A qué te refieres? —quiso saber ella.

—Te quitan el esmalte de los dientes. Y los liman para dejarlos más pequeños porque, si no, no pueden pegarte los otros dientes encima.

—¿Me estás diciendo que tus dientes de verdad parecen pequeños colmillos puntiagudos?

Blair asintió.

—Y yo permití que me los dejaran así.

—Madre mía. —De repente, a Carmen se le quitó el apetito. Hasta mirar los platos de porcelana hacía que le entraran ganas de vomitar—. Qué... qué horror.

—Lo sé —dijo Blair—. ¿Y para qué lo hice? ¿Para aparecer más veces en la televisión? ¿Para seguir recibiendo cumplidos? ¿Para ganar más dinero?

—A ver, dicho así... —respondió Carmen, aunque seguía sin querer tocar el plato de comida—. ¿Te dolió?

—Sí.

—¿Y cómo eran tus dientes antes?

—Decentes —contestó Blair con tristeza—. Y sé que no debería ponerme así por eso, pero es que siempre hay alguien que se me acerca y me cuenta lo mal que le va en la vida como si yo pudiera ayudarlo. Pero ¿sabes qué? En realidad lo único en lo que puedo pensar es en el desastre que me hicieron en la boca.

—Bueno, pero, en cierta forma, ya los estás ayudando con

tus libros –le recordó Carmen–. Si no fuese así, la gente no los compraría.

–La gente compra cosas con la esperanza de que hacerlo les haga sentirse mejor –replicó Blair–. Y lo consiguen, pero esa felicidad no dura mucho. Es solo un estúpido subidón de dopamina que les da cuando les digo que todo va a salir bien y al final se lo creen y se sienten mejor. Pero luego vuelven a su realidad de mierda y ven que todo sigue siendo una mierda; y enseguida se dan cuenta de que no están viviendo la vida que les gustaría, sino la que les ha tocado porque tienen unos padres enfermos, una pareja con problemas de adicción o unos hijos que no son perfectos. Y, claro, como quieren volver a sentirse bien, vuelven a comprarse otro libro. Y ese es mi plan de negocio. –Blair frunció el ceño–. No suelo hablar así. Será el *jet lag*.

–Y el champán.

–También. Y tú, que sabes escuchar.

Carmen no quería reprocharle que en realidad no la había dejado participar mucho en la conversación, así que se limitó a sonreír.

–Pues entonces deja de escribir –sugirió ella.

–Si dejo de hacerlo, Emily perdería su trabajo –dijo él, mirándola con intensidad, aunque no como si le estuviese pidiendo: «Oye, déjame cogerte la mano mientras nos miramos a los ojos», algo que hacía bastante a menudo–. Y le ocurriría lo mismo a la mitad de las personas de la oficina que forman parte de mi equipo editorial, que, por cierto, cuando no están publicando ninguna basura mía, sacan libros buenísimos a los que nadie les da una oportunidad. –Blair suspiró–. Así que no. No puedo hacer eso –añadió, y después se miró el reloj–. Y en breve tengo que estar en un hospital infantil.

–¿Así que quieres saltarte las entrevistas, pero no lo del hospital?

Blair puso los ojos en blanco.

–Soy un cínico, cielo. Pero no un monstruo.

Carmen le dedicó una sonrisa y, para su sorpresa, sintió que de alguna manera lo comprendía.

–¿Por qué no escribes un libro que se ajuste más a la realidad? –le sugirió ella–. Tal vez así te sea más fácil dejar de fingir.

–¡Ya lo hice! –soltó él, desesperado–. ¡Y se vendieron millones de ejemplares! ¿Es que nunca has oído hablar de mí?

–Oye, algo sí que he oído –protestó Carmen.

–Se titula *Afronta la realidad con alegría para convertirte en una persona mejor y más segura de sí misma.*

–Pues, en ese caso, no veo que sigas tus propios consejos.

–Los estoy intentando seguir ahora –le aclaró él–. Igual te estoy aburriendo.

–Para nada, tranquilo –dijo Carmen.

–Gracias –respondió él–. ¿Puedes olvidarte de todo lo que te acabo de contar y no venderle la información a un periodista?

–¿Cuánto estás dispuesto a pagar por mi silencio? –le preguntó Carmen, pero, cuando a él se le empezó a notar el agobio en la cara, ella no pudo evitarlo y soltó una carcajada–. Era una broma –le aseguró–. Qué idiota. ¿Te desahogas a menudo con cualquier extraño que se te cruza por delante?

–Tú no eres una extraña... –contestó él, dándole la tarjeta de crédito al camarero.

–Carmen –volvió a recordarle ella.

Blair se miró el reloj, ignorando el zumbido que provenía de su móvil.

–¿Sabes qué? Tengo algo de tiempo antes de irme al hospital –le dijo él, y ella lo miró–. Y mi habitación está justo una planta más arriba.

Carmen se enderezó en la silla y tuvo que reprimir una carcajada.

–¿Así afrontas tú tu realidad con alegría?

–Pues... puede –contestó él, encogiéndose de hombros.

–Ja. Bueno, pues..., bien hecho, supongo.

–¿Eso es un sí? –quiso saber él mientras se levantaba y cogía su chaqueta.

—No, solo te estaba felicitando por tu cambio de actitud. Es evidente que no voy a acompañarte a tu habitación.

—¡Vale! —exclamó él como si aquella respuesta le hubiese parecido un insulto—. Como quieras —añadió antes de decirle al camarero que le pidiera un taxi, algo que ella ni siquiera sabía que se podía hacer—. Encantado de conocerte... —volvió a titubear.

—Carmen —repitió ella.

—Eso. Carmen.

Ella se levantó para despedirse, negando con la cabeza, y añadió:

—Gracias por el almuerzo.

Pero él ya estaba con el móvil pegado en la oreja y ni siquiera se dignó a mirarla.

Capítulo 18

Sofia se desplomó en la silla de la cocina, agotada a más no poder. Su intención era pedir la baja por maternidad lo más tarde posible: odiaba con todas sus fuerzas pensar que no lo tenía todo bajo control o que ya no podía manejar cualquier situación con la misma facilidad con que lo hacía antes. De hecho, quería ser una de esas madres que iban a trabajar hasta el mismo día en que daban a luz. A Federico no le convencía mucho la idea, pero hacía mucho tiempo que había aprendido que era mejor no interferir en las decisiones que tomaba su mujer. Así que ahora Sofia se las arreglaba para fingir que podía seguir con su trabajo como si nada, pero, cuando llegaba a su casa, apenas le quedaban fuerzas para nada.

Skylar iba a salir otra vez, y Carmen, supuestamente, estaba preparando la cena –mientras se quejaba de tener que ser ella la que se encargara de cocinar–, aunque lo único que tenía que hacer era calentar un pastel de carne que había comprado y abrir unas latas de judías. Sofia estaba demasiado cansada para pedirle que preparara algo más saludable. Además, le parecía que el pastel olía bastante bien, pero eso era algo que nunca admitiría en voz alta.

Sofia estaba a punto de quedarse dormida cuando de repente oyó algo que la obligó a abrir los ojos.

–¿¡Rechazaste a Pfenning!? –le preguntó a su hermana, aunque enseguida se sintió mal por habérselo soltado así.

Por suerte para ella, Carmen, que la mayoría de las veces saltaba a la primera de cambio, decidió hacer la vista gorda. Tal vez porque era la primera vez que Sofia permitía que se comiese pastel de carne en aquella casa.

–Sí, y eso que parecía que le apeteciera bastante acostarse conmigo –respondió Carmen, que todavía iba un poco achispada por el champán.

–¿Estás segurísima de que no fueron imaginaciones tuyas? –indagó Sofia–. Igual solo..., no sé. Tal vez malinterpretaste su forma de darte las gracias.

–Sí, tienes razón. ¿Qué podría ver en mí un hombre medianamente decente? –le recriminó Carmen.

«Mucho estaba tardando», pensó Sofia.

–¡Yo no he dicho eso, Carmen! –se defendió ella.

–¡Pues a mí me parece que eso es justo lo que querías decir!

–No vayas por ahí, por favor...

Carmen volvió a remover las judías. No sabía si se arrepentía o no de haber rechazado la propuesta de Blair. Igual podría haber salido de aquella habitación con una anécdota divertida. Además, ya había pasado un tiempo desde la última vez...

–A ver..., podrías haber salido de allí con una anécdota divertida. Eso no te lo voy a negar –dijo Sofia en un tono de voz conciliador, como si hubiese leído los pensamientos de Carmen.

–¡O podría haberse enamorado de mí y haberme pedido que lo acompañara a una de sus emocionantes giras mundiales!

–Pues, en ese caso, me alegro de que le hayas dicho que no porque... parece que estás consiguiendo que por fin las cosas vayan bien en la librería.

Carmen miró a su hermana. «¿Lo está diciendo para cambiar de tema o porque de verdad lo piensa?», se preguntó a sí misma; y de repente se dio cuenta de lo cansada que parecía Sofia. Aunque tuviera dinero y ayuda..., no tenía que ser fácil. Al final, decidió que pondría la tetera al fuego para prepararle una taza de té.

–¿Te dio su número? –indagó Sofia.

–No, no lo hizo –respondió Carmen–. Así que es evidente que su intención no era acabar enamorándose locamente de mí...

–¡Pero puedes mandarle un mensaje por Instagram!

–¡No pienso hacer eso! Es un hombre un poco raro.

–Pero es muy sexi y encima es rico.

–¡Le limaron los dientes y ahora los tiene puntiagudos! –soltó Carmen–. Además, su publicista tiene mi número, así que se lo puede pedir a ella, aunque dudo que quiera hacerlo –añadió, y, sin poder evitarlo, miró la pantalla de su móvil.

Sofia vio el gesto y casi se le escapó una sonrisa. Pero, como era de esperar, Carmen no tenía ningún mensaje.

De repente, Jack entró en la cocina.

–¡Mami! ¡Mami! ¡Dicen que va a nevar!

–¿Quién te ha dicho eso, Jacky?

–El *Newsround.*

–¿La BBC sigue emitiendo ese programa de noticias para niños? –quiso saber Carmen–. ¡Uf! Es de las cosas más aburridas que he visto en mi vida.

–No es aburrido –intervino Pippa–. Gracias a él podemos saber lo que está pasando en el mundo. Nos lo ponen en el cole.

–¿En serio? –preguntó Carmen, y todos asintieron–. ¿Veis la tele en el colegio? Qué injusto.

–La cena no huele muy... nutritiva –replicó Pippa.

–Eso no es la cena, es té –le aclaró Carmen.

Justo en ese momento, Phoebe entró por la puerta, arrastrando los pies y con el ceño fruncido como hacía siempre.

–Hoy cenaremos pastel de carne –les informó Carmen a los niños–. Os gustará, ¿a que sí, Phoebs?

Phoebe parecía molesta, aunque Carmen no tenía ni idea de por qué.

–No creo –dijo la niña, sorbiendo por la nariz.

–Genial...

–¿Me traes un trozo? –le pidió Sofia–. Me muero de hambre.

–¿¡Pero entonces va a nevar o no!? –gritó Jack para que le prestaran atención; a veces ser el único niño en la familia era bastante complicado.

–No lo sé, tesoro –respondió su madre, alborotándole el pelo y mirando por la ventana, aunque ya era de noche y apenas se veían las luces de las otras casas a lo lejos.

–Oh, pues el señor McCredie cree que sí –dijo Carmen–. Dijo que por la noche se pondría feo, pero que el día amanecería más bonito de lo que uno podría imaginarse.

–Uno puede imaginarse muchas cosas –dijo Phoebe con el ceño fruncido.

–¡Pues entonces imagina mucha nieve! Igual así sucede.

No fue el estruendo lo que despertó a Carmen. Fueron un par de pies que casi le rozaron la cara cuando estaba acostada en aquella cama estrecha.

–¿¡Pero qué...!? –exclamó ella, presa del pánico, pero, a pesar de que todavía seguía medio dormida, enseguida llegó a la conclusión de que no podía tratarse de un violador asesino porque sus tácticas eran lamentables.

Carmen había vuelto a soñar que estaba subida en aquel tren polvoriento, con la mujer del sombrero y el túnel cada vez más cerca...

Miró los deditos de los pies que estaban a dos centímetros de su cara y que no paraban de moverse.

–¿Phoebe? ¿Eres tú?

–Sí –dijo una voz casi inaudible desde debajo del edredón.

–¿Y se puede saber qué haces aquí? –preguntó Carmen al ver que el cuerpecito de la niña no dejaba de temblar–. Al menos deja de ponerme los pies en la cara.

Y en ese momento se oyó otro estruendo y Phoebe se puso tensa. Carmen alargó el brazo y encendió la lámpara de la mesilla de noche, que en realidad solo sirvió para oscurecer aún más el resto de la habitación. Había algo extraño en la luz, un zumbido suave, pero el estruendo...

–¿Qué es ese ruido? –quiso saber Carmen.

Despacio, como si estuviese intentando convencer a un animal para que saliera de su madriguera, Carmen le acarició la espalda a Phoebe. Poco a poco, la niña se fue girando.

—Venga, sal de ahí debajo, que te vas a asfixiar —la animó Carmen.

Los ojos oscuros y el pelo despeinado de la testaruda Phoebe no tardaron en aparecer de debajo del edredón.

—Son... truenos. ¡Hay una tormenta de nieve! —susurró la niña, asustada.

—Ah, ¡claro! —soltó Carmen—. ¡Pues al final sí que era verdad! —De repente, frunció el ceño y añadió—: ¿Por qué no has ido a la habitación de Skylar?

Phoebe negó con la cabeza.

—Porque Skylar siempre nos dice que es muy importante tener un sueño preparador.

—¿Un sueño preparador?

—Sí. Nunca hay que molestar a alguien mientras duerme. Es muy importante que nuestro cuerpo descanse bien.

—Creo que querías decir sueño reparador, no preparador.

—Ah, sí, eso. Pero es que tenía miedo.

—Los truenos no dan miedo —contestó Carmen e hizo una mueca cuando se levantó de la cama; seguía sin entender por qué a Sofia no le gustaba encender la calefacción si pisar aquel suelo de madera pulida era como meter los pies en hielo.

—¡No te vayas!

—Tranquila, solo voy a mirar...

Phoebe volvió a esconderse debajo del edredón, haciéndose un ovillo, con la cabeza pegada a las rodillas. En ese momento, Carmen se prometió a sí misma que iba a superar el odio que le tenía a las pantuflas —le producía demasiado rechazo el material peludo que utilizaban para hacerlas— porque, si no lo hacía, acabaría con los pies congelados.

No se veía nada desde el sótano, pero en la calle el silencio era sepulcral y el cristal de la ventana estaba helado.

—Venga, subamos —dijo Carmen al sentir una oleada de emoción en el cuerpo.

Eran casi las 5:00 h. Phoebe negó con la cabeza con rapidez.

—Solo... vamos a echar un vistacito. Uno rápido —intentó

convencerla Carmen–. ¿Y si nos llevamos el edredón con nosotras?

Phoebe, que seguía temblando, no parecía muy convencida, así que al final Carmen tuvo que ingeniárselas para cargar con la niña y el edredón por las escaleras hasta la cocina, donde aún se notaba el calorcito que se había quedado tras calentar la cena. Después, se acercó con la niña hasta la cristalera que daba al pequeño jardín.

Los copos de nieve revoloteaban en el aire y se iban amontonando en el suelo; era como si la casa estuviera rodeada por una manta blanca que se hacía cada vez más gruesa. De repente, se oyó otro estruendo y Phoebe se sobresaltó, pero Carmen la abrazó fuerte y se taparon las dos con el edredón. Para su sorpresa, le gustó sentir el cuerpecito cálido de su sobrina cerca del de ella mientras se abrazaban por voluntad propia la una a la otra.

No estaban acostumbradas a tanto silencio: la casa estaba en medio de la ciudad, justo al lado de una calle muy transitada. Era raro el día que no oyeran las sirenas de una ambulancia, el pitido de los camiones de basura dando marcha atrás, el claxon de algún taxi o los gritos y las risas de los jóvenes que salían de fiesta.

Pero, justo en ese momento, mientras los enormes copos de nieve danzaban en silencio y caían repitiendo un patrón complejo –algo a lo que ya estaban acostumbradas, pero que a su vez no dejaba de sorprenderlas–, parecía que eran las únicas personas que quedaban en el planeta.

–Haaala –susurró Phoebe.

De pronto, se oyeron unos pies deslizándose por el suelo de la cocina, justo detrás de ellas. Cuando Jack vio que tenían un edredón, asintió con la cabeza y corrió escaleras arriba sin hacer ruido, para después volver a bajarlas con su edredón, que, muy a su pesar, tenía unos dibujitos de coches de madera, en lugar del escudo de su equipo de fútbol favorito: el Hibernian Football Club.

En silencio, el niño se acercó a Phoebe y esta, en vez de empujarlo o darle un codazo como hacía siempre, se movió para hacerle un hueco. Jack imitó a su hermana y apoyó los codos en el frío alféizar de la ventana para poder mirar el cielo. Caían tantos copos que les fue imposible distinguir si estaban mirando hacia arriba o hacia abajo; era como si el cerebro les estuviese dando volteretas.

Jack, que solía ser un culo inquieto, se quedó inmóvil y con la boca abierta mientras contemplaba la escena, aunque de vez en cuando le señalaba cosas a Phoebe: el cobertizo apenas visible por la nieve o la luz de un relámpago que de repente hacía que sus rostros se reflejaran en el cristal de la ventana y se sobresaltaran. Para el inmenso alivio de Carmen, Phoebe se echó a reír cuando se dio cuenta de que se había asustado con su propio reflejo.

Se oyeron otros pasos por detrás, y Carmen se giró. Pippa también había bajado a la cocina, aunque solo para hacerles saber a sus hermanos que los había pillado y decirles que si no volvían enseguida a la cama se lo contaría todo a su madre. Carmen se llevó el dedo índice a los labios y le hizo un gesto con la mano a la niña para que se acercara; seguía habiendo suficiente espacio entre los dos edredones para que Pippa se acurrucara entre sus hermanos. Y, para su sorpresa, la niña obedeció y no armó ningún escándalo.

El silencio, el calor de los cuerpecitos y el increíble espectáculo que les estaba regalando la nieve hicieron que Carmen sintiera una agradable sensación en el pecho, mientras los cuatro miraban asombrados el jardín, que parecía haberse convertido en una misteriosa cueva llena de un sinfín de posibilidades.

Al final, Jack rompió el silencio:

–¿Podemos salir a jugar, *porfi*?

–¿A las cinco de la mañana? ¿En pijama? –dijo Carmen–. Tu madre me cortaría la cabeza.

Los tres niños la miraron, decepcionados.

–Pero tal vez os dejará salir un rato por la mañana antes de ir al colegio –los animó Carmen–. Cuando tengáis puestas las botas de agua –añadió mientras se oía otro estruendo–. Aunque... no me sorprendería lo más mínimo que cancelaran las clases.

A los niños se les agitó la respiración.

–¡Pero entonces me perdería mi clase de fagot! –dijo Pippa, preocupada.

–Jo, quería hacer una pelea de bolas de nieve con mis amigos –se lamentó Jack.

–¿¡Van a cerrar el cole!? –exclamó Phoebe, emocionada, como si le acabaran de dar la mejor noticia de su vida.

–Bueno, no es seguro –se apresuró a decir Carmen–. Ahora, a dormir.

Pero ninguno quería volver a la cama: Phoebe dijo que no quería dormir sola, sino quedarse en la habitación de Carmen; Jack les aseguró que si se iban a la cama, él saldría a jugar solo; y Pippa hizo una mueca y se fue moviéndose como si fuera una anciana en un autobús.

Carmen, tan poco acostumbrada a tratar con sus sobrinos, por una vez en su vida dio con la solución correcta: les prepararía chocolate caliente. La placa de la cocina no había llegado a enfriarse tras la cena y los niños se apiñaron a su alrededor mientras ella buscaba en el armario algo dulce que sirviera para calentarles el cuerpo.

Al final encontró un paquete sin abrir de chocolate a la taza dentro de una cesta de Navidad llena de productos *gourmet* que debía de haberle regalado algún cliente a Sofia. Carmen miró a los niños y ellos abrieron los ojos de par en par, como si, en aquella aventura nocturna llena de sorpresas que estaban viviendo, se estuvieran haciendo realidad sus sueños más irrealizables. Carmen descubrió –esta vez sin ayuda de su hermana– cómo encender el fuego y empezó a remover la mezcla lechosa: para su desgracia, el paquete era de chocolate negro –sin duda, el peor tipo–, así que había tenido que añadirle mucha leche y azúcar para mejorar el sabor. Después, llenó las tacitas de rayas en las que estaban escritas los nombres de cada uno de los niños y los cuatro se sentaron alrededor de la mesa para planear lo que harían durante el día: el muñeco de nieve más grande que existía, una pelea de bolas de nieve con los vecinos, deslizarse en trineo...

Y luego, bueno, les seguía quedando una cesta de Navidad casi intacta, así que Carmen pensó que era injusto no dejarles probar el jengibre confitado.

–¡Qué rico! –exclamaron las niñas.

–¡Puaj! –soltó Jack.

Después, les dejó probar los bombones, oler el té y... una cosa llevó a la otra y acabaron atiborrándose de comida hasta que a los niños se les empezaron a cerrar los ojos y la fiesta de medianoche llegó a su fin. Carmen los empujó a los tres escaleras arriba e hizo que Pippa le prometiera que iba a comprobar que todos se habían cepillado bien los dientes antes de meterse en la cama. Las tazas en el lavavajillas eran la única prueba que quedaba de aquella pequeña aventura. Eso y el inesperado y fugaz beso que Phoebe le había dado a Carmen, aunque esta no estaba del todo segura de si lo había soñado.

Capítulo 19

B: Truenos y nieve? ¿Qué narices está pasando?

Carmen miró el móvil y leyó el mensaje que le había mandado un número desconocido. Frunció el ceño.

C: ¿Quién eres?

B: Blair. Blair Pfenning. Blair el que te invitó a almorzar. Justo ayer. Ese Blair. ¿Te acuerdas de él?

A Carmen le dio un vuelco el corazón. «No me lo puedo creer», pensó. Eso sí que no se lo esperaba. No había querido ilusionarse. Además, el tipo era un poco idiota. Pero...

Tal vez no podía dejar de pensar en ella. Lo cierto es que se había ido del almuerzo con la impresión de que Blair era uno de esos famosos que iban por ahí con aire de superioridad, pero aun así... había disfrutado de su compañía. Al final, no estaba pasando por su mejor momento y ya apenas salía con nadie, así que para ella no era habitual que la invitaran a almorzar y menos aún a un restaurante en el que servían champán y mocos de dragón.

En su acogedora habitación de hotel con calefacción por suelo radiante, Blair Pfenning leía la lista de contactos que le había dejado su publicista antes de marcharse, justo después de haberle dado varias indicaciones para asegurarse de que no perdía el avión y de recordarle que lo iba a echar mucho de menos, pero que tenía que ir a ocuparse de un importantísimo escritor de suspense que estaba de camino a Londres... Él le había hecho un gesto con la mano para que no se preocupara y le había dicho que ya no era un crío, aunque en el fondo no le había hecho demasiada gracia que se fuera, de hecho, le había molestado. Necesitaba una asistenta que estuviese a su lado todo el tiempo y que lo acompañara a todas partes; ya era lo suficientemente famoso para poder gozar de ese privilegio, ¿no?

—El taxi vendrá a recogerte a las nueve —le había comentado Emily—. Es de los de color negro; llegarás al aeropuerto en un santiamén.

—Vale —se había limitado a decir él antes de dejar toda su ropa en la lavandería del hotel, que ofrecía un servicio de exprés, porque pensaba que al menos así estaba gastándose el dinero en cosas útiles.

Su publicista se había marchado a Londres en tren. Él, en cambio, seguía atrapado en el hotel porque le habían cancelado el vuelo, algo que Emily no había podido solucionarle porque la nieve la había dejado atrapada en el tren —justo al sur de Newcastle— y, al parecer, no reanudaría la marcha hasta que llegara el ejército.

A Blair no le dio pena.

Pero, bueno, al menos le había dejado la lista de contactos. Al principio, el enfado había hecho que Blair tirara el papel a la basura, pero no tardó mucho en agacharse para recuperarlo. Seguro que algún número que aparecía en la lista podría ayudarlo.

C: Ah, sí. Hola.

Él resopló. No entendía por qué a Carmen no parecía hacerle mucha ilusión hablar con él. Cualquiera se hubiese emocionado en su lugar.

B: ¿Una tormenta de nieve? Pero ¿esto qué es?

C: Pues un fenómeno meteorológico...

B: No, sé perfectamente lo que es. Es lo que ha hecho que me cancelen el maldito vuelo a Los Ángeles.

Carmen leyó el mensaje. No entendía muy bien adónde quería llegar Blair con todo esto. ¿Acaso creía que ella conocía otra forma de volar de Edimburgo a Los Ángeles que no fuese en avión? ¿O es que estaba aburrido? No sería esa su forma de ligar con ella, ¿verdad?

Como era de esperar, Carmen había buscado el nombre del autor en Google la noche anterior en su dormitorio, lejos de la cotilla de su hermana. Ahora sabía que Blair estaba divorciado. También había visto una foto de su exmujer: una supermodelo guapísima con cara de pocos amigos, aunque, para ser justos, se la habían sacado cuando el *Daily Mail* le estaba preguntando si se arrepentía de haberse divorciado de Blair justo en el momento en que su libro *Cómo el divorcio puede hacerte la persona más feliz del mundo* ya había alcanzado los tres millones de ejemplares vendidos.

Por la mañana, cuando Carmen se volvió a despertar –cansada, pero de alguna manera renovada–, acompañó a los niños a la puerta principal entre bostezos. La oscuridad no había abandonado del todo el cielo y la nieve seguía cayendo en espiral, aunque con más suavidad, pero entre las casas ya se veía la luz rosada del amanecer. Fue precioso. Y ahora esto.

Con el teléfono en la mano, se fue a desayunar.

Al final, sí que cancelaron las clases, para disgusto de Sofia, aunque Jack y Phoebe gritaron de alegría y no tardaron en salir corriendo para ponerse las botas de agua por encima del pijama. Skylar estaba intentando, sin mucho éxito, que los niños se comieran las gachas de avena. Sabía que las odiaban, pero sentía una ligera satisfacción cuando veía que los niños le hacían caso. De repente, Phoebe empezó a hablar de lo que había pasado la noche anterior y sus hermanos le hicieron un gesto para que se callara.

–¿Dónde estará la cesta de Navidad que me regalaron? –se quejó Sofia mientras miraba en el armario de la cocina–. Pensaba donarla.

Skylar fulminó a los niños con la mirada.

–No habréis metido la mano donde no debíais, ¿verdad? –quiso saber la niñera.

Carmen intercambió una mirada con sus sobrinos: los niños tenían cara de estar aterrorizados.

–¿Porque sabéis que ya hemos hablado de lo que debemos y no debemos hacer...?

–Fui yo –soltó Carmen sin pensárselo dos veces–. Te conseguiré otra. Tal vez incluso dos.

–¿Te has comido todo lo que había en la cesta tú sola? –le preguntó Sofia.

–Sí.

–¿Y todo el jengibre confitado?

–Todo. Me chifla el jengibre confitado.

–¿Te has acabado todo el paquete en un día? ¿Después de haberte zampado casi todo el pastel de carne y la lata de judías?

–Tampoco es para tanto, hermanita –respondió Carmen; no iba a dejar que Sofia le cambiara el buen humor con el que se había levantado hoy.

–¿Eso puede alterarte el pH del estómago? –le comentó Skylar–. ¿El azúcar es un veneno, pero lo que has hecho puede ser letal?

–Bueno, al menos si me muero podrás decir: «Se lo advertí» –le respondió Carmen, guiñándole un ojo a los niños y decidiendo que se guardaría las emocionantes noticias sobre Blair hasta que a su hermana se le pasara el disgusto. Además, no quería que Skylar le soltara otra frase de las suyas, como que ¿recibir mensajes podía causarle a uno un tumor cerebral?

Cuando llegó la hora de marcharse a la librería, la casa estaba en completo silencio: los niños habían quedado con sus amigos al final de la calle –en los jardines de la catedral de Santa María–; al parecer el párroco había aceptado con alegría ser el juez en la competición de muñecos de nieve que iban a hacer.

Justo cuando Carmen abrió la puerta, sintió que tenía delante un mundo desconocido y familiar al mismo tiempo. En los tejados de enfrente se habían formado torres cuadradas de nieve; y las murallas, las casas y las iglesias que se veían a lo lejos parecían haberse fundido en una inmensa capa blanca uniforme que se extendía hasta el horizonte.

Carmen respiró hondo, feliz, y disfrutó del silencio.

Y de repente le volvió a sonar el teléfono.

B: ¡Nena, estoy atrapado en Edimburgo! ¿No entendiste mi mensaje de antes? ¡No sale ningún avión!

C: Podría ser peor. Podrías estar atrapado en un lugar que no fuese una de las ciudades más bonitas del mundo, que encima se ve más bonita aún ahora que está cubierta de nieve.

B: Joder. ¡Pero es que solo me traje mis zapatos de ante!

C: ¿Y no puedes pedirle a tu maravillosa secuaz que vaya a comprarte unas botas de agua?

B: Se fue anoche. ¡Me abandonó! ¡Quería que volara solo! ¡Y encima ahora el avión de los cajones no va ni a salir!

B: Me cago en el corrector de los cajones.

C: Vale, vale. Lo pillo.

A Carmen se le escapó una sonrisa. Parecía un niño pequeño.

Carmen decidió ir por Princes Street para ver bien las vistas de la capital bajo la nieve.

El castillo parecía de película, como si lo hubiesen sacado de *Juego de tronos*, y la calle estaba llena de gente que intentaba sacarle una foto a la escena, con las nubes rosas de fondo. No parecía importarles que la nieve siguiese cayendo a su alrededor y les dejara los abrigos llenos de copos. El suelo estaba cubierto con una capa fina de nieve blanca, todavía no se veía sucia ni se había empezado a derretir para convertirse en uno de esos horribles charcos.

Carmen volvió a guardarse el móvil en el bolsillo –hacía demasiado frío y cada vez que quería escribir algo tenía que quitarse los guantes– y esquivó a los fotógrafos.

Fuera por donde fuese, el suelo estaba resbaladizo, pero no se arrepentía de haber tomado el camino más largo. Estaba a punto de llegar al Lawnmarket y se había pasado todo el trayecto observando a la gente, que paseaba con caras de asombro, y a los niños, que se divertían jugando a romper las primeras capas de hielo para formar charcos. Además, se había encontrado algún intrépido por el camino que había decidido sacar su trineo e irse a los Jardines de Princes Street.

Cuando Carmen finalmente llegó a la librería, con las mejillas rojas por el frío, vio a Blair esperándola en la puerta.

—¿Vais a abrir hoy? —le preguntó él, malhumorado.

—Solo es nieve, ni que fuera la lava de un volcán.

—¡Pero es una tormenta de nieve!

—Si pensabas que no íbamos a abrir, ¿qué haces aquí?

Blair se encogió de hombros.

—Pensé que igual al señor McCredie le apetecía hablar conmigo de la venta de mis libros.

Carmen se echó a reír mientras metía la llave en la cerradura, y Blair pensó que estaba guapísima con aquella bufanda roja y ese gorro que le quedaban de maravilla.

—No sé yo si le va a apetecer mucho tener esa conversación —dijo Carmen—. Si dependiera de él, dejaría que los clientes se llevaran los libros gratis...

Blair miró el interior de la tienda. Se estaba bien dentro de la librería con el calorcito: Carmen le había enseñado al señor McCredie cómo poner la calefacción, aunque el hombre ni siquiera sabía que tenían calefacción en la librería. Blair frunció el ceño cuando vio que Carmen cogía el trapo que utilizaban para limpiar el polvo.

—No me importaría tomarme un café —dejó caer.

Ella lo miró de reojo.

—La cafetera está al lado de la nevera; tienes que entrar por el almacén —le explicó Carmen.

—¿En serio? ¡Pero si gracias a mí tenéis dinero para pagar varios meses de alquiler!

Carmen se giró hacia el póster en el que salía la cara de Blair; lo habían colocado para la firma, pero todavía no lo habían quitado de la pared.

–¡No ves que estoy ocupada! –exclamó ella.

–Sí, ocupadísima... –contestó Blair–. Necesito unas botas. ¡Mira qué zapatos llevo! Se me van a estropear.

–¡Pareces un niño mimado! Y yo tengo cosas que hacer.

Blair recorrió la calle de arriba abajo con la mirada. Solo habían quitado la nieve que se había amontonado en la entrada de algunas tiendas. Seguía siendo peligroso circular por allí en coche, así que la calle estaba desierta.

–Pero si no estás haciendo nada, joder.

–Todavía tengo que quitar la nieve de la entrada.

–¡Ajá! –dijo una voz que salía de la penumbra.

Carmen abrió la boca, perpleja, al ver al señor McCredie vestido de pies a cabeza con la combinación de prendas más extraña que había visto en su vida. Se había puesto en los pies unos zapatos largos y puntiagudos que parecían de cuero. Llevaba unos pantalones impermeables viejos que había arreglado con parches y, por encima del jersey, un enorme abrigo de *tweed* con el cuello de piel y una enorme capucha peluda.

–Anda, ¡bonitos *finneskos*! –soltó Blair.

–Gracias –respondió el señor McCredie, esbozando una sonrisa amplia, mientras le enseñaba mejor sus peculiares zapatos–. De piel de reno de la mejor calidad.

–¡Qué maravilla!

–Espere, ¿qué? –intervino Carmen–. ¿Están hechos con piel de reno?

–De hecho, creo que ahora parezco más un reno que un ser humano –comentó el señor McCredie.

–Parece el hermano malo de Papá Noel.

–Pues este abrigo ha estado en el Polo Sur. Bueno, casi –dijo el señor McCredie–. Gracias al Señor –añadió para sí mismo.

–Guau –soltó Carmen–. ¿Y no debería estar en un museo o algo así?

–Ah, sí, lo estará –contestó él–. Pero todavía puedo seguir dándole uso.

Carmen lo miró: era la primera vez que veía al señor McCredie tan contento, preparado, con una pala del año catapún en la mano.

—¿Por casualidad no tendrá otro par de zapatos como esos? —le preguntó Carmen sin poder apartar la vista de aquellas ridículas botas puntiagudas—. A Blair le vendrían bien.

—Bueno, yo...

—No, tranquilo —se apresuró a decir Blair al darse cuenta de que, le vinieran bien o no, no pensaba ponerse unas botas de piel de reno del siglo pasado. No iba a arriesgarse a que un paparazi le sacara una foto con eso puesto—. Justo pensaba ir ahora con Carmen a comprarme unas botas de agua.

—¿En serio, Blair? —preguntó la aludida.

—A ver, todavía no puedes abrir la librería, así que...

El señor McCredie no dijo nada, simplemente se limitó a hacerles señas para que se fueran y comenzó él solo a quitar la nieve de la entrada.

—Tenga cuidado —le pidió Carmen.

—¿Estás insinuando que un McCredie no puede arreglárselas él solo en la nieve? —respondió el hombre, y ella esbozó una sonrisa sincera.

—Está bien —dijo Carmen—. Esta vez le traeré un chocolate caliente.

—No sé por qué te empeñas en hacer que se me pudran los dientes. Ya tengo una edad, ¿sabes?

«Porque alguien tiene que mimarlo y, no sé por qué, parece que ese alguien tengo que ser yo», pensó Carmen.

Blair fue avanzando por la calle con cuidado. Carmen, en cambio, se iba resbalando todo el rato y no podía parar de reírse.

—Oh, venga ya. Deja de poner esa cara —le dijo a Blair—. ¿No te parece que la calle está preciosa?

Él suspiró.

—¿Podrías llamar a la compañía aérea por mí?

—¿Qué? Sí, podría, pero ¿por qué no llamas tú?

–Porque me cuesta entender el acento escocés. Pero tú no tienes ese problema, así que adelante, llama.

–¡No quiero!

–Venga, y te llevo a un sitio bonito.

–¿A Los Ángeles?

–Si quieres –contestó Blair, y le sonrió con sus dientes blancos.

–Te recuerdo que me siguen dando miedo tus dientes –le advirtió Carmen.

–Ay, joder, sí. Me había olvidado. –A Blair se le desencajó el rostro–. ¡Por favor, Carmen! Soy un auténtico vago y un inútil al que le gusta que le hagan las cosas. ¿Te convence eso?

–Si llamo, ¿la compañía aérea me va a dejar en espera una hora?

–Te llevaré al mejor restaurante de la ciudad.

Se pararon al final de Victoria Street, donde había una pequeña tienda de color azul con un bonito escaparate lleno de petirrojos y muérdago, además de un montón de ropa cara de estilo rústico de la marca Burberry y Harris Tweed.

–Seguro que aquí venden botas de agua –dijo Carmen–. Aunque no sé si tendrán abierto.

Había alguien dentro de la tienda. «Madre mía –pensó Carmen–. ¿Acaso todos los comerciantes de Victoria Street se quedaban a dormir en sus tiendas por la noche como si fuesen lirones?».

–¡Hola! ¿Se puede?

Un hombre corpulento de mejillas rojas abrió la puerta de par en par.

–¿Está preguntando si una tienda que vende productos para cuando hace mal tiempo está cerrada justo cuando hace mal tiempo? –soltó el hombre con un tono de voz parecido al del señor McCredie: un acento de alguien de Edimburgo, pero que en realidad no se diferenciaba mucho del de un británico pijo–. ¡Pasen, pasen!

–Gracias –respondió Carmen–. Trabajo en la librería del señor McCredie.

El hombre la miró con el ceño fruncido.

–¿¡Ha contratado a alguien!? ¿¡Está vendiendo cosas!?

–Lo está intentando –dijo Carmen.

–Hola, soy Blair Pfenning –intervino Blair, enseñándole al hombre sus dientes perfectos.

–Pues ese sí que es un milagro –comentó el hombre, ignorando a Blair.

–De hecho, ahora mismo está ahí fuera, quitando la nieve de la entrada.

–¿¡Ha salido de la librería!? –preguntó el hombre, y, dejando su lado más fanfarrón, añadió–: Madre mía, señorita. No sé lo que habrá hecho usted, pero tengo que admitir que estoy bastante impresionado.

–Yo no he hecho nada –le aclaró Carmen.

–Nos van a subir el alquiler a todos, ¿sabe? Así que nos alegraremos si al final consigue quedarse con la librería.

Y, una vez más, Carmen pensó que los comerciantes de la calle se trataban como si fueran una familia y se preguntó por qué el señor McCredie no quería formar parte de ella.

–Sigo teniendo los zapatos empapados –intervino Blair.

–La vida no le ha puesto las cosas fáciles –dijo el hombre, negando con la cabeza.

–¿A quién? ¿Al señor McCredie? ¿Por qué?

El hombre corpulento se dio la vuelta y entró en la tienda.

–Soy Crawford, por cierto –añadió él por encima del hombro–. Crawford Finnieston.

–¿Y tiene botas de agua, Crawford? –le preguntó Blair.

–Espere, ¿por qué ha dicho eso? –insistió Carmen.

Crawford parpadeó, desconcertado.

–¿No se lo ha contado? –indagó el hombre.

–¡No! –soltó Carmen.

Justo en ese momento, Blair divisó un estante lleno de botas de agua de color verde.

–¿Qué es lo que me tiene que contar? –insistió Carmen.

Crawford se encogió de hombros y añadió:

–Oh, lo que pasa en Victoria Street se queda en Victoria Street, señorita. Olvídese, son solo chismes que circulan por la ciudad.

Carmen miró a su alrededor. La decoración de la tienda era bastante peculiar: habían colocado un papel pintado de flores, y unos tocadores y espejos antiguos, además de algunos animales de peluche –al parecer no estaban a la venta, pero a Crawford le gustaban–, chalecos y ropa de caza.

–Esta es la tienda más sofisticada en la que he estado –confesó Carmen.

–No me extraña –respondió Crawford, y después, un poco más suave, le preguntó a Carmen–: ¿Dónde trabajaba antes?

Ella se lo contó.

–Ah, sí. Una pena –dijo él–. Conocía bien esos grandes almacenes. Aunque al final me vino bien a mí. Ahora las muchachas de la costa oeste tienen que venir aquí a comprarse los pantalones de montar.

–Me gustan estas –interrumpió Blair, señalando unas botas altísimas de goma expuestas en el estante.

–Esas son para ir a pescar –le explicó Crawford.

–Pero también servirán para la nieve, ¿no?

Crawford y Carmen intercambiaron una mirada.

–Lo dudo –respondió Crawford, cogiendo las botas de goma.

–¿¡Cuestan trescientas libras!? –soltó Carmen sin poder contenerse.

–Tranquila, le pasaré la factura a la editorial –aseguró Blair, despreocupado–. Al fin y al cabo, son ellos los que me han metido en este lío.

–¿Fueron ellos los que mandaron la tormenta de nieve? –bromeó Carmen.

Blair se probó las botas que tenían un estampado escocés de color verde y se miró en el espejo con una expresión en el rostro que daba a entender que le gustaba lo que veía.

Crawford asintió con la cabeza, pero después añadió:

–Pero...

–Ya lo sé –protestó Blair.

Y un minuto después, el escritor se metió en el probador con unos pantalones de pana azul marino, una camisa de cuadros, un chaleco de color mostaza y un abrigo encerado carísimo. Le había enviado un mensaje a Carmen con el número de la compañía aérea, pero ella había decidido ignorarlo.

–¡Tacháaán! –exclamó Blair, saliendo del probador como si fuera un pastor de ovejas.

Carmen soltó una carcajada, pero dejó de reírse cuando vio la decepción en el rostro de él.

En realidad, le quedaba bastante bien, si pensaba ir a una fiesta de disfraces, claro. Aunque no podía negar que el chaleco le sentaba de maravilla y le resaltaba los hombros, y que los pantalones de pana le hacían las piernas más anchas.

–¿Tienes un entrenador personal? –quiso saber Carmen.

–¿Y quién no?

Carmen puso los ojos en blanco.

–Creo que parezco vestido para una partida de caza –dijo Blair.

–¿Quiere probarse la gorra de lana con visera, señor?

–No –soltó Carmen–. Creo que así está bien. Tampoco hace falta pasarse, ¿no crees?

–Cierto –coincidió Blair, y volvió a mirarse en el espejo–. No es muy de mi estilo, pero... ¿crees que es raro que me vea bien?

–A mí me gusta cómo te queda –dijo Carmen.

–¿En serio?

–En serio.

–Vale, pues me lo llevo todo.

La cantidad de dinero que se iba a dejar era desorbitada, pero Blair puso la tarjeta de crédito dorada en el mostrador con indiferencia.

Después, el escritor salió por la puerta con sus botas de goma caras y su ropa nueva. Cada vez que pasaban por delante de un escaparate, Blair miraba su reflejo en el cristal para admirar su atuendo. Se encontraron a unas cuantas personas más caminando a tientas por la calle llena de nieve. De hecho, se cruzaron con una mujer que, cuando reconoció a Blair, se resbaló de la impresión.

–Señora –la saludó Blair, volviendo a poner su cara de hombre encantador mientras la ayudaba a levantarse.

–¡Blair Pfenning! –se las arregló para decir ella–. Te... ¡Te quiero!

–Anda, gracias –contestó él con delicadeza, y siguió caminando mientras la mujer le daba al botón de la cámara del móvil con los dedos congelados.

–Madre mía –dijo Carmen–. ¿Esto te pasa a menudo?

–No lo suficiente –contestó Blair–. Por lo visto, hay gente que prefiere dejarme solo en una ciudad que no conozco antes que conseguirme un vuelo para volver a mi casa.

–Chocolate caliente –declaró Carmen con firmeza, guiándolo hasta la pequeña cafetería al pie de la colina con las ventanas empañadas por el frío.

Carmen pidió una taza para cada uno mientras Blair suspiraba y tecleaba en su teléfono con rabia.

–¡Guau! –exclamó Carmen mientras se sentaban en una mesa junto a la ventana. Desde allí, con el intenso aroma de la canela flotando en el aire, se veía cómo la calle nevada se estrechaba en el horizonte y los copos blancos revoloteaban sin cesar.

La calle estaba preciosa y lo mejor de todo: al contrario de lo que era tan habitual, no estaba abarrotada de miles de turistas. «Aunque a la librería le vendría bien que empezaran a aparecer cuanto antes», pensó Carmen.

–¿Me das una nube? –le pidió Carmen a Blair, después de haberse acabado las suyas.

–¡No! –contestó él, haciendo un puchero–. ¿Por qué iba a hacerlo?

–Porque si me das una..., te solucionaré lo del vuelo.

Blair volvió a sonreír, pero enseguida dejó de enseñarle los dientes.

–¿Me lo dices en serio? –le preguntó él.

Carmen cogió el móvil de Blair y se metió en la página web de la compañía aérea. Gracias a que tenía el número de reserva y a que la compañía estaba al tanto de la situación meteorológica, tardó unos seis minutos en solucionar el problema.

–Coge un asiento de ventanilla –le pidió Blair, y luego se levantó para sentarse al lado de Carmen–. Lo estás cogiendo en *business*, ¿no?

–Que sí –contestó Carmen.

«Joder. Imagínate viajar a la soleada ciudad de Los Ángeles en *business*. El sueño de cualquiera», pensó ella.

Él suspiró.

–De hecho, creo que deberían ofrecerme un asiento en primera clase por todo lo que me han hecho pasar.

Ella lo miró, negando con la cabeza.

–Sí, porque lo estás pasando fatal aquí, bebiendo chocolate caliente y yéndote de compras... –ironizó Carmen, devolviéndole el móvil.

Lo primero que hizo él fue comprobar si le había reservado el asiento que le había pedido.

–A ver, el 1A está bien... –comentó él–. Pero es que aquí pone que el asiento de al lado está ocupado. Creo que cualquiera preferiría estar en la sexta fila antes que tener a alguien al lado dándote la tabarra. Y la cosa empeora si ese alguien se ha leído uno de tus libros.

La amable camarera, que llevaba el pelo recogido en unas trenzas, se acercó a ellos con timidez.

–Perdón por molestar, pero... eres Blair Pfenning, ¿no?

–Sí, ¿hola?

–¡Los chocolates calientes corren por cuenta de la casa! –le dijo ella, esbozando una sonrisa radiante.

–Oh, vaya, estupendo entonces –contestó el hombre que se acababa de gastar una cantidad de cuatro cifras en ropa nueva.

Y, en voz baja para que solo lo oyera Carmen, añadió–: Joder, si hubiese sabido que nos los iban a dejar gratis, podríamos haber pedido que nos pusieran más nubes. –Después, se giró hacia la camarera y le dedicó una sonrisa–. ¿Quieres que nos hagamos una foto?

Blair estaba sacando su lado más encantador y Carmen intentó mostrarse indiferente. Aunque en el fondo le gustaba la idea de estar al lado de un famoso, porque así la gente también era amable con ella y le regalaba chocolate caliente. Además, con él podía tener conversaciones que sabía que nunca más volvería a tener, como sobre cuál era el mejor asiento para viajar a Los Ángeles en *business*.

Además, Blair desprendía cierta dulzura cuando se pavoneaba orgulloso con su nuevo atuendo, como si hubiese vivido toda su vida en Edimburgo. Carmen estaba acostumbrada a que todos sus novios aparecieran en pantalones de chándal con manchas de procedencia desconocida, aunque siempre prefirió ignorar de qué eran. En ese momento deseó que Sofia estuviese allí para que viese con sus propios ojos quién la acompañaba. No iba a pedirle un selfi a Blair: sería bastante incómodo y estaría rebajándose al nivel de la camarera. Aunque cualquiera que los viera... juntos..., sentados juntos..., igual podría pensar que eran novios. Claro que eso no iba a pasar: él era insoportable.

«Pero nadie más lo ve así», pensó ella. Todos creían que era increíble; gente que no lo conocía de verdad. Solo hacía falta mirar cómo había tratado a aquella mujer en la calle y a la camarera. Seguro que ambas sentían celos de Carmen.

Pero enseguida se negó a que sus pensamientos siguieran por ese camino. Justo en ese instante, la puerta se abrió con una ráfaga de viento clamorosa y una figura alta, que no estaba lo bastante abrigada para el temporal que hacía, entró soplándose las manos y se detuvo detrás de la mesa en la que Carmen y Blair estaban sentados, esperando a que lo atendieran.

–A ver, es que si uno va a Los Ángeles, tendrá que ir en *bu-*

siness, ¿no crees? –comentó Blair sin dejar de mirar la página web de la compañía aérea.

–Oh, sí. Estoy totalmente de acuerdo –dijo Carmen de manera exagerada–. Es que es evidente. Madre mía, ¿quién te rebatiría eso?

–¡Hola, Oke! –exclamó la camarera, saludando a la persona que acababa de entrar.

Carmen se puso rígida y luego miró hacia atrás.

–Oh, hola –saludó ella, molesta consigo misma por habérselo encontrado cuando acababa de soltar un comentario que en realidad era sarcástico, aunque en el fondo sabía que era absurdo que se preocupase porque apenas conocía a Oke. Era solo un cliente de la librería.

–¿¡No es increíble!? –dijo Oke, señalando la calle con una sonrisa–. Está todo precioso.

–No parece que estés muy preparado para la nieve con esa ropa que llevas –dijo Blair, y a Oke se le desencajó la cara.

–Ya, bueno. Supongo que no –contestó él.

«Debe de hacer calor en Brasil», pensó Carmen en ese momento.

–Hay una tienda al final de la calle que vende ropa de invierno –continuó Blair.

–Gracias, tío –dijo Oke a la vez que parpadeaba, perplejo.

–Tu té –le dijo la camarera al brasileño, ofreciéndole una taza pequeña.

Él cogió la taza con las dos manos, agradecido al notar el calor en la piel, y pagó con un billete de cinco libras. La camarera no le devolvió todo el cambio.

Carmen se quedó a cuadros: era evidente que la camarera estaba intentando timar a Oke.

–Perdón –soltó Carmen, incapaz de contenerse–. Pero creo que le has cobrado de más a este chico –añadió con voz temblorosa y con cierta inseguridad.

De repente, toda la cafetería se quedó en silencio. De hecho, le dio la sensación de que todos la miraban.

La camarera se sonrojó al ver que le estaba dirigiendo la palabra la persona que había asumido que era la novia de Blair Pfenning. Antes se había estado preguntando qué tenía Carmen –que en realidad era bastante normalita– que no tuviera ella. Aunque en el fondo eso había hecho que Blair le pareciera aún más encantador: al final había elegido a una chica que no tenía nada de especial, que no llevaba ropa cara y que tampoco parecía una modelo ni nada de eso. Se notaba que era uno de esos famosos que tenían buen corazón, como el actor Pierce Brosnan, y eso hizo que le gustara aún más.

–Mmm, ¿disculpa? –dijo la camarera, aún más ruborizada que antes, sin poder apartar los ojos de la caja registradora.

–Ha pedido la taza pequeña, así que tienes que devolverle más dinero.

Oke le dirigió una mirada divertida a la camarera, y a Carmen enseguida le recorrió un escalofrío por el cuerpo, quedándose con la terrible sensación de que tal vez había metido la pata.

–Sí, la cafetería está adherida a... ¿una iniciativa solidaria? –dijo la chica, aterrorizada.

–¿A una iniciativa solidaria?

–Mmm, sí... Animamos a los clientes a pagar una taza de té o de café, además de lo que se hayan pedido, para que así alguien que quizá no puede permitírsela pase por aquí y la disfrute.

En ese momento, Carmen deseó que la tierra se la tragara; sentía que toda la cafetería la estaba mirando fijamente y, en efecto, así era. Oke no dijo nada; se quedó con la vista clavada en el suelo y en sus zapatillas mojadas, que contrastaban con las botas brillantes de goma que llevaba Blair.

Blair alzó la vista de repente.

–Vaya, qué gran idea –comentó el escritor, para sorpresa de Carmen, y les mostró su habitual sonrisa de dientes blancos–. En ese caso, pagaré diez tazas de chocolate caliente.

Al oír esas palabras, todas las personas que estaban en la cafetería centraron su atención en Blair; de hecho, hubo gente que le aplaudió. El escritor volvió a sonreír y, una vez más, dejó la tarjeta dorada sobre el mostrador. Oke –que normalmente era un charlatán– se limitó a coger el té sin decir nada. Después, le dirigió una pequeña sonrisa a Carmen y salió por la puerta.

–¡Espera!

Carmen se sentía fatal y se moría de la vergüenza; no solo había acusado a la camarera de algo que no había hecho, sino que también le había dado a entender a Oke que creía que era un palurdo al que era fácil engañar. Joder, ¿significaba eso que no iba a volver a probar el exquisito chocolate caliente que preparaban en la cafetería?

Carmen lo alcanzó en la calle nevada y silenciosa por la que seguían sin pasar coches.

–¡Oke!

Él se dio la vuelta. Carmen había olvidado ponerse el abrigo antes de salir y ahora estaba tiritando por el frío.

–Mírate –bromeó Oke–. Si resulta que al final vas menos abrigada que yo –añadió, quitándose la chaqueta que llevaba para poder dársela a ella.

–No hace falta, estoy bien así. Y... lo siento mucho –dijo Carmen.

–No sé por qué te disculpas –le respondió él.

–Pues porque te acabo de dejar en evidencia delante de toda la cafetería. Lo siento.

Oke se encogió de hombros.

–No te preocupes. ¿Le has pedido disculpas a Dahlia?

–¿Quién es...? Ah. La camarera.

Él asintió.

–Creo que la acusaste de... ¿estafadora?

–Ay, madre –soltó Carmen–. Si es que siempre meto la pata. Me busco los problemas yo sola. En cuanto abro la boca, ya me estoy metiendo en un lío.

Oke sonrió.

–¿Y alguna vez has pensado en dejar de buscarlos?

–Todo el rato –contestó ella, mirándolo a los ojos mientras a él se le iba llenando el pelo de copos de nieve–. Pero normalmente lo pienso cinco segundos después de haber abierto la boca, cuando ya es demasiado tarde.

—No será para tanto. —De repente, Oke la miró, preocupado, y añadió—: Vale. Es evidente que tienes frío; ¿estás segura de que no quieres coger mi chaqueta?

—Qué estupidez. Si tú en realidad tampoco vas abrigado.

—Bueno, gracias por preocuparte por mí —comentó él.

—¿No te dijeron en Brasil que por aquí hacía frío? ¿O es que a los cuáqueros os da igual la Navidad, los cumpleaños y el clima? —bromeó ella.

Él se echó a reír. Carmen miró la cafetería por encima del hombro. Blair tenía el ceño fruncido y los ojos clavados en su móvil, aunque no dejaba de mirar a Carmen de reojo.

—Debería volver —dijo ella—. Mmm, ¿qué vas a hacer ahora?

—Voy al centro cuáquero. Van a hacer una reunión y una colecta para ayudar a las personas con menos recursos.

—Vaya, pues sí que vas a tope con lo de ser cuáquero.

—Bueno... —se sinceró él—. No nos gusta celebrar la Navidad, pero sí que nos juntamos para hacer alguna que otra reunión. No ocurre muy a menudo, pero a veces ir es... reconfortante. Sobre todo al estar en un país que no es el tuyo. Ya sabes..., sentarse entre hermanos, hacer cosas en familia... No tenemos por qué compartir las mismas creencias. Y a veces es agradable disfrutar del silencio en compañía.

—Ya veo —dijo Carmen, y de repente, arrugó la frente al recordar lo que había leído en alguna parte y añadió—: Espera, ¿es verdad que los cuáqueros no podéis mentir?

—Sí —admitió Oke—. Aunque igual eso también es una mentira.

A Carmen se le desencajó la cara.

—Me estoy quedando contigo. Después voy a ir a visitar mi árbol favorito.

—¿¡Tienes un árbol favorito!?

Oke asintió con la cabeza, y Carmen estaba a punto de preguntarle más cosas cuando la puerta de la cafetería se abrió detrás de ella.

—¡Me has abandonado! —se lamentó Blair—. Con toda esa gente, observándome. ¡No puedes dejarme solo; es una cuestión de seguridad!

—¿En serio? —le preguntó Carmen, incrédula.

Oke los observó a los dos. Blair lo miró a él de arriba abajo y luego puso toda su atención en Carmen.

—Tienes que estar muriéndote de frío —dijo Blair de forma exagerada a la vez que se quitaba su nueva y cara chaqueta, y le cubría a Carmen los hombros con ella—. Venga, vámonos. Podemos ir a hacer algo divertido. Aunque igual... ¿podrías volver a ponerte en contacto con la compañía aérea? No consigo que me cambien el asiento. ¡No quiero sentarme ahí! Ay, señor; ¿por qué me pasan a mí estas cosas?

—Me alegro de verte —se despidió Oke.

Carmen le sonrió, contenta al ver que no parecía molesto. Oke empezó a subir los escalones que conducían al centro cuáquero, mientras Blair la esperaba a ella.

Carmen se disculpó y entró corriendo en la cafetería, dejando al escritor atrás.

—Lo siento muchísimo —le dijo a Dahlia.

—No te preocupes. Olvidémoslo —le respondió la camarera, tensa—. Pero no soy de las que cobran de más a los clientes.

—Lo sé —contestó Carmen, y le dejó bastante propina, aunque en el fondo le dio la sensación de que así estaba empeorando aún más la situación.

Carmen salió de la cafetería con el ceño fruncido y empezó a caminar con la intención de regresar a la librería. Cuando llegó, se encontró con la entrada perfecta, sin nieve, y a un señor McCredie con una sonrisa de oreja a oreja, luciendo sus botas de piel de reno.

Justo en ese momento, pasó una señora con un niño; iban pisando la acera con mucho cuidado y el pequeño llevaba tanta ropa encima que parecía una bola saltarina.

—¡Mami! ¡Mami! ¡Hala! ¡Mira! ¡Es Papá Noel! —gritó el niño, rompiendo el silencio que reinaba en la calle con su voz aguda y mirando al señor McCredie con los ojos muy abiertos, como si estuviese viendo algo imposible.

El señor McCredie le dedicó una sonrisa amplia e inclinó la cabeza para saludarlo. Mientras tanto, la nieve seguía cayendo.

Capítulo 20

Venga, acompáñame al hotel. Puedes solucionarme lo del asiento en mi habitación –la animó Blair.

–Blair, por favor –le contestó Carmen–. ¿Soy la única mujer que conoces en Edimburgo?

–Mmm, sí, ¿por? –reflexionó él–. Aunque la chica de la cafetería no estaba nada mal...

–Pues vete con ella, entonces.

–Oh, no. Conocer gente nueva es aburridísimo y encima tengo que fingir que me caen bien. Venga, vamos. Estás aquí y mi habitación de hotel está a tan solo..., bueno, como a diecinueve tramos de escaleras.

–No, no, no y no. Vete de aquí ya: tengo que vender libros –le exigió Carmen en un intento de quitárselo de encima para poder empezar a trabajar cuanto antes.

Él la miró, incrédulo.

Y, de hecho, así fue: la librería se fue llenando cada vez más a medida que la gente se animaba a salir de sus casas para ver lo bonitas que habían quedado las calles, hacer muñecos de nieve en el Grassmarket o lanzarle bolas de nieve a los agentes de tráfico, algo que no estaba para nada bien y que, sin duda, uno nunca debería atreverse a hacer.

En cierto modo, Carmen siguió pensando en la oferta de Blair. Al fin y al cabo, a lo largo de su vida se había acostado con hombres muchísimo menos atractivos y atentos que él, para después acabar riéndose con Idra de todas esas estúpidas decisiones que había tomado. «Compartir tiempo con Sofia está haciendo que me convierta en una mojigata», pensó. Aunque él en realidad tampoco parecía querer nada serio:

no le estaba dando falsas esperanzas, diciéndole que quería volver a verla o recordándole lo especial que era.

—Pues adiós —se despidió Blair con un humor de perros en la calle llena de nieve.

Carmen esbozó una sonrisa.

—Adiós —le dijo ella y luego añadió con sinceridad—: Ha sido un placer compartir tiempo contigo.

Blair resopló.

—Me has costado diez chocolates calientes. Mmm. Igual debería ir a ver a la camarera... Seguro que está bastante agradecida por mi generosidad.

—Ya sabemos que las dejas a todas locas. Ahora, venga. Vete.

—Estoy esforzándome por hacer lo que de verdad me apetece —le reprochó él—. Ven conmigo. Por favor. Cuando esté en Los Ángeles tendré la agenda repleta de reuniones y no podré salir a divertirme.

—¿Me estás diciendo que estar en Los Ángeles rodeado de lujo y que te lleven de un lado a otro no es divertido?

—Bueno, tú te lo pierdes —le respondió él.

Carmen se rio de su comentario, pero, cuando lo vio pisando con sus botas de goma el suelo blanco de Victoria Street y desapareciendo entre los turistas, se sintió un poco decepcionada.

Capítulo 21

Sofia se sentó en la mesa de la cocina y soltó un suspiro largo. Cada vez lo llevaba peor. Federico no paraba de recordarle que podía acortar el viaje y volver a casa antes de tiempo, pero ella odiaba que pensaran que necesitaba ayuda y que la trataran como si fuera una debilucha. Además, era consciente de que era ella la que había querido tener un cuarto bebé; Federico se habría quedado la mar de contento si hubiesen decidido tener solo dos. Sabía que Carmen creía que todo lo hacía para presumir y que pensara eso a ella le dolía bastante. Pero, aun así, seguía sintiendo que tenía que asumir esa carga ella sola.

Aunque, para ser sinceros, compartir espacio con Carmen no le estaba resultando tan molesto como se había imaginado. El trabajo la tenía agotada, pero al menos las cosas en su casa no iban del todo mal.

—¿Voy a prepararte una infusión de hierbas? —le dijo Skylar a Sofia, con esa entonación que sabía que a Carmen le ponía de los nervios.

—Ay, te lo agradecería —manifestó Sofia.

—¿Sin problema? ¿Te lo hago y me voy a clase?

—Vas a la universidad, ¿no? —le preguntó Carmen, que justo acababa de llegar de trabajar. Había entrado por la puerta con las mejillas rojas por el frío y una sonrisa; los clientes habían tardado en aparecer por la librería, pero al final habían hecho bastantes ventas.

—¡Así es!

—¿Y por casualidad no conocerás a un estudiante de doctorado que se llama Oke?

—¿Cuál es su apellido?

—¿Cuántos Okes conoces?

—¿Te refieres a Oke Benezet?

—Espero que sí.

—¡Ah, sí! Todo el mundo conoce a Oke. Se mueve bastante por las facultades. Da clases sobre la historia de los árboles en la literatura, en el arte... De cualquier cosa que tenga que ver con los árboles. Hasta él mismo parece un árbol, ahora que lo pienso.

—¿Qué quieres decir?

—Pues que es alto, delgado, con el pelo recogido en un moño, como si tuviera hojas en la cabeza..., ¿y tiene un nombre que se parece al de un árbol o al de un fruto?

—Ah, ya veo —observó Carmen, que en realidad no se había parado a pensar en eso—. Qué gracia.

—¿Y de qué lo conoces tú?

Había algo en el tono de voz de Skylar que a Carmen no le gustó, aunque en realidad no sabía exactamente qué era.

—Es un cliente de la librería. Pensé que era un estudiante sin más.

—¿Uno con una beca de investigación posdoctoral? ¿Acaso sabes lo que quiere decir eso? —Una vez más, Skylar hizo que Carmen pareciera una auténtica ignorante al usar ese tono de voz—. Ya se sacó el doctorado, así que ahora tiene todo el derecho a que se refieran a él como «doctor». De hecho, está dando clases mientras sigue investigando.

—Gracias por la explicación, profe.

—Yo no soy profesora —le aclaró Skylar, frunciendo su precioso ceño—. Para eso antes tengo que...

—Estaba de coña. Evidentemente —la interrumpió Carmen.

Skylar dejó sobre la mesa la infusión de Sofia y le puso al lado una especie de barrita energética; tenía forma de bola y parecía comida de pájaro.

—Gracias. ¡Pásatelo bien en clase! ¿Hoy qué tienes?

—¿Historia de la homeopatía? —respondió Skylar.

–Anda –añadió Carmen–. ¿Y qué te enseñan? ¿La historia del agua a lo largo de los siglos?

Skylar le sonrió con lástima.

–Si así te resulta más fácil entenderlo... –le respondió la niñera a Carmen, y después salió por la puerta, con su pelo rubio moviéndose de un lado a otro.

Y, justo en ese momento, pasó una cosa muy rara: Sofia y Carmen se miraron y, de repente, en aquella cálida cocina –con la nieve todavía cayendo con delicadeza en la oscuridad de la noche–, las dos hermanas se echaron a reír, como si hubiesen olvidado sus diferencias.

–No es solo cosa mía, ¿no? ¿A que está siendo cruel conmigo?

–¡Has empezado tú! –exclamó Sofia–. Y no vuelvas a provocarla. Es difícil encontrar a una niñera decente y a ella se le da genial cuidar a los niños.

–Bueno, pues espero que tus hijos no se pongan malos, porque seguro que acaba administrándoles una dosis de algo diluido en agua para que se mejoren.

–Me gusta que esté aquí –dijo Sofia con firmeza–. Hace que todos nos alimentemos mejor, que vivamos mejor...

–¡Ay, por favor! ¡Si es que estoy rodeada de personas que se empeñan en mejorar la vida de la gente! ¡Me estáis volviendo loca! ¡A mí me gusta mi vida de fracasada! –gritó Carmen, mirando la pantalla de su teléfono.

–¿Esperas algún mensaje? –indagó Sofia.

–No.

–No paras de mirar el móvil. ¿Con quién hablas?

–Con nadie.

Justo en ese instante, su móvil la traicionó y emitió un sonido. Carmen fue incapaz de ocultar la sonrisa que se le dibujó en la cara.

–¿¡Quién es!? –se las arregló para preguntar Sofia, a pesar de que estaba desplomada en la silla y se le cerraban los párpados.

–¿Qué? ¡Nadie! –respondió Carmen, cogiendo el móvil para leer el mensaje que le había llegado.

B: ME ABURRO TAAANTO.

C: PUES PONTE A LEER.

–¡Sonríes cada vez que miras el móvil! No soy tonta, Carmen. ¡Sé lo que significa esa cara!

–Pero ¿qué dices?

–Carmen... ¡Hacías lo mismo cuando eras una adolescente!

–Tampoco hace tanto tiempo de eso... –le recriminó Carmen.

Sofia suspiró y añadió:

–Qué envidia me dabas... Todos los chicos te escribían a ti.

Carmen dejó el teléfono en la mesa, estupefacta.

–Pero ¿¡qué dices!? Si era a ti a quien la gente envidiaba.

Sofia se encogió de hombros. Sabía que su hermana tenía razón; hasta cierto punto, claro.

–No había día que no te lo pasaras bien.

–¡Y que no me metiera en un lío! Mientras tú salías con Duncan MacInlay y tenías una relación perfecta. ¡Y encima estaba bueno! Yo nunca pude tener nada serio con nadie... Siempre a la espera de que algún pringado me mandara un mensaje. ¡Algo que casi nunca pasaba! ¿Puedo tomarme una copa de vino?

–No –soltó Sofia–. Si yo no puedo, tú tampoco.

–¡Pero es que tus tés saben a champú aguado! ¡Y tienes la vinoteca llena! ¿Solo la tienes ahí para presumir?

–¡Por supuesto que no! –se defendió Sofia–. Me está esperando. En cuanto tenga al bebé, pienso beberme todas las botellas que encuentre.

–¿Un mal día en el trabajo? –indagó Carmen.

–Solo estoy cansada.

–Vale. Pues entonces, me voy a servir una copa de vino y dejaré que le des un sorbito. De todas formas, es imposible que un trago de vino le haga daño a ese bebé. ¡Mira el barrigón que tienes! El crío va a salir con edad de conducir un coche.

—Igual así el parto va sobre ruedas —bromeó Sofia—. Y no pienso probar nada. Skylar dice que es mejor no tomar alcohol porque todavía no está demostrado científicamente si es perjudicial o no para el bebé.

—Pues te lo diluyo con agua. Y así tienes vino homeopático.

Sofia se echó a reír y le hizo un gesto con la mano para que se fuera.

—Sabes que no tienes por qué hacerle caso siempre a Skylar, ¿verdad? —le recordó Carmen a su hermana.

—Ay, pero menos mal que sí lo hago —reconoció Sofia, y, justo en ese momento, se oyeron unos gritos que venían de la sala de al lado—. Ves. La necesito.

—Yo me encargo —dijo Carmen.

Sofia hizo todo lo posible por ocultar lo sorprendida que estaba al ver que su hermana se ofrecía voluntaria para cuidar a los niños.

—¿Podrías ponerles algo en la tele? Algo decente, por favor. Tampoco hace falta que los vuelvas a traumatizar con historias tristes.

—Ya pedí perdón por aquello —se defendió Carmen mientras se levantaba para ir a la sala de estar y hacerse con el mando a distancia que seguía sin entender cómo funcionaba. De repente, se paró en el umbral de la puerta de la cocina, se dio la vuelta y observó la barriga enorme y completamente desproporcionada de Sofia. A solas, sin sus hijos y sin ella, era aún más evidente lo agotada que estaba. De hecho, estaba a punto de quedarse dormida.

—¿Qué pasa? —le preguntó Sofia con voz cansada, abriendo los párpados de nuevo.

—Ah, nada. Solo quería preguntarte si de verdad estás segura de que quieres otro crío.

Sofia le hizo un gesto con la mano para que se fuera, y Carmen salió de la cocina.

—Vale —soltó Carmen en la sala de estar mientras miraba

con cierta confusión la gran variedad de opciones que tenía delante–. ¿A qué estáis suscritos?

Al parecer tenían contratadas todas las plataformas, lo cual era extraño porque a Sofia no le hacía mucha gracia que sus hijos vieran la televisión más de nueve segundos al día. «Los ricos y sus cosas. Lo quieren todo aunque no lo vayan a usar», pensó Carmen. Justo en ese momento, se acordó de Blair con su chaqueta y sus botas de goma caras.

–Anda –dijo Carmen al descubrir que tenían Disney+–. ¡Si tienen *Los Muppets en Cuento de Navidad*! Aunque seguro que ya la habréis visto.

–Marioneta se dice *puppet*, no *muppet* –la corrigió Pippa.

–En este caso no –le aseguró Carmen–. Son las mejores marionetas que hay. De ahí que se llamen Muppets. ¿En serio nunca habéis oído hablar de ellos?

–No, pero hemos visto todos los documentales de animales de David Attenborough –comentó Pippa.

–Ah. Bueno, pues en esta peli también hay un montón de animales –le explicó Carmen–. De hecho, creo recordar que salían muchas gallinas.

Phoebe se acercó a la tele con interés para ver el tráiler de la película en la que aparecían muchas ranas y cerdos bailando.

–Haaala –exclamó la niña, asombrada.

–¡Voy a ponerles una peli de animales! –gritó Carmen para que su hermana la oyera desde la cocina.

Sofia le respondió con un gimoteo para hacerle saber que le parecía bien.

Después de darle al *play*, Carmen volvió a entrar en la cocina.

–¿A qué te referías antes cuando me dijiste que me tenías envidia porque a mí me escribían mensajes los chicos? –le preguntó a Sofia a la vez que miraba la pantalla del móvil.

–¡Pues a que te sonaba el teléfono todo el rato! ¡Y a mí nunca me escribía nadie!

–¡Pero es que tú tenías un novio guapísimo que te adoraba! ¡Eso es justo lo que quería tener yo!

—¡Tenía diecisiete años, Carmen! —exclamó Sofia—. ¡A esa edad tocaba divertirse, conocer a gente nueva y meterse en líos! ¡Y estar con Duncan era aburrido de la hostia!

—¡Pero si estuviste años saliendo con él!

—Joder, y no creas que no se me hizo eterno...

—Te quedaba genial aquel vestido que te pusiste para el baile de graduación.

—Lo sé —admitió Sofia—. Me pasé tres días sin comer. Casi me desmayo.

Era como si hubiesen decidido enterrar el hacha de guerra. Tal vez la sobrecarga física de Sofia y el repentino estado de felicidad de Carmen estaban haciendo que se calmaran las aguas. O quizá las dos estaban cansadas del distanciamiento que se había producido entre ellas y de compararse siempre la una con la otra. «O tal vez —pensó Carmen— la tormenta de nieve era la causante de que estuviesen firmando una tregua de Navidad, como habían hecho algunos soldados en la Primera Guerra Mundial».

—Es que cuando te vi en el salón estabas tan guapa... —añadió Carmen con sinceridad—. Parecía que ibas a acudir a una fiesta elegante, en vez de a un baile cutre de instituto.

—Y lo único que hice en toda la noche fue bailar las malditas canciones de Daniel Bedingfield con el aburrido de Duncan. Madre mía, fue un muermo. No como en tu baile de graduación.

—¿Podemos no sacar el tema?

—¡Venga ya! ¡Si fue divertidísimo!

—¡Seguro que no pensabas eso en aquella época! ¡Pusiste la misma cara de desaprobación que pusieron papá y mamá! ¡Y la profesora Leckie! ¡Ay, madre!

—¡Te subiste al tejado del instituto y empezaste a tirarle mandarinas a todas las personas que pasaban! ¡Ibas bastante pedo!

—¡Solo se las tiré a la gente que se lo merecía! ¡Y no fue idea mía!

Las dos se echaron a reír.

—Bueno, cuéntame quién es ese misterioso chico que te escribe.

Las dos miraron la pantalla del móvil de Carmen.

—Así que la cosa con Duncan MacInlay no terminó de cuajar, ¿eh? —musitó Carmen—. ¿Por casualidad no sabrás si ahora está soltero?

—¡Estás intentando cambiar de tema!

—Solo digo que me parecía que estaba bueno.

—Pues todo tuyo —respondió Sofia—. Está trabajando en un concesionario de coches en Musselburgh. Me envía un mensaje cada vez que les llega un Ford nuevo.

—¿Ford? ¿Ni siquiera es un concesionario de Tesla o algo así, más... glamuroso?

—Ni siquiera es un concesionario de Tesla.

—En ese caso...

En realidad, Carmen sí que quería contarle a su hermana que era Blair el que le enviaba mensajes. De hecho, quería contárselo a todo el mundo, gritarlo a los cuatro vientos. «Bueno, a casi todo el mundo», pensó. No se lo había presentado a Oke cuando habían coincidido los tres en la cafetería. Aunque le había dado la sensación de que al brasileño no le había costado mucho adivinar de qué pie cojeaba Blair, justo como le había pasado a ella.

De todos modos, lo que tenían no iba en serio: ella solo lo hacía para poder fanfarronear y él en realidad no le mandaba aquellos mensajes con la intención de tirarle los tejos. Carmen era literalmente la única persona que el escritor conocía en Escocia, así que le parecía normal que hubiese decidido recurrir a ella cuando se vio atrapado en una ciudad que no era la suya. En todo caso, lo que tenían era una mera relación por interés.

Pero es que ahora él le estaba enviando fotos graciosas con sus nuevas botas de goma y mensajes bonitos, que, bueno, hacían que ella sintiera una oleada de mariposas en el estómago.

Pero eso era todo. Y a ella le gustaba que le prestaran atención.

—No es nada —dijo Carmen—. Cosas del trabajo.

—¿Estás hablando con el señor McCredie? —indagó Sofia—. Ni siquiera sabía que tenía móvil.

—Yo tampoco puedo ir por ahí contando la información privada de mi jefe —le recriminó Carmen—. Y no, no creo que tenga móvil.

—Y entonces, ¿con quién...? —Sofia hizo una pausa y se sentó erguida, haciendo que los pechos hinchados le rebotaran en la barriga.

—Tampoco es para tanto —recalcó Carmen.

—¿No estarás hablando con el escritor ese?

Carmen no pudo contenerse y frunció los labios.

—No me lo puedo creer. ¿¡Perdona!? ¿Blair Pfenning te está mandando mensajes? No te creo. No puede ser.

—Sí, pero estamos hablando de trabajo —mintió Carmen, aunque la cara que puso la delató.

—¡Qué mentirosa! —exclamó Sofia—. ¡Emitieron el reportaje ayer! —añadió, sacándose el teléfono del bolsillo.

—¿Qué haces?

—Buscar tu nombre en internet a ver si la prensa habla de ti.

—¿En serio, Sofia? A Blair le cancelaron el vuelo y no se trajo ropa adecuada para la nieve, así que... me pidió ayuda. Eso es todo. Le solucioné lo de los vuelos y esas cosas. El tren a Londres en el que iba su publicista quedó bloqueado por el temporal.

Sofia la miró.

—Pues entonces no entiendo por qué sonríes cada vez que te llega una notificación.

—¡No sonrío! —insistió Carmen, tratando de ocultar una risita.

El móvil volvió a sonar.

B: NO ME QUIERO QUEDAR EN ESTE HOTELUCHO DE MALA MUERTE. NO ME MEREZCO ESTO. NO SÉ QUÉ

HACER. POR FAVOR, VEN A SALVARME O ACABARÉ
COMETIENDO UN DELITO PARA QUE ME METAN
EN LA CÁRCEL A PROPÓSITO. ESTOY SEGURO DE
QUE ALLÍ LAS CONDICIONES SERÍAN MEJORES.

—Ya no quedaban más habitaciones libres en el hotel de pijos en el que se alojaba —le explicó Carmen a Sofia tras leer el mensaje—. Nadie puede salir de la ciudad, así que los hoteles están desbordados. La compañía aérea le ofreció alojamiento en un lugar que no le parece decente..., así que ahora no es que esté muy contento.

Sofia seguía deslizando el dedo por la pantalla de su móvil.

—Aquí pone que está divorciado, pero que al parecer ahora mismo no está saliendo con nadie —le comentó a Carmen—. Vaya, qué cara de amargada tiene su exmujer.

—¡Deja de cotillear!

De repente, Sofia levantó la vista del móvil; ya no parecía estar tan cansada.

—Dile que venga.

—¿¡Qué!? —gritó Carmen.

—¡Invítalo a casa! Podemos cenar todos juntos. Puede quedarse a dormir en la habitación de invitados.

—¿En serio? ¿Y por qué no duermo yo en la habitación de invitados?

Sofia parecía incómoda.

—Pues porque pensábamos que estarías más cómoda abajo...

—Sí, claro... —soltó Carmen con el ceño fruncido—. Lo que pasa es que no querías tenerme cerca por si al final resultaba ser un incordio.

Sofia hizo una mueca. El silencio que reinaba en la cocina se vio interrumpido por el sonido del móvil. Otra vez silencio. Y entonces, Sofia estalló:

—Vale, tú ganas. Lo siento. Pero ahora a lo importante: ¿¡qué te pone!?

—«Eres mi única esperanza» —leyó Carmen—. Será idiota.

—Pues a mí me parece mono —respondió Sofia.

—Lo hace a propósito —le aseguró Carmen, pero la idea de tener a Blair Pfenning en casa..., porque ella lo había invitado... Tenía que hacerlo: así podría presumir, no como en el baile de graduación, que nadie quiso acompañarla... Le dio otro sorbo al vino—. Pero, bueno, está solo, así que igual...

—Ay, ¡sí! —soltó Sofia, aplaudiendo—. Madre mía, ojalá no tuviese este barrigón enorme.

—¿Acaso vas a dejar a Federico y a todos tus hijos por un hombre que solo sabe escribir libros estúpidos?

—¡Por supuesto que no! —exclamó Sofia—. Pero es que sale en la tele...

C: ¿Quieres venir a casa?

B: ¿Dónde vives? ¿No estarás viviendo en lo alto de una montaña con nueve pelirrojos adictos a la heroína que van a querer pegarme por no tener acento escocés?

C: Vale, pues no vengas.

B: No, no. Pásame la dirección.

C: Demasiado tarde. Acabas de perder tu única oportunidad.

B: ¿¡Sabes qué hay en el menú del servicio de habitaciones!?

C: ¿Qué hay?

B: ¡NADA! ¡PORQUE NI SIQUIERA TIENEN SERVICIO DE HABITACIONES! ¡NO PUEDO MÁS! ¡POR FAVOR, AYÚDAME!

—Entonces..., ¿va a venir? —quiso saber Sofia—. Es para saber si saco el salmón ahumado, los blinis, el champán...

Carmen se puso derecha.

—¿Estás de coña? —le preguntó a Sofia.

—No, qué va. En realidad era para Navidad, pero vas a traer a un hombre sexi a casa, así que la ocasión lo merece, ¿no crees? También tengo caviar.

—¿Caviar?

—Sí, me lo regaló un cliente. A no ser que anoche también arrasaras con él...

—Madre mía. No querrá marcharse de aquí. Le encantan los pescados raros y cuanto más caros sean, mejor —añadió Carmen, mirando la pantalla del móvil.

«¿Champán del bueno? ¿Dos veces en una misma semana?», se preguntó a sí misma antes de sonreírle a Sofia.

—¿Así es como consigues siempre todo lo que quieres? ¿Presionas a la gente hasta que no les queda más remedio que hacerte caso?

—Si es necesario, sí —contestó Sofia, levantándose de la mesa—. En fin, coge las copas buenas. Y procura que no se te caiga ninguna.

Capítulo 22

Pues sí que es sexi, sí –pensó Carmen cuando vio a Blair con el pelo oscuro lleno de copos de nieve–. Le hace falta un corte de pelo. Aunque seguro que cree que así parece más interesante y despreocupado».

Todavía llevaba puesta la chaqueta y el chaleco que se había comprado, y las dos cosas le quedaban de maravilla. Y encima se había presentado con una botella de champán. Qué caballeroso.

Como era de esperar, Sofia había obligado a Carmen a ponerse un vestido y algo de maquillaje. Ella había dicho que no a lo del vestido –tampoco quería darle a entender a Blair que estaba desesperada–, pero había acabado haciéndose la raya en los ojos y poniéndose pintalabios.

«No es una cita –se recordó Carmen a sí misma–. No lo es. Es solo el resultado de un... cúmulo de circunstancias».

Aunque, en el fondo, sabía que eso era lo más parecido a una cita que había tenido en mucho tiempo.

Sofia, que milagrosamente se sentía como nueva al saber que iban a tener compañía, subió al piso de arriba para preparar la habitación de invitados, pero, como cabía esperar, ya estaba todo perfecto. Carmen la siguió. Su hermana ni siquiera la había llevado allí el día que le enseñó la casa. Era una habitación preciosa con vistas al jardín; con un baño inmaculado que parecía sacado de un hotel y que tenía el suelo radiante; una cama con un cabecero de latón, sábanas blancas y un edredón de retazos de diferentes colores. Sobre la mesita de noche había varias novelas de tapa dura que se habían publicado hacía poco y que Carmen no podía permitirse comprar, aunque sí que quería leérselas. Al salir, cogió dos sin que Sofia se diera cuenta mientras esta llenaba una jarra de agua y encendía las lamparitas de noche.

—¿Por qué? —quiso saber Carmen—. En serio, ¿por qué no me has dejado quedar en esta habitación?

—Bueno, nuestra habitación está justo al lado y pensábamos que te gustaría tener algo de privacidad.

—Ya, pero es que tu habitación es del tamaño de un hangar de aviones.

No le faltaba razón. Ocupaba todo el lateral de la casa y contaba con dos baños y un vestidor. Era incluso más grande que el piso en el que había estado viviendo Carmen —antes de que la despidieran, claro—, y eso que lo compartía con tres personas más.

—No te preocupes; si juegas bien tus cartas, puede que acabes durmiendo aquí.

—¿Estás insinuando que debería acostarme con Blair Pfenning?

—Solo digo que... A ver, está forradísimo.

—¡Y tú también lo estás!

En ese momento, sonó el timbre y las dos se miraron con una sonrisa.

—Abre tú —la animó Sofia.

—¿Puedo fingir que esta es mi casa?

—No.

—¿Puedo fingir que llevo viviendo aquí toda la vida y que en realidad esta es mi habitación?

—Si lo que quieres es compartir la habitación con él, adelante.

—¡No sigas con eso! —dijo Carmen, riéndose.

Y así fue como Blair se la encontró: a Carmen no se le había borrado la sonrisa y tenía las mejillas un poco enrojecidas por el vino. Se le notaba que se alegraba de verlo. Eso le gustó y, por un momento, se arrepintió de no haber comprado un ramillete de muérdago. Aunque sabía que había acertado con la botella de Veuve Clicquot.

–¡Me esperaba algo muchísimo peor! –confesó él, quitándose los zapatos de ante que llevaba, aunque en realidad le gustaba verse con la ropa nueva que se había comprado; sentía que le daba un aire escocés, como si fuese un actor sacado de la serie *Monarch of the Glen* y en vez de llamarse MacDonald, como el protagonista, fuese MacPfenning–. ¿¡Cómo es posible que vivas aquí si trabajas en una librería!?

–Ahora mismo preferiría que interpretaras el papel de tío encantador como haces delante de la gente que no conoces –refunfuñó Carmen, dando un paso atrás.

Pero, aun así, no podía ignorar que se sentía orgullosa del trabajo que había hecho su hermana para convertir esa casa en su hogar: el dulce olor de las velas aromáticas caras, el diseño y la calidez que transmitían los cuadros –no eran láminas, eran cuadros pintados de verdad– en contraste con el azul oscuro de las paredes.

–Entendido –dijo él.

Sofia bajó las escaleras con toda la delicadeza que podía una mujer embarazada de ocho meses, es decir, con poca. Pero al menos no perdió la sonrisa.

–Hola –saludó ella–. Bienvenido, Blair.

–¡Tienes una casa magnífica! –exclamó él para complacerla, y le enseñó los dientes–. Agradezco que me hayas invitado a cenar; no era mi intención abusar de tu amabilidad.

–Tampoco hace falta que le hagas la pelota –protestó Carmen en voz baja.

–Shhh –siseó Blair.

Sofia los observó a los dos con cierta diversión.

–Entra, te enseñaré la casa –le dijo Sofia, pero justo en ese momento se oyó un grito agudo.

Los tres se sobresaltaron cuando Phoebe salió corriendo de la sala de estar, seguida de cerca por Jack. Este hacía como que estaba preocupado por su hermana, pero, en realidad, también había salido pitando del salón porque estaba muerto de miedo.

Phoebe no paraba de llorar mientras alternaba la mirada entre Carmen y su madre.

—¿Y ahora qué es lo que pasa? —quiso saber Sofia.

De repente, se dejó de oír el ruido de la televisión y Pippa se asomó a la puerta con cara de enfadada y con los labios fruncidos.

—¡Esa peli no es para niños! —exclamó Pippa—. ¡Da demasiado miedo!

—¿Qué estabais viendo? —preguntó Sofia, alarmada.

—Ni que os hubiese puesto un documental de asesinos caníbales —soltó Carmen—. ¡Era una peli de los Muppets! ¡Y los Muppets no dan miedo!

Phoebe se volvió a convertir en un mar de lágrimas, sollozando cada vez más fuerte, y Jack y Pippa empezaron a gritar, asegurándole a su madre que sí que daban mucho miedo. Phoebe siguió gimoteando, llorando y tragando saliva para poder respirar. Blair se había quedado allí de pie en la entrada, como si no tuviera ni la más remota idea de qué hacer, aunque era cierto, no la tenía.

—Por Dios, Carmen —dijo Sofia—. Te dije que les pusieras algo decente y me dijiste que iban a ver una peli de animales.

—¡Son marionetas de animales! —se defendió Carmen.

Las dos hermanas se acercaron a la puerta de la sala de estar para comprobar lo que estaba sucediendo en la televisión, pero Phoebe, que seguía lloriqueando, les agarró la mano y se negó a dejarlas pasar. Jack al final consiguió abrir la puerta y se encontraron con la habitación oscura. Pippa había puesto en pausa la película y la imagen se había quedado congelada justo en el momento en que aparecía una figura fantasmal encapuchada con los dedos esqueléticos. Sin luz, en aquella pantalla gigantesca de setenta y cinco pulgadas, la película sí que parecía dar miedo.

Phoebe no tardó en soltar otro grito, aterrada.

—¡Apaga eso, Jack! —gritó Sofia, pero el niño la miró horrorizado y negó con la cabeza.

Pippa también estaba muerta de miedo, pero, aun así, dijo con voz temblorosa:

—Yo la apago, mami.

—Por el amor de Dios —musitó Carmen, zafándose con cuidado de la mano de Phoebe y entrando en la habitación oscura para apagar la televisión, furiosa por haber sido la causante de otro alboroto—. ¡Va del *Cuento de Navidad*! ¡Un clásico!

—¡Es una historia para adultos, Carmen! —exclamó Sofia con desaprobación.

—¡Deja de serlo cuando salen los Muppets! —gritó Carmen mientras intentaba averiguar cuál era el botón del mando que tenía que pulsar. De repente, cambió el canal por error y puso una película en la que salía The Rock haciendo estallar algo; el ruido de la explosión resonó en toda la habitación gracias a los altavoces de última generación, y Phoebe volvió a gritar—. ¡Tiene que ser una maldita broma! —siseó Carmen, peleándose con el mando a distancia.

—Puedo volver más tarde —dijo Blair al ver que aquel drama familiar lo había cogido por sorpresa.

Justo en ese momento, la puerta de la entrada se abrió y Skylar entró como si nada, con pasos ágiles, con su pelo rubio y su sonrisa perfecta.

—¡Skylar! —la llamó Pippa—. ¡Skylar! Phoebe se acaba de asustar con el monstruo que sale en la tele.

—Ay, santa paciencia —exclamó Skylar antes de entrar en la sala de estar, quitarle el mando de las manos a Carmen, apagar la televisión y encender las luces, consiguiendo así que la habitación volviera a verse acogedora y cálida. Después, se dio la vuelta y les dedicó una sonrisa a todos.

Carmen se dio cuenta de que la niñera seguía teniendo algunos copos de nieve en el pelo.

—No os preocupéis. ¿Ya está todo solucionado? —continuó Skylar, pero entonces vio a Blair y se quedó muda, con las mejillas sonrojadas.

Carmen —que se había quedado de pie en un rincón— se

sintió incómoda, insegura y completamente invisible al lado de Skylar, que era la viva imagen de la juventud.

—¡Hola!

—Eh, ¡hola! —la saludó Blair, enseñándole sus dientes blancos.

—¡Soy Skylar!

—Qué nombre más bonito.

—Perdón, pero ¿eres Blair Pfenning? ¡Me he leído todos tus libros! ¡Me flipó *Encuentra la luz de tu amor y hazla brillar*!

En ese momento, Carmen recordó —ahora un poco arrepentida— que al final no le había echado un vistazo a ninguno de los libros de Blair que había en la librería; quería hacerlo, pero se había quedado absorta mirando un ejemplar de *A Christmas Murder* y se había olvidado. Aunque sí que le había dado tiempo a mirar la foto que le había enviado con su chaqueta nueva.

—¿Y leerlo te ayudó? —le preguntó Blair con su tono de voz amable y encantador.

Mientras tanto, Phoebe seguía muerta de miedo, señalando la televisión —ahora apagada— con el dedo.

—Lo siento —le dijo Carmen, agachándose a su lado—. Pues al final sí que había un fantasma en la película que daba miedo.

—¡Tiny Tim está muerto! —añadió una voz malhumorada detrás de ellas.

Pippa se había cruzado de brazos, todavía no se le había pasado el disgusto.

—No está muerto.

—¡Hay una silla vacía y la cerda está llorando!

—¿Por qué algunos son ranas y otros cerdos? —preguntó Jack con seriedad—. ¿Es eso lo que pasa si tu madre es una cerda y tu padre una rana?

—Sí —suspiró Carmen—. Las niñas nacen cerditas y los niños ranas.

—Ven, ¿quieres que te ponga algo de beber? —le ofreció Skylar a Blair—. ¡Anda! Veo que has traído champán... ¡Qué travieso, bebiendo entre semana!

—¡El final no es tan triste! —continuó diciendo Carmen mientras Skylar guiaba a Blair hasta la cocina—. La peli acaba bien.

—Pero Tiny Tim está muerto; ¡hemos visto su tumba! —insistió Pippa.

—¡Y al lado había un monstruo! —exclamó Phoebe con la voz temblorosa.

—Pero el final es bonito y feliz, os lo prometo —les aseguró Carmen, desesperada.

—Cada vez se te da mejor traumatizar a los niños —comentó Sofia por encima del hombro mientras seguía a Skylar y a Blair hasta la cocina, desde la que salía el delicioso olor a lasaña y a blinis recién calentados: a todos se les hizo la boca agua.

Carmen se puso de pie con la intención de seguirlos.

—Tita Carmen —dijo Pippa—. ¿Por qué no ves el final de la peli con nosotros?

—¿Qué? —preguntó Carmen.

—Para que Phoebe no se *traimatice* más.

—¡Yo no estoy *trimitizada*! —protestó la aludida.

Carmen suspiró.

—Vale, pero primero voy a por una copa de champán y...

—¡No! ¡Queremos terminar de verla ahora! —la interrumpió Pippa.

—Así que... —dijo Skylar mientras se sentaban en las cómodas sillas de la cocina. Su voz se oía desde la sala de estar—. ¿Me esfuerzo bastante en seguir un camino más espiritual? Pero aun así me siento insegura, ¿sabes? No sé si podrías darme algún consejo.

Carmen le habría respondido con un bufido; no creía que Skylar se hubiese sentido insegura ni un segundo de su vida. Se imaginó a Blair en ese momento, acomodándose en la silla con una expresión amable en el rostro, fingiendo que le encantaba que le pidieran consejo. Carmen suspiró.

Una manita tocó la suya y desvió la vista hacia los grandes ojos marrones de Phoebe, que se parecían mucho a los suyos.

—¿Me prometes que la ranita no muere? —le susurró la niña.

–Te lo prometo, Phoebe –le aseguró ella. Después, cogió a la niña y se sentó entre Jack y Pippa, con la pequeña en su regazo.

Carmen había olvidado la seriedad con la que actuaba Michael Caine, y lo divertidos que eran Gonzo y la rata. De hecho, se reía de manera exagerada cada vez que la rata se caía para demostrarle a Phoebe que la película no daba miedo y que al final todo acababa bien.

Y entonces, cuando la mirada del señor Scrooge se tiñó de miedo y decidió que debía cambiar su actitud, la pantalla se llenó de patines y pingüinos, y todos empezaron a bailar de alegría al ritmo de la canción que sonaba.

Phoebe se fue acercando cada vez más a la televisión y Carmen tuvo que arrastrarla de vuelta al sillón. Los personajes seguían cantando canciones mientras caminaban por las calles, hasta que finalmente llegaron a la casa de la rana y la cerdita. En ese momento, Carmen vio que la niña contenía la respiración, preocupada. El señor Scrooge esperó a que le abrieran la puerta y, cuando lo hicieron, les regaló un pavo gigantesco. Y allí estaba Tiny Tim, vivito y coleando. Phoebe aplaudió, como si estuviese a punto de estallar de alegría, y los cuatro se rieron y se acurrucaron juntos.

–¡Dios bendiga a todos! –exclamó Carmen, repitiendo la frase que decían en la película, y los niños la miraron con incredulidad al ver que se la sabía de memoria–. Es una historia famosísima –les explicó–. Hay muchas versiones. Seguro que os gustarían todas.

–¡Quiero volver a verla! –declaró Phoebe–. Ahora.

–No nos dejan ver la tele tantas horas –le recordó Pippa–. Es malo para nuestro *chi.*

–¡Estamos en Navidad! –protestó Carmen, señalando el bonito calendario de Adviento que ya tenía una de las ventanitas abiertas; Pippa la había abierto esa misma mañana, pero, como era de esperar, no era de los que estaban llenos de chocolate–. Así que no pasa nada.

–¡Yuuupi!

Cuando Carmen pudo por fin ir a la cocina, descubrió que el ambiente era sombrío.

–Pero ¿sabes cuál es el problema que tengo? –comentó Skylar, seria, mirando a Blair con sus ojos azules redondos–. ¿Qué la gente me subestima? ¿Porque no consideran que alguien como yo pueda estar en la universidad? Y tengo que aguantar ese tipo de discriminación todos los días.

–Ya, entiendo que eso te afecte –respondió Blair con un tono de voz profesional, como si fuese un doctor al que habían invitado a un programa de televisión.

Carmen le lanzó a Sofia una mirada de «¿Qué coño está pasando?». Su hermana la fulminó con la mirada. Estupendo.

–Están viendo la película otra vez –le informó Carmen a Sofia.

–¿La película que les ha hecho llorar?

–Tranquila, parece que ya no les da miedo.

Y, así era. De hecho, se oían de fondo las vocecitas de los niños, pasándoselo bien mientras intentaban cantar al unísono con los animales.

–¿En serio? –Sofia pareció sorprendida.

–No creo que sea muy bueno para los niños pasar tanto tiempo delante de una pantalla, ¿no crees, Blair? –intervino Skylar, mirándole a los ojos.

–Si lo prefieres, puedes ir a entretenerlos con uno de tus jueguecitos didácticos –dijo Carmen con desdén.

–En realidad, hoy es mi tarde libre: suelo quedarme en la universidad más tiempo porque hago actividades extracurriculares –le aclaró Skylar–. Ah, y antes vi a Oke. Saludos de su parte –añadió, y después se inclinó con aire presumido hacia Blair–. Oke es un amigo especial de Carmen...

–¿No será ese el tío al que estafan en las cafeterías?

Skylar se echó a reír, como si el comentario le hubiese parecido graciosísimo, a pesar de que era imposible que supiera a qué se refería Blair.

—Así que, bueno, los chicos no tienen ese problema en clase —añadió Skylar, retomando el tema de antes—. Pero cuando yo levanto la mano para hacer alguna pregunta, casi siempre me ignoran.

Blair le dedicó a Skylar una mirada empática y le dijo, enseñándole los dientes brillantes:

—Quiero que sepas que todo va a salir bien.

—¡Guau! —soltó Skylar, al borde de las lágrimas—. ¡Qué fuerte! ¿No sabes lo bien que me va escuchar esas palabras?

—Ay, Carmen; lo siento mucho —le susurró Sofia a su hermana cuando se pusieron a recoger la cocina, después de que Carmen se hubiese hinchado a champán y vino en un intento de recuperar el tiempo perdido.

Blair y Skylar se habían quedado hablando en la mesa, enfrascados en una conversación. Skylar no paraba de reírse de forma exagerada y de echarse el largo pelo rubio por encima del hombro más veces de las que a Carmen le parecían estrictamente necesarias.

—¡Pero si en realidad no me gusta! —le dijo Carmen, enfadada—. Eras tú la que quería que viniese.

—Lo sé —añadió Sofia—. Y lo siento.

—Ni siquiera quiero que se quede a dormir aquí.

—Ya —respondió Sofia—. Lo entiendo.

—Tendría que haberme imaginado que iba a pasar esto.

—No seas tan dura contigo misma —dijo Sofia con brusquedad—. Está claro que ese hombre tiene dos caras.

—En fin, supongo que es difícil encontrar a alguien que sea atractivo y rico, y que encima no sea un fantasma. Aunque, bueno, tú lo encontraste.

—Sí, pero este mes solo lo he visto durante quince minutos —se lamentó Sofia—. Y no metas las cosas así en el lavavajillas; no quedarán limpias —añadió, antes de acercarse a la mesa entre bostezos—. Bueno, me voy a dormir. Buenas noches, Blair. Ha sido un placer conocerte.

Blair no parecía querer irse todavía, pero Carmen hizo el paripé de mirar su reloj para que él se diera cuenta.

–Sí, ya es hora de irse a la cama –les gritó a sus sobrinos, y después le dedicó una sonrisa forzada a Blair–. Me alegro mucho de que hayas venido.

Blair entendió la indirecta enseguida, así que se puso el abrigo y, después de estrecharle la mano durante un rato, se despidió de Skylar.

–Joder –le dijo Blair a Carmen en la puerta–. Creo que tu hermana me ha servido demasiado champán.

–Sofia no puede beber alcohol –le explicó Carmen–. Así que probablemente su intención era vaciar la botella lo antes posible para así no acabar cayendo ella en la tentación. Además, estoy segura de que le hace feliz saber que mañana será la única que no se despierte con una resaca de mil demonios –añadió–, y se percató, mientras hablaba con el aire frío dándole en la cara, de que efectivamente ella también estaba bastante borracha.

Skylar les había recomendado que bebieran un vaso enorme de agua entre cada sorbo de champán, pero Carmen se había negado como una niña pequeña a hacerle caso. Ahora se arrepentía. Se tambaleó un poco y se apoyó en el marco de la puerta. Seguía enfadada con Blair por haberse pasado toda la cena hablando con alguien que no era ella.

–Vámonos –dijo Blair de repente–. Ven conmigo. Acompáñame a mi hotelucho de mierda. Divirtámonos. Mi vuelo no sale hasta las seis de la mañana. Venga. Si vienes, podremos portarnos muy pero que muy mal...

–Que te den –soltó Carmen–. ¡Te has pasado toda la cena hablando con Skylar!

–¡Pero es una fan! –respondió él, bastante sorprendido con las palabras de Carmen–. Venga ya. Sabes que no puedo decepcionar a mi público. Pero contigo es diferente; puedo ser yo mismo.

A Carmen le entraron ganas de irse con él. Sobre todo al

verlo allí, tan guapo a la luz de las viejas farolas de la calle, provocándola, mientras los copos de nieve se le iban acumulando en el pelo y en su chaqueta de marca. Hacía meses que Carmen no besaba a nadie y ahora... tenía la oportunidad de marcharse con un hombre atractivo.

Blair sonrió y fue la primera vez que ella vio su verdadera sonrisa. No estaba enseñando todos los dientes, solo las paletas, así que era más bien una sonrisa lobuna. Y, aun así, a ella le atrajo más esa sonrisa que la que solía poner siempre.

—¿No es ahora cuando deberías soltarme un «Te prometo que todo va a salir bien»?

—Joder, no. Olvídate de esa mierda —respondió Blair, deslizando de repente una mano fría alrededor de la cintura de Carmen, lo que hizo que ella soltara un grito ahogado—. De hecho, te diría que todo va a salir muy muy mal. Bastante mal —añadió, inclinándose hacia ella.

A Carmen le llegó el olor de su *aftershave* caro y el resquicio de algo más fuerte. Muy a su pesar, sintió un cosquilleo de deseo; uno que la animaba a olvidarse de todas sus preocupaciones. Había intentado no meterse en problemas, se había dejado la piel trabajando en la librería, había empezado a llevarse bien con Sofia... Se estaba esforzando..., ¿y si esta era su recompensa?

—¿Carmen? —La voz de Sofia llegó desde el interior de la casa.

Carmen y Blair intercambiaron una mirada; seguían parados en el umbral de la puerta.

—Cierra la puerta. ¡Está entrando el frío! —volvió a gritar Sofia.

—Ven conmigo —le dijo Blair con una mirada seductora.

—¡Carmen!

Carmen parpadeó, indecisa. Justo en ese momento, el taxi que Blair había pedido apareció por la calle silenciosa, bajo la luz cálida de las farolas. Un taxi, una habitación de hotel... Inconscientemente, se acercó un poco más a él. Blair le apretó aún más la cintura, con confianza, de manera posesiva. Ella fue inclinando poco a poco la cabeza hacia arriba, acercando los labios cada vez más a los suyos hasta que...

¡PLOF!

La enorme bola de nieve les cayó directamente encima. Carmen tenía nieve por todo el pelo y se le habían metido restos hasta en el jersey fino que llevaba. Estaba helada, mojada y encima le picaba la piel.

−¿¡Pero qué...!?

Y enseguida el viento arrastró el sonido de unas risitas. Carmen miró hacia arriba. Para su sorpresa, la ventana de la habitación de Phoebe estaba abierta: Jack y la niña estaban tirando la nieve que se había amontonado en el alféizar de la ventana sin poder parar de reírse.

−¡Le estabas dando un beso! −gritó Phoebe.

−¡Puaj! ¡Qué asco!

−¡No es verdad! −exclamó Carmen, incómoda, aunque en el fondo la situación le parecía divertida.

−Malditos mocosos −susurró Blair, enderezándose−. ¡El abrigo es de cachemir! −añadió, elevando la voz.

−Mmm, pues... Buenas noches −se despidió Carmen; la nieve fría había conseguido devolverla a la realidad−. ¡A dormir, diablillos! ¡O no habrá más Muppets!

Los niños dejaron de reírse y cerraron la ventana de golpe. Blair la miró, confundido.

−¿No vas a venir? ¿En serio?

−¿Crees que me puedo subir a un taxi con un hombre que mis sobrinos no conocen de nada mientras me están mirando? −dijo Carmen−. No.

−Hay que joderse... −soltó Blair, antes de darse la vuelta y caminar hasta el taxi.

−¡Nos vemos! −exclamó Carmen, pero solo recibió un gruñido como respuesta.

Carmen subió las escaleras y se desplomó en la cama de Sofia, enterrando la cara en una de las muchas almohadas que su hermana quitaba cada noche antes de irse a dormir y volvía a colocar de forma ordenada cada mañana.

–Podrías haberte ido con Blair –dijo Sofia mientras se ponía crema en la cara–. Tampoco hace falta que estés enamorada de él.

Carmen la miró.

–¿Qué? –quiso saber Sofia.

–Nunca dejas de sorprenderme –admitió Carmen, antes de beberse por fin medio litro de agua de un trago y de quejarse de lo fría que estaba.

–Ya, pero... ¿cuánto tiempo ha pasado desde la última vez que estuviste con alguien?

–¡Dijo que los niños eran unos mocosos!

–¡Pero es que se comportaron como unos auténticos mocosos! –exclamó Sofia, y, de repente, se echó a reír–. Madre mía. No me puedo creer que haya dicho eso. Ay, madre.

–¿No le habrás dado un sorbo al champán a escondidas?

–¡Claro que no! –se defendió Sofia sin poder parar de reír–. Creo que es porque te tengo aquí –confesó, mirando a Carmen con dulzura, algo que no solía hacer.

–¿Te hace gracia que use mal el lavavajillas y que lleve meses sin echar un polvo?

–Algo así –dijo Sofia–. Creo que me está sentando bien pasar tiempo contigo.

Carmen la miró, sorprendida.

–Gracias –murmuró ella, incapaz de mantenerle la mirada a Sofia. Y, tras una pausa, añadió–: Yo también me lo estoy pasando bien aquí.

–¿Aunque sea una maniática con el lavavajillas?

–Sí –respondió Carmen–. Y los niños no son unos mocosos. Son geniales.

Justo en ese momento, se oyó un ruido casi imperceptible que venía del piso de abajo. Las hermanas se miraron.

–No puede ser –soltó Carmen, sacando conclusiones antes que Sofia.

–¿Qué? ¿¡Qué pasa!? –quiso saber su hermana.

Pero Carmen ya se había levantado para acercarse a los grandes ventanales que daban a la calle. El taxi había dado la vuelta y se había parado de nuevo en la entrada, y, tal y como Carmen se había imaginado, allí estaba Skylar, con su largo pelo rubio cayéndole por la espalda mientras corría hacia el vehículo y se subía a él.

–A ver, a mí me hace gracia –comentó Sofia.

–Ya –contestó Carmen–. Pero es que llevo mucho tiempo sin... Y me gusta...

–¿Qué es lo que te gusta? –indagó Sofia.

–Nada; es una tontería.

–Venga, cuéntamelo.

–Me... me gusta la idea de estar con él. Es que soy la única que parece que no tiene su vida bajo control ni una casa bonita. Soy un desastre. Ya no sé qué hacer. Y compartir tiempo con él... me pareció divertido. Me gusta lo que significa estar con él: estar rodeada de lujo y que todos te traten bien.

–Lo que te gustó es que te tratara bien el resto, no él.

–Sí, ya. Lo sé, lo sé. Qué fácil es decir eso cuando no duermes en el sótano...

–¿Quieres quedarte en la habitación de invitados?

–No, no te preocupes –dijo Carmen con cautela–. Ya te manché el lavabo del sótano con tinte para el pelo.

Sofia se incorporó con dificultad.

–¿Quieres que te ayude? –le preguntó Carmen.

–No, estoy bien. Gracias.

–Más le vale estar aquí mañana por la mañana... –añadió Carmen, bebiendo más agua–. Yo no me voy a levantar temprano para despertar a los niños.

–Y yo tengo que irme a trabajar –comentó Sofia.

Capítulo 23

En realidad, fue peor de lo que Carmen se había imaginado. Cuando se despertó, vio que Skylar ya había vuelto; se la veía más fresca que una lechuga y encima hasta le había dado tiempo a prepararles a los niños –que ya estaban sentados en la mesa de la cocina– gachas de avena con miel natural.

–¡Buenos días! –gorjeó la niñera–. Ah, Carmen, ¡muchísimas gracias por presentarme a tu amigo Blair! ¡Qué maravilla de hombre!

–¡Carmen le dio un beso! –gritó Phoebe.

–¡No es verdad! –le aseguró Carmen a Skylar–. No les hagas caso.

–Oh, tranquila –contestó Skylar–. Sabía que era mentira –añadió con una sonrisa despreocupada–. Después de Los Ángeles, tiene que irse a Ámsterdam, pero me dijo que tal vez hacía una parada en Edimburgo. ¡En algún sitio tendrá que hacer escala! Seguro que me pide que lo acompañe.

Y Carmen la sintió. Esa punzada de dolor. No por Blair; ese chico era un idiota. Pero... pero... había perdido la oportunidad de dejar de ser la chica que dormía en el sótano de su hermana y que tenía un trabajo temporal.

–Anda, qué bien –soltó Carmen, intentando sonar alegre, aunque no lo logró–. ¿Por qué nunca hay pan blanco en esta casa?

–¿Porque es veneno? –contestó Skylar–. En fin. ¿Blair me comentó que ya sabe cuál es su propósito en la vida? Viajar. De hecho, planta diez árboles cada vez que lo hace porque sabe que los aviones contaminan el medio ambiente. ¿No es increíble?

«Lo que es increíble es la cantidad de chorradas que suelta por la boca», pensó Carmen.

—Además, cree que es importantísimo difundir el estilo de vida positivo por el mundo, ¿a que sí, niños?

—¿Con besos? —preguntó Phoebe.

—Bueno, no exactamente —le respondió Skylar—. Aunque ser amable siempre suma puntos.

—¿Y tú fuiste muy amable con él anoche? —quiso saber Carmen, sin importarle lo más mínimo que le hubiera prometido a Sofia que no iba a provocar a Skylar.

Aunque no le sirvió de mucho porque la niñera le devolvió la pulla:

—Ay, lo de anoche fue maravilloso. ¡Me lo pasé tan bien! —Luego se volvió hacia los niños y añadió—: Venga. ¡Arriba todo el mundo! ¿Hacemos el saludo al sol antes de irnos al cole?

—Pero si no hace sol —señaló Phoebe con tristeza mientras Carmen se marchaba al trabajo.

Esa mañana la nieve no hacía que la calle desprendiera tanta magia; estaba medio derretida y sucia. Había charcos por todas partes, difíciles de evitar si, tal y como estaba haciendo Carmen en ese momento, no despegabas la vista del móvil y sentías cierto remordimiento en el cuerpo.

«Te estarías sintiendo peor si te hubieses acostado con él», se repetía Carmen a sí misma. Salir con alguien que en realidad no le gustaba... Aunque aquella mano firme alrededor de su cintura... «Para ya».

La tienda de magia —unas puertas más abajo que la librería del señor McCredie— estaba llena de gente, y Carmen se detuvo para echar un vistazo. Una mujer alta con el pelo muy largo y de color naranja asomó la cabeza.

—¡Buenos días! —resonó su voz—. Eres la jovencita que trabaja en la librería del señor McCredie, ¿verdad?

Carmen asintió.

–Estás trabajando mucho, ¿eh? Yo le advertí lo que iba a pasar, pero nunca me escucha. ¡Tenéis que venir los dos a la fiesta que vamos a hacer el jueves!

–Ah sí, la fiesta.

–¡Pues claro! Todas las tiendas de la calle hacen una. Excepto vuestra librería, claro. Eso habría que cambiarlo, ¿no crees?

Carmen no estaba de humor para fiestas, pero le prometió a la mujer que pasaría por allí y que le llevaría el ejemplar de *The Winter Almanac* a Bronagh, la propietaria de la tienda de magia. Llevaba meses en el mostrador porque no lo había ido a recoger.

–Traeré el libro que nos pidieron –le aseguró a la mujer.

«Ahora mismo Blair tiene que estar volando», se dijo Carmen a sí misma. Le esperaba un vuelo larguísimo hasta Los Ángeles, aunque después tendría que irse a Ámsterdam, es decir, que primero se tenía que montar en un avión que lo alejaría aún más de Europa para después volver y acabar en los Países Bajos. Tampoco es que ella lo hubiese comprobado. Bueno, sí que lo había hecho.

De todas formas, ¿qué esperaba que le dijera él? ¿«Oh, he cometido un error garrafal. No debería haberme acostado con otra mujer después de que precisamente tú me rechazaras, aunque tenía todo el derecho a hacerlo»?

«Te mereces algo mejor», se dijo Carmen a sí misma por millonésima vez.

De repente, le sonó el teléfono y miró la pantalla. Era Idra.

–¡Hola! –la saludó su amiga–. ¿Cómo te va por ahí?

–Pues... –contestó Carmen, reacia a tener que explicarle todo lo que había pasado.

Sin embargo, no tardó en descubrir que la verdadera razón por la que Idra la había llamado era para hablar de lo que le había pasado a ella. Cada cosa que le contaba parecía más irreal que la anterior. Al parecer, un chico llevaba varios días seguidos almorzando en el restaurante en el que trabajaba. Idra al principio no le había prestado mucha atención, pero, al quinto día, él la invitó a salir y le rogó que dijera que sí porque para él rendirse no era una opción: seguiría yendo a comer todos los días allí, aunque de esa forma engordaría un par de kilos y temía que eso le hiciera perder las pocas oportunidades que tenía con ella. Idra se había reído de su comentario y había aceptado sin pensárselo dos veces. Nunca le había pasado algo así cuando trabajaba en la sección de sombreros. Al final, resultó que el chico era superencantador y encima tenía bastante dinero –al parecer era ingeniero de *software* o algo así–, así que se la iba a llevar de gratis a esquiar después de Navidad.

–¡Pero si ni siquiera sabes esquiar! –dijo Carmen.

–Ya –le contestó Idra–. Pero ya tengo una mentirijilla pensada: le diré que tengo una lesión de cuando fui de vacaciones a esquiar en Navidad y que me tendré que pasar el día sentada en el solárium, bebiendo vino caliente.

–¿En el solárium? –le preguntó Carmen–. ¿Hay soláriums en Escocia?

–¡Nos vamos a Italia! –le aclaró Idra con orgullo.

Carmen se quedó callada. Joder.

–Vaya –terminó soltando.

–Dime que estás celosa a más no poder –le pidió Idra.

–Pues sí.

–¡Lo sabía! Ahora que no trabajamos en esos grandes almacenes anticuados, la vida empieza a sonreírnos. Estás en Edimburgo, Carmen; en una ciudad repleta de millonarios, lujo y diversión. ¿A qué esperas? ¡No pierdas el tiempo!

La librería se llenó de gente por la mañana. De hecho, parecía que la mayoría de las personas que entraban y que no tenían pinta de ser turistas iban a ir a la fiesta de Bronagh, porque muchos de ellos acabaron comprando libros –cada cual más raro– para regalárselos a la propietaria.

–¿No tendréis...? –empezó a decir un joven flaco de aspecto vampírico, inclinándose sobre el mostrador–. ¿Una sala secreta? ¿Con libros prohibidos o algo así?

–Claro que sí –respondió Carmen con ironía–. No ves que acabas de entrar en un monasterio del siglo XIV que se cons-truyó justo encima de la entrada al infierno.

–Ejem –carraspeó el señor McCredie, que estaba firmando una entrega.

–Perdón –dijo Carmen, avergonzada al ver que se había dejado llevar por el mal humor–. No debería haber dicho eso. Lo siento. De verdad. Es que... Te pido perdón.

El joven delgado cogió el libro de venenos que había com-prado y salió por la puerta sin decir nada.

–Lo siento mucho –repitió Carmen, esta vez al señor Mc-Credie–. Si es que no sé cerrar el pico.

–Oh, tranquila –respondió el señor McCredie–. Lo que pasa es que no quería que le contaras dónde guardamos los libros prohibidos...

–¿¡Qué!?

Pero el hombre ya se había escabullido a la parte de atrás.

El ánimo de Carmen seguía por los suelos, incluso cuando le entregó a una clienta el pedido que el señor McCredie había estado firmando antes.

–¿Está completamente segura de que quería nueve ejem-plares? –le preguntó Carmen; nunca había vendido nueve productos iguales de absolutamente nada.

–Sí. ¡Es para mi club de lectura de Navidad! Vamos a juntar-nos todos y a hacer un debate de cinco minutos sobre el libro. ¡Después beberemos vino caliente y comeremos pasteles de carne hasta vomitar! –le explicó la mujer, que iba toda vestida de color ciruela, como si eso le hiciese especial ilusión.

–¿Hasta vomitar de verdad? –preguntó Carmen, incrédula.

–Hubo un año en el que sí que pasó... En fin. Es un libro bonito y ameno, ¿verdad?

Carmen cogió con una sonrisa toda la pila de libros de *Night Watch*: un recopilatorio de anécdotas graciosas y emotivas que surgen al trabajar en un hospital en la época de Navidad.

–Sí –le respondió Carmen–. Y cuenta cosas bastante divertidas.

–Genial, entonces –dijo la mujer–. Aunque, en realidad, tampoco es que importe mucho. Nadie se va a acordar después del vino.

La clienta pagó y salió de la tienda con una expresión de felicidad en el rostro que hizo que Carmen pensara que de verdad se moría de ganas de que llegara ya su aterradora tarde llena de vómito.

Carmen trató de distraerse mirando las facturas. No cabía duda de que les iba mejor: las ediciones especiales antiguas eran preciosas, sobre todo los libros infantiles, y los clientes arrasaban con los calendarios de Navidad que venían con actividades para niños. Además, les había llegado una caja enorme llena de ejemplares de tapa dura de *White Boots* de Noel Streatfeild de 1951 y ya casi no quedaba ninguno. De hecho, Carmen se había guardado uno para ella y lo leía en un rincón cada vez que podía porque estaba enganchada a la historia de la pobre Harriet y la desagradable Lalla.

Habían acertado poniendo algunos ejemplares de *La caja de las delicias* justo al lado del tren y *Cuento de Nochebuena* cerca de la casita de los ratones: al fin y al cabo, eran elementos que salían en las propias historias. Además, había decidido darle la vuelta a la casita para que se viera desde fuera la puerta principal y los escalones de la entrada. Después, se había metido en internet y había comprado unos arbolitos de Navidad con luces –que colocó tanto dentro como fuera de la casita– y unas farolas de juguete, para que así las ventanas de cada habitación se viesen iluminadas.

Los niños siempre acababan acercándose al escaparate para mirarla, asombrados, con la boca abierta y de rodillas, como si no les importase estar empapándose los pantalones con los charcos que se habían formado en el suelo de la calle. Carmen no había pasado por alto ese detalle, así que ahora no podía parar de mover los ratones para que cuando pasaran los niños, los vieran haciendo cosas diferentes. Sin embargo, cuando estuvo un día hasta las 22:00 h haciendo un lago con papel de aluminio y patines con clips, comenzó a pensar que igual se estaba pasando con la decoración, pero, al día siguiente, los ratoncitos patinadores llamaron la atención de los clientes –haciéndole la competencia al tren–, y terminaron vendiendo un montón de copias de *Cuento de Nochebuena* y de un libro que Carmen nunca había visto antes, aunque en realidad las dos historias eran parecidas: la única diferencia era que, en el que ella no conocía, sí que había movimiento en la casa: había algo y ese algo era un ratón, que acabó haciéndose amigo de Papá Noel.

Para matar el tiempo, decidió hacerle una foto a su última creación: hoy había cubierto un ratón con algodón para convertirlo en un ratón de nieve. Justo cuando estaba subiendo la imagen a Instagram, Oke entró en la librería.

–Veo que te estás convirtiendo en un cliente habitual –dijo Carmen, sonriéndole.

–Vivo unas calles más arriba –contestó él.

–¡Anda! No lo sabía.

–¿Sabes ese edificio enorme que te encuentras al subir las escaleras? Pues es una residencia de estudiantes. Seguramente pasas por delante todos los días.

–¿En serio? Pues ahora me entero. ¿Está la residencia llena de gente vaga?

–Veo que no sabes cómo son las cosas en la universidad.

–Es que nunca fui.

Aunque hubiesen pasado años, ese seguía siendo un tema delicado para Carmen. Había suspendido los exámenes de acceso y se había pasado toda la noche de fiesta, riéndose a carcajadas, fingiendo que no le importaba. ¿Qué otra cosa podría haber hecho? Su hermana era la que siempre sacaba sobresalientes y encima estaba estudiando Derecho. Joder, nunca conseguiría ser como ella. Sus padres le habían rogado por activa y por pasiva que no tirase la toalla tan rápido, pero ella ya había conseguido trabajo los sábados en los grandes almacenes y había hecho un montón de amigos allí. Carmen les había contestado que no tenía ningún sentido seguir por ese camino cuando ya le había surgido la oportunidad de empezar a ganar dinero. Sus padres le habían puesto cara de orgullo, pero, en el fondo, ella sabía que les había vuelto a decepcionar; no como Sofia; ella seguía comiéndose el mundo. De hecho, se acabó yendo un año a Estados Unidos, algo que Carmen detestó porque su madre no había parado de pedirle que fuera a visitar a su hermana, con la esperanza de que eso hiciera que Carmen terminara replanteándose su vida. Sin embargo, la visita la hizo sentir totalmente fuera de lugar: Sofia se juntaba con gente guay e inteligente, de diferentes culturas y nacionalidades, hacía amigos con facilidad y se adaptaba a cualquier lugar. Pero ella no.

—Esa podrías ser tú —le había dicho su madre cuando volvió del viaje, con *jet lag* y sin ganas de ir al día siguiente a trabajar porque sabía que estaría el turno entero de pie en los grandes almacenes, aguantando a la señora Marsh, que se pasaba el día limpiando el polvo, hablando de telas y recordándole las ganas que tenía de jubilarse.

—Lo dudo —había dicho Carmen con cierta tristeza. No podía. No encajaba con esa gente, con sus viajes, con su inteligencia. Y sabía que a ella no la aceptarían tan rápido como habían hecho con Sofia.

—Lo siento —se disculpó Oke con suavidad—. Pareces perdida en tus pensamientos. No era mi intención tocar un tema que para ti fuese delicado.

Sí que lo era. Carmen se pasó toda la mañana con mal cuerpo: se sentía expuesta y vulnerable.

—No, tranquilo —le dijo ella, parpadeando varias veces—. Me... me habría gustado ir... O eso creo. Pero en aquella época, pensaba... pensaba que no sería capaz de sacarme una carrera. Suspendí los exámenes de acceso.

—¿A propósito?

–¡No! Bueno... Tal vez..., sí –admitió ella–. Supongo que...,
si no lo intentaba, seguro que no acabaría decepcionando a
mi familia en el futuro.

Oke asintió.

–Entiendo –añadió él.

Se quedaron los dos en silencio.

–Esta es la parte en la que me dices que no pasa nada porque las mejores personas son siempre las que no han ido a
la universidad y que se aprende más en la calle que en una
facultad –bromeó Carmen.

–Vengo de un sitio en el que no hay muchas opciones para
aquellos que no han tenido la oportunidad de estudiar, así
que... no. Nunca diría eso. Pero creo que a ti te están yendo
las cosas bastante bien.

–No sé si «bien» es la palabra –respondió Carmen.

–Pues yo creo que estás consiguiendo hacer feliz a la gente
con tus ratones. ¡A mí me hacen feliz!

–No creo que eso cuente: solo lo hago por diversión.

–Claro que cuenta. En fin. Venía a pedirte otro libro y a darte
las gracias por lo del descuento de estudiantes. Así que mi
forma de agradecértelo es... ¡con esto! –dijo él, entregándole
un papel.

–¿Qué es? –preguntó ella, mirándolo.

Era un folleto de Camera Obscura –la atracción turística
de ilusiones ópticas de Edimburgo– con una oferta de 2×1,
válida para ir una mañana entre semana. Podían ir ese mismo
día porque todavía quedaban unos cuarenta minutos para que
diera comienzo la tarde.

–¿Camera Obscura? –dijo Carmen, frunciendo el ceño–.
Creo que me han hablado de este sitio. Es algo para turistas,
¿no? Ni siquiera sé que hay ahí.

–Te enseñan cómo se representaban las imágenes antes de
que se inventara la fotografía. ¡Es increíble!

–¿Y no es para niños?

Oke puso los ojos en blanco.

—Y para los adultos que quieren dejar salir su niño interior —añadió él.

—Pero, en realidad, ¿qué es?

—¡Un agujero en el techo!

Carmen arrugó la frente.

—¿Quieres que vayamos a ver un agujero en un techo? —le preguntó ella.

—¡Uno que cambió el mundo!

—¿Cómo?

—¡Pues porque gracias a él tenías perspectivas y líneas rectas, y podías dibujar y retratar cosas, y conseguir más precisión en el arte y en el trabajo! Y, bueno, eso ya de por sí es muy guay. Tiene más de dos mil quinientos años de antigüedad. ¿No te parece una pasada?

—¿Me estás preguntando si me parece una pasada un edificio de rayas que está al lado del castillo?

—Venga, no te hagas la difícil. Sabes que me refería a la técnica.

Carmen volvió a mirar el folleto. Al parecer también había un espectáculo de luces.

—¿Y todo este rollo de las luces?

—Es para llamar la atención de los niños —le explicó él—. Pero tienen la original en la parte de arriba. Creo que vale la pena ir a verla.

—¿La cámara oscura original con un agujero en el techo? —Carmen volvió a fruncir el ceño—. Pero también podemos ir a ver lo del espectáculo de luces, ¿no?

—Si quieres.

Bueno, ese plan era mejor que pasarse la mañana intentando averiguar cuál era la diferencia horaria que había entre Los Ángeles y Edimburgo. Carmen entró en el almacén.

—¿Vas a hacer un descanso para comer? —quiso saber el señor McCredie.

No se le veía tan triste como de costumbre.

—Puede ser... ¿Está leyendo *White Boots*?

–Puede ser. No te preocupes: me encargaré de cuidar el fuerte en tu ausencia.

Carmen sonrió.

–¿Recuerda cómo funciona el datáfono nuevo?

–Lo agito –contestó el señor McCredie–. Y sale una energía mágica de los dispositivos mágicos de la gente.

–Son móviles.

El señor McCredie resopló.

–Qué móvil ni qué ocho cuartos –añadió él–. Eso es una varita mágica que crearon para destruir el mundo. Pero, bueno, tú llámalo como quieras. Ondas mágicas... Menuda paparrucha.

–Genial –dijo Carmen–. Ah, y no se olvide de la estrategia de venta cruzada.

–¿La estrategia de venta cruzada?

–Sí. Si algún cliente compra un libro, dígale que podemos envolvérselo para regalo por una libra más. Si le dice que sí, coja el papel de regalo que está debajo del mostrador. ¡Y, por favor, no se olvide de cobrarle la libra!

El señor McCredie parpadeó, agobiado.

–¡Qué desfachatez!

–¿Lo es? –contestó Carmen–. Porque yo creo que toda ayuda, por pequeña que sea, nos vendrá bien. ¿O es que no suele envolver los regalos que hace?

El señor McCredie bajó la mirada.

–Pues yo... En realidad yo no...

Carmen lo interrumpió al ver que lo había puesto en un aprieto.

–No tiene por qué hacer regalos –le aseguró ella–. Ya los hace dejándoles los libros gratis a los clientes.

Él esbozó una sonrisa triste.

Carmen seguía dándole vueltas a la conversación que había tenido con el señor McCredie cuando se reunió con Oke, que se había quedado esperándola fuera de la tienda. Carmen suspiró y le salió vaho de la boca. Las luces que colgaban de las farolas y los grandes copos de nieve plateados que adornaban Victoria Street siempre conseguían hacerla sonreír.

–Cualquiera creería... –observó ella, sin darse cuenta siquiera de lo que estaba diciendo– que es imposible estar triste en un lugar tan bonito como este.

Oke la miró.

–Pensé que tú no eras feliz aquí –dijo él.

–Yo nunca he dicho eso –se defendió Carmen.

Oke se detuvo, un poco desconcertado.

–Ya –añadió él–. Lo siento. Tienes razón.

–Pero ¿lo pensaste cuando me conociste?

Oke levantó el folleto con el 2 × 1 y fingió leerlo.

–No –terminó contestando él.

–¿No tienes a nadie más con quien compartir el vale? –quiso saber Carmen.

Él parpadeó, vacilante.

–Sí. Pero la mayoría de ellos están ocupados.

Oke tenía un acento suave. A Carmen le gustaba escucharlo hablar.

–Yo también estaba ocupada –le recordó ella.

–Cierto.

–¿Siempre tienes que decir la verdad? –indagó ella sin dejar de mirarlo.

–Ya es una costumbre –respondió Oke, un poco incómodo.

–¿Debería preguntarte a cuántas personas has invitado antes que...?

–Mira, es aquí. ¡Y no hay que hacer cola! ¡Qué suerte! –la interrumpió él.

–Con razón decidieron hacer el 2 × 1... –comentó Carmen.

«¿Por qué?», se preguntó Carmen a sí misma. ¿Por qué siempre tenía que conformarse con las invitaciones de última hora? ¿Por qué nadie la invitaba a una cita decente, en la que pudiese prepararse con tiempo y por la que pudiese ilusionarse? ¿Por qué no era nunca la primera opción de nadie? Justo en ese momento, le vino a la mente la imagen de Idra, eligiendo la ropa que se llevaría a esquiar, e intentó disimular el malhumor que tenía encima.

—No te pongas triste —le dijo Oke cuando entraron—. ¡Mira! Ahí está lo del espectáculo de luces que querías ver.

Ella le sacó la lengua y decidió que intentaría divertirse.

Camera Obscura estaba en un bonito y antiguo edificio; no era muy grande y se encontraba por encima del Lawnmarket, justo al lado del enorme patio del castillo. Había que entrar por una puerta pequeña y subir unas escaleras estrechas viejas desde las que se podía entrar y salir de diferentes salas.

Aunque le costó reconocerlo, a Carmen le acabó gustando el sitio y le pareció divertido entrar en las salas secundarias: ilusiones ópticas que te hacían parecer más grande o pequeño, un túnel lleno de luces bastante bonito, una sala de espejos...

Pensaba que solo iban a ver unas míseras... luces. Durante su descanso para comer. Pero no.

Se lo estaba pasando en grande en el laberinto de espejos; las luces brillaban y cambiaban todo el tiempo, así que le era imposible saber cómo de grande era la sala. Tal vez había un sinfín de espejos en aquel lugar antiguo, reflejándose los unos a los otros. Si te separabas del grupo, seguías viendo el reflejo de las otras personas, pero era imposible saber con precisión dónde estaban.

Los turistas que iban delante de ellos habían seguido subiendo los escalones y no tenían a nadie detrás, así que hubo un instante en el que reinó el silencio en el oscuro laberinto. Justo en ese momento, Carmen se dio cuenta de que había perdido de vista a Oke. Se apoyó en el borde de un espejo. Se le escapó una risita nerviosa y, para su sorpresa, resonó por toda la sala. Miró a su alrededor; el corazón le latía cada vez más rápido. En los cristales solo se vislumbraba un destello del viejo abrigo de Oke, pero seguía sin saber dónde estaba.

—¿Dónde estás? —le preguntó ella, y se oyó el eco de su voz entre todos aquellos espejos.

—Tendrás que encontrarme... me... me...

Carmen se dio la vuelta, con la certeza de que estaba justo detrás de ella, pero allí no había nadie, solo la imagen de su abrigo, reflejándose una infinidad de veces en dos espejos dispuestos uno frente al otro.

Carmen se hizo a un lado y se esforzó por concentrarse en el sonido de su propia respiración y en los latidos frenéticos de su corazón. Había algo justo a la izquierda... Fue directa hacia allí y se asustó al ver cómo una mandarina rebotaba en un espejo que tenía al lado y caía al suelo.

—¿Me... me... me... acabas de lanzar una mandarina... na... na...?

—Era para distraerte —dijo la voz de Oke.

Carmen pasó junto a la mandarina y siguió caminando, con la vista fija en cualquier pequeño punto de luz que vislumbrara a lo lejos. Empezó a correr alrededor de las filas de espejos, pero no veía a Oke por ninguna parte. Las luces no paraban de cambiar de color, haciendo que se desorientara y que se encontrase con el reflejo de su cara y el vacío infinito. Se iba chocando con los espejos a medida que avanzaba, corriendo cada vez más rápido hasta quedarse sin aliento. Era imposible encontrarlo.

—¡No estás dentro del laberinto! —gritó Carmen unos minutos más tarde.

Lo único que oyó como respuesta fue una risita que parecía venir de todas partes y de ninguna a la vez. Se dio la vuelta, desesperada. «¿Dónde está?», pensó. Pero seguía sin ver nada. De repente, se chocó con un espejo, que hizo un ruido metálico. Se apoyó en él, con la respiración agitada y un poco asustada.

Enseguida sintió cómo dos manos le tapaban los ojos. Carmen se dio la vuelta y acabó entre los brazos de Oke. El ambiente cambió a su alrededor, y ella fue consciente de lo alto que era él y de lo cerca que estaba de un hombre —por segunda vez en muy poco tiempo—; un hombre que, en ese momento, a ella le dio la sensación de que tampoco sabía valorarla.

Carmen dio un paso hacia atrás, desconcertada.

–¿Qué estás haciendo? –exigió saber ella.

Oke la miró, afligido, e inmediatamente levantó las manos.

–¡Lo siento! ¡Mucho, muchísimo! ¡No debería haberte tocado! ¡Lo siento, de verdad! –exclamó él con cautela.

El enfado de Carmen desapareció casi de inmediato. Estaba malhumorada, se sentía infravalorada y celosa, pero eso no era culpa de Oke, ¿no?

–Es que me has asustado –le dijo ella.

–¡Deberías haberme dado una patada! –se exclamó él–. Lo siento muchísimo.

–Vale, no hace falta que te sigas disculpando.

Continuaron subiendo las escaleras juntos, pero con cierta incomodidad. De repente, se encontraron en un gran torreón con puertas a ambos lados que daba a una pequeña azotea. Tampoco había nadie allí y cuando se asomaron para ver las vistas, entendieron el porqué: el cielo era de un color azul brillante, pero soplaba un viento helado.

Carmen ni siquiera se acordaba ya de por qué se había enfadado. Justo allí, en lo alto, se veía el castillo de Edimburgo: era imponente y aterrador, como en su día tuvo que haberle parecido al enemigo, ya que lo habían diseñado hacía tantos años para infundir miedo a cualquiera que se atreviese a atacar la ciudad. Observarlo desde allí era extraño; ella estaba acostumbrada a verlo como algo abstracto y simbólico, algo que simplemente estaba allí para mejorar las vistas de una ciudad que ya de por sí era especial. Carmen dio un paso hacia atrás, un poco abrumada.

Pero, aunque no te acercaras al borde, las vistas seguían siendo extraordinarias; parecía que todo se inclinaba sobre ella, jugando con su sentido de la perspectiva. La iglesia con su campanario... Los edificios antiguos ridículamente altos alrededor de algunos patios y plazas...

A su derecha, estaba la caótica Royal Mile, más allá de donde se encontraba la catedral de Edimburgo, con todos sus escondites y sus callejones secretos hasta llegar hasta Holyrood, que se perdía a lo lejos, en el horizonte, como si al llegar allí, te pudieses caer.

Y justo enfrente, una vertiginosa caída hacia el agua, el acantilado, las vías del tren, el verde de Princes Street Gardens, las líneas rectas y ordenadas de New Town, y, aún más allá, el mar hasta el Reino de Fife.

Carmen se quedó inmóvil bajo la gélida luz del sol y se limitó a admirar las vistas, asombrada.

Oke se acercó a ella con bastante cautela.

—¿Qué te parece? —le preguntó a Carmen.

Ella tragó saliva antes de hablar.

—Nunca... nunca me había fijado en cómo era New Town. Parece que... la diseñaron así a propósito.

—¡Es que fue así! —exclamó Oke.

—¿En serio? —dijo Carmen, sintiéndose un poco estúpida.

Oke enseguida se dio cuenta.

—Lo siento, yo no...

—No, no. Cuéntame más cosas —respondió ella para que no pensara que era demasiado quisquillosa—. Me interesa, de verdad —añadió con sinceridad.

—Pues... Edimburgo fue la primera ciudad que se diseñó en el mundo. El nacimiento de la Ilustración. La idea de que podíamos ser nosotros mismos los que planificáramos nuestro futuro; que no dependíamos de los caprichos de Dios, que podíamos ir más allá de nuestra naturaleza animal y que éramos perfectamente capaces de encontrar nuestro lugar en el mundo. Y que a pesar de todo este caos... —Hizo un gesto con la mano para que Carmen se fijara en las viejas casas apretujadas unas contra otras en las calles empedradas de Old Town—. También podíamos encontrar belleza, orden e innovación. New Town es el resultado de esa filosofía. Es una promesa del pasado al futuro, el ejemplo de que siempre vendrán momentos mejores. Que se puede acabar con el desorden. Bueno, al menos por un tiempo.

—Pero todo lo divertido está en Old Town, en el casco antiguo —reconoció Carmen, llevándole la contraria, como hacía siempre con todo el mundo.

—Bueno, sí, en eso tienes razón —respondió Oke, sonriendo—. Agentes del caos. Los humanos también los necesitan.

—Yo sí que soy una agente del caos —le dijo Carmen con cierta tristeza, y Oke la miró con curiosidad—. ¿Qué? —le preguntó ella.

—Nada —contestó él—. Por un momento me ha dado por pensar que igual sí que lo eras.

—Vaya, sí que sabes cómo hacer que una mujer se sienta halagada.

—¿Quién te ha dicho que ser así sea malo?

—Pues todos los profesores que he conocido.

—Hasta ahora —le recordó Oke, antes de aclararse la garganta y mirar hacia el horizonte.

Y en ese luminoso día frío, más propio del clima ruso que del escocés, allí estaba, claro como el día: el castillo. Carmen examinó con detenimiento la fortaleza que construyeron para imponer y amenazar al enemigo, y el batiburrillo de habitaciones de las casas de Old Town —que le recordaban a la disposición irregular e ilógica de la del señor McCredie—, que llevaban cientos de años amontonadas las unas con las otras; a menudo con familias enteras viviendo en habitaciones individuales. Y frente a ellas, los caminos despejados que descendían hasta el mar, con sus preciosas aceras anchas, sus casas y sus impresionantes jardines en las plazas.

—Esos jardines de allí son privados, ¿no? —comentó Carmen. Oke asintió.

—La construcción se financió con dinero negro —le explicó él—. Algo difícil de ignorar, pero eso no quita que sean preciosos —añadió, girando a Carmen—. Y justo allí; más allá de la ciudad, está mi árbol favorito del mundo, una de las razones por las que vine aquí: el tejo de Ormiston.

—Todavía sigo sin entender por qué tienes un árbol favorito

–admitió Carmen–. ¿No crees que igual estás haciendo que el resto de los árboles se pongan celosos?

El guía les hizo señas para que volvieran a unirse al grupo y, con las manos congeladas, entraron en la pequeña sala del observatorio. El guía comenzó a explicarles al detalle cómo funcionaba la cámara oscura –el pequeño agujero, la lente–, pero Carmen en realidad no le prestaba demasiada atención; se había quedado paralizada al ver las vistas de la ciudad que se proyectaban en la mesa redonda, las mismas que había estado viendo con Oke antes. Parecía una foto, pero el tráfico se movía y los semáforos cambiaban de color. Estaba mirando el mundo, pero a través de una mesa.

–¡Madre mía!

El guía sonrió, era evidente que ya estaba más que acostumbrado a ver las reacciones de la gente.

–Oke, ¡mira esto!

Los dos se quedaron contemplando la imagen, pasando los dedos entre los coches, acercándolos al cielo despejado, a los botes de agua, al gran reloj del hotel Balmoral, adelantado cuatro minutos para evitar que los viajeros impuntuales se llevaran un susto. Era como si pudieras adentrarte en el maravilloso mundo de la ciudad, descubrir todos sus secretos, asomarte a cualquier puerta.

–Qué... pasada.

Mientras admiraba las vistas, Carmen sintió esa extraña sensación de paz que notaba cuando decoraba la casita de los ratones o, en su día, cuando elegía el encaje adecuado para los vestidos de las novias que visitaban la mercería. Se le extendió por el cuerpo; el tiempo se paró e hizo que se olvidara por completo de lo que había pasado la noche anterior.

De repente, Oke y Carmen se sobresaltaron cuando otro grupo –una excursión escolar– entró en la sala. Los niños gritaban, eufóricos; daba la sensación de que se lo habían pasado en grande en la sala de espejos, aunque la cara de agotamiento de la profesora no dejaba lugar a dudas.

Carmen y Oke aprovecharon el momento para irse. Una vez más, el descanso para comer de Carmen había durado más de lo que se consideraría apropiado en circunstancias normales. Los dos se detuvieron en la entrada de la sala.

–Tengo que irme a clase –comentó Oke.

–Uuuh, ¿qué vas a aprender hoy, empollón?

Oke frunció el ceño.

–Soy yo el que da la clase –le aclaró él.

–Ah, sí. ¡Siempre se me olvida! –le respondió Carmen–. Bueno, pues, ¡nos vemos!

Él sonrió y, sin tocarla para despedirse, se dio la vuelta para marcharse.

–Gracias –le dijo Carmen, con el ruido de sus pisadas de fondo mientras bajaban juntos las escaleras estrechas–. Gracias por invitarme. Me lo he pasado bastante bien.

Oke sonrió.

–Quiero verlo todo antes de marcharme.

–¿Marcharte? ¿Adónde? –se apresuró a preguntarle ella.

–No lo sé todavía... La beca era temporal, pero me han ofrecido la opción de quedarme un poco más.

–¿Y vas a aceptar? –quiso saber Carmen, al darse cuenta de que le interesaba de verdad saber la respuesta.

Él se encogió de hombros.

–Todavía no he tomado una decisión.

–¿Así que igual... ya no estás aquí para Nochebuena? –dijo Carmen, más afectada de lo que hubiera imaginado. Se alegraba de haber hecho un amigo en Edimburgo.

–No sé. ¿Qué día es? –respondió Oke, pero sonrió para que Carmen supiera que le estaba tomando el pelo.

Carmen le devolvió la sonrisa.

–Vale –dijo Carmen.

Oke enarcó las cejas. Para ser sincero, que siempre lo era, esa no era la respuesta que se había esperado. Le gustaba la energía que transmitía esa chica de pelo oscuro. Le gustaba muchísimo, de hecho. Pero ella... Bueno. Por lo general, él se solía defender bien con las mujeres. Pero con esta en concreto... De repente, recordó al hombre de aspecto adinerado con el que la había visto en el Grassmarket. No parecía ser el tipo de mujer que se arrimaba a un hombre por dinero, pero ¿quién sabía? Tampoco es que estuviese demasiado acostumbrado a tratar con escocesas.

–Gracias otra vez –repitió Carmen cuando salió con cuidado a la acera resbaladiza.

–De nada –respondió él, y después desapareció entre la multitud, con su característico andar, haciendo que su moño sobresaliera entre las cabezas de los demás.

Carmen lo vio avanzando hacia el Lawnmarket, en dirección al cuidado edificio de la universidad. Ella no tardó en bajar los escalones mojados y en volver al caos y el desorden de la librería.

Capítulo 24

Los días siguientes fueron intensos. Sofia había pedido un kit para decorar casas de jengibre con la intención de que Carmen lo abriera la tarde que le tocaba hacerse cargo de los niños.

Sin embargo, la actividad en familia no acabó saliendo demasiado bien.

Phoebe había juntado sus partes de la casita con saliva y se había acabado comiendo todas las chocolatinas que venían en el kit para decorar. Pippa, que al menos hizo su parte con más esmero, no había perdido la oportunidad de echarle la bronca a su hermana. Jack, por su parte, había mirado la caja y había dicho: «¿Y esto para qué sirve?»; a Carmen le había resultado bastante complicado buscar una respuesta para esa pregunta, pero el niño enseguida añadió: «¿Puedes hacerlo tú por mí y decirle a mami que lo he hecho yo?». Phoebe no tardó en perder la paciencia y empezó a llorar a mares cuando vio que no conseguía que la casa se mantuviera en pie. Carmen, que no se apañaba mucho con las manualidades, tampoco consiguió un resultado decente. Y cuando Sofia bajó las escaleras tras despertarse de la siesta, casi se echó a llorar al ver el desastre que tenían montado. Había comprado el kit más caro porque su idea era poner las casitas unas encima de otras para hacer una réplica perfecta de su propia casa. Pero aquello parecían los restos de la cena de un perro, sin contar la parte que había hecho Pippa, claro. Al final, Sofia se quedó despierta hasta las 2:00 h rehaciéndolo todo. Acabó agotada y llorando por culpa de las hormonas. Carmen en realidad no consideraba que aquello hubiese sido culpa suya, pero cuando le contaron lo que había pasado a su madre, intentaron echarse las culpas la una a la otra.

Aun así, no podía negar que Sofia había conseguido que la casa de jengibre quedara perfecta.

La mañana siguiente también fue movidita. Y Carmen, aunque estaba agradecida por la clientela nueva –se había encontrado con Crawford, que se había quedado tres ediciones preciosas sobre aves de invierno para colocarlas en el escaparate de su tienda y había tenido la amabilidad de poner una nota al lado para aclarar dónde se podían comprar–, no estaba en su mejor momento.

–Porque –dijo ella– el lugar en el que se cogen prestados los libros se llama biblioteca. Y, de hecho, a veinte metros de distancia, al otro lado de la calle, tiene la Biblioteca Nacional de Escocia. ¡Y allí encontrará un montón de libros! ¡Y podrá coger el que le plazca!

La mujer mayor, la señora McGeoghan, seguía fulminando a Carmen con la mirada.

–Pero yo quiero leer justo este.

–Y me parece estupendo –le respondió Carmen–. Pero si lo quiere, primero tiene que comprarlo.

Justo en ese instante, se oyó al señor McCredie susurrando algo en la parte de atrás de la tienda y acercándose cada vez más al mostrador en el que se encontraba Carmen. No era el momento más oportuno para que hiciera acto de presencia: seguían sin tener el problema económico solucionado, pero aun así ella estaba segura de que el señor McCredie acabaría dejando que la señora se llevara el libro sin pagar, siempre y cuando prometiera devolverlo, claro. Sofia le había comentado a Carmen que si obtenían ganancias y pagaban algunas deudas antes de que empezara el nuevo año, la librería podría venderse como una empresa en marcha. Sin embargo, no habían hablado de lo que haría Carmen con su vida cuando eso pasara. Idra le había mencionado que podía buscar trabajo como camarera en algún restaurante y su madre le había comentado que igual podía participar en algún proyecto comunitario. Ya encontraría algo.

–Pero estoy jubilada –insistió la mujer mayor.

–Ya me he dado cuenta... –le respondió Carmen–. Y por eso le he sugerido que vaya a una biblioteca. La Biblioteca Nacional es maravillosa. Pero ahora mismo está usted en una librería, no en una biblioteca.

–Bueno, pues eso es culpa del... ¡maldito capitalismo! –exclamó la mujer.

Y, en ese momento, Carmen vio que la mujer mayor llevaba la misma marca de botas de lujo que Blair se había comprado.

«Aunque en realidad el día tampoco está yendo tan mal», pensó Carmen. Antes de salir de casa aquella mañana, en medio del ajetreo de los niños que se preparaban para ir al colegio, Phoebe se había acercado a ella con sigilo y le había puesto algo caliente en la mano.

–Eh..., ¿gracias? –le había dicho Carmen, bajando la mirada y percatándose, horrorizada, de que su sobrina le había dado un trozo de queso.

–Para los ratoncitos –le había susurrado–. Los de la librería.

–Aaah –había respondido Carmen–. Pero sabes que... no son de verdad, ¿no?

–Cuando es de día –le había asegurado Phoebe, antes de desviar la mirada hacia la televisión de la sala de estar. Se habían pasado cada segundo del día que se les permitía viendo *Los Muppets en Cuento de Navidad*. Después, se puso de puntillas y examinó su alrededor con cautela por si Pippa se encontraba cerca–. Pero creo que por la noche dejan de ser juguetes –le había susurrado la niña–. Y entonces necesitarán comerse el queso.

–Si pongo ese queso en la librería, sí que van a aparecer ratones de verdad. Y ya te digo yo que esos no llevarán gorritos... –le había explicado Carmen. Phoebe había puesto cara de decepción, así que no tardó en añadir–: Pero es una idea buenísima. Seguro que podemos hacer un queso para añadirlo en la casita. Pero no un queso de verdad, tal vez... ¿algo que se parezca un poco al queso?

Las dos habían fruncido el ceño y hubo un instante en el que el parecido entre las dos fue más que evidente, aunque ninguna se dio cuenta. De repente, Phoebe esbozó una sonrisa.

–¡Una esponja!

–¡Eres un genio!

–Odio las esponjas –dijo la niña.

–¿Qué os traéis entre manos vosotras dos? –preguntó Skylar con desconfianza–. ¿Ya has dado las gracias esta mañana, Phoebe?

–Lo acabo de hacer –le respondió la niña en tono desafiante–. Doy gracias porque existan las esponjas.

–Estupendo –contestó Skylar, sonriendo–. La limpieza es crucial para nuestra alma, ¿a que sí, Carmen? –añadió, sirviéndoles a los niños un bol de avena pegajosa que había dejado reposando en el frigorífico durante toda la noche–. ¡Venga, todos a desayunar!

–En realidad... –dijo Carmen, pensando en la bandeja de cruasanes recién hechos que normalmente preparaban a esa hora en la cafetería–, creo que compraré algo para desayunar de camino a la librería. Pero la avena tiene una pinta increíble. Bueno, adiós.

Sofia estaba sensible y agotada a más no poder, pero al menos ya había cogido la baja por maternidad. En principio su idea era seguir trabajando todavía unos días –dos semanas antes de que naciera el bebé–, pero se había quedado atrapada en el ascensor del trabajo y eso había hecho que todo el mundo llegase a la conclusión de que era mejor así. Su despacho había actuado con demasiada cautela, incluso con mucha más de la que se esperaría de los abogados. A Sofia no le había sentado muy bien que tomaran esa decisión por ella, pero al final acabó entrando en razón. Cuando se lo contó a Carmen, esta había levantado la mirada y le había dicho en tono conciliador:

–Sofi, ¿crees que vas a dar a luz hoy?

—Lo que voy a hacer hoy es admirar mi casa de jengibre –había respondido Sofia.

Todos pensaban que había sido buena idea que Sofia hubiese desmontado la casa y que la hubiese vuelto a hacer de nuevo.

—Pero si no nos la podemos comer, ¿¡qué sentido tiene hacerla!? –se quejó Jack.

—Jack –dijo Carmen en tono de advertencia, y él cerró el pico de inmediato.

Sofia miró a su hermana con cierta desconfianza al ver que su hijo le había hecho caso. Sin embargo, lo que Sofia no sabía era que Carmen había pasado por Poundworld y había comprado tres calendarios de Adviento con chocolatinas para regalárselos a los niños, que los habían escondido debajo del colchón.

—Hoy me voy a pasar el día aquí tirada, leyendo revistas –les informó Sofia, sentada en el enorme sofá.

—¿Igual podríamos probar juntas esa aplicación de yoga para embarazadas tan famosa? –sugirió Skylar.

—Creo que estoy demasiado cansada para ir al cole. Me quedaré con mami para que no esté sola –intervino Phoebe.

—No, no puedes hacer eso, Phoebe –le dijo Pippa de inmediato–. Mami no querrá que faltes al cole.

—Me puedo quedar contigo en el sillón, ¿verdad, mami? –empezó a decir Phoebe antes de que Carmen se escabullera de la casa con una sonrisa y se encontrara con el aire frío y los rastros de nieve en el suelo, haciendo que se olvidara de su ya habitual sueño de trenes y túneles.

De vuelta al presente: la señora McGeoghan era una clienta asidua, así que Carmen no se podía librar de ella con tanta facilidad como le habría gustado. Como Carmen no había dado su brazo a torcer con el tema de convertir la librería en una biblioteca de préstamos, la mujer había decidido quedarse de pie al lado de una estantería, a la vista de otros clientes, y leerse allí mismo de principio a fin el libro que tanto había insistido en llevarse sin pagar. Aunque intentaba disimular,

Carmen no podía dejar de vigilar sus movimientos. Si la veía doblando la esquina de una hoja o lamiéndose los dedos antes de pasar una página..., tenía claro que iría a por ella.

—Voy a acabar con esa mujer —le susurró Carmen al señor McCredie.

—A ver —contestó el señor McCredie—, tampoco es que esté haciendo nada malo.

—¡Sí que lo está haciendo! Si sigue así, vamos a sufrir pérdidas y no vamos a tener dinero ni para comer. ¡Y además acabará estropeando los libros y desordenando la tienda!

—Pero mira a tu alrededor —añadió el señor McCredie, mientras la puerta se abría—. Querida, has conseguido aumentar la clientela. Bastante, de hecho.

Carmen sintió una oleada de orgullo, pero, de repente, el señor McCredie dejó de hablar y se agarró al banquito en el que estaba apoyado.

Había entrado un grupo de personas altas y de pelo rubio. Todos iban bien vestidos; se notaba que eran turistas europeos y tenían dinero. Carmen era consciente de que no solían ser tan generosos como los turistas estadounidenses, pero aun así, no quería dejar pasar la oportunidad..., así que les metió delante de las narices un bonito ejemplar de *Recetas y decoraciones para las fiestas escocesas*. Sabía que, después de volver de las vacaciones, a muchos turistas les gustaba recrear en su casa el Hogmanay, la Nochevieja de Escocia; preparar algunos pasteles típicos como el *black bun*; o aprender a bailar el *ceilidh*, el baile tradicional escocés. Así que Carmen estaba segura de que ese era el libro perfecto para ellos.

—Hola —la saludó la mujer que encabezaba el grupo. Era rubia y guapa, y parecía simpática; con el aspecto de alguien que, casi con total seguridad, estaba al frente de cualquier organización caritativa de la que fuese miembro—. No sé si podrías ayudarnos... —dijo con una sonrisa, aunque parecía inquieta. Tenía un acento del norte de Europa. Tenía pinta de ser alemana u holandesa—. Estamos buscando a los McCredie.

—En ese caso, está usted en el lugar correcto —le aseguró Carmen, volviéndose hacia donde estaba sentado el señor McCredie, pero se encontró el banquito vacío.

Carmen le echó una rápida mirada de reojo a la señora Mc-Geoghan y después salió disparada hacia el almacén.

—¡Señor McCredie! —gritó ella.

Se lo encontró prácticamente hecho un ovillo en su sillón. Ya no quedaba ni rastro de aquella valentía que había demostrado durante esa misma semana cuando se había puesto a quitar la nieve de la entrada con sus *finneskos*.

—Señor McCredie, una mujer me ha preguntado por usted.

—No quiero saber nada.

—¿Conoce a esa gente?

El señor McCredie se puso pálido y sacudió la cabeza.

—Creo que... creo que no.

—Entonces..., ¿por qué no quiere hablar con ellos? No serán acreedores, ¿verdad?

Él negó con la cabeza.

—Es que... yo no...

—¿Quiere que me ocupe yo del asunto por usted?

—No, no hace falta..., pero gracias... Diles que ahora mismo no puedo atenderles.

Carmen le puso la mano en el hombro.

—¿Seguro que está bien? —quiso saber ella. Se le veía demasiado pálido bajo la penumbra.

—Sí. Por favor, ve y... —insistió él, haciendo un gesto trivial con las manos hacia la librería.

Carmen regresó y miró a la mujer con cierta desconfianza.

—Lo siento mucho —le dijo la turista europea—. No era mi intención molestaros. Encontramos unas cartas muy antiguas y en el remitente aparecía la dirección de esta librería. Solo veníamos a eso —añadió la mujer, y, antes de irse, le entregó a Carmen una tarjeta con su nombre, Gretl Koonings, y con un número de teléfono que empezaba por +49.

Capítulo 25

McCredie volvió a aparecer poco antes de las 17:30 h, como si nada hubiera pasado, pero esta vez iba vestido con un impoluto traje de *tweed* –muy viejo, por supuesto– y una pajarita de lunares. También se había puesto unas gafas con montura dorada y unos zapatos elegantes muy lustrados. A Carmen le quedó bastante claro que su jefe no pensaba volver a sacar el tema de la mujer que había preguntado por él.

–¡Pero bueno, señor McCredie! ¡Está usted hecho un auténtico galán! –exclamó Carmen, mientras contaba el dinero que habían recaudado ese día.

–Hoy es la fiesta de Bronagh –le recordó él, frunciendo el ceño–. Le comentaste que asistiríamos los dos. Así que, por experiencia, te aseguro que es mejor no enfadar a una bruja. Sobre todo, en esta ciudad.

–Ay, madre, la bruja. ¿Cree que deberíamos llevar algún libro de hechizos? –le preguntó Carmen, antes de bajar la vista hacia su falda vaquera y su camiseta de rayas–. Me había olvidado de que era hoy. ¡Ni siquiera voy vestida para una fiesta!

Salieron juntos de la librería a las 17:30 h. La calle estaba completamente en silencio, algo inusual que hizo que Carmen ladeara la cabeza. De pronto, cuando estaba a punto de cerrar la puerta de la librería, un sonido nítido y distintivo llenó el aire gélido, y no tardaron en darse cuenta de que alguien había empezado a cantar.

–Oh, vaya. ¡Ha invitado a los niños de St. Giles! –comentó el señor McCredie, refiriéndose a la catedral que estaba a veinte metros de donde se encontraban ellos.

En ese momento, se oyeron unas voces de tenor más fuertes y todo el coro empezó a cantar el villancico *In the Black Midwinter.*

El señor McCredie le ofreció a Carmen su brazo para que no se cayera en la acera resbaladiza. Los curiosos, los clientes y los turistas que andaban por la calle también se habían detenido a mirar; de hecho, muchos de ellos ya habían sacado el móvil para grabar o habían dejado algunas monedas en el cubo rojo brillante para contribuir en la recaudación de fondos de la organización benéfica Waverley Care.

Era como si el tiempo se hubiese detenido: los pequeños copos de nieve seguían cayendo del cielo, pero el ruido del tráfico se había amortiguado, al igual que el habitual sonido de los turistas hablando, gritando o llamando por teléfono en diferentes idiomas. Todo el mundo se había quedado embelesado por el canto de los niños bajo el frío. Finalmente, cerraron la puerta de la librería y caminaron dos puertas hacia abajo. Carmen sentía frío y calor; una sensación de soledad y tristeza que a su vez se mezclaba con felicidad. Aunque también experimentaba cierta nostalgia, pero no sabía por qué.

—Por aquí, por aquí —los llamó con señas Bronagh cuando los vio a los dos.

La dueña de la tienda de magia llevaba en la mano dos copas de las que salía humo; parecía una de esas bebidas un tanto... misteriosas, pero cuando las examinaron más de cerca, vieron que tan solo era vino caliente.

—¿Así sueles ir vestida tú a las fiestas de Navidad a las que te invitan? —dijo Bronagh con cara de decepción, incluso después de que Carmen le hubiese entregado el ejemplar que les pidió en su día y que con toda su buena intención le había envuelto con un bonito papel de regalo.

—Lo sé; doy pena. Lo siento —reconoció Carmen.

—No te preocupes —respondió Bronagh, antes de desaparecer en el interior de la tienda y reaparecer con una capa de terciopelo de color morada en las manos—. Es mía. Tengo varias. Póntela.

Carmen miró la prenda con cierta desconfianza, pero enseguida tomó la decisión de que haría aquel sacrificio por Bronagh, así que se la colocó por encima de los hombros y le dio otro sorbo a la copa de vino.

En el interior de la tienda había una mezcla peculiar de gente: dependientes de otras tiendas de la calle, clientes habituales, un grupo de mujeres tocando música folclórica mística en un rincón, algunas personas disfrazadas de hadas, los típicos hombres trajeados con botas, aunque también muchos de ellos llevaban chalecos. Carmen se quedó mirando a este último grupito; no podía evitarlo, le recordaban a Blair. De todos modos, él estaba en Los Ángeles. ¿Qué sentido tenía seguir pensando en él? Además, seguramente ya se habría deshecho de las botas de goma que se compró.

El tema de Blair empezó a dejar de ser una preocupación cuando Carmen ya iba por su segunda copa de vino caliente, que no sabía para nada a la bebida aguada de arándanos que vendían en la feria de Navidad. Esta tenía más bien un sabor afrutado y le habían echado especias; era un brebaje misterioso que te calentaba de la cabeza a los pies.

Se paseó con tranquilidad por la fiesta, observando con interés los atuendos peculiares que habían elegido ponerse los invitados, que claramente se conocían entre ellos; a veces, aunque Edimburgo fuese una ciudad, había zonas que seguían manteniendo las características propias de un pueblo. La tienda de magia era tan pintoresca como la librería: pájaros disecados colgando del techo, un surtido de palos de escobas, cuernos de animales alineados en las paredes... Estaba repleta de ingredientes, de libros de hechizos, de cristales y joyas de diferentes piedras de nacimiento, de atrapasueños y de piedras protectoras, entre otras cosas. Carmen examinó la tienda con los ojos entrecerrados. Si alguna vez llegaba a creer que las brujas existían, sería en las profundidades de Edimburgo, en sus oscuros rincones escondidos, justo allí fuera, donde quemaron a las mujeres en el Grassmarket.

Había una mesa de boticario detrás del mostrador de la tienda, además de algunas capas y morteros, y de una vitrina cerrada con llave en lo alto con un letrero de advertencia muy pequeñito que decía: estos ingredientes son solo para jugar.

«Mmm –pensó Carmen para sí misma, sonriendo–. Entonces dudo que tocarlos sea peligroso». Se dio la vuelta con la intención de ir a ver cómo le iba al señor McCredie cuando de repente Bronagh se interpuso en su camino.

–Una tienda preciosa –se apresuró a decir Carmen–. ¿No es maravillosa?

–Sé que crees que está llena de chorradas; no hace falta que disimules –contestó Bronagh, que tenía el aspecto de alguien que era mucho más aterrador de lo que su baja estatura y sus mejillas sonrojadas sugerían. De hecho, se daba un aire a la señora Marsh.

–Eso de allí es bonito --insistió Carmen, señalando una amplia colección de bolas de cristal de un color verde claro, que brillaban a la luz del día. La tienda estaba decorada con unas coronas de Navidad enormes, además de con un árbol que Carmen no consiguió identificar–. ¿Qué es? Es precioso.

–Un espino –le aclaró Bronagh–. Mantiene alejados a los espíritus. Menos a los que invito a entrar, claro –añadió ella, sonriendo.

Carmen se quedó un poco descompuesta cuando las hadas que estaban en un rincón se rieron con el comentario de Bronagh. La música hipnótica seguía sonando de fondo, pero los niños del coro ya se habían ido a sus casas a tomar el té.

–Bueno, feliz Navidad –le deseó Carmen, y Bronagh frunció el ceño.

–¡Todavía no es Navidad, querida! ¡Estamos celebrando el solsticio de invierno! ¡Las Saturnales!

–Entiendo... –respondió Carmen.

–Estos cristianos de pacotilla... Llegaron y arrasaron con todo. Pero en el fondo todo es una estrategia de *marketing*,

¿sabes? Coca-Cola se encargó de publicitar la figura de Papá Noel. Y los cristianos se las arreglaron para hacer lo mismo con el solsticio de invierno...

—Eh... —titubeó Carmen.

—Se adueñaron de las tradiciones antiguas e hicieron que el protagonista fuera... un bebé —añadió Bronagh, negando con la cabeza—. La gente con poder no sabe hacer otra cosa que arruinarlo todo... En fin. ¡Feliz solsticio! —Chocó su copa con la de Carmen—. Los días se irán haciendo cada vez más largos y habrá más luz... —continuó—. Aunque eso no es algo que me beneficie mucho en mi trabajo... —Miró a Carmen—. Eres mi invitada. Debería hacerte un regalo.

—Oh, por favor, no. No es necesario —le aseguró Carmen.

—No, no, no. Insisto. —Bronagh se sacó un manojo de llaves de un bolsillo oculto en su toga de terciopelo y se acercó a una cajita de cristal. Después, miró fijamente a Carmen a los ojos y añadió—: Mmm... Qué interesante. ¿Problemas con algún hombre...?

—Sí, bueno, tampoco era tan difícil de adivinar —contestó Carmen—. Teniendo en cuenta que estoy aquí sola y con el ánimo por los suelos...

La conversación se estaba desviando por un camino en el que Carmen no quería entrar. Le estaba agradecida a Bronagh por haberles invitado a la fiesta, de verdad que sí, pero en ese preciso instante preferiría estar... ¿Dónde? Se paró a pensarlo. Para su sorpresa, lo primero que le vino a la cabeza fue la casa de su hermana. Le apetecía acostarse en aquel enorme y cómodo sillón, y ver de nuevo *Los Muppets en Cuento de Navidad* con Phoebe acurrucada bajo el brazo, con Pippa haciendo comentarios sarcásticos y con Jack haciendo como que disparaba a los personajes que salían en la pantalla con un plátano (no se les permitía tener armas de juguete en casa, por supuesto, ni siquiera pistolas Nerf).

Vaya. No era muy propio de ella.

—No —dijo Bronagh, dirigiéndole de nuevo aquella mirada

oscura e intensa–. Creo que lo del hombre no es lo que te preocupa...

Carmen se echó a reír.

–Sí, se lo aseguro.

–No, te preocupa algo que tienes más cerca de casa... La familia. ¿Tal vez alguna hermana?

–¿Qué? –dijo Carmen, pero justo cuando lo hacía, oyó que alguien decía su nombre.

Al otro lado de la tienda, Oke la saludaba con alegría, con su moño sobresaliendo entre las cabezas de los demás.

–¡Hola! –exclamó Carmen. Tenía la intención de acercarse a él para poder escaquearse de la conversación que estaba teniendo con Bronagh, pero el brasileño no tardó en abrirse paso entre la multitud y aparecer a su lado.

–¡Bronagh! Muchísimas gracias por la invitación.

–¿Os conocéis?

–¡Feliz solsticio, hermana bruja! –le deseó Oke de manera cariñosa.

–¡Feliz solsticio, hermano cuáquero! –le respondió Bronagh, asintiendo con la cabeza.

–Me gusta la capa –le dijo Oke a Carmen con voz profunda al notar que el color morado de la prenda le resaltaba el pelo oscuro.

Ella se limitó a reírse, ni siquiera se la habría puesto si Bronagh no hubiese estado allí mirándola con su cara de bruja despiadada. Sin embargo, Oke no pasó por alto el rubor en las mejillas de Carmen ni el movimiento que hizo al girarse para que la capa se moviera al compás.

–¡Traigo reservas! –dijo una voz detrás de Oke, y Dahlia, la chica de la cafetería apareció con dos copas en la mano–. Esto está buenísimo, Bronagh –añadió ella, sonrojándose–. Deberíamos añadirlo en el menú de la cafetería.

–Te acabarían cerrando la cafetería –aseguró Bronagh, dándole unas palmaditas en el brazo–. Y por aquí te necesitamos.

Dahlia sonrió y después se percató de la presencia de Carmen, algo que hizo que se ruborizara aún más. Era evidente que se sonrojaba con facilidad.

Carmen se quedó inmóvil, observando a Dahlia y a Oke.

Él comprendió enseguida lo que había detrás de esa mirada y quería explicárselo todo a Carmen, pero no sabía cómo hacerlo para que le creyera. Sabía que Dahlia estaba enamorada de él –les había dado clases a tantos universitarios que ya le resultaba fácil reconocer las señales–, y era evidente que ella se había enterado de que a él lo habían invitado a la fiesta, al igual que a todos los demás cuáqueros del centro, porque se había quedado esperándolo bajo el frío helado para entrar juntos en la tienda como si hubiese sido una mera casualidad. A Oke le preocupaba que Carmen creyera que era un mujeriego: seguro que pensaba que, después de lo que había pasado en la sala de espejos –algo de lo que Oke se arrepentía–, él había llegado a la conclusión de que no tenía posibilidades con ella, así que ahora lo intentaba con otra chica que encima trabajaba en un local situado en la misma calle que la librería.

Y sí, eso era más o menos lo que Carmen pensaba. Bueno. Al menos sabía que en realidad él solo la había invitado a ver la cámara oscura para aprovechar la oferta del 2 × 1. Carmen sorbió por la nariz e intentó adoptar una expresión seria, algo que le resultó bastante complicado, teniendo en cuenta que llevaba una capa de terciopelo morado.

–Ay, madre. Tú eres la que estaba el otro día con Blair Pfenning, ¿verdad? ¿Está por aquí? –quiso saber Dahlia.

–Está en Los Ángeles –respondió Carmen con firmeza, como si supiera perfectamente los compromisos que tenía Blair. Era una forma un tanto ridícula de presumir, aunque seguía sin saber a quién intentaba impresionar en realidad.

Oke se relajó. Bien. Así que Carmen se estaba viendo con aquel tipo. Vale. No es que él estuviera demasiado interesado en Dahlia, pero no le gustaba ver a Carmen molesta. Aunque sabía perfectamente que era imposible que pasara algo entre ellos. Las personas que salían con los Blairs de este mundo y las que salían con los Okes rara vez se parecían. Así que hizo todo lo posible por ocultar lo que empezaba a sentir por ella.

—Dahlia —intervino Bronagh—. Acompáñame. Tengo un regalo para ti.

—¿¡En serio!? —le preguntó Dahlia con una sonrisa, que parecía estar viviendo una de sus mejores tardes.

Oke miró a Carmen y asintió con la cabeza, y luego siguió a Bronagh y a Dahlia, dejándose llevar por la curiosidad. Carmen se aferró a su copa como si no hubiera un mañana y miró a su alrededor. Aunque la mayoría de las personas que estaban en la fiesta tenían un estilo alternativo, también se habían acercado a la tienda las típicas mujeres pijas de Edimburgo que emanaban éxito: sonrisa perfecta, bien vestidas y cuerpos esbeltos. Le sorprendió un poco no ver a Sofia entre ellas; hubiera encajado enseguida en aquel lugar, aunque ver a esas mujeres allí, en una pequeña tienda oscura de magia al final de Victoria Street, era lo último que se habría esperado al venir.

—¿Y todas esas mujeres? —le susurró al señor McCredie, que estaba enfrascado en una conversación con un hombre bajito que llevaba una barba kilométrica y unas gafas doradas.

El señor McCredie miró de reojo a su alrededor.

—Oh, esas mujeres son las típicas madres triunfantes y trabajadoras; siempre van impecables, nunca las verás con un pelo fuera de lugar. Bronagh me ha hablado de ellas. Dice que tienen que ser todas brujas porque, de lo contrario, no se explica cómo es posible tanta perfección.

Carmen frunció el ceño, y el señor McCredie reanudó la conversación que estaba manteniendo con el hombre bajito. A Carmen también le parecía toda esa perfección tan... extraña. Le era imposible explicar el porqué. Al menos con palabras. Aunque si de verdad fueran brujas..., todo tendría más sentido.

De repente, una figura corpulenta se detuvo delante de ella, tambaleándose sobre sus pequeños zapatos.

—Señorita Hogan —dijo una mujer, y Carmen se estremeció. Parecía imposible. Pero no. La señora Marsh se encontraba justo allí, de pie, con un vestido de color burdeos que se le ceñía a su enorme e inconfundible pecho.

«Sabía que era una bruja», pensó Carmen, y enseguida le entraron ganas de llamar a Idra.

—Señora Marsh —la saludó ella—. No sabía que formaba parte de este aquelarre.

La señora Marsh arrugó la nariz.

—¿De este paripé? Para nada. Estoy trabajando en la oficina de administración de la universidad, justo al final de la calle. Pero quería pasar a saludar.

Carmen le dirigió una mirada significativa al señor McCredie, mirada que él supo interpretar a la perfección.

—Vaya —dijo Carmen—. Pues parece que toda la calle acaba involucrándose en estas cosas hasta cuando no quiere.

El señor McCredie parpadeó y se acercó a ellas. Carmen se lo presentó a la señora Marsh, aunque en el fondo le daba miedo que su antigua y aterradora jefa acabara contagiándole su carácter a su nuevo y encantador jefe. El señor McCredie, tan caballeroso como siempre, no tardó en invitar a la señora Marsh a una copa.

Carmen se quitó la capa morada —al final le acabó cogiendo cariño: abrigaba bastante y encima le gustaba la forma en que se movía al caminar— y se dirigió a la salida. No estaba de humor para seguir en la fiesta, viendo cómo todos se lo pasaban en grande menos ella.

La calle parecía más tranquila, aunque la gente seguía caminando hacia los bares y los restaurantes de las callejuelas; los clubes nocturnos acabarían llenándose a medida que avanzara la noche.

—Toma —dijo Bronagh, apareciendo a su lado para llevarse la capa antes de que Carmen se fuera.

—Gracias por habernos invitado —le dijo Carmen—. Al señor McCredie le ha venido bien salir de la librería.

—Ay, ese pobre hombre —respondió Bronagh—. Un sangre sucia. Debió de pasarlo mal.

–¿A qué se refiere?

–Oh, no me hagas caso. Y no te olvides de esto –añadió la mujer, tendiéndole un pequeño frasco de cristal con un líquido transparente–. Pon unas gotas en la puerta de tu casa.

–¿Qué es esto? ¿Una poción para atraer el amor?

–Ay, no. Tú no necesitas nada de eso –le aseguró Bronagh–. Es para reforzar el vínculo que une a dos hermanas; uno de los vínculos más fuertes que se crean en la tierra. Se forja con acero, más resistente que el hierro; es fácil de quemar, pero nunca llega a romperse. Traerá la suerte a tu hogar.

–En realidad, ya empezamos a llevarnos mejor... –anunció Carmen, pero al ver la cara que ponía Bronagh, añadió–: Gracias. Y feliz solsticio.

Carmen se sacó el teléfono del bolsillo y se abrió paso entre la multitud que seguía de juerga. Se encogió de frío mientras esperaba para cruzar Lothian Road y observó a la gente feliz que se amontonaba a la salida de los teatros, de las salas de conciertos y de los cines que tenía alrededor. Los más pequeños miraban boquiabiertos las luces y las golosinas, emocionados al ver que podían estar fuera de casa hasta tarde. Las niñas iban con vestidos de lentejuelas y los niños estaban pendientes de comerse todas las bolsas de golosinas que les habían comprado sus padres.

Carmen se refugió en el gran edificio rojizo del hotel Caledonian, con sus taxis negros alineados en la entrada de los que salían mujeres elegantes con vestidos largos y hombres con faldas escocesas, seguramente regresaban de alguna fiesta de pijos. Se fijó en las mujeres: eran preciosas y enseguida le vino a la cabeza la teoría de Bronagh de que todas tenían que ser brujas. Negó con la cabeza. Después se acordó de Oke y Dahlia, y, para su sorpresa, la invadió una oleada de tristeza. Él era..., bueno. Él no se parecía para nada a las personas con las que solía quedar. Aunque, desde que se había mudado a Edimburgo, se había dado cuenta de que nadie se parecía.

Casi de manera inconsciente, se puso a mirar los mensajes que había intercambiado con Blair, a pesar de que sabía perfectamente que no le hacía ningún bien castigarse así.

Miró el reloj. Debían de ser las 9:00 h en Los Ángeles. Seguro que Blair estaría en alguna reunión. «No le envíes ningún mensaje», se dijo a sí misma.

Sin embargo, al final llegó a la conclusión de que no tenía nada que perder, así que acabó escribiéndole:

C: No me digas que te alojas en otro de esos hoteluchos de mala muerte.

Cerró los ojos con fuerza antes de enviarlo y después se guardó el móvil en el bolsillo para no mirarlo más, como si se estuviera poniendo a prueba a sí misma.

Cruzó Queensferry Street y bajó por Alva Street hasta llegar a la casa perfecta de su hermana. El resto de las viviendas de las calles de alrededor también eran bonitas; de hecho, se podían ver los árboles de Navidad desde la mayoría de las ventanas, todos con las mismas luces cálidas de color amarillo, como si todas las familias de New Town se hubiesen puesto de acuerdo. Seguramente lo habían hecho. Aun así, verlas hizo que Carmen se animara un poco. La casa de su hermana era preciosa y, aunque Skylar estaba en ella, sabía que también lo estaban sus sobrinos y, para su sorpresa, le entraron ganas de verlos.

Justo cuando estaba buscando la llave para abrir la puerta, le sonó el móvil. Carmen se sobresaltó como si se hubiera electrocutado. No podía ser él. Pero... igual...

Despacio, como cuando el protagonista de *Charlie y la fábrica de chocolate* abre el envoltorio de la tableta en medio de la nieve, Carmen se sacó el teléfono del bolsillo.

B: Joder, nena; esto sí que es una auténtica pesadilla...

Blair le había mandado una foto en la que se veían las palmeras ondeando sobre un impresionante mar azul, con el sol brillando y algunas personas bronceadas corriendo por la orilla.

Carmen fue incapaz de dejar de sonreír cuando entró en casa y se quitó los zapatos, para guardarlos de manera ordenada, como le recordaba siempre Pippa que debía hacer. Después, se quitó la bufanda y colgó el abrigo.

Sofia se había ido a dormir, y Skylar estaba en la cocina, intentando enseñarles a los niños una canción sobre el cilantro. Por primera vez, Carmen vio a la niñera con buenos ojos. Al final, solo trataba de cuidar a los niños de la mejor manera que podía. No era culpa de Skylar que Blair hubiese decidido acercarse precisamente a ella.

—¡Hola, Skylar!

La niñera levantó la vista y olfateó de forma exagerada.

—Ay, madre mía. ¿Has estado bebiendo? —le preguntó a Carmen—. Si huele desde aquí. Te lo digo en serio, el alcohol acabará destruyéndote el hígado. También hace que uno parezca más mayor, ¿a que sí, niños?

Los niños miraron a Carmen.

—Sí, creo que sí —dijo Pippa con decisión.

—Hola, chicos —los saludó Carmen con una sonrisa; ni siquiera el comentario de Skylar consiguió desanimarla—. ¿Sabéis de dónde vengo? ¡De una fiesta de brujas!

Phoebe puso cara de preocupación.

—¿Eres una bruja?

—Bueno, he estado en una de sus fiestas —dijo Carmen, enseñándole a la niña un selfi que se había sacado con la capa morada.

—No te asustes —le advirtió Pippa a su hermana.

—¡No me voy a asustar! —gritó Phoebe, agarrando el móvil de Carmen.

—Genial, ¿gracias? —intervino Skylar.

—Solo es un disfraz —se apresuró a decir Carmen—. No soy una bruja de verdad. Y ninguna persona de la fiesta lo era.

—Pero los disfraces de bruja son para Halloween —dijo Phoebe.

—Lo sé. ¿A que es genial?

—Odio Halloween.

—Sí, lo odia —confirmó Pippa—. La última vez se pasó el día llorando y luego acabó vomitando todos los caramelos.

—¡Eso no es verdad! ¡No los vomité todos! —se defendió Phoebe.

—Ya, claro —soltó Pippa—. Y después te comiste los que te sobraron, a pesar de que te dijimos que no lo hicieras.

Phoebe le dio una patada a Pippa, y esta hizo una mueca.

—Los problemas se solucionan hablando, Phoebe —dijo Skylar, fulminando a Carmen con la mirada.

Carmen se sentó al lado de su sobrina.

—¿Sabes por qué te pasa eso? —le preguntó Carmen a Phoebe—. Porque tienes una imaginación increíble.

La niña frunció el ceño, sin estar muy convencida.

—Te lo digo en serio. Eres capaz de imaginarte cosas que dan un montón de miedo y entonces acabas preocupada y asustada. Pero hay gente que no tiene esa suerte. Muchas personas no sienten miedo ni tristeza ni preocupación. Ni nada que se le parezca.

—Así es —intervino Skylar—. Pero si sigues unos buenos hábitos, podrás dejar de sentir todas esas cosas —añadió con una sonrisa tranquila—. Y conocerte mejor espiritualmente.

—No me refería a eso; para nada —dijo Carmen con el ceño fruncido—. Es normal que a veces tengas que desahogarte porque te sientes triste o asustada, pero no siempre va a ser así. Porque también habrá días en los que te sientas alegre, feliz, entusiasmada... Es fácil pasar de un extremo a otro. La vida es así.

La niña la miró.

—Sí, ya verás que con un poco de meditación y yoga se te pasa —añadió Skylar con rapidez.

Carmen no pudo evitarlo. Se giró hacia ella.

—¿Por qué?

—¿Por qué? —contestó la niñera—. Pues porque mejora nuestro estilo de vida.

–Ah, ¿sí?

Skylar se echó el pelo largo y brillante hacia atrás.

–¿Qué? ¿Acaso consideras que es mejor hacer las cosas a tu manera? –le preguntó a Carmen con una mueca de desprecio en su encantador rostro.

Los niños se miraron entre ellos, preocupados; tenían el presentimiento de que algo malo iba a pasar. Carmen dejó de mirar a Skylar, con el corazón martilleándole el pecho.

–Pues no lo sé –le contestó ella mientras se levantaba, dispuesta a salir de la cocina, aunque si no hubiera estado tan cansada ni tan celosa, se habría quedado allí discutiendo. Sin embargo, tenía la costumbre de soltar cosas de las que más tarde se arrepentía, sobre todo cuando estaba muy pero que muy enfadada por algo, así que añadió–: Ah, por cierto, Blair te manda saludos.

–¿En serio? –dijo Skylar con dulzura–. Porque antes estuve hablando con él y no te mencionó a ti en ningún momento. ¡Chao!

Capítulo 26

Volvió a tener el mismo sueño: el tren, la mujer, el túnel, el grito.

Carmen se despertó de golpe, intentando respirar con normalidad. Ya no podría seguir durmiendo.

Cogió su móvil en busca de consuelo, a pesar de ser consciente de que era mejor no hacerlo. «Joder». Skylar era tan guapa, tan perfecta y una maldita engreída. Y ni siquiera podía hablar con Sofia del tema. De hecho, si su hermana tuviera que escoger entre las dos, Carmen no estaba del todo segura de que la acabase eligiendo a ella.

Pero es que ella no quería irse de esa casa, no quería volver a casa de sus padres. Le empezaba a gustar el trabajo en la librería. Se le daba bien. Las cosas estaban mejorando y la tienda estaba preciosa. Y le estaba cogiendo cariño a sus sobrinos. Muchísimo. Pero ¿qué iba a hacer? ¿Qué pasaría después de Navidad cuando tuviera que dejar todo eso atrás?

Agarró su móvil como si fuera un osito de peluche o una manta que le daba seguridad. «Al menos Blair está consiguiendo que me anime», pensó ella.

C: Te vas a quemar como no te pongas una camiseta.

B: Nací con la piel bronceada.

A Carmen se le dibujó una sonrisa en la cara.

C: Menudo mentiroso. Seguro que tienes una sombrilla para ti solo y todo.

B: ¿Por qué eres la única persona en este planeta que no se rinde a mis encantos? ¡Todo el mundo en Los Ángeles piensa que soy increíble!

C: 😫😫😫😫

B: Es verdad.

C: Lo dudo. Seguro que solo es una tontería que se traen los de Hollywood.

B: ¿Y cómo sabes tú eso? ¿Alguna vez has salido de ese pueblito en el que vives?

C: ¿Te refieres a una de las ciudades más grandes, bonitas y antiguas del mundo? ¿O estás hablando de Billericay? ¿No es ahí donde naciste tú?

B: ¡Te has leído mi libro!

C: Puf, no. Solo leí la parte en que salía la información del autor.

B: Mándame una foto. Estoy solo.

Carmen le hizo una foto al osito de peluche que uno de los niños había dejado tirado en su cama. Llevaba un uniforme de enfermera puesto.

B: Qué sexi.

C: Gracias.

B: Deberías afeitarte.

C: Eres un sexista.

B: No era verle el culo a un oso lo que tenía en mente al pedirte una foto.

Carmen sonrió y se acercó el móvil al pecho con las manos congeladas.

B: Venga, ahora en serio.

Carmen frunció el ceño. No. No iba a mandarle una foto suya. No. Aunque se lo pensó. Si conseguía un buen ángulo, una buena luz... No.

C: Creo que te has equivocado de número.

B: 😐

B: Venga...

Carmen le quitó el uniforme al oso, le hizo una foto al trasero del peluche y se la envió a Blair. Después, apagó el móvil y, para su sorpresa, volvió a quedarse dormida.

Capítulo 27

Carmen intentó mostrarse más amable de lo normal ese fin de semana por si a Sofia le llegaba el rumor de que se había peleado con Skylar.

—Debería hacer con los niños una excursión navideña, ¿no crees? —le preguntó Carmen a su hermana cuando sus sobrinos todavía seguían en la planta de arriba.

—Ay, pues es una buena idea —dijo Sofia—. Hay un caminito muy bonito lleno de luces por el jardín botánico. Así aprovechan y van viendo todas las plantas que hay.

—En realidad mi idea era llevármelos a la feria de Navidad...

Todo lo que había en la habitación pareció congelarse. Hasta la radio, en la que estaba sonando una canción de Mariah Carey, pareció que había dejado de funcionar. Sofia y Skylar intercambiaron una mirada, horrorizadas.

La feria de Navidad de Edimburgo ocupaba todo Princes Street Gardens, que se encontraba en el centro, y se extendía por St. Andrew's Square, George Street, Castle Street... Era como si se propagase por todas las calles de la ciudad. Los vecinos se quejaban de que se formaba demasiado escándalo, de que todo era demasiado caro y de que siempre había mucha gente. Lo que significaba, o eso sospechaba Carmen, que era un lugar demasiado vulgar para la gente refinada. A diferencia del resto, a ella le gustaba pasar por delante después del trabajo, para así ver las luces, disfrutar del olor a palomitas y a algodón de azúcar, y escuchar los gritos de los niños.

Por un momento, la casa se quedó en silencio, y Sofia y Skylar suspiraron, aliviadas. Pero les duró poco porque enseguida se oyeron pasos por las escaleras.

—Increíble –comentó Sofia–. Y cuando les grito a todo pulmón para que bajen a ponerse los zapatos no me hacen caso...

—¿¡Vamos a ir a la feria de Navidad!?

Jack parecía feliz y emocionado con la idea; y Phoebe las miraba con los ojos entrecerrados, como si aquello fuera imposible y solo se tratase de un truco. Pippa, que se había quedado un par de pasos por detrás, fingía que aquello no le importaba, como si solo hubiese bajado con la intención de vigilar a sus hermanos.

—Suerte –pronunció Sofia tras poner los ojos en blanco.

—¿Suerte? ¿Suerte para qué? –preguntó Carmen.

—*Porfi*, tita Carmen. ¡Por favor! ¡*Porfi*, llévanos! ¿Nos vas a llevar?

—¿Cuánto dinero tienes? –indagó Sofia.

—¿Quién? ¿Yo? –dijo Carmen, ofendida–. Suficiente.

—Lo dudo –contestó Sofia, negando con la cabeza.

—¡Pagaremos nosotros! ¡Con el dinero de la paga que nos das!

Los niños no se cansaron de suplicar. De hecho, hubo un momento en el que Jack estuvo a punto de tirarse al suelo.

—¡*Porfi*, llévame contigo! –exclamó Phoebe, desesperada–. No quiero que Skylar me obligue a beberme esa cosa asquerosa.

Skylar se encontraba en ese momento preparando un zumo verde.

—Porque siempre quiero lo mejor para vosotros –contestó la niñera con una sonrisa tranquila.

—Deberías bebértelo, Phoebe –intervino Pippa–. Te vendrá superbién.

—*Porfi* –insistió Phoebe.

—¡Si yo no voy, ella tampoco! –gritó Jack con vehemencia–. ¡No sería justo!

Pippa resopló.

—Bueno, mami, yo también creo que es mala idea ir, pero tal vez debería acompañarlos para asegurarme de que

Phoebe no se monta en ninguna atracción que le dé demasiado miedo.

–¡No me dan miedo las atracciones!

–Y para que no acabe comiendo demasiado algodón de azúcar.

–¿¡Venden algodón de azúcar!? –quiso saber Jack.

–Eso es veneno para el cuerpo –se apresuró a decir Skylar.

–¡Para ya con eso! –le gritó Carmen a la niñera–. En serio, hermanita, tampoco es tan mala idea, ¿no? –añadió, intentando convencer a Sofia.

–Skylar os recogerá a las cinco.

–¿¡Nos dejas ir!?

Los niños abrieron los ojos de par en par.

–Un ratito, ya que vuestra tía se ofrece voluntaria...

–Después os llevaré al ensayo del espectáculo del colegio –les recordó Skylar.

Los niños soltaron un quejido.

–No tiene mucho sentido que Phoebe nos acompañe al ensayo –comentó Jack, riéndose.

Phoebe le habría dado una patada a su hermano, pero le preocupaba que Carmen cambiara de opinión con lo de ir a la feria si lo hacía.

Había mucho ruido. Muchísimo. La música estaba a todo volumen; en cada atracción sonaba una canción diferente y en la mayoría de los puestos de bebidas había música en vivo. También había puestos de rosquillas, algodón de azúcar y de otros dulces. Y sí, gran parte de las atracciones daban miedo y todo era bastante caro. Phoebe se negó rotundamente a subirse al trenecito –algo que a Carmen le había parecido muy mono e indefenso– porque era para bebés, así que acabaron montándose juntas en una cosa que resultó ser aún más aterradora: comenzó moviéndose muy despacio, pero no tardó en hacerlas girar de manera perpendicular al suelo. Phoebe se quedó pálida de miedo y las lágrimas le corrieron por las mejillas. La situación no mejoró cuando Carmen se detuvo en el campo de tiro. Tampoco lo hizo cuando se montaron en la noria: los niños empezaron a dar voces y a discutir porque alguno de los tres estaba haciendo que la cabina de la noria se tambalease.

Fue una auténtica pena porque, a pesar de que iban subiendo despacio, allí arriba, junto al enorme monumento de estilo gótico –el Scott Monument–, Carmen sintió que el corazón le iba a estallar de felicidad. La impresionante ciudad oscura estaba llena de luz, de gente y de movimiento; el inmenso árbol de Navidad iluminaba la montaña que tenían enfrente; la estrella centelleaba cerca de ellos; y el aire frío era cortante. Era evidente que la Navidad estaba a la vuelta de la esquina. Quedaban tan solo dos semanas. Los niños contaban los días que faltaban y se lo recordaban a ella a diario.

Estaba siendo una experiencia bonita hasta que a Phoebe se le cayó un guante por la estrecha barandilla e intentó recuperarlo, lo que hizo que Carmen le gritara, algo que nunca había hecho hasta ahora, y Phoebe volvió a tener otro episodio de llantos. Cuando se bajaron de la noria, Carmen intentó calmarla comprándole un chocolate caliente con extra de crema batida y nubes, es decir, que le salió más caro de lo que ya era de por sí. Después, Phoebe derramó el chocolate y le echó la culpa a Jack, y fue entonces cuando Carmen entendió por qué su hermana le había deseado suerte.

–Venga –los animó Carmen–. ¡Ahora vamos iremos al laberinto de árboles de Navidad! –añadió, limpiando a Phoebe con cuidado–. No pasa nada. Toma, ponte mis guantes.

Phoebe le hizo caso, pero primero se sorbió la nariz y se limpió los mocos con los guantes de su tía. Hacía bastante frío, así que, para entrar en calor, Carmen tuvo que meterse una mano en el bolsillo y coger con la otra el carísimo vaso de vino caliente que había dejado apoyado en la pared.

–¡Venga! ¡En marcha! Dadme la mano o agarraos a mi abrigo.

–¡Yo quiero entrar solo! –gritó Jack, que había visto a uno de sus amigos entre la multitud y le había hecho un gesto con la cabeza, como si le estuviera desafiando.

–Vale. Pero no te pierdas.

–¿No se supone que los laberintos están hechos para que nos perdamos? –señaló Pippa.

–Tienes razón. –Carmen sonrió–. Te mereces una medallita por esa observación.

Oke estaba subiendo –tenía que pasar todos los días por delante de la abarrotada feria de Navidad para poder llegar hasta los escalones de The Mound e ir directamente a la residencia en la que se alojaba– cuando la vio.

Estaba agachada, colocándole un guante a una niña pequeña e intentando evitar que un niño saliera corriendo mientras se reía con otra niña más mayor. Tenía las mejillas rojas y los ojos le brillaban. Oke suspiró. Estaba guapísima.

–Veeenga, tita Carmen –se quejó la más pequeña.

Carmen se puso de pie, poniendo los ojos en blanco, pero enseguida se le dibujó una sonrisa en la cara que a Oke le pareció preciosa.

–Hola –dijo él, y ella se dio la vuelta, sorprendida.

–Oh –soltó Carmen un poco desconcertada al verlo allí–. Hola. ¿Qué tal? ¿Qué haces por aquí? Casi no hay árboles.

–Me pilla de camino a la residencia.

–Ah, claro –respondió ella, alzando la vista hacia el precioso edificio universitario de piedra gris que se alzaba sobre la ciudad–. Por un momento he pensado que igual habías cambiado de opinión con lo de celebrar la Navidad.

–¡Tita Carmen, vamos!

Los niños corrieron hacia el laberinto.

Carmen miró a Oke. Se le veía tranquilo y bajo la fría luz de la noche parecía más alto de lo normal. No llevaba joyas, solo una sencilla pulsera de cuentas grises en la muñeca; de hecho, ni siquiera llevaba reloj. Llevaba puesto un jersey ancho y viejo –tal vez lo había comprado en alguna tienda de segunda mano–, pero aun así se veía de buena calidad y le quedaba muy bien. De alguna manera, también se las había ingeniado para calentarse las manos con la bufanda larga que le colgaba del cuello y que le llegaba por debajo de la cintura. Sin duda destacaba entre la gente que se agolpaba a su alrededor y atraía las miradas, sobre todo de mujeres, por su figura alta y delgada.

Oke escudriñó con aire pensativo a la multitud que se había acercado a la feria: la mayoría iba con chaquetas acolchadas de colores brillantes y gorros con pompón. La gente parecía feliz y los niños corrían por todas partes, emocionados. Detrás del trenecito, los edificios de Edimburgo se alzaban imponentes frente a él, como si fueran un acantilado. A su izquierda había una atracción enorme con columpios giratorios que se elevaban en el aire, igualando la altura del mismísimo Scott Monument, y que, cada treinta segundos –más o menos–, giraban como un reloj, haciendo que comenzaran a oírse los gritos, y luego volvían a descender. Las luces de todas las atracciones brillaban a su alrededor.

–¿Quieres entrar con nosotros en el laberinto de árboles de Navidad? –le preguntó Carmen, enseñándole las entradas–. Si no os lo prohíben a los cuáqueros...

Él sonrió.

–No, no nos lo prohíben. Y podría considerarlo un trabajo de investigación.

Era agradable estar dentro del laberinto de árboles, sobre todo porque los sonidos y las luces que provenían del resto de la gigantesca feria apenas se percibían desde allí. A los niños les habían dado unas pequeñas tarjetas en la entrada y les habían explicado que tenían que ir sellándola para poder conseguir el premio final. No perdieron el tiempo y enseguida desaparecieron los tres por las largas hileras de árboles oscuros que estaban llenas de luces y de nieve.

–Háblame de los abetos –le pidió Carmen a Oke.

–Los romanos los utilizaban. Para celebrar las Saturnales. A mediados de diciembre.

–Antes de Navidad.

–Sí, antes de Navidad. Pero las cosas fueron cambiando con el paso de los años.

–Vaya –dijo Carmen–. Al final Bronagh va a tener razón.

–Los abetos aparecieron antes que los dinosaurios.

–¿En serio? Guau. ¿Y cuánto tiempo suelen vivir?

Él se encogió de hombros.

–La media son quinientos años. Pero pueden llegar hasta mil.

Carmen lo miró.

–Y nosotros cortándolos para ponerlos en un salón... –añadió ella, negando con la cabeza.

–¡Tita Carmen, Phoebe me ha robado mi tarjeta! –gritó Jack, cabreado.

–¡Mentira! ¡Se te ha quedado atascada en la máquina! –Se oía la voz de Phoebe, pero no se la veía–. ¡Y ahora no sé por dónde se sale!

Carmen tranquilizó a Jack.

–¿Podrías ir a buscar a tu hermana? ¿Y luego sellar también su tarjeta?

–Pero ¿por qué? Siempre me está molestando.

–Porque es muy pequeñita y tú eres muy inteligente –le explicó Carmen.

Jack sopesó las palabras de su tía por un segundo.

–¿Tú crees? –le preguntó el niño antes de percatarse de la presencia de Oke–. Hola –lo saludó, aunque no le prestó demasiada atención.

–Hola, colega –le respondió Oke–. Te entiendo; yo también tengo hermanas.

Intercambiaron una mirada de comprensión. Después, Jack asintió y echó a correr por el laberinto.

–¡Phoebs! ¡Sigue gritando para que pueda encontrarte! –exigió Jack.

En respuesta, Phoebe emitió un grito agudo que parecía una mezcla entre el maullido de un gato y el sonido de una alarma de incendios.

–Parece majo –dijo Oke.

–¡Lo es! –le aseguró Carmen–. Los tres son geniales.

Carmen no dejó de mirar a Oke mientras caminaban; el laberinto parecía no tener fin, seguramente estaban yendo en círculos.

–¿Cómo es que te gustan tanto los árboles?

Él se encogió de hombros.

–Siempre... siempre me han parecido impresionantes. La idea de que con una simple semilla pueda crecer algo así. Además, vengo de un sitio en el que hay muchos árboles, así que... –Hizo una pausa–. ¿Sabes que hablan entre ellos?

–¿Qué? –dijo Carmen con cierta desconfianza mientras esquivaban a un grupo de adolescentes borrachos que se gritaban los unos a los otros–. ¿Y qué se dicen? ¿«Bonitas hojas»?

–Sí, a veces. Se avisan los unos a los otros de las enfermedades.

–Estás de coña, ¿no?

–Claro que no. Además, comparten agua. Así que pueden pasársela entre ellos si ven que tienen demasiado suministro.

–¿En serio?

–Sí –le aseguró Oke–. Los árboles son excelentes comunicadores.

–¿Y cómo lo hacen? ¿Con crujidos?

–Es más bien... una especie de ruido burbujeante. Lo hacen cuando tienen sed. Es como el sonido que haces con la pajita cuando intentas beberte las últimas gotas de alguna bebida.

–¿¡Qué!? ¿Por qué se habla tan poco de esto? –preguntó Carmen.

–Bueno, los dendrólogos lo hacemos a todas horas. Durante años, pensarlo era una locura. Pero luego se hicieron estudios que demostraron que era verdad.

–Joder –soltó Carmen, mirando los árboles que se alzaban

sobre ellos en el laberinto–. Ay, madre, cuando los cortamos para decorar en Navidad..., ¿gritan?

–Eh..., ¿te gustaría probar una de esas cosas pegajosas de color rosa? Parece que a la gente le encanta –dijo él, cambiando de tema, y señaló con el dedo un puesto junto a la puerta principal donde vendían algodón de azúcar.

–¡Te lo ponen en un palo! ¡En uno de madera! –se lamentó Carmen.

–Ya...

Por suerte, justo en ese momento, Pippa se acercó a ellos. La niña les contó que había llenado su tarjeta de sellos y que ya le habían dado el premio: una chocolatina. Después, le recordó a su tía que tenían que marcharse ya y que Skylar no podría bajarse del coche porque había un señor de tráfico malvado.

–De acuerdo –dijo Carmen.

Cuando Jack dobló la esquina con Phoebe y dos chocolatinas en la mano, Carmen supo que se había librado por poco de otro berrinche. De hecho, no pudo evitar sentirse orgullosa de sí misma cuando entregó a los niños a la hora y en el lugar que había acordado con Skylar, justo debajo del enorme Banco de Escocia.

–Ay, no. ¿Chocolate? ¿En el coche? –se quejó Skylar–. Claro, ¿nos viene bien comer eso? –añadió, pero entonces vio a Oke detrás de Carmen y le cambió la cara–. ¡Doctor Oke! –exclamó, sonriendo–. ¡Vaya! ¿Me alegro de verle? ¿Me flipó la clase que dio sobre el simbolismo del abedul en el arte?

–Eh..., gracias –respondió Oke con modestia.

–Bueno, pongámonos en marcha –dijo Skylar–. Estoy segura de que lo vais a hacer de maravilla en el espectáculo del colegio.

A Phoebe se le desencajó la cara.

–Bueno, nos vemos después –se despidió Carmen.

–Gracias, tita Carmen –dijo Pippa, y, por primera vez, sus dos hermanos repitieron sus palabras sin quejarse.

–¡Gracias, tita Carmen!

De alguna manera, sin siquiera hablarlo, Carmen y Oke siguieron caminando juntos y llegaron a una zona más tranquila de la feria, lejos de los gritos. Se encontraron unas pequeñas casetas de madera en las que vendían juguetes y piezas de decoración.

–Debería comprarles algo –dijo Carmen–. Mi hermana solo quiere que tengan juguetes de madera –añadió al ver que el pequeño y acogedor puesto alemán frente al que se habían parado tenía coches, abejas y avioncitos de madera. Eran bastante bonitos–. Aunque creo que igual les haría más ilusión algo de plástico que vibre y que haga mucho ruido. Pero, claro, a mi hermana no le haría tanta gracia.

–En ese caso..., me alegro de no tener que pensar en hacer regalos –comentó Oke, sonriendo.

–Pero ¿no hay nadie en tu familia al que le gustaría tener esta monada? –preguntó ella, cogiendo una pequeña maqueta de un avión.

Él sonrió.

–Mis dos hermanas tienen hijos. Pero no sé si lo verían bien. Como no celebramos la Navidad, la verdad es que no solemos hacernos regalos.

–Pero... ¿y si eres uno de esos tíos majos que envían regalos con todo su amor y cariño porque viven muy lejos? ¿Tan malo sería?

Oke se quedó mirando los juguetes. También había un trenecito con ruedas que tenía hasta sus propios vagones de madera. Era bastante bonito.

–Bueno... –dijo él.

–Tenemos una oferta 3×2 –les informó el simpático alemán que atendía el puesto.

En ese momento, Oke se fijó en una estrella de madera y enseguida pensó que quedaría genial en casa de su hermana.

–Bueno... –repitió él, a punto de ceder.

–¡Venga! ¡Es casi una obligación! ¡Estamos en Navidad! ¡Hay que malgastar el dinero! Además, uno tiene que adaptarse a las tradiciones de los países que visita. Venga, por una vez tampoco va a pasar nada.

Oke le dedicó una sonrisa a Carmen, se sacó la cartera del bolsillo y acabó comprando ocho trenecitos y tres estrellas.

—¡Ostras! —soltó Carmen—. Madre mía, lo siento. No sabía que tus hermanas tenían tantos hijos.

De repente, una mujer que a Carmen le resultó familiar salió de la parte de atrás de la pequeña caseta y empezó a hablarle en alemán al vendedor que los había atendido. Después se volvió hacia Oke y le dijo:

—¡Nos has comprado un montón de cosas! Toma, te regalamos este como muestra de agradecimiento.

Oke aceptó el coche antiguo de juguete y enseguida se lo dio a Carmen.

—¡Ay! —exclamó ella—. ¡Puedo ponerlo en el escaparate de la librería y meter a uno de los ratoncitos dentro!

Oke volvió a sonreír, y la mujer alemana se inclinó hacia delante.

—Ay, ¡sí! Tú eres la chica que trabaja en la librería —dijo la mujer, y Carmen la reconoció de inmediato: era la mujer que había preguntado por la familia McCredie—. ¿Le diste mi tarjeta al señor McCredie? Todavía no me ha llamado —preguntó sin andarse con rodeos.

—Eh, sí, sí. Se la di —le respondió Carmen—. Pero... lo siento. El señor McCredie no... ¿Puedo preguntarle por qué necesita hablar con él?

—Estábamos limpiando el desván y descubrimos unas cartas. La dirección que ponía en el remitente era..., bueno, la de la librería. Me gustaría hablar con él sobre ellas. Muchísimo —le explicó la mujer, y después le dijo algo rápido en alemán al hombre.

Él pareció sorprendido, pero enseguida volvió a centrar toda su atención en envolver los juguetes.

—Estaremos por aquí hasta Navidad y luego, puf, desapareceremos. Así que, por favor. Si no quiere llamar, dile que nos podrá encontrar por aquí todos los días –le dijo la mujer a Carmen–. Espera un momento –añadió antes de volver a entrar en la pequeña caseta y salir con otra figurita de madera perfectamente tallada: era un círculo con una forma sencilla y atemporal, dividido en cuatro por una cruz–. Por favor, dale esto de mi parte. Para que lo ponga en el árbol. Hazle saber que le mandamos nuestros mejores deseos.

–Gracias –dijo Carmen un poco desconcertada.

Carmen y Oke avanzaron, cargados de bolsas, y no tardaron en dejar atrás el ruido y los gritos que provenían de la feria. Carmen aprovechó para ir explicándole por el camino de qué conocía a los alemanes.

–¿Y por qué crees que tienen tanto interés en hablar con él? –le preguntó Oke.

–¡Dios mío! ¡No tengo ni idea! –admitió Carmen–. Dudo mucho que el señor McCredie haya tenido una aventura y haya sido padre sin siquiera saberlo. Ni nada por el estilo, vamos. Se pasa el día metido en su casa. Le gustan más los libros que las personas. Pero hablaré con él. ¿A ti te gustan más los árboles que las personas?

–A veces –respondió Oke–. Al menos sabes que los árboles no te van a traicionar. Menos los olmos, claro. No te fíes nunca de esos puñeteros...

–¿Por qué? –quiso saber Carmen; era la primera vez que le oía decir una palabra fuera de lugar.

–Pues porque da igual lo mucho que lo intentes, siempre van a acabar muriéndose por tu culpa. Hola, olmo, ¿cómo vas? Y... ¡cataplum! –dijo Oke, imitando al árbol cayendo, y Carmen soltó una risita.

–Pareces un árbol. Sin duda elegiste la profesión correcta.

–¿Porque tengo unos brazos y unas piernas que parecen ramas? Lo sé –dijo él sin parecer ofendido–. La gente me lo dice todo el rato.

–Bueno, sería peor que te dijeran que pareces un... cactus.

–Cierto.

–O un bonsái.

Él sonrió.

–Oh, lo de los bonsáis ni te cuento...

Se habían alejado de la calle principal y habían subido los escalones en dirección a la National Gallery. Los gritos seguían resonándoles en los oídos.

–Bueno, me he dejado llevar por el consumismo y he visto a alguien vomitando al lado de los coches de choque –comentó Oke–. Creo que ya he tenido suficiente por hoy.

Carmen asintió, aunque en el fondo no quería que se fuera. Había algo que hacía que estar con él fuese... sencillo. Pero tal vez Dahlia lo estaba esperando. Oke empezó a alejarse, pero de repente se paró y le preguntó:

–¿Te apetece hacer otra actividad navideña? Creo que le estoy cogiendo el gustillo.

Capítulo 28

A Carmen le estaba resultando complicado seguirle el ritmo a Oke mientras se abría paso entre la bulliciosa multitud que se aglomeraba alrededor de unos pequeños puestos de madera donde vendían hadas talladas, dulces, algodón de azúcar, osos de peluche, vino y chocolate caliente. De hecho, Carmen tuvo que disimular que casi se había quedado sin aliento tras subir los escalones empinados de The Mound.

Oke se paró en la cima de la colina y observó las luces deslumbrantes de la feria, que se extendían a sus pies como si fueran una bonita alfombra brillante, aunque esta vez con menos gritos y menos niños mareados a punto de echarlo todo por la boca.

—Al final solo es gente intentando ser feliz —comentó Carmen.

—Sí, lo sé —dijo Oke—. Pero no estoy del todo convencido de que esa sea la mejor manera de hacerlo.

—¿Qué es la felicidad para ti? —quiso saber Carmen.

—La sensación que uno experimenta tras sentirse útil —contestó él con rapidez.

Carmen lo observó.

—¿Qué? —dijo ella—. ¿A qué te refieres?

Él la miró, sorprendido.

—Bueno, si haces bien algo y te sientes útil..., te sientes feliz, ¿no?

—¿Y si estás de vacaciones? Lo último que busca uno cuando está de vacaciones es sentirse útil.

—Pero igual has estado todo el año trabajando duro y consideras que te mereces ese descanso, así que eso también da pie a la felicidad. Pero, por ejemplo, si tu familia es rica y vives

270

como si estuvieras de vacaciones todos los días, no creo que te sea tan sencillo encontrar la felicidad.

En ese instante, Carmen no pudo evitar acordarse de cuando Blair le habló sobre la canción *I Wish It Could Be Christmas Everyday* y de cuando se quejó de la habitación de hotel que le habían ofrecido.

—Vale —dijo Carmen—. Pero... ¿y si abrazas a un cachorrito?

—Si vas a criar a ese cachorro y a estar ahí para él cada segundo, atendiendo sus necesidades y cuidándolo... Por supuesto, no te lo discuto. Pero también es trabajo.

—Pensé que ibas a decir algo del chocolate caliente —se lamentó Carmen, bastante arrepentida de haber pasado de largo por delante de los puestos de comida.

—¿Te apetecía uno?

—No sé. Tal vez. Me encanta el olor, pero siempre que me bebo uno me lleno enseguida o se me derrama o me acaba doliendo la barriga.

—En ese caso, comprarlo no te haría sentir útil —respondió él con una sonrisa—. ¿La librería te hace feliz?

Carmen estaba a punto de decirle que eso era una estupidez porque al final solo era un trabajo, pero justo en ese instante recordó lo que había vivido el día anterior, cuando un niño muy pequeño había entrado en la tienda con unas monedas bastante pegajosas en la mano. Se había acercado a ella, vigilado de cerca por su padre, y le había preguntado con seguridad si tenían un ejemplar de *Los seis signos de la luz*. Carmen le había preguntado si quería que se lo envolviera para regalo, pero padre e hijo negaron con la cabeza con firmeza. Y en ese momento ella supo que su intención era empezar a leerlo en cuanto salieran por la puerta, así que le dio el cambio al niño con mucho cuidado y les deseó que lo disfrutaran.

—Mmm —dijo ella.

—Shhh. —De repente Oke la hizo callar mientras subían los escalones que estaban justo al lado del enorme edificio de la iglesia—. ¿Oyes eso?

Carmen se concentró e intentó aguzar el oído.

—Están ensayando. Van a hacer un concierto exclusivo en el castillo. Es difícil conseguir entradas, pero creo que igual no nos van a hacer falta... —Oke miró a Carmen, sonriendo—. Sígueme.

Había una pequeña puerta lateral en los escalones en la que uno no repararía a menos que la estuviera buscando a conciencia; de hecho, parecía que conducía a algún lugar privado. Oke miró a su alrededor para asegurarse de que nadie les prestaba atención, aunque en realidad no había mucha gente por allí, y después abrió la sencilla puerta negra.

El interior estaba completamente a oscuras, y Oke tuvo que llamarle la atención a Carmen para que dejara de reírse. Caminaron por una especie de pasillo entre bastidores. Se parecía más a un teatro que a una iglesia: era el Assembly Hall, el salón de actos de la Iglesia de Escocia.

Desde allí el sonido se oía con más fuerza, pero seguía sin ser nítido. No parecía un coro; era más bien como si estuviesen saliendo diferentes voces de una misma persona, aunque iban perdiendo intensidad en aquel pasillo oscuro con telas colgando de las paredes.

—*Wha-at can I give him, poor as I am...?*

Carmen y Oke avanzaron hasta que encontraron un pequeño resquicio de luz en la pared y se pusieron a mirar a través del hueco.

Había un coro de niños con sotanas rojas y blancas, y hombres adultos que cantaban vestidos de negro. También había algunas mujeres a un lado, ataviadas como si fueran camareras con faldas negras y camisas blancas.

«La ropa de los hombres es mucho más elegante», pensó Carmen.

El director del coro llevaba unas gafas negras y tenía el pelo canoso y rizado. Toda su atención se centraba en la partitura que salía en el libro enorme que tenía delante. De vez en cuando iba gesticulando en una dirección u otra o señalando al pianista que se encontraba en la esquina o alzando la vista por razones que Carmen no comprendía.

Los ojos de Carmen se fueron adaptando a la oscuridad y enseguida se dio cuenta de que Oke no hacía lo mismo que ella: estaba de pie, apoyado contra la pared, con los ojos cerrados. Los abrió cuando notó que ella lo observaba y, para sorpresa de Carmen, sacó un termo de la mochila.

Estaba lleno de chocolate caliente.

–Bébetelo con cuidado –le susurró él–. No quiero que lo derrames ni que te acabe doliendo la barriga.

Carmen sonrió de oreja a oreja, aunque seguía bastante desconcertada.

–Vaya –murmuró ella, intentando ignorar una voz en su interior que la hacía preguntarse si se lo habría preparado Dahlia.

–Shhh –dijo él–. Quiero escuchar la música. Además, el director de orquesta debe tener buen oído, así que, si hacemos ruido, nos va a oír.

Se quedaron de pie en el lado opuesto del pasillo y abrieron un poco la cortina para poder ver mejor.

Aunque en realidad con escuchar era más que suficiente. La sala era bastante amplia y tenía una forma circular; y el sonido parecía elevarse desde el suelo y llenar el aire frío, el pasillo y todos los espacios que había alrededor.

Carmen no solía ir a conciertos que no fueran de música pop; siempre había asumido que serían aburridos. Pero cuando escuchó las voces de los hombres cogiendo fuerza en la profunda oscuridad mientras cantaban el villancico *Good King Wenceslas*, se le pusieron los pelos de punta.

–Sire, the night is darker now and the wind grows stronger... Mark my footsteps, good my page...

Carmen no tardó en descubrir por qué el director alzaba la vista: cuando la intensidad de la música aumentó mientras cantaban *Hark! The Herald Angels Sing*, el sonido fuerte de un órgano de tubos retumbó en la sala, como si hubiera caído del mismísimo cielo. Ella se sobresaltó y Oke se echó a reír.

Y, al final, llegó el último villancico: las voces se fueron apagando poco a poco, y Carmen tuvo que hacer un esfuerzo para escuchar *Scots Nativity*.

–*Balloo, lamby, balloo, ballay...*

Eran las dulces palabras que las madres les habían cantado a sus bebés durante cientos de años, como si fuera una promesa especial y eterna de amor verdadero.

A Carmen se le empezaron a llenar los ojos de lágrimas. Ni siquiera pudo parar de llorar cuando vio que el director se miraba el reloj que llevaba en la muñeca y los coristas se quitaban las sotanas. Debajo llevaban zapatillas de deporte y calcetines como cualquier persona normal, algo que a ella le pareció que no encajaba con el sonido celestial que emitían sus voces. Era extraño relacionar a aquellos hombres mayores de pelo canoso y a aquellos niños pequeños, regordetes y pecosos con la grandeza y la gloria de todo lo que acababan de presenciar; sobre todo cuando los cantantes empezaron a dispersarse y el director les recalcó la importancia de no llegar tarde a los ensayos y les pidió a las contraltos que dejaran de darle a la lengua.

–Madre mía –soltó Carmen cuando volvieron a la calle y sintió el aire frío en la piel–. Qué pasada. Ha sido increíble –añadió, y después miró a Oke con los ojos entrecerrados–. De hecho, me ha hecho feliz y para nada he sentido que estaba haciendo algo útil. Y encima estaban cantando villancicos. De Navidad.

Oke se encogió de hombros.

–¿Tal vez la devoción tenga su parte útil? –le dijo él.

A Carmen se le desencajó la cara. «Ay, madre. ¿No será uno de esos pesados que intentan convencerte de formar parte de su religión?», pensó ella.

–Te tenía por un científico al que le gustaba seguir ciertos valores cuáqueros –refunfuñó ella.

–Y no te equivocas –respondió él.

–Pero entonces..., ¿crees en Dios?

Oke se encogió de hombros y adoptó una expresión divertida.

—Pregúntale a cualquier físico. Algo habrá que nos esté mirando.

Carmen seguía sin tener clara su postura, así que continuó con las preguntas:

—Pero crees... ¿en la Biblia, en el niño Jesús y esas cosas? Sé que no me puedes mentir, así que... ¡ja!

—Bueno —contestó él, parpadeando varias veces—. Si uno creyera en algo más que en sí mismo, si creyera en algo..., diría que no me parece una locura pensar que cuando tocas la cara de un bebé, estás tocando la cara de Dios. ¿Alguna vez has visto a un bebé en una residencia de ancianos? A los bebés se les adora. Y se convierten en criaturas divinas.

—Mmm —dijo Carmen.

—Así que puedo llegar a entender que haya gente que crea en él. Pero yo en realidad no pertenezco a una iglesia en concreto. Me han criado con unos valores cuáqueros bastante estrictos, en un lugar en el que apenas hay cuáqueros, así que... al final hemos creado una comunidad entre todos. Pero no.

Carmen sonrió.

—Entonces..., ¿eres un cuáquero farsante?

—Ya, ya —respondió él, y su voz se tornó melancólica por un instante—. Aunque a veces encuentro en la música...

—Algo así como... ¿cosas divinas?

—Sí, bueno, algo así —dijo él, y se quedaron un rato en silencio.

—Eres una persona bastante peculiar —comentó Carmen.

—Todas las criaturas de Dios lo son —añadió Oke, pero ella sabía que le estaba tomando el pelo.

El frío empezaba a calarles los huesos. Oke señaló un patio a su derecha, justo en lo alto de los escalones que conducían a la Royal Mile.

—Aquí es donde me alojo —le informó Oke.

—Lo sé —dijo Carmen con una sonrisa.

De pronto, se acercó a él. No había nadie más en el callejón oscuro. Oke se miró las manos, reacio a tener que ser él el que diera el primer paso, pero Carmen no tardó en tomar la iniciativa. Oke llevaba unos guantes demasiado finos para el frío que hacía y ella entrelazó sus dedos con los suyos. Él clavó sus ojos verdes en ella. El ambiente cambió a su alrededor, el silencio los envolvió. Carmen se acercó un poco más a él bajo el gélido cielo de Edimburgo, bajo los muros grises de las viviendas, cientos de años de historia a su alrededor, en un mundo tan antiguo como el mismísimo tiempo. Carmen se inclinó hacia él y...

Se oyeron unos pasos, seguidos de un fuerte sollozo. Los dos alzaron la vista.

Y ahí estaba Dahlia, mirando fijamente a Oke con los ojos llenos de lágrimas.

—Ay, madre —dijo Oke—. ¿Estás bien? —le preguntó mientras avanzaba unos pasos para acercarse a ella.

Carmen también habría hecho lo mismo, a pesar de que no entendía muy bien lo que estaba pasando, si de repente no le hubiese sonado el móvil a todo volumen, haciendo que el ruido rebotara en las viejas paredes de piedra gris, como si fuera un intruso, un sonido que no encajaba en aquel lugar.

Oke se giró y miró a Carmen cuando Dahlia se detuvo en el callejón que conducía a la calle, apoyando la cabeza contra la pared como si estuviera rogándole a Oke que la consolara. Carmen le hizo señas para que siguiera avanzando sin ella, pero le fue difícil ignorar el nudo que se le formó en la garganta. Miró el móvil por si era Sofia.

La estaban llamando desde un número oculto. Lo cogió.

—Esta habitación de hotel es una mierda —se quejó Blair—. Es demasiado grande. Es enorme, joder. Me vuelvo a casa, preciosa. ¡Pero antes pasaré por esa ciudad fría en la que vives!

Carmen zanjó la conversación con Blair lo más rápido que pudo y después se giró para decirle algo a Oke. Él le estaba acariciando la espalda a Dahlia mientras ella le hablaba. «Joder. Madre mía. ¿Y si son...?», pensó Carmen. No se lo había llegado a preguntar a Oke. No había averiguado si eran pareja, ni siquiera después de haberlos visto a los dos juntos en la fiesta de Bronagh. Tendría que haberlo hecho. Se había dejado llevar por el momento y la música. Seguro que conocía aquella entrada secreta porque ya había llevado a Dahlia allí antes.

Oke se dio la vuelta de nuevo para mirar a Carmen, y ella se quedó con el móvil pegado en la oreja, aunque sabía que Blair ya no estaba al otro lado del teléfono.

—Genial —dijo Carmen en voz alta al ver las cabezas de Oke y Dahlia tan cerca la una de la otra—. Hasta pronto, Blair —añadió, poniendo énfasis en el nombre del escritor antes de hacer como que colgaba la llamada.

Oke se quedó mirándola, con el rostro teñido de dolor y confusión. Carmen se dio la vuelta y se fue por donde había venido.

Capítulo 29

A Carmen ya no le hacía tanta gracia escuchar los gritos de los niños en la feria mientras se abría paso entre la multitud, con la cabeza hecha un lío.

Blair era idiota. Estaba más claro que el agua. Pero también era... Carmen sentía que tras todas aquellas tonterías que soltaba, se escondía un hombre divertido y cínico que le parecía atractivo. Oke también era atractivo –y tanto–, pero Blair había visto mundo, había estado en todas partes, había conocido a muchísima gente, y encima era famoso... y seguía enviándole mensajes. No podía negar que aquello le atraía y la hacía sentirse halagada. Además, le estaba resultando complicado olvidarse de aquella mano fría alrededor de su cintura...

Oke era simpático. Muy simpático. Pero estaba saliendo con otra persona; de hecho, parecía mostrar predilección por las chicas que trabajaban en las tiendas.

Joder, pero es que en realidad le gustaba Oke. Muchísimo. Pero él estaba enamorado de otra. En fin, así eran las cosas en la vida de Carmen.

Pero Blair... Blair gozaba de todo lo que la gente de esta ciudad tenía: dinero y una carrera profesional exitosa. Encima tenía las cosas claras; sabía qué era lo que quería en la vida. Y sí, era un engreído..., pero... Joder, ella anhelaba algo así. Sobre todo cuando el resto –Idra seguía mandándole mensajes, restregándole por la cara lo feliz que era– parecía tener una vida perfecta. Algo que ella no tenía. En su situación, era normal desear algo así, ¿no?

Carmen suspiró. La Navidad estaba cada vez más cerca. Había algo en la magia que transmitía la ciudad o en el remolino de copos de nieve que estaba consiguiendo que se volviese completamente loca. «Joder». Si hasta había estado a punto de besar a un completo desconocido.

Eso sí.

Durante todo el trayecto, no le había parado de sonar el móvil.

Se permitió, solo por un momento, imaginarse cómo sería sentir el sol entrando por la ventana de una habitación de hotel, con las sábanas blancas y limpias, y una bandeja llena de fruta. No estaba del todo segura de qué frutas le ponían a uno en un hotel, pero sí que le parecía algo que debería pedir si se diese el caso.

¿Cómo sería su vida si fuese la novia de Blair? Bueno, él vivía en Londres, pero solía viajar bastante a Los Ángeles por trabajo, así que tal vez serían una de esas parejas que disfrutaban abrazados bajo el sol mientras debatían qué les apetecía hacer durante el resto del día. ¿Se quedarían en la piscina o darían un paseo de la mano por la playa? ¿O quizá preferirían ir a patinar? Carmen frunció el ceño mientras cruzaba la calle, siguiendo las luces del hotel Caledonian. Pero si a ella ni siquiera le gustaba patinar. La fantasía se le estaba yendo de las manos.

B: Ey, nena, ¿cómo te va? ¿Estás en la ducha?

C: Me estoy mojando con la nieve.

¿Cuenta eso como ducha?

B: Oye, pásame tu correo electrónico. Tengo algo para ti.

Carmen se lo escribió y mientras lo hacía, no pudo evitar pensar: «Ay, madre. ¿Y si me quiere enviar unos billetes de avión para que lo acompañe la próxima vez que se vaya a Los Ángeles?».

Y al final Blair le envió un correo.

Carmen se encontraba mirando el interior de la librería, que estaba llena de gente, cuando le llegó la notificación. Si le hubiesen preguntado hace un mes qué era lo que quería, ella habría contestado que un hombre rico, guapo y famoso se la llevara de viaje a algún lugar soleado, pero, para su sorpresa, ahora sus prioridades eran otras: no podía irse y dejar tirado al señor McCredie cuando la Navidad estaba a la vuelta de la esquina. Justo en ese momento, se fijó en su jefe, que estaba intentando envolver unas guías de Edimburgo carísimas que había comprado una señora. No sabía cómo, pero había logrado pegarse un trozo de cinta adhesiva en el bigote, así que decidió acercarse a él para echarle una mano. Sin embargo, se le antojó complicado dejar de pensar en lo que le habría mandado Blair en aquel correo electrónico.

Cuando finalmente lo abrió, se quedó un poco a cuadros; Blair le había adjuntado un archivo.

Organizáis cuentacuentos en la librería para los críos, ¿no?

Carmen sintió una pequeña punzada de decepción en el corazón. Solo había una forma de que Blair se hubiese enterado de lo del cuentacuentos y no había sido porque se lo había contado ella.

Quiero publicar un cuento de Navidad el año que viene. Buscaré a algún ilustrador decente, escribiré la historia en cinco minutos, pondré una foto gigante de mi cara en la cubierta y listo. Dinero fácil.

Carmen terminó de leer el correo. Blair quería que ella les leyera el cuento a los niños en la librería y que grabara un vídeo mientras lo hacía para enviárselo a los editores junto con la propuesta del libro.

Eso sí, hay que conseguir que parezca que a los niños les flipa. Eso les convencerá.

Carmen frunció el ceño al leer el título provisional del cuento: *La Navidad consciente*.

También quiero pasarle la propuesta a algún director de cine, así que respóndeme lo antes posible.

Nadie se interesará por el proyecto si espero hasta enero.

A Carmen se le encogió el corazón. «Joder, maldito Blair», pensó. ¿No podría al menos haber fingido durante cinco minutos que la quería a ella y que no le hablaba solo por interés? Se había ido a su habitación y se había quedado en la cama dándole vueltas a lo que había pasado. Desde allí, oía de fondo a los niños, que hablaban por teléfono con su padre y le contaban lo bien que les había ido el día. «Bueno, puede que el cretino de Oke tenga novia, pero, oye, yo le gusto a un tío superfamoso, así que mejor eso que nada», se convenció Carmen a sí misma.

Pero, claro, se estaba engañando al pensar eso.

Suspiró.

Aunque tal vez les podría venir bien organizar el cuentacuentos. Los pondría en el punto de mira. Les haría conseguir más clientes. Era una buena manera de hacerle publicidad a la librería. Ahora mismo, toda ayuda, por pequeña que fuera, les venía bien.

Le envió un mensaje a Sofia, pidiéndole que lo comentara por ese aterrador grupo de WhatsApp en el que estaban todas las madres del colegio. Volvió a suspirar. Tal vez el cuento acabaría convirtiéndose en un éxito de ventas y Blair daría entrevistas diciendo: «Nada de esto habría sido posible sin la ayuda de mi queridísima Carmen».

Tal vez.

Después de la hora del almuerzo, Ramsay –el representante comercial elegante y alto– entró en la librería.

–¡Hola! –saludó él, sonriéndole a Carmen, que seguía sumida en sus pensamientos y no se había atrevido a preguntarle a Skylar si Blair también le había hablado a ella–. ¡Ostras! Qué diferencia con cómo estaba la librería antes. –Miró hacia la puerta. Fuera había dos niños pequeños, que se habían quedado embelesados con el tren del escaparate–. Lo siento

–añadió–. Hoy en su cole no había clase. Así que no me ha quedado más remedio que traérmelos. A Max, el bebé, le están empezando a salir los dientes y Zoe está agotada. Así que me he traído a estos dos para que no estuviese tan agobiada.

–Tranquilo, pueden entrar sin problema.

–¿En serio? Pues, en ese caso, intentaré que no lo pongan todo patas arriba...

–No pasa nada –le aseguró Carmen–. Ya estoy más que acostumbrada a los niños. De hecho, a eso de las tres empieza el cuentacuentos, así que la librería se va a llenar de niños igualmente.

–Ah, vale, genial. Bueno, te cuento: estaban vaciando una casa en Kinross para venderla y mira lo que encontré. ¿A que son preciosas? –añadió Ramsay, enseñándole una serie de ediciones de tapa dura de la colección de *The Winter Tales of the Faeries* con el sello y el nombre de su antiguo dueño grabado en el reverso de la tapa.

–Es la primera vez que veo una colección así.

–Son leyendas del lejano norte –le comentó Ramsay–. Perfectas para leerlas en familia durante esta época del año, o eso creo.

Carmen cogió uno titulado *The Shining Star*: el libro tenía las tapas de cuero y en la cubierta había un bonito grabado en relieve de un pastor y un cordero.

–Qué preciosidad.

–Sabía que te iban a gustar. No me dirás otra vez que estas ediciones tampoco las va a querer comprar nadie, ¿verdad? –le dijo Ramsay–. Vaya, esto ya es otra cosa, ¿eh? –añadió, mirando la decoración navideña de la librería.

Ramsay les hizo señas a los dos niños para que entraran y ellos lo hicieron a toda prisa, tanto que el sonido de la campanilla de la puerta retumbó en la librería. El más pequeño de los dos jadeó, asombrado. El otro, que por alguna razón estaba vestido con camisa y corbata, miró la decoración de una manera un tanto calculadora.

De repente, el señor McCredie apareció al lado de Carmen.

—Ramsay —lo saludó él con una amplia sonrisa—. ¿Qué nos has traído hoy? —Bajó la mirada hacia los niños—. Ese es..., no creo... ¿Ese es Patrick?

—Pues claro que soy Patrick —contestó el niño.

El señor McCredie miró a Ramsay.

—¡La última vez que lo trajiste era tan solo un bebé! Apenas lo he vuelto a ver desde entonces.

—Lo sé —admitió Ramsay—. Pero mi vida acabó dando un giro de ciento ochenta grados —le recordó con una sonrisa.

—Ramsay se enamoró de la niñera —le explicó el señor Mc-Credie a Carmen.

Carmen sonrió.

—Una buena estrategia para ahorrar dinero —dijo ella.

—No creas —añadió Ramsay, riéndose—. El dinero sigue escaseando en casa.

—Hola, ¿disculpe? —dijo Patrick, poniéndose de puntillas y asomando la cabeza por encima del mostrador—. Tengo algunas dudas sobre el tren. Muchísimas. Hari, saluda. A veces se olvida de saludar y tengo que recordárselo, pero en el fondo es bastante inteligente. Cuando lo ayudo, claro.

Hari era un niño muy guapo, con el pelo negro liso y despeinado, y la piel de un color oliva. Les sonrió con alegría.

—Hola —dijo el niño con una voz sorprendentemente profunda y un acento mucho más pronunciado que el de Patrick—. El tren es muy chulo.

—Bueno —intervino Carmen—. En un ratito voy a contar un cuento; ¿queréis quedaros a escuchar?

A Hari pareció entusiasmarle la idea; a su hermano no tanto.

—Sé leer perfectamente. No necesito que nadie me lea cuentos —respondió Patrick—. ¡Ya casi tengo siete años!

—Si usted lo dice, señorito —bromeó Carmen antes de recordar que había decidido empezar a ser más amable con los niños; con todos, no solo con los de su hermana.

Sin embargo, a Ramsay pareció hacerle gracia el comentario.

–Patrick, ¿qué hemos dicho de ir por ahí presumiendo? –le recordó su padre.

–¡Decir que sabes leer no es presumir! –exclamó el niño, y abrió su mochila y sacó un libro de bolsillo gordísimo.

–¿Qué está leyendo? –quiso saber Carmen.

–Pues... *Cómo enseñar a leer a tu hijo* –contestó Ramsay. Todos se quedaron en silencio por un instante.

–Síííí, ¡el cuento! –habló Hari, justo cuando estaban empezando a llegar los niños a la librería, después del colegio.

Carmen se sorprendió al ver la cantidad de gente que había venido, no solo por la poca antelación con la que lo había organizado todo, sino también por el desastre de la última vez. Las niñas iban bien peinadas y vestidas con sus falditas escocesas; los niños, por su parte, llevaban pantalones cortos –a pesar del frío glacial que hacía fuera– y calcetines llamativos –de color rojo o azul, dependiendo del colegio al que iban– medio bajados.

–¿La historia de hoy da miedo? –quiso saber Phoebe de inmediato mientras el resto se iba sentando en el suelo.

–¡Shhh! –dijo otro niño.

–¡No me puedes mandar a callar! ¡Esa de ahí es mi tía!

Carmen no pudo evitar sentir cierto orgullo y felicidad al oír la respuesta de su sobrina.

–Hola, chicos –los saludó a todos. Después, miró a su alrededor y vio algunas caras conocidas. Había más niños que la última vez.

–Yo acabé llorando muchísimo –le dijo con seriedad una niña de unos ocho años a su amiga–. ¡Fue superchulo!

Carmen le estaba echando un pequeño vistazo a la montaña de papeles que había impreso en casa de su hermana después de que Blair le mandara el documento por correo cuando Skylar entró sigilosamente en la librería con el móvil en la mano.

–¿Voy a grabarlo? –les informó Skylar–. ¿Iba a hacer un directo, pero Blair se pasa el día metido en reuniones?

Carmen se quedó paralizada. Precisamente por eso no había vuelto a sacar el tema de Blair delante de Skylar: él no se lo había pedido a ella porque considerara que era especial o porque se muriese de ganas de verla. Se lo había pedido porque sabía que ella lo haría, al igual que sabía que Skylar lo haría.

Carmen enseguida se dio cuenta de lo estúpido que era aquello; se sentía engañada, la persona más tonta del mundo. Sofia nunca hubiese caído tan bajo como lo había hecho ella.

–¿Hola? –Skylar estaba hablando con los niños a la vez que se enfocaba a sí misma con el móvil–. ¿Esto es, en plan, la actividad más guay del mundo? ¿Vamos a escuchar un adelanto del primer cuento infantil de Blair Pfenning? ¿Es como una exclusiva mundial? ¡Porque falta un año para que se publique! Lo sé, en plan, aaaah, qué pasada, ¿a que sí?

Carmen la miró, confundida.

–¡Genial, empecemos! –exclamó Skylar, dejando su cara en primer plano y a Carmen apenas visible al fondo–. ¡Qué ilusión, niños!

Carmen frunció ligeramente el ceño, nerviosa; se arrepentía de no haberse leído el cuento entero antes de venir. Después, cogió la primera página y empezó a leer:

–Bien. *Esta es la historia de un oso que aprende a amarse a sí mismo. En Navidad. Se llamaba Jimmy, el triste oso de la Navidad.*

Los niños hicieron una mueca.

–¿Por qué los osos tienen que amarse a sí mismos? –preguntó una vocecita que resultó ser Patrick, el hijo de Ramsay, a pesar de que había preferido no sentarse con los demás para alardear de que estaba leyendo él solito un libro sobre la historia de Hornby, un fabricante británico de juguetes de trenes, que le había dado el señor McCredie–. ¡No necesitan amar a nadie! Solo necesitan consumir suficientes calorías para poder sobrevivir al invierno –añadió el niño con el ceño fruncido.

Carmen se aclaró la garganta y siguió leyendo:

–*Casi siempre estaba triste, pero no sabía por qué.*

–¿Estaba triste porque era un oso?

–¡A mí me encantaría ser un oso! –gritó otra vocecita–. ¡Grrrrrr!

–*El oso sentía que los días eran oscuros y grises, en vez de soleados y azules.*

–¡Pero si los osos no pueden distinguir los colores!

Carmen miró a Ramsay y este levantó las manos.

–Patrick, necesito que me ayudes en el almacén –le dijo Ramsay a su hijo.

Patrick se bajó con cuidado del taburete en el que se había sentado, que era demasiado alto para él.

–Hari, también voy a necesitar tu ayuda.

Pero Hari, que estaba acostumbrado a que le leyeran cuentos desde que era un bebé, no se movió de su sitio. Patrick siguió a su padre, quejándose en voz alta mientras Carmen intentaba volver a centrarse en la historia:

–*Por favor, dígame, señor Zorro, ¿por qué estoy tan triste? ¡Porque necesitas un amigo! ¡Cómo yo, el Zorro! Y el Oso y el Zorro se fueron de la mano al bosque.* –Carmen volvió a fruncir el ceño, pero continuó leyendo–: *Y entonces se encontraron con el señor Serpiente.*

–¿Qué libro es este? ¿*El grúfalo*?

–Haaala, ¿hay un grúfalo en la historia? –preguntaron varias voces con curiosidad.

–*¿Por qué estoy tan triste, señor Serpiente? El señor Serpiente desenrolló su cuerpo. Porque no haces respiraciones profundas ni yoga.*

A los niños no les estaba quedando muy claro el encuentro que se estaba produciendo entre el oso, el zorro y la serpiente; aunque en realidad solo querían saber quién se comería a quién primero.

–*Así que todos se pusieron a respirar de manera profunda y a hacer yoga.*

–A las serpientes se les da fenomenal respirar y hacer yoga –intervino Skylar, asintiendo con la cabeza.

–¡Y morder! –gritaron los niños.

–¡Yo te he mordido primero, señor Serpiente! ¡Chúpate esa! –dijo uno.

–¡No, no lo harás, Oso! ¡Te mataré yo a ti con mi espada láser!

–Chicos, por favor. Vamos a tranquilizarnos un poco –les pidió Carmen antes de continuar con la historia–: *Y entonces el señor Oso, el señor Zorro y el señor Serpiente se encontraron con el señor Rana.*

–¿Por qué todos los animales son chicos? –quiso saber Phoebe.

–Pues esa es una muy buena pregunta –coincidió Carmen, y se ganó un resoplido de desaprobación de Skylar, que seguía grabando–. *Ahora pensemos todos en los hermosos bosques, en el hermoso cielo y en los hermosos ríos llenos de peces. Y así ya no estaremos tristes, dijo el señor Rana.*

–¿Ya no van a estar tristes porque se comen todos los peces?

–Shhh –dijo un padre.

–*Y pensaron en los hermosos bosques, en el hermoso cielo y en los hermosos ríos, y, como al final todos se hicieron amigos, luego celebraron una gran fiesta de Navidad. Y todos los animales vivieron felices para siempre porque recibieron el regalo más importante de todos: aprender a amarse a sí mismos* –concluyó Carmen.

Los niños se quedaron mirándola.

–Entonces..., ¿todos los animales se aman?

–Bueno, sí. Creo que se hacen amigos. Y se quieren a sí mismos.

–Pero... ¿y no abrieron ningún regalo de verdad?

–Sí, el regalo del amor –respondió Carmen.

Los niños se quedaron sentados en el suelo con los brazos cruzados.

–¡Los osos no se juntan con otras especies! –gritó una voz lejana que llegaba del almacén.

–¡Qué historia más maravillosa! –exclamó Skylar, sonriéndole a la cámara. Después, enfocó a los niños, dejando a Carmen fuera del plano–. ¿A que sí, niños? Esta es la increíble nueva historia de Blair: *Jimmy, el triste oso de la Navidad.* ¡Venga, una ronda de aplausos!

Los niños aplaudieron sin demasiadas ganas, a diferencia de sus madres, que en realidad solo se habían acercado a la librería por si por casualidad veían a Blair.

–¿Disculpe, señora de la librería? –le dijo una vocecita a Carmen. Era la niña pequeña de trenzas largas que había venido al anterior cuentacuentos–. Creo que me gustó más aquella historia del otro día en la que había una niña. La que se moría al final.

–Pero ¿la historia del oso también es un poco triste? ¿Lo que pasa es que después juega con los otros animales y al final se hacen amigos? –intervino Skylar.

–¡Bah! –soltó la niña–. Ya leemos muchos cuentos así en el cole.

–¿El oso sufría *bullying*? –preguntó otro niño–. Es algo que suele pasar en las historias que nos leen en el cole.

–¡Sí, y nos repiten todo el rato que tenemos que ser amables! –añadió un tercero.

–Bueno, ser amable es importante, ¿no crees? –preguntó Carmen.

–A veces –soltó Phoebe–. Pero creo que cuando nos lo dicen, en realidad solo quieren que nos callemos.

Las otras niñas asintieron.

–Vale, en fin –dijo Carmen–. Muchas gracias a todos por venir.

–¡Hasta la semana que viene! –exclamaron todos con alegría mientras se ponían sus respectivos guantes, dejando a Carmen un poco desconcertada porque, al parecer, esto se iba a convertir en una costumbre.

–Así que Zoe viene mañana con los más grandes. Quieren ir a la feria –le comentó Ramsay al señor McCredie, y Carmen hizo una mueca–. ¿Por qué pones esa cara? –le preguntó a Carmen–. ¿Crees que no es buena idea dejarlos solos por la ciudad?

–Si quieren oír gritos y ver vómito... –le informó Carmen.

–Pues perfecto, entonces: a los adolescentes les encanta esas cosas –contestó Ramsay–. El caso es que queríamos saber si al final haréis una fiesta de Navidad en la librería.

Los tres se quedaron en silencio. Carmen miró al señor McCredie, que no parecía muy convencido.

–¿Y por qué no? –dijo ella–. Piense cuánta...

–Cuánta gente entrará en la librería... Sí, lo sé –la interrumpió el señor McCredie–. Me ha cambiado, Ramsay.

–Ya veo –contestó él con los ojos brillantes.

–Bueno, en ese caso... Supongo que podríamos hacerla –añadió el señor McCredie–. Virgen santa. Bueno. Sí. Nos vendrá bien. Tengo unas botellas de vino de Borgoña en la bodega; tal vez sea hora de abrirlas..., ahora que estamos a punto de conseguir ganancias por primera vez en..., bueno, en años.

Ramsay sonrió.

–¿¡Tiene una bodega!? –preguntó Carmen, incrédula–. ¿En serio? Este edificio no tiene ningún sentido –añadió, y desvió la mirada hacia la calle.

Justo en ese momento, Bronagh pasó por delante del escaparate de la librería, con el pelo rojo brillante recogido en un moño, una capa y una enorme corona de espino en las manos.

–¡Bronagh! gritó Carmen, y salió corriendo hacia la puerta–. Si le dijera que vamos a hacer una fiesta..., eh..., no sé, ¿mañana? ¿Podría hacer magia o algo así para que le llegue la invitación a todo el que quiera venir?

–Por supuesto –contestó Bronagh–. Aunque a veces lo que uno quiere y lo que uno necesita no tiene por...

–Estupendo, gracias. Se lo agradezco –la cortó Carmen.

Carmen todavía se seguía sintiendo un poco estúpida y triste por haber pensado que Blair, un hombre que ni siquiera le gustaba, acabaría enamorándose de ella. Y, para colmo, el hombre que en realidad a ella sí que le gustaba estaba con otra. La situación le estaba superando y encima no tenía un lugar tranquilo al que ir para poder ahogar las penas. Quedarse en la librería no era una opción: Ramsay y el señor McCredie habían decidido sacar las botellas de vino y probar un traguito del Borgoña para comprobar qué tal estaba. Y las calles estaban llenas de gente y ahora su «hogar» era la casa de su hermana, justo donde se encontraba Skylar, mandándole el vídeo a su novio Blair... Carmen no había recibido ningún mensaje de él en toda la tarde. Estaba deprimida. Y se sentía imbécil.

Al final decidió volver a casa, donde se encontró a Sofia hablando por teléfono con Federico. Como era de esperar, todo estaba limpio y ordenado; y la casa se veía igual de perfecta y acogedora que siempre. Y eso hizo que Carmen se pusiese de peor humor. No había ni rastro de los niños.

–Hola –la saludó Sofia cuando terminó de hablar con su marido–. Ven. No me hagas levantarme del sofá. ¿Qué tal lo del cuentacuentos...? –Se quedó callada cuando vio que Carmen empezó a llorar–. Ay, no. ¿Tan mal ha ido? –añadió mientras intentaba levantarse.

Carmen le contó todo lo que había pasado.

–Ay, madre mía –contestó Sofia–. Pero no entiendo; si Blair es un auténtico capullo y ni siquiera te gusta, ¿qué más te da que Skylar esté saliendo con él?

Carmen se encogió de hombros.

–Porque yo... –se sorbió la nariz y miró a su alrededor antes de clavar la vista en la bonita cocina de su hermana–... quería sentir lo que era tener una relación así. Quería tener algo... con lo que poder impresionar a la gente. Mírate a ti; tú lo tienes todo y yo...

–¿Tú te estás escuchando? ¿Me estás diciendo que querías salir con un capullo porque yo... tengo una cocina bonita?

Carmen volvió a encogerse de hombros.

–No es solo por eso. Skylar se está sacando una maldita carrera de no sé qué de aguas. A ti te sale bien absolutamente todo. ¡E Idra se va a ir a esquiar!

Sofia no entendía muy bien a qué venía eso último, pero decidió que lo mejor era quedarse callada.

—Pensé que tal vez si tenía un novio rico y famoso... empezaría a creerme que yo también podía llegar lejos. Que podía dejar de ser la chica sin futuro. Que vive en el sótano de su hermana. Y que tiene un trabajo temporal.

Sofia empezó a flaquear. Y acabó metiendo la pata hasta el fondo. Quería hacer que su hermana entrara en razón y que viera que la relación con Blair no la iba a llevar a buen puerto. Quería recordarle lo bien que lo estaba haciendo en la librería y que, gracias a ella, iban a poder venderla a principios de año y garantizarle una buena jubilación al señor McCredie. Quería que entendiera que todo esto le serviría para poder añadir un montón de cosas a su currículum.

Pero, por desgracia, Sofia no tuvo el valor de decirle nada de eso.

—Venga ya. Deja que Skylar se quede con el imbécil de Blair —empezó a decir Sofia—. Ella es mucho más... —Se quedó callada y se arrepintió al instante de haber abierto la boca.

—¿Mucho más qué? —quiso saber Carmen a la vez que se ponía de pie, enfadada—. ¿Más guapa? ¿Más inteligente?

—¡No! ¡Yo no he dicho eso! Me refería a que tiene ese típico perfil de chica rubia..., ¿sabes lo que te digo?

—Entonces sí que querías decir que es más guapa que yo.

—¡No, Carmen! Madre mía, ¿qué puedo hacer para que cambiemos de tema?

—¡Decirme la verdad! Nunca creíste ni por un mísero segundo que podía llegar a gustarle a un hombre atractivo y famoso. Nunca —le recriminó Carmen, molesta—. Asumiste desde el principio que era yo la que quería quitárselo a Skylar. Nunca pensaste que pudiese ser al revés, pero ¿sabes qué? Fue ella la que me lo arrebató a mí —añadió, y Sofia cerró los ojos con fuerza—. Y que sepas que no me gusta esa chica. Es malvada.

–¡No lo es! Es muy... eficiente. Me viene bien que esté en casa. A los niños les viene bien. Les enseña a tener un estilo de vida más saludable.

–Justo lo que yo no hago, ¿no?

Y fue entonces cuando Sofia perdió los papeles, algo que no le pasaba muy a menudo. Carmen se quedó en silencio, atónita.

–¡Yo no he dicho eso! Basta ya, Carmen. Siempre acabas sacando fuera de contexto cada frase que suelto por la boca. Me juzgas, me sentencias y me castigas. Y a mamá también. Crees que nos pasamos el día criticándote a escondidas porque, claro, ¿cómo vamos a tener otra cosa en mente que no seas tú? Carmen por aquí; Carmen por allá. Oh, cuidado. ¡No molestes a Carmen porque la pobre no tiene trabajo! ¡No molestes a Carmen porque la pobre no tiene novio! Si hasta mamá me dijo que no quería que tuviese otro bebé porque tú todavía no te habías quedado embarazada.

–Ella nunca te pediría algo así.

–¡Pero lo insinuó!

–Vale, dime; ¿cómo lo haces? ¿Cómo consigues tenerlo siempre todo? –le preguntó Carmen, dolida.

–¿Y qué es exactamente lo que tú no tienes? –escupió Sofia–. Eres joven, eres divertida y a todo el mundo le gusta pasar tiempo contigo. Eres creativa. Dios mío, ¡mira lo que has conseguido hacer con la librería! Te relacionas con un chico que es famoso y encima le interesas a un estudiante larguirucho. Y, aun así, actúas como si la vida no te estuviera tratando bien. ¿Y por qué? ¿Porque no aprobaste unos dichosos exámenes? Pero ¿sabes qué? Que no todo es tan bonito como te lo pintan. ¿Sabes cómo consigo lo que quiero? Dejándome la piel en cada cosa que hago. Al igual que Federico. Y eso me agota. Así que necesito la ayuda de Skylar, a pesar de que estés celosa de ella, porque ella también se deja la piel en la universidad y con los niños. Y necesito que se quede aquí con mis hijos porque no quiero que terminen como... –Sofia se quedó callada de repente. Siempre medía sus palabras. Se frenaba a tiempo, buscaba otra solución, mantenía la calma. Era una profesional, siempre intentaba decir lo correcto.

Carmen se quedó mirándola.

–Porque no quieres que terminen como yo –concluyó Carmen sin apenas voz.

–No. Eso no es lo que iba a decir.

–Sí, sí que lo era –le respondió Carmen–. Sí que lo era –repitió.

Sofia no dijo nada, tan solo se limitó a mirar a su hermana.

–Bueno, ya lo has soltado –añadió Carmen–. Así que gracias por la sinceridad, supongo.

–¡Pero que no iba a decir eso! –gritó Sofia.

Pero Carmen ya se había dado la vuelta y había salido de la casa, cerrando la bonita y antigua puerta de la entrada sin siquiera despedirse de los niños.

Capítulo 30

El aire frío de la noche hacía que le temblaran hasta los huesos y encima no tenía ni la más remota idea de adónde ir. Estaba congelada; las calles estaban repletas de gente. Parecía mentira que hacía apenas veinticuatro horas se hubiese sentido la persona más feliz del mundo, jugando con los niños en la feria y escuchando aquella música celestial. Pero ahora... Joder. Ahora solo podía imaginarse a su hermana hablando por teléfono con su madre, contándole su versión de la historia y consiguiendo que se pusiera de su parte. Seguramente ya habrían soltado un: «Pero, bueno, qué le vamos a hacer. Carmen siempre ha sido así». En fin. Además, estaba convencida de que Skylar no tardaría en hacer acto de presencia y no perdería la oportunidad de sentarse con Sofia para criticarla a ella. ¿Y cómo sabía su hermana que había algo entre Oke y ella? Estaba claro que a la niñera no se le daba muy bien mantener el pico cerrado...

Estaba tan enfadada que casi ni notó el frío mientras caminaba por la calle en dirección al Grassmarket. Los bares y restaurantes estaban a rebosar, repletos de gente riéndose, abrazándose, quitándose los abrigos y disfrutando del espíritu navideño que desprendía aquella noche estrellada, alegre y llena de posibilidades. Menos para ella, claro. Genial.

Desde lejos vio que todavía había luz en el interior de la librería. No sabía a qué otro sitio ir. Seguramente Sofia estaría más que dispuesta a solucionar lo que había pasado entre ellas si volvía a casa, pero saber eso la enfadó aún más. Avanzó por Victoria Street y, efectivamente, Ramsay y el señor McCredie seguían allí acabándose lo que parecía ser su segunda botella de Borgoña. Los hijos de Ramsay también seguían allí: estaban estudiando con atención un enorme atlas mientras comían pescado con patatas fritas. Carmen sabía, casi con total seguridad, que los niños tenían las manos llenas de grasa y que estaban dejando marcas de dedos en aquellos mapas que costaban una fortuna; sin embargo, se alegró de poder estar rodeada de gente con la que no estuviese emparentada.

–Hola –saludó ella–. ¿No habrá por ahí alguna copa de sobra para mí?

–¿Problemas en casa? –le preguntó Ramsay–. Porque, en ese caso, no encontrarás a nadie mejor que nosotros dos para discutir asuntos familiares.

Se hizo el silencio, pero los dos hombres no tardaron en estallar en carcajadas.

Carmen enseguida descubrió que había hecho bien en quedarse con ellos. El señor McCredie empezó a contarles historias épicas de la Antártida; de hecho, les explicó con pelos y señales cómo jugar al cróquet con un pingüino de Adelia. Ramsay volvió a mencionar sus problemas económicos: al parecer, todo el dinero que habían conseguido al alquilar una de las alas de la casa se lo habían gastado en pijamas para evitar que los niños corretearan delante de extraños llevando lo que viene siendo nada. Tras un par de copas de vino, Carmen empezó a calmarse a pesar de que le seguía sonando el móvil cada dos segundos. Intentó ignorarlo.

–¿Y tú qué? ¿No nos vas a contar qué es lo que te ha pasado? –le preguntó al final Ramsay a Carmen–. ¿No será por algún novio idiota?

–¿Qué es lo que no me pasa? –dijo Carmen con gran pesar.

–Recuerda que todos los hombres son idiotas. Sobre todo cuando van detrás de la mujer que les gusta... –contestó Ramsay por experiencia.

–Estoy de acuerdo –intervino el señor McCredie, aunque en realidad él apenas se relacionaba con nadie.

–Lo sé, pero es que él cree que...

—Ya te digo yo que ese no sabe ni lo que cree –la interrumpió Ramsay con firmeza–. Aunque pienses que le has dejado las cosas muy pero que muy claras, siempre tendrás que dejárselas aún más claras.

—No estarás así por ese... lechuguino insoportable, ¿no? –indagó el señor McCredie, que nunca decía nada, pero era bastante observador–. El escritor que habla por los codos.

—No. Bueno. Más o menos. Al principio sí, pero... no. Ahora no –le respondió Carmen–. Este es dendrólogo..., eso quiere decir que es...

—Un experto en árboles –dijeron Ramsay y el señor McCredie a la vez.

—Madre mía, qué frikis –soltó Carmen, riéndose por primera vez.

—¡El muchacho alto! –adivinó el señor McCredie–. Ah, sí. Ese sí. Tienes mi visto bueno.

Carmen sonrió.

—Bueno, gracias, supongo –contestó ella.

—¿Es profesor de universidad? –preguntó Ramsay, frunciendo el ceño–. ¡Uf! A ver..., solo digo que hubiese estado bien que al menos uno de los tres se hubiese ido con un rico.

—Lo sé, lo sé.

—Pero ¿te gusta ese chico?

Carmen asintió con la cabeza y añadió:

—Pero está saliendo con otra persona. Y piensa que yo estoy viéndome con Blair. Así que estoy... jodida.

—Yo que tú no tiraba la toalla tan rápido. Los dendrólogos suelen ser personas con bastante paciencia.

—¿Usted cree? –preguntó Carmen con esperanza.

Justo en ese momento, le volvió a sonar el teléfono por novena vez. Sofia. Aceptó la llamada a regañadientes.

—¿Sí? –dijo Carmen, pero solo se oía una respiración ligeramente pesada al otro lado de la línea.

—¿Tita Carmen...? –dijo una vocecita finalmente.

—¿Phoebe? ¿Eres tú?

–Mami me ha dejado su móvil.

A Carmen le molestó que su hermana hubiese decidido utilizar a su hija para manipularla a ella emocionalmente. Aunque, por otro lado, no podía negar que le estaba funcionando.

–Ya veo.

–¿Vas a volver pronto a casa? Quiero que me des las buenas noches. Y que me leas un cuento. Uno que no sea el del oso y la serpiente. Ese era una caca.

–No era una caca –respondió Carmen–. Era una mierda.

–¡Una mierda, sí!

–Vale, pero que no te oiga tu madre decir eso en voz alta –le advirtió Carmen, y después suspiró–. Y sí, en un rato estaré en casa –añadió antes de colgar el teléfono–. Es muy difícil enfadarse cuando hay niños de por medio –comentó Carmen.

–Es muy difícil hacer cualquier cosa cuando hay niños de por medio –la corrigió Ramsay con una sonrisa–. Pero parece que tus sobrinos te adoran.

–Ya, bueno –dijo Carmen, levantándose–. Al menos me puedo quedar con eso.

No le dirigió la palabra a Sofia cuando entró por la puerta; de hecho, subió directamente a la habitación de los niños.

–Has hecho que mami esté triste –le informó Pippa, mirándola con desaprobación.

Carmen arrugó la frente.

–Lo sé –contestó ella–. A veces las hermanas se pelean.

Pippa asintió con tristeza.

–Te enfadas como Phoebe –añadió la niña.

Carmen se mordió el labio.

–Bueno, pero estoy segura de que lo solucionaremos.

–Deberías pedirle perdón a mami –le exigió Pippa.

–Ella también debería pedirme perdón a mí –le contestó Carmen antes de ir a la habitación de Phoebe.

–Pippa dice que debería disculparme –le susurró Carmen a la niña.

–¡Pues yo nunca pido perdón! –dijo el cuerpecito que estaba debajo de las mantas.

Carmen esbozó una sonrisa sincera.

–Menos mal que has vuelto. ¿Te vas a quedar con nosotros para siempre? –quiso saber Phoebe.

Carmen parpadeó, vacilante. No quería mentirle, así que solo se limitó a darle un beso de buenas noches.

Sofia se sentía fatal, así que se quedó esperando a su hermana en el pasillo. Cuando Carmen la vio, mantuvo las distancias y le dirigió una mirada triste.

–Me iré después de Navidad –le dijo a Sofia con sequedad–. Mamá me dijo que van a abrir un montón de cafeterías nuevas y cosas así en los edificios antiguos. Y algunos comercios de frutas y verduras..., ese tipo de cosas. Buscaré trabajo allí.

Sofia asintió, un poco desconcertada.

–Yo... De acuerdo –contestó ella–. Pero sabes perfectamente que no era mi intención que malinterpretaras mis palabras.

–No, sé que sí lo era –respondió Carmen–. Y eso es lo que más me duele.

Capítulo 31

El lunes siguiente, Carmen se puso manos a la obra, tanto con la enorme cola de clientes que se iba formando en la librería, como con la preparación de las cosas para la fiesta. El señor McCredie no apareció por allí hasta última hora de la mañana, pero salió con copas y una botella de vino, y se dedicó a ofrecérselas a algunos clientes al azar. Una acción que a Carmen le sorprendió bastante.

–¿Qué estás haciendo? –preguntó el señor McCredie al mediodía cuando vio que Carmen seguía envolviendo las compras de algunos clientes–. Pensé que a esta hora solías tomarte esos descansos para comer que se llevan ahora...

–¡Pero es que hoy estoy ocupada! –exclamó Carmen–. ¡No puedo dejar esto a medias!

–Ah, bueno. Pues justo venía a preguntarte si querías acompañarme a un sitio.

–¿Adónde?

–Hay unas conferencias que pensé que tal vez podrían gustarte. Me lo contó la señora Marsh el otro día. Además, Ramsay me dijo que podía ocuparse él de la librería en nuestra ausencia.

Carmen lo miró con los ojos entrecerrados.

–¿No será una conferencia de la Antártida?

El señor McCredie negó con la cabeza.

–Es sobre el tejo de Ormiston.

–¿Sobre qué?

–Un árbol muy famoso...

–Oh, no. No. Me niego –lo interrumpió ella.

–Soy tu jefe –le recordó el señor McCredie.

–Madre mía. Encima ha estado hablando con la señora Marsh...

–Es aterradora –dijo él.

–¡Lo dice como si eso fuera algo bueno!

–Venga, vamos. Llevas toda la mañana trabajando. Necesitas descansar –añadió el señor McCredie, y, para su sorpresa, consiguió que Carmen le hiciera caso.

Un poco abrumada por la situación y sin aliento por haber avanzado con rapidez hacia George Square, Carmen caminó detrás del señor McCredie, que marcaba el ritmo a paso ligero, hasta la sala de conferencias. Estaban en el corazón de la universidad: había estudiantes por doquier, entrando y saliendo de los edificios, gritándose los unos a los otros.

Carmen entró con el temor de que, en cualquier momento, alguien los echara de allí o se metiera con ellos, pero en realidad nadie se percató de su presencia.

En la sala ya no cabía ni un alfiler. Carmen se sentó al lado de una chica a la que pareció no hacerle mucha gracia tenerla a ella tan cerca, invadiendo su espacio personal. Observó lo que tenía alrededor y enseguida se dio cuenta de que todos tenían en la mesa portátiles, iPads o blocs de notas. Había un enorme letrero en el pizarrón que decía: EL TEJO DE ORMISTON, y una diapositiva de un árbol que parecía tener el tamaño de una ciudad pequeña. Oke estaba en medio, hablando y señalando en dirección a la diapositiva.

–Aquí podéis ver cómo es el tejo de Ormiston... Este árbol es bastante antiguo, desde antes de que naciera la reina María I de Escocia. De hecho, se menciona como lugar de refugio en documentos del conde que datan de 1473, fecha en la que el tejo ya de por sí tenía años.

»Este árbol fue testigo de las reuniones que mantuvieron George Wishart y John Know, y que dieron pie a la reforma que se acabó extendiendo por toda Escocia y que hizo que la universidad se convirtiera en la sede del aprendizaje.

»Hay una razón por la que su ubicación exacta se mantiene en secreto, así que... vuelvo a disculparme por no poder llevaros allí de excursión para que lo veáis —añadió, y hubo una oleada de risas—. Pero igual si cogéis el autobús 131 un día de estos, os bajáis antes de llegar al puente encorvado, retrocedéis unos pasos, cruzáis la carretera de circunvalación y encontráis la pequeña carretera en la que hay un cartel que pone privado... Y después seguís avanzando por ahí hasta encontrar una bifurcación a la izquierda..., bueno... —concluyó Oke con una sonrisa.

—¿Está ahí? —quiso saber una voz.

—No puedo contestarte a esa pregunta —dijo Oke, sonriendo de nuevo con la foto del enorme tejo de fondo, lo que hacía que pareciese que tenía un bosque sobre la cabeza.

«¿Seguro que no es solo un árbol normal y corriente?», pensó Carmen para sí misma mientras miraba la diapositiva.

Carmen volvió a centrar su atención en Oke: se había subido al atril, con la espalda recta, sin dar saltitos. No parecía estar nervioso; de hecho, desprendía seguridad, como si tuviera el control absoluto de la situación y dominara el tema a la perfección. No se parecía para nada al chico alegre con ropa desaliñada al que ella se había acostumbrado.

Oke pasó a hablar sobre el papel que había tenido el tejo en el mundo del arte, como un símbolo. Carmen no llegó a entenderlo todo, aunque sí que le quedó más clara la parte en la que explicó su uso en el tiro con arco; el mito de que Poncio Pilato, el gobernador romano, nació bajo uno; que era uno de los árboles más comunes que uno podía encontrarse en un cementerio; y que de hecho, en el pasado, la gente se reunía allí para celebrar ceremonias druídicas. Al parecer, las iglesias se construyeron en los lugares en los que había tejos, no al revés. Justo en ese momento, Carmen se acordó de Bronagh y sonrió. A ella le hubiese gustado asistir a la conferencia. Y entonces se dio cuenta, tras mirar a la gente que tenía alrededor, de que la propietaria de la tienda de magia sí que había venido.

La mujer la saludó con la mano, emocionada, en medio de aquella sala abarrotada, y a Carmen se le escapó una sonrisa.

–¿Podría hacer un dendrograma? –sugirió alguien al fondo.

–Bueno, si lo hiciese, estaría simplificando de manera excesiva algo complejo –contestó Oke, sin dejar de sonreír–. Además, no nos hace falta un diagrama cuando el propio tejo puede mostrarnos en tiempo real todo lo que tiene que contarnos...

Y entonces Oke puso una diapositiva que dejó a Carmen aún más desconcertada: no entendía ni papa, así que acabó desconectando. Eso sí, no pudo dejar de mirarlo a él. Le llamaba la atención lo dispuesto que estaba siempre a explicar las cosas con claridad; mantenía su estricto papel de profesor, pero lo aclaraba todo con una paciencia infinita.

El señor McCredie observó a Carmen atentamente y se preguntó si ella también se había dado cuenta de que Blair –un hombre deslumbrante, pero a su vez engreído– se comportaba como un crío, mientras que Oke –que solía vestirse como si fuese un adolescente– se comportaba como si fuera un adulto. El señor McCredie no solía hablar mucho, pero no se le pasaba nada por alto. Además, le había cogido mucho cariño a Carmen, así que ya le resultaba inevitable preocuparse por ella. No quería que se volviera loca por tonterías, sobre todo cuando Oke era mucho más maduro e inteligente que el escritor.

Sin embargo, Carmen estaba completamente convencida de que había perdido su oportunidad con Oke. Blair, a pesar de vestir con ropa cara y desprender carisma, no tenía los pies en la tierra. Era un niño en el cuerpo de un hombre; uno que solo sabía decir chorradas e interpretar un papel para que la gente lo adorara y le prestara aún más atención; uno que, para colmo, se reía de su propia falta de convicción y se regocijaba en su propio cinismo.

Mientras que lo que tenía delante –fuera lo que fuera un dendrograma– era real. Había gente real en el mundo; y a ella le había resultado bastante difícil percatarse. Había perdido el tiempo con una persona que no merecía la pena. Se había dejado llevar por el brillo superficial que desprendía Blair, aunque se había convencido a sí misma de que no lo había hecho.

Volvió a pensar en las manos de Oke tapándole los ojos en la sala de espejos, en el desconcierto que la envolvió al sentir un cosquilleo por todo el cuerpo.

Carmen siguió perdida en sus pensamientos un rato más, sin poder dejar de mirar al brasileño. De repente, la chica que estaba sentada a su lado se levantó e intentó pasar por delante de ella, y entonces Carmen entendió que la conferencia había llegado a su fin.

–¿Disculpe? –le soltó la chica de manera brusca y con cara de pocos amigos.

Carmen se puso de pie de inmediato. Estaba asombrada por las conclusiones a las que había llegado hoy. Estaba preparada para ir a buscar a Oke, acercarse a él y decirle que..., bueno, que había tenido que escucharlo hablar de un estúpido tejo para darse cuenta de que le gustaba mucho. También quería dejarle claro que no estaba viéndose con nadie más, aunque claro..., él sí que estaba saliendo con otra mujer.

Carmen le echó un vistazo a su reloj mientras el señor Mc-Credie avanzaba unos pasos por delante de ella.

Oke estaba rodeado de estudiantes que reclamaban su atención. Fue escuchándolos a todos con calma y paciencia, tomándose su trabajo en serio.

No les sonreía con unos dientes blancos enormes ni tampoco les hacía promesas vacías para conseguir que hicieran lo que él quería. Carmen volvió a pensar en el tacto de sus manos; en lo que sintió al estar con él en aquellas escaleras estrechas... Definitivamente estaba jodida.

Justo cuando Carmen se disponía a salir, él levantó la vista y sus miradas se encontraron por encima de las cabezas de los estudiantes que se agrupaban a su alrededor. De repente,

Oke dejó de hablar; le sorprendió verla allí y no pudo hacer otra cosa que observarla.

Unos segundos después, Bronagh lo agarró del brazo.

–¿Vendrás a la fiesta de después? –le preguntó la mujer, lo suficientemente alto para que Carmen la oyera–. ¿La de la librería?

Él seguía desconcertado, pero asintió con la cabeza. Bronagh le hizo el gesto del pulgar hacia arriba a Carmen, y Carmen tuvo la repentina e inquietante sensación de que toda Victoria Street se las había ingeniado para conspirar a su favor.

Después, cuando otro estudiante se acercó a Oke, ella se volvió a mirar el reloj y desapareció.

Carmen se pasó el resto del día atacada de los nervios. Se había puesto el único vestido de fiesta que tenía. Después, se había hecho con cuidado la raya en los ojos y se había pintado los labios en el baño que el señor McCredie tenía en la primera planta y en el que había un papel de pared con un estampado de flores rosas. Había visto un antiguo frasco de cristal lleno de algodones y se había puesto triste al preguntarse cuántos años llevaría allí. Pero, en fin. De nada servía estar nerviosa; Oke estaba con Dahlia. O eso es lo que no paraba de repetirse a sí misma. Además, seguro que aparecía con ella en la fiesta. Se obligó a dejar de pensar en eso.

Ramsay había vuelto a traer a los niños a la librería, pero esta vez lo había hecho con una mujer guapísima llamada Zoe, que era muchísimo más bajita que él. Parecían biológicamente incompatibles, pero ella llevaba a un bebé enorme en un portabebés, así que... De hecho, las piernas del pequeño –que iba vestido con un peto que le quedaba suelto– le llegaban hasta las rodillas.

–Hola, soy Zoe –se presentó–. Tengo una librería en las Tierras Altas. Bueno, siempre digo que es una tienda, pero... es más bien una furgoneta. Vaya, está todo precioso. ¡Y no hace frío! ¡Me encanta! –añadió, sonriendo–. Mantener caliente una furgoneta en las Tierras Altas en pleno invierno es... una tarea un tanto complicada.

–Encantada de conocerte –dijo Carmen–. Tienes unos hijos encantadores.

–Sí, también nos trajimos a los mayores, pero están en la edad del pavo, y lo único que quieren hacer es irse a la feria.

–Sí, algo me han contado. Espero que les hayáis dado por lo menos cien libras a cada uno porque...

–Ya estás haciendo que me arrepienta de haberlos dejado ir solos –declaró Zoe, haciéndole cosquillas en los pies al gigantesco bebé.

–Me gusta tu bebé enorme –dijo Carmen.

–Gracias. –Zoe sonrió–. Decidimos llamarlo Max. Y míralo; creo que es el bebé más grande que he visto en mi vida. Aunque no lo hicimos a propósito, claro. Quizá deberíamos haberle buscado otro nombre. Tal vez la niña que viene en camino nos sale más pequeñita.

–Entonces podríais llamarla Minnie –bromeó Carmen.

Patrick estaba agachado, estudiando el tren del escaparate con una expresión de disgusto en la cara.

–Señor McCredie –dijo el niño, acercándose al librero.

El señor McCredie, con una elegante pajarita para la ocasión, estaba colocando las copas de cristal que utilizarían en la fiesta. Eran tan bonitas que a Carmen le empezó a temblar el ojo al pensar que corrían el riesgo de romperse.

–Tengo que hablarle del tercer vagón empezando por detrás. Está saltando –manifestó Patrick.

El señor McCredie se limpió las gafas.

–Bueno, es un juguete antiguo, Patrick. Las cosas viejas a veces fallan.

–No –insistió el niño–. Lleva un rato sin funcionar bien. Necesito cogerlo.

–Patrick, deja el tren quietecito –le advirtió Ramsay, tratando de agarrar a Hari, que siempre estaba dispuesto a coger las cosas que su hermano Patrick quería.

Carmen desvió la vista de Zoe para ver qué estaba pasando. El niño no paraba de señalar un vagón que de repente a ella le resultó extrañamente familiar. Carmen examinó el tren con los ojos entrecerrados.

–Pero ella quiere que lo arregle –dijo Patrick–. Carmen sabe a qué me refiero.

Carmen se quedó paralizada de repente y se giró lentamente hacia ellos.

–¿Quién quiere que lo arregles, Patrick? –quiso saber ella.

–Pero si ya sabes quién –contestó el niño, despreocupado.

–¿Qué vagón es? –preguntó Carmen, empezando a atar cabos en su cabeza, aunque... era imposible, ¿no? Estaba cansada, confundida y, sobre todo, muy pero que muy nerviosa.

–Ese de ahí.

La respuesta había estado allí todo este tiempo. Justo delante de sus narices. No. Era imposible.

El señor McCredie se inclinó con cuidado sobre el juguete con Patrick a su lado.

–¿Qué es lo que está mal? –le preguntó el librero al niño.

–Tenemos que comprobar ese vagón. No está funcionando bien.

Carmen sentía que se le iba a salir el corazón por la garganta. Alejándose de Zoe, se acercó al tren y se arrodilló justo al lado del juguete, que seguía dando vueltas por el escaparate. Junto con Patrick y el señor McCredie, siguió con los ojos el pequeño vagón y se percató de que había unas figuras de plástico sentadas en el interior. ¿Por qué no se había fijado antes? ¿Por qué? Ahora le parecía tan evidente: el tren que salía en sus sueños era el tren de la librería.

Y el vagón, que ahora pasaba por delante de la pequeña estación, tenía tres figuritas dentro: dos hombres y una mujer con un sombrero anticuado en la cabeza. Se parecía a la mujer que había visto en sus sueños.

–Justo ese –repitió Patrick–. Mirad lo que hace cuando llega al túnel.

Y mientras el tren se aproximaba hacia el pequeño túnel de la colina, a Carmen se le empezó a acelerar el corazón. Contuvo la respiración. La mujer con la boca abierta, desesperada por decirle algo... Era imposible.

Justo antes de que el trenecito entrara en el túnel, todos lo vieron. El vagón dio un pequeño salto, casi se salió de la vía, pero no llegó a descarrilar. Después, desapareció por el túnel y enseguida lo vieron salir por el otro lado.

—No está ali... ali... *aliniado* –comentó Patrick.

—Querrás decir que no está «alineado» –lo corrigió el señor McCredie.

—Es lo que acabo de decir –se defendió el niño.

Ninguno de los dos le prestaba atención a Carmen, que seguía mirando el vagón, muerta de miedo.

El señor McCredie desenchufó el tren, cogió con muchísimo cuidado el vagón y lo desenganchó del resto.

—Habrá alguna pieza mal colocada –dijo el señor McCredie–. Seguro que eso hace que se salga de las vías –añadió, mirando por debajo de las ruedas, pero no vio nada. Luego se subió las gafas–. Espera. Creo que hay algo aquí. Entre la rueda y el suelo del vagón.

—¿Puedo? –preguntó Patrick–. Tengo los dedos superpequeños. Será más fácil que lo coja yo.

El señor McCredie le pasó el vagón a Patrick, pero el niño no tuvo mucha suerte. Fuera lo que fuese, estaba bien escondido.

—¡Ya sé! –dijo Carmen de repente. Después, rebuscó en su enorme bolso y por una vez en su vida le vino bien ser un desastre, porque encontró unas pinzas que ni siquiera se acordaba que tenía–. Déjame ver.

Patrick le dio el vagón y los dos la miraron expectantes mientras sacaba con cuidado algo que estaba encajado justo encima de la rueda.

Se trataba de una fotografía en blanco y negro doblada por la mitad: era muy antigua, estaba descolorida y tenía los bordes desgastados.

El señor McCredie se sobresaltó al verla y tuvo que agarrarse a un lado de la mesa para no caerse.

–¿Se encuentra bien? –se preocupó Carmen.

–Creo que... –le respondió él con un hilo de voz–. Creo que será mejor que me siente...

Carmen y Patrick lo siguieron por el almacén hasta la salita con su pequeña chimenea.

–Guau, ¡qué chulo! –se exclamó Patrick con aprobación.

–Patrick –lo llamó Carmen–. En circunstancias normales no te lo pediría, pero ¿podrías volver con tus padres? Solo será un momento.

Patrick abrió la boca para enumerarle varias cosas importantísimas que tenía que decirle sobre sus padres, pero, cuando vio la expresión en el rostro de Carmen, se quedó callado y se fue sin decir ni una palabra. Carmen había cogido una copa de vino antes de entrar en el almacén y se la dio al señor McCredie. El librero se desplomó en su sillón y después, despacio y con manos temblorosas, desdobló la pequeña fotografía.

En la librería, la fiesta iba viento en popa. Ramsay se encargaba de servir las bebidas –tenía los brazos tan largos que le resultaba fácil ir pasando las copas por encima de las cabezas de la gente– y Zoe, más que acostumbrada a trabajar en una tienda, atendía a los clientes que querían comprar algún libro. Bronagh ya había llegado, al igual que todo su grupo de amigos, que habían decidido ponerse su habitual atuendo místico. El hombre que en su día quiso venderle a Carmen su libro del pez también estaba allí; al igual que las mujeres del club de lectura, o mejor dicho el club del vómito.

El dueño de la ferretería les había traído una pala nueva para quitar la nieve, y el de la tienda de ropa se había puesto un pantalón rojo un tanto atrevido y un pañuelo elegante alrededor del cuello. Las madres que habían asistido con sus hijos al cuentacuentos también habían recibido su invitación y ahora disfrutaban de sus copas de vino y discutían sobre qué regalos deberían hacerles a sus suegros.

Algunos turistas sonrientes también habían decidido entrar al ver que, sorprendentemente en aquella ciudad cara, alguien les daba algo gratis. La señora Marsh también estaba allí; de hecho, en ese instante daba vueltas por la librería, pasando el dedo por las estanterías en busca de polvo, como de costumbre. La señora McGeoghan seguía acurrucada en su rincón habitual con cara de felicidad enfrascada en la lectura de *Nuestro común amigo* de Charles Dickens; solo le quedaban trescientas setenta páginas, así que seguramente lo habría terminado antes de que llegaran las vacaciones de Semana Santa. También habían venido algunos agentes de tráfico, ya que Carmen había decidido invitarlos con la excusa de que era Navidad, aunque en el fondo lo había hecho para que estuviesen distraídos mientras el resto de los invitados aparcaba. Los miembros del coro también habían pasado por allí para cantar algunos villancicos; se notaba que se habían preparado para las fiestas de Victoria Street porque lo estaban haciendo genial.

Y Skylar y Blair.

Skylar se había pasado el día deseando que llegara la hora de ir a la fiesta: quería que todos la vieran aparecer por la puerta agarrada del brazo del hombre más sexi del momento, antes de desaparecer de allí e irse con él a Londres (o eso esperaba) para las vacaciones de Navidad. Se moría de ganas de que Blair la llevara por todo el mundo, a lugares en los que tal vez podría organizar alguna clase de *mindfulness*; las señoras adineradas siempre buscaban cualquier oportunidad para hacer un poco más de yoga. Pero no era solo la fama la razón por la que quería estar con Blair; era evidente que el chico era guapísimo y encantador a más no poder. Y esas eran dos cualidades que a ella le parecían muy importantes a la hora de salir con un hombre. No solían hablar mucho sobre las cosas que le gustaban a Skylar, es decir, sobre ella misma; pero estaba convencida de que Blair acabaría dándose cuenta con el tiempo de lo maravillosa que era y de cuántos hombres se morían de ganas de estar con ella. Y al final, terminaría adorándola, al igual que lo hacía el resto.

Estaba guapísima, toda vestida de rosa palo, con un gorro con un pompón adorable –sintético, por supuesto– encima de sus rizos rubios, y con las mejillas algo enrojecidas por el frío. De hecho, había ido así a recoger a Blair al aeropuerto, y a él le habían brillado los ojos.

–Hola, nena –le había dicho él–. Venga, vamos a dejarlos a todos con la boca abierta, ¿vale? Estás increíble. De verdad.

Skylar había puesto su mejor cara cuando entraron juntos por la puerta con el sonido de la campanilla de fondo. Como era de esperar, la presencia de Blair despertó mucho interés entre la multitud. Todos los invitados se alegraron al verlo y le sonrieron. El fervor por tener a un famoso cerca hizo que aumentaran los murmullos en la librería. El grupo de madres del colegio se fue acercando con disimulo a él con el objetivo de salir de allí con uno de sus ejemplares firmados. Blair no tardó en sacar su lado encantador y le dedicó a cada una de ellas su habitual sonrisa de dientes blancos. Skylar no se apartó de su lado en ningún momento.

–¿Y Carmen? –preguntó él por lo bajini–. ¿Dónde estará? Skylar se encogió de hombros.

–Seguramente buscando otro ratón de juguete para colocarlo en el escaparate –contestó ella–. Qué pereza.

Blair seguía mirando a su alrededor, sin prestarle atención.

–Carmen debería leer *Vive la vida que anhelas* –continuó Skylar–. Hay un ejercicio, creo que es en el capítulo catorce, que...

–No le hace falta –gruñó Blair.

El escritor aprovechó para hacerse con una copa de vino que había en una bandeja –sin ofrecerle una a Skylar– y luego volvió a sonreír cuando se le acercó otra mujer con las mejillas sonrojadas. Al igual que el resto, a esta también parecía hacerle ilusión tenerlo cerca y había decidido comprar seis de sus libros para regalárselos a sus familiares. Después de haber hecho el reportaje para la BBC, empezaron a preguntar tanto por él que prácticamente se vieron obligados a destinar un rincón exclusivo de la librería para sus libros. Blair se sacó del bolsillo de la chaqueta el rotulador que siempre llevaba encima, y Skylar se quedó a su lado, mirándolo con orgullo mientras firmaba los ejemplares. Cuando la mujer le pidió un selfi al escritor, Skylar la miró de reojo y puso la mano en el codo de Blair. Solo por si acaso.

Carmen estaba bastante preocupada, en parte porque no podía llegar a entender cómo se había enterado Patrick de lo de su sueño, aunque seguramente solo se trataba de una mera coincidencia. Además, se pasaba el día en la tienda, mirando el tren, así que era normal que se le hubiese acabado metiendo la imagen en el subconsciente.

Pero sobre todo, porque el señor McCredie estaba sentado junto a la chimenea, agarrando la fotografía con las manos temblorosas y los ojos llenos de lágrimas.

–¿Qué sucede? –quiso saber Carmen–. Por favor. Hábleme.

Él no le respondió, simplemente alargó la mano y le dio la foto.

Carmen se pasó un rato examinándola. Estaba arrugada y desgastada por el tiempo; era una foto pequeña en blanco y negro de unos cuatro centímetros en la que salían el rostro y los hombros de un joven rubio y de mandíbula cuadrada, con el pelo peinado hacia atrás a la antigua usanza.

Carmen alternó la mirada entre la foto y el señor McCredie, con su pelo claro y su barbilla puntiaguda. Después, volvió a examinar la fotografía y le dio la vuelta.

Habían escrito una única palabra y una fecha con una pluma de color azul: «Erich, 1944».

Carmen volvió a observar al señor McCredie.

–¿Sabes cuándo nací? –le preguntó él, y ella negó con la cabeza–. En 1945.

–¿El de la foto es su padre?

El señor McCredie inclinó la cabeza, y entonces Carmen se dio cuenta de que la nariz y el perfil eran idénticos a los del hombre de la fotografía.

–Pero... ¿y los exploradores del Ártico? –indagó ella.

Él sacudió la cabeza.

–El señor McCredie me crio.

Carmen parpadeó, desconcertada.

–Entonces, ¿él era su padre?

–Bueno, él era el que estaba allí. Quería a mi madre. No tuvieron hijos. Creo que... Creo que igual no podían tenerlos. Él... tal vez no podía.

–Pero ¿quién es Erich?

–¿Has oído hablar de Cultybraggan? –le preguntó el señor McCredie, y Carmen negó con la cabeza–. Era un campo de prisioneros de guerra. En el condado de Perth. En Comrie. Mi madre era de allí.

En ese momento, Carmen se acordó de la fotografía que había visto hacía unas semanas en la que salía la cara de aquella bonita y sofisticada mujer.

–Se ofreció voluntaria como enfermera durante la guerra... –El señor McCredie se encogió de hombros–. Supongo... que me estaría engañando a mí mismo si pensara que mi madre era una santa...

–Pero, espere...

–No sé nada sobre él –la interrumpió el señor McCredie con cierta frialdad–. Solo sé que era alemán. Que era un prisionero de guerra alemán.

Carmen sintió una punzada de lástima en el corazón.

–Es decir que usted sabía de su existencia...

–Toda mi familia lo sospechaba. Y los McCredie nunca fueron muy buenos guardando secretos. No tardó en difundirse el rumor por toda la ciudad.

—Entonces, ¿se lo contaron cuando era pequeño?

—Creo que fui el último en enterarme. Santo cielo, si lo sabían hasta mis compañeros de clase.

—Madre mía —dijo Carmen—. Pero... eso es...

—Y eso que estaba en un internado.

—¿En Edimburgo?

—Sí.

—¿Sus padres, que vivían en Edimburgo, le enviaron a un internado de Edimburgo?

—Creo que... Creo que mi padre no soportaba tenerme mucho tiempo cerca. Se me fue poniendo el pelo cada vez más rubio, así que...

Carmen se inclinó y le dio unas palmaditas en el brazo.

—Madre mía, debió de ser muy duro para usted —comentó ella, y el señor McCredie asintió—. ¿Por qué no...? ¿Por qué no se mudó? ¿Por qué decidió quedarse aquí?

—¿Para hacer qué? Era el maldito hijo estúpido de un... —No pudo ni terminar la frase—. Mi madre nunca lo superó. La vergüenza. Todo el mundo acabó enterándose. No había nadie que no lo supiera. Un sangre sucia. Eso es lo que me decían que era.

Carmen recordó que Bronagh le había mencionado algo así. «Dios mío. Toda la ciudad conocía su historia. Esa era la razón. Esa era la razón por la que había decidido aislarse en su librería», pensó ella.

—Sigo sin entender por qué no se marchó.

—Porque este sigue siendo mi hogar. Y me encanta vivir aquí —le respondió el señor McCredie con un tono de voz desafiante—. En mi familia había un montón de exploradores. Podría haber seguido sus puñeteros pasos y largarme de aquí, pero tuve claro desde el principio que no iba a darle el gusto a mi padre. De todas formas, eso tampoco hubiese hecho que me ganara su cariño, porque nunca vio nada de lo que hice con buenos ojos.

—Y... ¿Erich?

–No... no me importa. Ni siquiera sé su apellido –admitió el señor McCredie, encogiéndose de hombros.

De repente, a Carmen le vino algo a la cabeza.

–¿Se... se acuerda de la familia que preguntó por usted? ¿Los alemanes? –le interpeló ella.

El señor McCredie la miró a los ojos.

–No quiero saber nada de ellos –respondió él.

–Pero... me dijeron que tenían unas cartas. ¡Quieren hablar con usted! Y creo que debería escucharlos.

Él volvió a encogerse de hombros.

–Me da igual. No quiero saber nada. Todo esto... acabó arruinándome la vida. Mi niñez.

Carmen se imaginó a aquel niño confundido al que habían decidido enviar a un dormitorio frío y solitario, cuando en realidad sus padres vivían justo al final de la calle.

–Pero parecían tan simpáticos... Y han pasado muchísimos años, señor McCredie. La gente ya no lo va a juzgar por eso. Ahora las cosas son... son muy diferentes.

–Lo dudo; sobre todo si mi padre biológico era uno de esos que se dedicaban a meter a sus abuelos en trenes.

–¿Sabe si eso es cierto?

El señor McCredie negó con la cabeza.

–No, pero tengo motivos razonables para pensar que no fue un buen hombre.

–Pero los alemanes que vinieron a la librería... Puede que sean parte de su familia.

Él volvió a encogerse de hombros.

–Ya no sirve de nada.

Carmen volvió a mirar la fotografía arrugada. El señor Mc-Credie seguía agarrándola.

–¿Es la primera vez que ve la foto?

Él negó con la cabeza.

–Mi madre... Mi madre la guardaba siempre en la cartera.

–Joder –soltó Carmen, incapaz de contenerse.

–Sorley, mi padre, era un hombre un tanto... complicado.

Venía de una familia que gozaba de buena reputación. Estaba acostumbrado a hacer las cosas a su manera. Y pensaba que mi madre sería una de esas bonitas muchachas de pueblo a la que podría manejar a su antojo y con la que podría tener un montón de niños –añadió él con una pequeña sonrisa–. Y le salió el tiro por la culata.

–Pero... ¿siguieron juntos?

–No les quedó otra. Así funcionaban las cosas antes...

–Pero su madre quiso conservar la foto de Erich. ¿La encontró usted o se la enseñó ella?

El señor McCredie sonrió.

–Estaba intentando cogerle algo de dinero. Para comprarme unas golosinas. Fue justo después de que levantaran las restricciones de racionamiento, cuando ya la economía se estaba recuperando tras la guerra. Estaba tan contento. Y tenía tantas ganas de comprar chocolate..., pero la encontré.

–¿Y qué le dijo su madre?

–Quiso explicármelo –respondió él–. Y yo me negué a escucharla. Dios mío.

–Tal vez se vio obligada a mantener el secreto.

–En realidad, ella nunca se lo contó a nadie. Aunque la gente se las ingenió para sacar sus propias conclusiones. Cuando volví a revisar su cartera, la foto ya no estaba. Y habían guardado mi tren en el desván.

Carmen asintió.

–Debió de querer mucho a ese hombre. Para arriesgarlo todo por él.

El señor McCredie suspiró.

–Mi madre era la mujer más infeliz que he conocido en mi vida –respondió él.

–Señor McCredie –dijo Carmen, desesperada. Desde allí se oía el ruido de la fiesta, que iba en aumento–. Mire todo lo que tiene aquí. Tiene una librería preciosa. Un hogar precioso. Y ahí fuera, lo están esperando muchísimos amigos. Muchísima gente que se preocupa por usted.

–Eso es gracias a ti –respondió el señor McCredie–. Eres tú la que ha conseguido volver a darle vida a esta librería.

–Sí, pero estoy aquí porque mi estúpida hermana se preocupa mucho por usted. Y eso que es solo su abogada. Le importa a la gente –le aseguró Carmen mientras él se secaba las lágrimas–. ¿Se pensará mejor lo de hablar con los alemanes? Se quedarán trabajando en la feria al menos durante una semana más –añadió ella, y él tragó saliva–. El tiempo puede llegar a curar muchas cosas. –El señor McCredie guardó silencio–. Y ahora necesito que me acompañe y que diga unas palabras delante de los invitados porque, si no lo hace, la gente irá a gastarse el dinero en la tienda de magia. Otra vez. Veo a Bronagh capaz de hechizarlos para que lo hagan.

Skylar ya se estaba cansando de ver a Blair sonriendo y dando la mano a otras mujeres –aunque en el fondo le gustaba que le dirigieran miradas cargadas de envidia–; además, se estaba aburriendo y nadie se había acercado a hablar con ella. Se dio la vuelta, mirando al resto de los invitados. Justo en ese momento, la campanilla sonó y vio la figura alta del profesor en la puerta de la librería. Oke llevaba una camisa blanca impoluta; de hecho, parecía tan nueva que no le hubiese parecido raro ver la etiqueta colgando. Skylar se acercó a él y le dedicó una amplia sonrisa.

–¡Doctor Oke!

Él parpadeó, desconcertado.

–Ah, sí. Hola –la saludó él. La chica le sonaba de algo, pero solo vagamente–. ¿Sabes dónde está Carmen?

Era la segunda vez que Skylar escuchaba esa pregunta en una misma tarde y no es que le hiciera demasiada ilusión.

–Oh, debe de estar por aquí, en alguna parte –contestó ella, y luego cambió de tema–: Me encantó la charla sobre los escarabajos que...

–Gracias –la cortó él, que ya tenía la cabeza en otra parte.

Oke había conocido a muchas mujeres a lo largo de su vida,

pero nunca con la intención de buscar algo serio. No podía; su estilo de vida no se lo permitía. Además, viajaba demasiado, así que tampoco es que fuese justo para ellas.

Pero... no podía quitarse de la cabeza la imagen de Carmen corriendo por la feria con los niños, riendo a carcajadas, con el pelo oscuro revuelto por el viento. No había podido dejar de pensar en ella. No sabía si estaba preparado para empezar una relación. Pero le habían hecho una oferta en la universidad: si quería, podía alargar sus clases allí un trimestre más. Al parecer, sus alumnos querían seguir teniéndolo como profesor.

Skylar lo miró con desconfianza. Le parecía absurdo que alguien como Carmen volviese locos a los hombres. Primero, se había lanzado a los brazos de Blair —ella, por su parte, había conectado con Blair de una manera más espiritual, algo que Carmen evidentemente era incapaz de hacer— y ahora este doctor iba detrás de ella, cuando Carmen ni siquiera tenía estudios y encima trabajaba en una librería. Era ridículo. Tal vez debería hacerle un favor a Oke...

—Ay, sí, pobre Carmen —se lamentó Skylar, recuperando la atención del brasileño.

—¿Qué le pasa? ¿Está bien?

—Oh —contestó ella, y puso su cara más compasiva al mismo tiempo que curvaba los labios en un puchero—. Está enamorada de mi novio —añadió, acariciándole el brazo a Blair, que seguía ignorándola—. Bueno, en realidad está pillada hasta las trancas. Pero tampoco puedo culparla. Menudo chasco se tuvo que haber llevado la pobre... Lleva años detrás de él, desesperada... Si te soy sincera, creo que sigue pensando que tiene oportunidades de salir con él.

—¿En serio? —dijo Oke, frunciendo el ceño. Estaba un poco confundido.

—Ay, sí. Desesperada a más no poder. Y eso que Blair trató de rechazarla con toda la amabilidad que pudo, pero ella sigue erre que erre. En fin, pobrecita. —Skylar abrió los ojos como platos—. Ay, pobre, espero que lo supere pronto.

Justo en ese momento, se abrió la cortina que daba al almacén y Carmen salió con el señor McCredie. Ella tuvo que empujarlo un poco para que avanzara mientras los invitados aplaudían, tal vez por el alcohol y por la alegría general que uno siempre sentía en estas fechas, así como por el cariño innato que le tenían al señor McCredie y por el alivio que sentían al ver que la librería había recuperado por fin su encanto.

El señor McCredie no se esperaba para nada aquella reacción y se le subió el color a las mejillas. Carmen lo miró y se le dibujó una sonrisa de oreja a oreja.

Y entonces alguien que estaba justo enfrente de ella captó su atención: Blair levantó la vista del libro que le estaba firmando a una de sus admiradoras, miró a Carmen a los ojos y le sacó la lengua.

Fue un gesto tan inesperado que ella se sobresaltó y se sonrojó; no se lo esperaba allí, desprendiendo más seguridad y descaro que nunca. Él no apartó la mirada de ella en ningún momento.

Carmen ni siquiera se percató de la presencia de Oke. El brasileño se había quedado de pie justo detrás de Blair, así que no había visto la cara que le había puesto el escritor a Carmen; y Skylar tampoco.

Pero lo que sí que había visto Oke era el rubor en las mejillas de Carmen y la expresión de sorpresa y felicidad que había puesto al ver que Blair estaba allí. Sabía perfectamente qué cara ponían las mujeres enamoradas porque a él también lo habían mirado como ella estaba mirando en ese momento a Blair.

Y entonces Oke se dio de bruces con la realidad y descubrió lo que se sentía cuando a uno le invadía la decepción y le destruían el alma.

Es verdad que los había visto en la cafetería juntos, pero no... A ver, ella había querido acompañarlo a ver la cámara oscura. No había sido una cita. En aquel entonces no lo había visto así. Pero se acordaba de la cara que había puesto ella en el edificio de la iglesia, escuchando la música.

Antes incluso de que a Carmen le diese tiempo a apartar la mirada de Blair y a guiar al señor McCredie hasta el centro de la librería para que diese un discurso, Oke ya se había dado la vuelta y había salido en silencio por la puerta. Ya tenía en la cabeza el correo electrónico que iba a mandar a la universidad para hacerles saber que rechazaba la oferta de seguir formando parte del profesorado un trimestre más. Lo tenía claro. Ya no tenía sentido quedarse. Estaba lejos de casa y eso había hecho que se distrajese, eso era todo. En ese instante, empezó a nevar. Era un país frío. Era mejor que volviese cuanto antes a São Paulo; su familia lo echaba de menos. Así vería a sus hermanas. Incluso podría aprovechar para llevarse los regalos que les había comprado. Ver crecer a sus sobrinos. Catalogar sus nuevas muestras. Seguir trabajando en su investigación.

Le quedaban un montón de cosas por hacer. Se dio la vuelta justo al pie de la escalera. La librería brillaba en colores dorados y plateados, y estaba llena de gente feliz que charlaba y celebraba la época del año en la que se encontraban. Las luces de las estrellas de Navidad que habían colgado por toda la calle —como si ya de por sí no fuera lo suficientemente bonita— centelleaban sin parar. Era como estar dentro de una postal navideña.

Pero él no era de los que celebraban la Navidad. Fue subiendo —despacio para ser Oke— los escalones en silencio y se dirigió a la residencia que se alzaba en lo alto.

Capítulo 32

Nena! Espero que te hayas portado muy mal en mi ausencia. Blair se había acercado a Carmen justo después de que el señor McCredie diera un precioso discurso en el que les agradeció a todos el apoyo que le habían mostrado. El mayor aplauso se lo llevaron los escaparates; «Algo que, sin duda, no hubiese sido posible sin Carmen Hogan», había dicho su jefe en voz alta. Que le reconociera su esfuerzo la hizo muy feliz, aunque también consiguió que se sonrojara aún más. Hubo un momento en el que Carmen echó de menos a Sofia, aunque estaba segura de que aquel barrigón no hubiese cabido por la puerta. Pero el señor McCredie no se olvidó de su hermana; de hecho, también le dedicó unas palabras de agradecimiento. Y fue entonces cuando la añoranza dio paso a la rabia porque Carmen recordó que todo esto había sido otra de las grandes ideas de su hermana... ¿Y dónde estaba Oke? No lo veía por ninguna parte.

—¡Nena! Estoy aburrido de la hostia. ¿Podemos largarnos ya de este infierno?

Carmen lo miró.

A pesar de que solo había pasado una semana desde la última vez que habían coincidido, ahora veía a Blair con otros ojos: parecía más inseguro y los labios se le curvaban un poco hacia abajo, como si estuviese haciendo un puchero.

—Venga, vamos —insistió él.

—¡Es mi fiesta, Blair! —exclamó Carmen con seriedad—. No me puedo ir.

—¡Claro que puedes! Larguémonos de aquí. Podemos pasar el rato juntos, solo nosotros dos.

Ella lo miró con el ceño fruncido.

—¿Y qué pasa con Skylar?

—¿Skylar? —Blair se encogió de hombros—. Venga. Vamos a divertirnos.

—Esto me parece divertido —dijo Carmen, sorprendida al ver que aquella respuesta había salido de su boca.

Durante mucho tiempo, lo que más había deseado era que alguien la alejara de todo eso. Quería hacer cosas imprudentes, desmelenarse, dejar de preocuparse por el caos que reinaba en su vida. Eso era justo lo que quería.

Pero ahora, de repente, no podía dejar de pensar en lo bonita que estaba la librería, en el señor McCredie y sobre todo... en dónde podría estar Oke.

No podía quitarse su cara de la cabeza ni la manera que tenía él de ver las cosas que ella normalmente pasaba por alto en el día a día, como si la estuviera desafiando a observar el mundo desde otra perspectiva, tal y como lo hacía él. Y eso no lo convertía en un ignorante ni en una persona poco sofisticada ni en ninguna de esas otras cosas por las que ella lo había juzgado al verlo la primera vez. Porque él buscaba ser él mismo, en todo momento. Su vida era simple porque nunca intentaba ser lo que no era: una celebridad, como Blair; o una especie de *influencer* de yoga como Skylar; o una persona que lo tiene todo, como Sofia. O incluso ella, Carmen, que siempre fingía que todo le iba bien cuando en realidad sabía que no era así.

Skylar no tardó en darse cuenta de que Blair se había acercado a Carmen y enseguida corrió hacia él y le agarró el brazo de una manera un tanto posesiva. Carmen parpadeó, alucinada; pero él apenas le prestó atención a la niñera.

—Hola, Carmen —la saludó Skylar en voz alta.

—Hola, Skylar —contestó ella, y, por extraño que pareciera, sintió que se le quitaba un peso de encima al ver la cara de la niñera. Ya no le afectaba. Le daba igual si estaba o no con Blair—. ¿Has visto a Oke? —le preguntó con un tono de voz amable.

Skylar se encogió de hombros.

–Oh, qué va –dijo ella con indiferencia–. ¿Por qué? ¿Acaso lo estabas esperando?

Carmen la miró fijamente y respondió:

–Sí.

Carmen dejó atrás el bullicio de la librería y salió a la calle para tomar un poco de aire fresco. La fiesta estaba llegando a su fin. Y, bueno, él no había venido. Eso sí que no le daba igual. Tal vez las fiestas no fueran lo suyo. Pero... había ido a la de Bronagh.

Lo había echado de menos. Dahlia tampoco había aparecido por allí; tal vez Oke estaba con ella. Se le encogió el corazón solo de pensarlo; aquello le estaba afectando más de lo que nunca se hubiese imaginado.

De repente, como si la hubiera invocado, vio a Dahlia saliendo de la cafetería y caminando a duras penas por la calle.

–¡Hola! –la saludó Carmen, y Dahlia se sorbió la nariz–. ¿Qué tal? ¿Vas a ver a Oke?

–¡No! –exclamó Dahlia, poniéndose roja–. ¡Todo tuyo! –añadió con los ojos llorosos.

–¿Por qué dices eso?

–¡Porque me gustaba muchísimo! –admitió Dahlia sin apenas voz–. Pero me dijo que nunca podría salir conmigo. Porque es... profesor. ¡Y los profesores no pueden salir con alumnos! –exclamó, echándose a llorar.

Carmen pestañeó, incrédula.

–¿Te dijo eso?

–Tú no eres universitaria, ¿verdad? –quiso saber Dahlia, y volvió a sorber por la nariz, que la tenía rojísima.

Carmen negó con la cabeza.

–Por una vez en la vida me alegro de poder decir que no lo soy –admitió ella–. Yo... Lo siento.

Dahlia volvió a sorberse la nariz.

–¿Tú no estabas saliendo con Blair Pfenning?

—¡No, por Dios! —exclamó Carmen. Después, se le dibujó una sonrisilla en la cara—. Pero sabes que... estamos haciendo una fiesta en la librería, ¿no?

—Sí, pero no pensaba ir. Por si acaso Oke estaba allí.

—No está. Pero ¿sabes quién sí está?

Dahlia alzó la vista, con los ojos abiertos de par en par, y respondió:

—No me lo creo.

—Pues créetelo.

—¿En serio?

—¡No te dejes engatusar! —le advirtió Carmen—. Pero... ¡pásatelo bien!

De pronto, como si de un milagro se tratase, a Dahlia le cambió la cara y empezó a deshacerse las trenzas mientras caminaba a paso ligero, como si no quisiera perder el tiempo, hasta la librería.

Carmen se quedó parada, indecisa, al pie de la escalera.

Solo era una residencia de estudiantes. Podía ir a buscarlo, ¿no?

«Ay, madre», pensó. Aunque, claro, no había pasado por la fiesta, así que..., aunque tal vez...

Nerviosa a más no poder, subió los escalones y avanzó hasta la residencia Patrick Geddes Hall, el edificio ridículamente alto que contaba con un patio de piedra gris que daba al Assembly Hall, justo en la cima de la colina.

Llamó a la enorme y antigua puerta de madera con tachuelas y un portero de aspecto serio la abrió.

—¡Buenas noches! Estoy buscando a Oke...

No. No se acordaba de su apellido. ¿Se lo había llegado a decir? Seguro que Skylar se lo había mencionado alguna vez. Pero es que... Joder. Ni siquiera tenía el número de teléfono de Oke. Tampoco lo había buscado en Google. En definitiva, no sabía nada de él. De pronto, se acordó de que podría haber cogido su maldito número de teléfono de la libreta en la que apuntaban los pedidos de la librería... Precisamente la libreta de la que se había deshecho para sustituirla por un viejo portátil de Sofía y mejorar la gestión de los pedidos.

—Maldita sea —gruñó Carmen en voz baja.

—¿A quién? —preguntó el portero—. ¿Estás apuntada en la lista?

—No creo —respondió Carmen—. A ver, he venido aquí sin pensar... Y claro... Pero tiene que conocerlo. Es alto. Brasileño. ¿Se recoge el pelo en un moño? Camina dando saltitos. Muchos. Bastantes. Serio, pero un poco hiperactivo. Es guapísimo. Eh..., quería decir increíble. Es un tío increíble.

El portero se mostró impasible.

—¿Y por qué no lo llamas? —le sugirió él.

—¡Porque no tengo su número! —se exclamó ella con los dientes apretados—. Pero estoy segura de que ha tenido que verlo por aquí.

—Señorita, hay cuatrocientos estudiantes en esta residencia.

Carmen suspiró.

—¿Oke? ¿Oke? ¿No le suena de nada el nombre?

—¿Se llama así?

Y entonces Carmen se dio cuenta de que, por supuesto, aquel no podía ser su nombre; tenía que ser un apodo. Genial. Ni siquiera se sabía su verdadero nombre.

—En fin. Gracias de todas formas —dijo ella, dándose la vuelta.

Se había dejado llevar por la euforia. ¿Cuál era su plan? ¿Arrojarse en sus brazos en cuanto lo viera?

Tal vez.

«No pasa nada», se dijo a sí misma, muerta de frío, mientras caminaba con cierta dificultad por el suelo lleno de nieve del patio, que se estaba empezando a derretir y a ensuciar.

Lo vería otro día. Claro que sí. Buscaría la forma de localizarlo. Seguro que Skylar sabía su apellido. Tal vez podría pasar por la universidad. Ay, madre, seguro que hasta la señora Marsh sabría dónde encontrarlo.

Sí, haría eso. Y después ya iría viendo. Podría preguntarle

si... si estaba interesado en ella. O si creía que podría acabar surgiendo algo entre ellos... Suspiró. Oke era una de esas personas que se interesaban por todo y que siempre veía algo bueno en la gente con la que se cruzaba.

Salió del patio y avanzó por la colina. El patio delantero del castillo resplandecía, iluminado con candilejas, que hacían que el imponente edificio brillara y destacara sobre el fondo blanco que había dejado el cielo cubierto de nieve. Carmen se puso de puntillas como una niña pequeña para ver lo que había más allá de la muralla, para observar el resto de la ciudad. Las luces de Navidad iluminaban las calles, el enorme árbol también lo hacía junto a las estrellas y los copos de nieve. La gente irradiaba felicidad y el olor a castañas asadas seguía revoloteando en el aire. Suspiró. Permaneció allí un largo rato, con los dedos entumecidos y con el vaho saliéndole de la boca al exhalar. Pensó en todas las personas que se amontonaban allí abajo, pero, sobre todo, en un chico que seguramente se encontraba en algún lugar entre la multitud, en el único rostro que quería ver; en los únicos ojos verdes a los que quería mirar...

Al final, volvió sobre sus pasos, sin siquiera mirar hacia el centro cuáquero porque sabía que, si lo hacía, lo vería con la cabeza inclinada, preparando sándwiches con esmero para las personas sin hogar, intentando deshacerse de toda la energía que tenía acumulada y de las decepciones que le atormentaban.

La mayoría de las personas que habían asistido a la fiesta –afortunadamente, eso también incluía a Blair y a Skylar– ya se habían marchado cuando ella volvió a la librería. Ramsay y Zoe se cruzaron con ella al salir: Ramsay llevaba en brazos, como si nada, a sus dos hijos de seis años, los dos sumidos en un sueño profundo; mientras que Zoe movía la mano de su enorme bebé –también dormido– en su dirección para despedirse de ella.

Cuando entró, se encontró al señor McCredie contando el dinero de la caja con el rostro teñido de incredulidad. Ayudó a su jefe a recogerlo todo, empezando por las copas sucias. La fiesta había ido bien, al igual que las ventas. Al menos tenía una cosa que agradecerle a Blair.

–¿Cómo va? –le preguntó Carmen al señor McCredie.

Estaba bastante sorprendida de que su jefe se las hubiese arreglado para no desmoronarse durante la tarde. Sin embargo, cuando lo observó más de cerca, enseguida se dio cuenta de que iba bastante borracho y apenas podía mantenerse en pie.

–Ay, madre –soltó ella; había estado tan absorta en su propio drama que casi se había olvidado del del señor McCredie–. Venga, vamos –lo animó, estrechándolo entre sus brazos como a un niño; se le veía tan frágil.

Después, cerró la puerta de la librería y lo guio hasta su habitación. Allí lo obligó a beberse medio litro de agua, le quitó los zapatos y la chaqueta, lo acostó con cuidado en la cama, y le dejó un par de aspirinas y un vaso de agua fría en la mesita de noche.

–Tranquilo –dijo ella, mientras él murmuraba algo incomprensible.

El señor McCredie tenía la mano cerrada en un puño, como si estuviese agarrando algo. Con cuidado, Carmen le fue separando los dedos y cogió la fotografía de Erich. La alisó y la colocó con precaución debajo del libro de Cherry-Garrard que tenía justo al lado de la cama, para que no se estropease durante la noche.

Después se escabulló por la pequeña puerta que daba al callejón y, una vez más, se mezcló entre la oleada de juerguistas que se dirigían al Grassmarket. Intentó esquivarlos, convirtiéndose así en una más entre la multitud que se movía bajo el cielo estrellado.

Capítulo 33

Carmen estaba muerta de sueño y se paró en seco al llegar a la puerta principal de la casa de Sofia. Estaba entreabierta.

–Eh..., ¿hola? –dijo, asomando la cabeza.

La casa estaba tranquila, los niños ya tendrían que estar durmiendo. Ni rastro de Skylar. «Cómo iba a haberlo», pensó Carmen. Se le encogió el corazón. No. Blair ya era agua pasada.

–¿Hermanita? ¿Sofia?

De pronto, se oyó un ruido que venía de la cocina.

–Ay, madre. Lo que me faltaba ya –soltó Carmen cuando vio a su hermana desplomada en el suelo en medio de un charco de agua.

–No empieces –le exigió Sofia–. Me he pasado toda la tarde hablando con Federico.

–¿Y se puede saber por qué no me llamaste a mí?

–Pensé que Skylar no tardaría en volver a casa. Mi idea era coger un taxi para ir al hospital desde que apareciera.

–Pero ¿por qué no...?

–Carmen, te lo pido por favor –la interrumpió Sofia.

–Vale, vale –aceptó Carmen–. Voy a conseguir un taxi.

Sofia suspiró.

–Pues buena suerte con eso. Estamos en la semana de Navidad.

–Bueno, pues entonces te llevaré yo. Solo me bebí una copa en la fiesta.

Sofia negó con la cabeza.

–¿¡Te has vuelto loca!? No me montaría contigo en un coche ni aunque estuvieras sobria. ¡Y menos cuando está nevando!

No. Quédate en casa con los niños. Consígueme un Uber. Iré yo sola al hospital. Federico ya está en el aeropuerto.

–Vale. ¿Ya has llamado a mamá?

–Dios mío. Por supuesto que no. Ya estoy bastante estresada como para que venga ella a estresarme aún más.

Las hermanas se dedicaron una pequeña sonrisa.

–De acuerdo –dijo Carmen–. Venga, vamos a levantarte... –Pero antes de que terminara la frase y pidiera un Uber, Sofia ya se estaba retorciendo.

–Joder.

–¿Estás bien? –quiso saber Carmen–. Los bebés tardan en nacer, ¿no?

–El primero sí –comentó Sofia–. Pero yo creo que para el cuarto será como tirarse por un tobogán.

–Estamos jodidas –soltó Carmen–. ¿Crees que te dará tiempo a llegar al hospital?

Sofia se incorporó, respirando con dificultad, y se desplomó en la enorme silla de la cocina.

–¿Sabes cuando siempre dices que soy una maniática del control?

–Yo nunca he dicho eso –se defendió Carmen, introduciendo la información de la ruta en la aplicación de Uber–. Bueno, al menos nunca te lo he dicho a la cara.

Sofia volvió a jadear.

–Pues deberías estar agradecida porque en estos momentos nos viene de perilla que lo sea. Me vas a conseguir un coche y después te vas a quedar aquí cuidando a los niños, ¿entendido?

–No puedo dejarte sola –respondió Carmen.

–Sí que puedes –le aseguró Sofia–. No te preocupes. No es la primera vez. Además, te va a parecer desagradable. Les diré que te llamen cuando termine, ¿de acuerdo? Tranquila. Lo tengo todo bajo control –añadió mientras le cogía la mano a su hermana y se la apretaba con fuerza–. ¿Vale?

–Vale –cedió Carmen–. Federico irá directamente al hospital, ¿no?

–Pues eso espero porque como se le ocurra pasar primero por el gimnasio o el *spa*, lo voy a... ¡Ay! –Sofia se inclinó y volvió a apretarle la mano a su hermana.

–Tienes razón –comentó Carmen–. Ya me está pareciendo bastante desagradable.

–Intenta no despertar a los niños.

Todo se complicó cuando el conductor del Uber apareció y tocó el claxon cuatro veces, lo suficientemente fuerte para despertar a toda la calle. Carmen cogió el bolso para el hospital que Sofia había preparado con antelación y salió con su hermana para ayudarla a subirse al coche. Justo en ese momento, se oyó el familiar golpeteo de unos pies bajando las escaleras.

–Ay, no –soltó Sofia.

–Ay, no –repitió el conductor cuando abrieron la puerta del coche y vio el percal.

–Venga ya –le dijo Carmen–. Estamos en mitad de la noche y he puesto como destino el hospital, tendría que haberse imaginado lo que estaba pasando.

Él se rascó la cabeza.

–No lo irá a tener en el coche, ¿verdad?

–No –le aseguró Carmen. Después, en voz baja le preguntó a su hermana–: No, ¿verdad?

–¡No! –exclamó Sofia.

–Pero piense en el lado positivo: si pasa, le pagaremos la limpieza y saldrá en los periódicos.

–Mami, ¿adónde vas? –Era la voz de Phoebe.

–Solo voy a dar una vueltecilla rápida –respondió Sofia.

–¿En serio, Sofia? ¿Una vueltecilla rápida? –le reprochó Carmen.

–A ver –siguió hablando el conductor–, el problema es que acabo de limpiarlo y...

–¿Podemos ir contigo?

–Mami se va al hospital –les aclaró Carmen.

–¿¡Al hospital!? –gritó Jack.

—¡Jack! —exclamó Pippa, enfadada—. ¡Nunca te enteras de nada! ¡No ves que va a tener al bebé!

—Se me había olvidado —contestó Jack—. Pues, vale. ¡Adiós!

—¡Yo también quiero acompañarte, mami! —intervino Phoebe.

—No tardaré mucho. Carmen se quedará con vosotros.

—¿Podemos ver una peli para mayores de doce?

—Sí, lo que queráis —les prometió Carmen—. Pero primero voy a ayudar a vuestra madre...

Pero el conductor del Uber ya se estaba alejando por la carretera helada sin Sofia.

—¡Han pasado dos horas! —exclamó Carmen con firmeza—. ¡Y solo me tomé una copa! ¡Y ni siquiera me la terminé!

—No puedes conducir si has bebido; es muy peligroso —comentó Pippa con desaprobación.

—¿Para eso te compraste ese maldito Range Rover? —insistió Carmen—. ¿Para tenerlo ahí de decoración? Ah, claro, pero es que Carmen siempre destruye todo lo que toca, así que... ¿cómo iba su hermana a prestarle un coche enorme y carísimo cuando es literalmente la única opción que le queda para llegar al hospital sana y salva?

—Dios mío. Vale. Venga, vámonos —jadeó Sofia.

—Vamos, renacuajos. Poneos la bata —les pidió Carmen a los niños.

Cuando los vio, a Carmen le vino a la mente la imagen de los niños de *Peter Pan*, con sus camisones anticuados y sus largas batas de rayas. Estaban tan emocionados por la aventura que iban a vivir que no tardaron en meterse en el coche; de hecho, ni siquiera se pelearon por quién tenía que sentarse en el medio como solían hacer siempre.

Carmen ayudó a Sofia a sentarse en el asiento del acompañante y le puso el cinturón. «¿Por qué alguien querría gastarse el dinero en un coche en el que se necesita una escalera para subir?», se preguntó a sí misma. Después, rodeó el vehículo y se colocó al volante.

Carmen solo había conducido un coche en su vida: su pequeño Fiat, que tenía unos diez años y la calefacción estropeada, así que siempre hacía calor dentro. Era la primera vez que se enfrentaba a un automático. Y encima no sabía ni dónde estaba el hospital. De repente empezó a pensar que tal vez no era buena idea...

—Aprieta... —empezó a decir Sofia, pero le dio otra contracción y no pudo terminar la frase.

Jack se inclinó hacia delante.

—Tienes que darle a ese botón —señaló el niño—. El que pone START.

Carmen fue a pisar el embrague y descubrió que ni siquiera tenía embrague.

—No, ese es el freno —le explicó Pippa.

—Gracias por la información —dijo Carmen, intentando respirar con normalidad. Estaba a punto de ser presa del pánico. Cerró los ojos y pensó en cosas que normalmente la tranquilizaban—. Vale. Ahora sí. Vámonos.

El enorme Range Rover se puso en marcha. Era como estar en un tanque. Por suerte, el coche empezó a avanzar con normalidad, como si la carretera no estuviese llena de nieve.

—¿Por dónde se va al hospital?

—Sigue cuesta abajo —dijo Sofia—. Y avanza como si fueras a ir a la costa. Ay, mierda. No. Lo cambiaron de sitio. Joder. Hay que ir por la carretera de circunvalación.

Insegura, Carmen giró en dirección al Haymarket y siguió las señales hasta la carretera de circunvalación.

A esas horas de la noche, no había apenas coches, o al menos no tantos como estaba acostumbrada. Sin embargo, el trayecto se les empezó a hacer eterno; Carmen no entendía por qué tardaban tanto en llegar si la ciudad tampoco es que fuese tan grande.

Sofia apoyó la cabeza en el cristal frío de la ventanilla, aguantando el dolor y haciendo todo lo posible para no quejarse.

—¡Por fin! —exclamó de pronto Jack—. ¡Por fin habrá otro

chico en la familia! En cuanto pueda, le enseñaré a jugar al fútbol.

–Qué tontería –dijo Pippa–. Los bebés no pueden jugar al fútbol. ¡Tendrás que esperar a que crezca!

–Bueno, pues esperaré hasta las próximas Navidades –declaró Jack.

–Ni siquiera sabrá caminar dentro de un año –respondió Pippa.

–¿¡En serio!? –se lamentó Jack–. ¡Qué caca! ¡Entonces tendré que esperar un montón!

–Dudo que te siga gustando el fútbol cuando el bebé tenga edad para jugar.

–Nunca dejará de gustarme el fútbol –dijo Jack con seguridad, y Carmen enseguida pensó lo mismo.

Phoebe se pasó todo el camino sin hablar, algo inusual en ella; ni siquiera dijo nada cuando apareció una enorme señal que indicaba el desvío hacia el hospital. Carmen empezó a preocuparse y se aferró al volante; ¿y si no sabía aparcar? Por suerte para ella, pronto descubrió que en la Unidad de Maternidad se podía parar el coche justo en la entrada. Pippa se bajó y fue a buscar a alguien para que les trajera una silla de ruedas.

–Gracias –le dijo Sofia a Carmen en voz baja, sin apenas fuerza–. Menos mal que siempre me quedará Pippa cuando mate a Federico.

Carmen sonrió.

–¿Cuándo sale su avión?

–Seguramente ya se estará tomando su segunda copa de champán y viendo una película sobre estepas rusas –respondió Sofia mientras intentaba, con cierta dificultad, pasar del asiento del coche a la silla de ruedas.

–¡Nos vemos dentro! –gritó Carmen antes de irse con los niños a dejar el coche en el aparcamiento.

Allí, lejos del centro de la ciudad, sin oficinas ni paredes que los mantuvieran en calor, el frío era mucho más intenso, sorprendente y violento. Justo encima de ellos se alzaban las colinas de Pentland: estaban cubiertas de nieve y de marcas que dejaban claro que la gente se había pasado el día esquiando. La estampa era preciosa.

Carmen les desabrochó el cinturón a los niños y estos saltaron del coche, preparados para seguir disfrutando de su aventura nocturna.

–¡Mañana voy a poder contar todo esto en el cole! –dijo Pippa con alegría, y a Carmen le dio la sensación de que su sobrina era de las que nunca podían quedarse calladas.

–Dudo que vayáis a clase mañana –comentó Carmen, esperando una reacción positiva por parte de los niños.

–¿¡Qué!? ¡Pero si mañana es el espectáculo! –exclamó Phoebe con los ojos abiertos de par en par–. ¡No podemos faltar!

–Es verdad –dijo Jack–. Tenemos que ir.

–Pero puede que el bebé tarde un poco en llegar... –empezó a decir Carmen. Phoebe y Jack le dieron la mano, sin siquiera pedirle permiso, como si fuese un gesto natural. Y ella se sintió muy afortunada, como si le hubieran hecho un regalo–. Puede que mañana por la mañana estéis demasiado cansados.

–¡Ni hablar! –gritó Jack–. Además, no es la primera vez que me quedo despierto toda la noche.

–Qué mentiroso –soltó Phoebe–. Una vez fue a una fiesta de pijamas en casa de su amigo Zack y llegó diciendo que no había dormido en toda la noche, pero todos sabemos que es mentira.

–¡Es verdad!

–¡Cállate!

–Venga –intervino Carmen–. No os van a dejar entrar en el hospital si os ven discutiendo.

Carmen no las tenía todas consigo, pero cuando llegaron a las puertas automáticas del hospital, los niños dejaron de pelearse. Tal vez porque el ambiente que se respiraba era similar al de un colegio.

La Unidad de Maternidad estaba tranquila a esas horas de

la noche, como si la mayoría de la gente hubiese decidido de alguna manera no tener bebés en una época tan ajetreada del año. De hecho, no había ni rastro de otros niños correteando por allí. Y entonces Carmen se dio cuenta de que su hermana, que siempre lo organizaba todo, estaba viviendo por primera vez una situación que se escapaba completamente a su control.

La enfermera que estaba en la recepción asintió con la cabeza al verlos.

—La han llevado directamente a la sala de parto número seis —les comentó—. No podéis entrar todos, pero... tal vez le venga bien tener compañía.

—Yo me quedaré vigilando a los demás —dijo Pippa.

—Mmm. No sé yo si eso es buena idea —respondió la enfermera—. Pero os llevaré a la sala de espera.

Por suerte para los niños —era un hospital bastante nuevo y estaba bien equipado—, había una sala de espera llena de juguetes y una televisión en la que tenían sintonizado un canal de dibujos animados. También había una máquina expendedora llena de ultraprocesados. Los niños miraron a su tía con los ojos muy abiertos. Para ellos aquello era como estar en el paraíso.

Carmen los observó a los tres. Hasta Pippa había abandonado su habitual papel de sargento al descubrir que había un balancín con forma de poni. Carmen se quedó inmóvil en la puerta. Estaban bastante cerca de las salas de parto, tanto que desde allí oía los gritos desgarradores de su hermana.

Le recorrió una sensación extraña por el cuerpo. Cuando Sofía se puso de parto en sus embarazos anteriores, Carmen ni siquiera se preocupó por ella. Había sentido más bien una sensación de «Oh, estupendo. Ahora Sofía volverá a ser el centro de atención».

Luego llegaba el bebé y sus padres tenían un nuevo nieto al que adorar. La gente empezaba a mirar a Carmen con pena y le recordaban lo bien que le iba a su hermana en la vida. Lo habían hecho cada una de las veces. Y eso a ella la había acabado afectando más de lo normal, hasta el punto de que se había puesto en contra de su propia familia. Se había dejado llevar por los celos, poniéndose a la defensiva cuando cuestionaban sus propias decisiones, algo que a menudo no sentía como tal porque sabía que en el fondo las tomaba porque no le quedaba otra.

Pero ahora su hermana estaba sola en una de esas habitaciones, sufriendo, sin nadie que le diera la mano.

—Vale, chicos —les dijo a los niños—. Voy a ir a ver cómo va vuestra madre. Vuelvo enseguida. ¿Podéis quedaros aquí y hacer todo lo posible para que no os secuestren? Y, por favor, no os tiréis de los pelos ni metáis los dedos en el enchufe.

Justo en ese momento, la enfermera de la recepción pasó caminando por delante. Se detuvo al verlos.

—No te preocupes —le dijo a Carmen—. Estoy en mi descanso. Puedo cuidarlos un momento.

—Oh, no, no —respondió Carmen—. No puedo hacerte eso.

—Sí, sí. Venga. Te doy cinco minutos, ¿vale?

—¡Genial! —exclamó Carmen—. Chicos, no molestéis a esta amable enfermera, ¿entendido?

—Pero es que yo tenía algunas preguntas... —intervino Pippa, acercándose a la simpática enfermera, pero Carmen ya había desaparecido por la puerta.

La pequeña habitación estaba llena de monitores y de máquinas que no paraban de emitir pitidos. No había nadie más allí. Sofia alzó la cabeza cuando su hermana entró.

—¿Estás sola? —le preguntó Carmen.

—Acaban de venir a comprobar cómo voy —respondió Sofia—. El bebé está bien... —Pero no pudo evitarlo. No aguantaba más. Empezó a llorar. Y cuando le volvieron a dar contracciones, buscó la mano de Carmen—. Ya es demasiado tarde para que me pongan la epidural —sollozó—. En mis otros tres partos me la pusieron. Y ahora lo estoy sintiendo todo.

—¿Y no pueden ponerte otra cosa?

Sofia negó con la cabeza.

—Ya no me va a hacer efecto. Nunca había hecho esto antes. No sin... anestesia —aseguró ella, mientras lloraba de miedo y dolor a partes iguales, y Carmen se inclinó y la abrazó con fuerza—. ¡No puede nacer todavía! ¡Lo tenía todo planeado! A Federico le iban a dar un permiso después del viaje a Hong Kong para que así pudiese volver a casa justo a tiempo para...

—Eres la mujer más fuerte, valiente y asombrosa que conozco —la interrumpió Carmen, susurrándole al oído—. Lo vas a hacer genial. Y las enfermeras le van a echar la bronca a Federico en cuanto lo vean entrar por la puerta por haberte dejado sola, así que tal vez deberías decirles que todo esto fue idea tuya.

Sofia sonrió sin apenas fuerzas y la enfermera entró para ver cómo iba.

—Parece que no vamos a tener que esperar mucho —le informó la enfermera, leyendo la copia impresa que salía del monitor. Después, para sorpresa de Carmen, aunque en realidad tendría que haberse imaginado que lo haría, la enfermera deslizó la mano dentro de Sofia.

—Nunca... nunca he dado a luz sin epidural. ¿No crees que es mejor que nazca por cesárea?

—¿Me lo preguntas en serio? —dijo la enfermera—. Si empiezas a empujar ya, podrás desayunar en tu casa mañana. Si te hacemos una cesárea, te tendrás que quedar haciendo reposo durante quince días. Además, es Navidad. Seguro que el cirujano viene con unas cuantas copas de más. Pero si quieres arriesgarte...

—Y tanto que quiero —respondió Sofia con los dientes apretados.

—Bueno, tú verás lo que haces.

—Venga —intervino Carmen—. Puedes hacerlo.

—¿Los niños que están en la sala de espera son vuestros? ¿Sois pareja?

—Somos hermanas —contestaron las dos al mismo tiempo, apretándose las manos.

–¿Por qué? ¿Se están matando entre ellos? –preguntó Carmen, preocupada–. Ay, madre. Tengo que volver.

–¡No voy a tener al bebé sin epidural! –exclamó Sofia con decisión, como si estuviera utilizando su tono severo de abogada, pero esta vez con la voz mucho más temblorosa–. No puedo. Te digo yo que no... ¡Ayyyy!

Carmen le dio un beso a Sofia en la frente sudorosa y volvió corriendo a la sala de espera. Jack estaba profundamente dormido en un rincón, Pippa estaba leyendo un libro sobre reptiles y anfibios mientras tomaba notas, y Phoebe estaba acurrucada en una silla. Carmen le dio las gracias a la enfermera y cogió el relevo. Cuando se sentó al lado de Phoebe, que tenía el pelo alborotado alrededor de la cara y los botones del camisón mal abrochados, se dio cuenta de que la niña estaba llorando.

–Phoebs –susurró Carmen–. ¿Qué te pasa?

Las dos miraron de reojo a Pippa, que estaba justo en el otro extremo de la sala, enfrente de la televisión, pero la niña seguía absorta en el libro.

–Ya viene el bebé –dijo Phoebe.

–Así es –respondió Carmen, y la sentó en su regazo. Se le encogió el corazón al sentir el peso de la niña y la acunó con bastante naturalidad. Fue una sensación agradable.

–Todo el mundo va a querer al bebé.

–Cierto –coincidió Carmen–. Pero eso no quiere decir que vayan a dejar de quererte a ti.

–¿Y eso cómo lo sabes?

Carmen lo pensó.

–Bueno. Yo también soy la hermana pequeña. Y cuando llegué, ¿crees que la abuela y el abuelo dejaron de querer a tu madre?

Phoebe sopesó la respuesta.

–No. Pero...

–Pero ¿qué?

–Pero mami es simpática.

–Y tú también. Y yo te quiero mucho.

Phoebe sorbió por la nariz.

–Pero es que... –empezó a decir la niña, pero su voz fue perdiendo volumen y enseguida se le pusieron las mejillas rojísimas–. Skylar dijo que me iba a poner gorda.

–¿¡Qué!? –exclamó Carmen más alto de lo que pretendía.

–Me dijo que me iba a volver gorda y fea, y que así nadie me iba a querer.

–¿Cuándo te dijo eso?

–En Halloween. Cuando me comí las golosinas. –Phoebe volvió a sorberse la nariz–. ¡Nos las regalaron! ¡Todo el mundo come golosinas en Halloween!

Carmen estaba tan enfadada que casi le resultó imposible estarse quieta.

–¿Te dijo eso en Halloween? ¿Y no se lo habías contado a nadie hasta ahora?

–Todo el mundo querrá al nuevo bebé. Seguro que él no se pondrá gordo.

Carmen levantó a la niña y la sentó con la espalda recta sobre sus rodillas. Después, le alzó la barbilla para que la mirara directamente a los ojos.

–Eres preciosa –le aseguró Carmen–. Eres perfecta. Eres divertida, inteligente y superadorable. ¿Y sabes cómo sé todo eso? –Phoebe no apartó la mirada–. Porque ni siquiera me gustan los niños. Nunca me han gustado.

–¿Por eso nunca nos enviaste regalos ni viniste a nuestros cumples?

–Exacto. No soportaba a los niños. –Carmen hizo una pausa y se acercó más a su sobrina–. Pero, Phoebe d'Angelo, a ti sí que te soporto. De hecho, te quiero muchísimo, aunque eso signifique que voy a tener que gastarme todo el sueldo en regalos –añadió, y le dio un abrazo fuerte a la niña–. Y nunca vas a estar gorda. Pero si lo estuvieras, tampoco pasaría nada porque yo te seguiría viendo igual de guapa –le susurró al oído, por si acaso.

–¿Nos darás todos los regalos que nos debes? –quiso saber Phoebe.

Y Carmen le preguntó si le parecía bien que algunos regalos fuesen libros y Phoebe dijo que sí.

Carmen abrazó a la niña hasta que se durmió y poco después llegaron sus padres. A la madre de Carmen se le encogió el corazón cuando vio a su hija, que era un poco despegada, meciendo a su nieta. Hubo abrazos y alguna que otra queja. El padre de Carmen se acercó al puf que había en un rincón de la sala y se quedó dormido, con Phoebe y Jack entre sus brazos.

En la sala de parto, la matrona no parecía estar muy contenta con Sofia; de hecho, prácticamente le estaba gritando:

–¡Venga! Tienes que empezar a empujar. Este bebé quiere ver ya a su mamá. Tienes que hacerme caso. Venga.

Sofia seguía temblando y llorando a mares mientras se quejaba. Su madre se había quedado en un rincón para no molestar, sin saber muy bien qué hacer. No estaba acostumbrada a ver a su hija mayor perdiendo los papeles.

–Pero es que así no fue como lo... –lloriqueó Sofia–. ¡Tenemos que esperar a que venga mi marido! ¡Todavía es demasiado pronto! ¡Y encima no me han puesto la epidural! Y me duele todo y estoy tan cansada...

–Tienes que intentarlo –le exigió la matrona. Después se giró hacia Carmen y añadió en voz baja–: ¿Puedes hacer que entre en razón? Está disminuyendo un poco la frecuencia cardíaca del bebé. Y me encantaría que saliera antes de que tengamos que vivir una tragedia.

Carmen no entendía muy bien cómo funcionaba el monitor, pero sabía que si la matrona se lo decía era por algo.

–Sofia –llamó a su hermana, y esta se retorció.

–Es que... ya estoy tan cansada –respondió con la voz apagada.

–¿Sabes qué? –le dijo Carmen–. Phoebe estaba llorando y he tenido que calmarla. Ya está dormida, pero necesita a su madre. Y la necesita cuanto antes. Porque Skylar le dijo que... estaba gorda.

Sofia frunció el ceño de repente.

—¿¡Que Skylar hizo qué!?

—Se lo dijo en octubre. Y la niña lleva desde Halloween preocupada, sin comentarlo con nadie.

—¿¡Qué!?

—Bueno, yo ya sabía que esa chica era una arpía, así que...

—¡Sácame de esta cama! —gritó Sofia, furiosa.

Y el enfado le dio el empujón que necesitaba porque, con toda esa rabia, se agarró a los barrotes de la cama, flexionó las piernas —las cuales tenía fuertes gracias al yoga— y el nuevo bebé d'Angelo nació a las 2:15 h, rodeado de su querida abuela y su tía, mientras su madre seguía soltando insultos, con la mirada fija en el techo.

Capítulo 34

La matrona no bromeaba cuando les había dicho que podrían estar en casa para desayunar. Esperaron a que Sofia expulsara la placenta y en cuanto la limpiaron un poco, ya la estaban echando porque necesitaban liberar la habitación.

—No voy a llevar al bebé a casa —soltó Carmen de inmediato—. Me niego. Fue un milagro que no nos matásemos antes con el coche.

Por suerte, Federico apareció a eso de las 7:00 h con su impoluto traje arrugado. Carmen estaba rodeada de sus hijos, que seguían dormidos en la sala de espera, cuando lo vio pasar y estuvo a punto de fulminarlo con la mirada. Sin embargo, se le encogió un poco el corazón cuando vio la cara de felicidad que traía.

Carmen no entró con él en la habitación de su hermana, pero, cuando le llevó a Sofia una taza de té recién hecho y unas tostadas que le había preparado la enfermera —según su hermana, el mejor desayuno que se había comido en su vida—, y llamó con suavidad a la puerta de la sala de posparto, se los encontró a los dos sentados en la cama, abrazándose y mirando hipnotizados la carita roja y regordeta de su nuevo bebé.

De repente, se formó un alboroto detrás de ella: ya despiertos y con su abuela corriendo detrás; Phoebe, Jack y Pippa se acercaron a la puerta, sin estar del todo seguros de si podían entrar o no.

—Pasad, pasad —los animó Sofia, y Carmen se hizo a un lado para que los niños entraran en la habitación.

Sofia le dedicó un gesto especial a Phoebe: le hizo señas para que se acercara y, cuando la niña estuvo a su alcance, la atrajo hacia ella y le susurró algo al oído. Phoebe alzó la cabeza, sorprendida, y Carmen vio cómo a la niña le cambiaba la cara y le susurraba un «¿En serio?» a su madre. Sofia asintió varias veces y Phoebe sonrió de una manera que Carmen nunca había visto antes. Sofia le hizo un gesto con la cabeza a su hermana y dijo en voz alta:

–Me lo dijo la tía.

Y Phoebe se acercó a Carmen y la abrazó.

–Vas a ser la mejor hermana mayor del mundo –le aseguró Carmen, inclinándose hacia ella–. ¿Quieres conocer al bebé?

–¡John! –gritó Jack–. ¡James! ¡Jacob! ¡Joseph!

–Bueno, todavía no sabemos qué nombre le vamos a poner –comentó Sofia–. Pero creo que es mejor que no empiece por «J». Siempre acabamos confundiendo los nombres de las niñas porque los dos empiezan por «P».

–Y yo que pensaba que te gustaba la perfección y la armonía –comentó Carmen con una sonrisa.

Sofia le sonrió al recién nacido.

–Bueno, a veces un poco de caos no viene mal –dijo Sofia, y las dos hermanas se sonrieron.

–Guau –soltó Phoebe al ver al bebé–. Parece un tomate.

–Phoebe, eso no se dice –la regañó Pippa.

–Sí –dijo Sofia con firmeza–. Sí que parece un tomate, ¿verdad?

–Bueno, pues entonces puedes llamarlo Tom –sugirió Carmen.

–No voy a ponerle a mi hijo Tomato d'Angelo –respondió Sofia–. Aunque tal vez...

Seguían proponiendo nombres cuando la enfermera entró y los sacó a todos rápidamente de allí para dejarle la habitación a una de las mujeres pálidas que recorrían los pasillos arriba y abajo, esperando para poder dar a luz a sus bebés. Enseguida llegó el personal de turno de mañana, dispuesto a traer nuevas vidas al mundo, y a ninguno le pareció raro que los echaran de allí de aquella manera.

—Madre mía —soltó Carmen, bostezando mientras su padre los llevaba de vuelta a casa de Sofía—. Hoy no voy a dar ni una en el trabajo.

—¡Tita Carmen, no puedes ir a trabajar hoy! —anunció Pippa—. Tienes que venir a vernos al espectáculo del cole porque mami no puede.

—Bueno, podemos ir nosotros —dijo su abuela—. Si vuestra madre no nos necesita.

—Pero queremos que venga la tita Carmen —declaró Phoebe en voz baja.

Irene miró a su hija menor y por un instante se quedó sin palabras. Así que, en su lugar, le dio un pequeño apretón en el brazo.

—Llamaré al señor McCredie —decidió Carmen—. Creo que podrá sobrevivir sin mí unas horas. Ya nos vamos entendiendo mejor.

El señor McCredie no sabía qué había hecho mal para merecerse un despertar así: se había levantado con resaca y encima no le quedó más remedio que atender la librería sin la ayuda de Carmen. Faltaban pocos días para Navidad y se notaba porque, desde el mismo instante en que abrió la puerta, empezaron a entrar un montón de clientes mientras él jugueteaba con su taza de café.

Todo estaba funcionando a las mil maravillas —el libro desplegable de Paddington, la colección de libros de esquí...—, sobre todo gracias a aquellos rezagados que habían dejado los regalos para el último momento. Muchas familias le hicieron ofertas para llevarse el tren del escaparate y eso hizo que a él le invadiera una profunda tristeza. En varias ocasiones, los clientes interpretaron su silencio como una reflexión, así que no dudaron en aumentar la oferta, aunque sin éxito.

Estaba callado, pero a su vez, pensativo. La reacción de Carmen cuando le había contado la historia de su familia —compasión y asombro al ver que todavía había gente que lo juzgaba por algo que había ocurrido hacía mucho tiempo– había hecho que él abriera los ojos.

Siempre le había aterrorizado que la gente supiera la verdad; le resultaba difícil abrirse a los demás después de haber tenido que cargar con el peso de crecer en una casa y en una escuela en las que no hizo más que sufrir. Por no hablar de la vergüenza, que lo había perseguido durante décadas y que había acabado repercutiendo en su forma de relacionarse, incluso después de la muerte de sus padres. Su madre había decidido guardar silencio; ignorar lo que aquello suponía para él. Su padre nunca estuvo orgulloso de él. El mundo de los libros y los inmensos paisajes en los que podía jugar y esconderse no tardaron en convertirse en su refugio, y fue así como acabó aislándose en la librería y desperdiciando años, dinero y oportunidades.

Sin embargo, ahora, mientras envolvía los libros con un papel de regalo marrón y con unas cuerdas, y veía las caras de felicidad de los niños y de otros clientes –incluso la de los turistas, que no paraban de sacarle fotos al escaparate de la tienda–, se preguntó por qué había decidido renunciar a aquello durante tanto tiempo.

Carmen lo había llamado, emocionada, para contarle que su hermana ya había tenido al bebé y para decirle que tenía que hacerse cargo del resto de sus sobrinos por la mañana. Le había pedido perdón una y otra vez por dejarlo solo, pero la alegría que sentía era más que evidente al otro lado del teléfono. Sin duda, el señor McCredie estaba de mejor humor cuando la tenía a ella cerca.

Y sabía que pasarían unas buenas Navidades. Nunca había ganado tanto dinero con la librería. Así que... les sería fácil encontrar a alguien que estuviese interesado en el negocio.

Él vendería la casa. Y se iría a vivir a un lugar más pequeño –o eso suponía–, como hacían los jubilados. Uno con una sola habitación. Tal vez un piso nuevo con triple acristalamiento para resguardarse del frío o alguna casa en las afueras de la ciudad donde no hubiese que subir escalones para ir a cualquier parte, así al menos no correría el riesgo de tropezarse por culpa del hielo. Quizá podrían ser dos habitaciones, una para él y otra para sus libros. Solo él. Haciendo las cosas a su antojo.

—¿Se encuentra bien? —le preguntó una clienta con amabilidad, aunque también con cierta impaciencia, al ver que había dejado de envolverle *La reina de las nieves*. Era la última compra de Navidad que iba a hacer y se moría de ganas de sentarse a tomar un café en la cafetería en la que trabajaba Dahlia, así que necesitaba que el señor McCredie se diera prisa porque, si no, no encontraría ninguna mesa libre.

—Sí, sí. Aquí tiene —le respondió el señor McCredie con aire distraído—. Feliz Navidad.

La mujer se detuvo en seco al salir cuando un hombre guapo que reconoció al instante le abrió la puerta. Vaya. Ahora sí que se arrepentía de haber ido con prisas para intentar estar en la cafetería antes de las 11:00 h. Se le ocurrió que igual podía fingir que se había olvidado de comprar algo, pero la librería no era demasiado grande y Blair Pfenning —¡el mismísimo Blair Pfenning!— le estaba sosteniendo la puerta para que pasara.

—Voy a firmar los ejemplares que quedan —dijo el escritor en voz alta para que lo oyera el señor McCredie, quien asintió, agradecido.

Justo detrás de él, apareció Oke, con la cabeza gacha. Había decidido intentarlo por última vez. Estaba harto de hacer el ridículo. Además, sabía que todo esto era una auténtica estupidez. Porque a ella ni siquiera le gustaba. Y él se iba a marchar de Edimburgo.

Pero había llegado a la conclusión de que... por intentarlo no perdía nada. Quería verla antes de subir al avión. Solo para despedirse de ella. Y para explicarle de alguna manera —aunque le resultara difícil— que no solía viajar con la esperanza de estrechar lazos con gente nueva; de hecho, todo lo contrario.

Pero se alegraba de haberla conocido. Muchísimo.

–Hola –saludó Oke–. ¿Está Carmen por aquí? –le preguntó al señor McCredie, con la vista clavada en el almacén.

–No, no está aquí –le respondió el señor McCredie, y estuvo a punto de explicarle el porqué, pero le dolía tanto la cabeza y se sentía tan mal...

–Pues, nada. Con esto debería bastar –los cortó Blair, levantando una pila de libros. En realidad, él también había pasado por allí para ver a Carmen y, ahora que sabía que no se encontraba allí, estaba un poco molesto. En fin. Había muchísimas mujeres que se morían por estar con él. No iba a dejar que Carmen hiriera su ego solo porque era una de esas chicas que conseguían hacerlo reír–. ¡Puf! No sé ni cómo me mantengo en pie. Menuda nochecita la de ayer. Ya saben a qué me refiero, ¿no? –añadió con picardía, aunque se lo estaba preguntando a las personas menos indicadas para reírle la gracia. Oke y el señor McCredie fruncieron el ceño–. Por aquí siempre hace mal tiempo, pero al menos las tías están buenísimas, ¿a que sí?

A Oke se le desencajó el rostro mientras avanzaba hacia la puerta. De repente, recordó la cara que había puesto Carmen la noche anterior y la intensa conversación que había mantenido con Blair, tal y como le había dicho Skylar. Y ahora Blair estaba fanfarroneando de...

No. Se acabó. Tenía que pasar página. Ya era hora de volver a casa.

–Adiós –le dijo al señor McCredie, pero el librero estaba perdido en sus pensamientos–. Y supongo que debería desearle una feliz...

–¿Ya te vas, tío? –quiso saber Blair.

–Sí –respondió Oke–. Me vuelvo a Brasil.

De repente, el señor McCredie alzó la vista y sintió lástima por Carmen. «Qué pena más grande», pensó.

–Joder. Por allí también hay pibones, ¿verdad? –dijo Blair.

Oke se encogió de hombros.

–Bueno, yo...

—Me has pillado de buen humor, así que... ¿cómo te llamas? —lo interrumpió Blair con una sonrisa.

Oke le contestó y el escritor le dedicó y le firmó uno de sus libros, a pesar de que técnicamente el libro no era de su propiedad y de que Oke en realidad ni siquiera quería comprarlo.

—Toma —dijo finalmente Blair, entregándole el ejemplar. El título del libro era *Aprende a amar todos los días*.

Capítulo 35

ACarmen le preocupaba el momento de llegar al colegio y
no conocer a nadie, además no sabía adónde tendría que
dirigirse cuando entrara y tampoco quería que la mirasen como
si fuese un bicho raro. Sin embargo, una vez allí, reconoció a
varias madres de haberlas visto en la librería y todas ellas la
saludaron con la mano o le hicieron un gesto con la cabeza.
Además, no tuvo que entrar sola porque Phoebe se pegó a
ella como una lapa. La niña no parecía tener muchas ganas
de soltarla y entonces Carmen recordó que la última vez su
sobrina se había quedado paralizada sobre el escenario. A
diferencia de su hermana, Pippa había entrado sin mirar atrás,
cargando con su fagot y dispuesta a contarle a todo el mundo
que su hermanito había nacido para convertirse así en la más
popular del recreo.

–¿Vas a hacer un solo hoy? –le preguntó Carmen a Phoebe,
dándole un ligero apretón en la mano.

Phoebe negó con la cabeza.

–Me han puesto en la fila de atrás –respondió la niña–. Este
año le han dado el solo a Calintha McGuire.

–Tiene nombre de malvada –admitió Carmen, y su sobrina
le dedicó una pequeña sonrisa.

–Es esa de allí –dijo Phoebe, haciendo un gesto en dirección
a una niña que llevaba unas trenzas rubias brillantes perfectamente hechas y que hablaba con sus seguidores con aire de
superioridad.

–Ay, madre. Pues sí que parece malvada –dijo Carmen, y
Phoebe soltó una risita, algo que a ella le encantaba escuchar–.
Bueno, te he oído cantar en el baño. Y quiero que sepas que

creo que se te da genial. Yo solo sé pegar berridos. Prométeme que cantarás como si solo estuviera yo en el público y que no le harás caso a toda esa gente porque... ¿sabes qué? Son todos unos idiotas. Cántamela a mí. Y al bebé. Podemos convertirla en su canción.

—La canción va sobre un bebé —dijo Phoebe, pensativa.

—Bueno, pues mejor me lo pones. Será su canción. Te he oído cantarla en casa. Así que hazlo igual.

Por desgracia para Carmen, Skylar no estaba en casa cuando todos volvieron del hospital. Carmen quería ver la cara que ponía cuando Sofia la despidiese. Después, quería llamarla y decirle que habían cambiado de opinión y que la querían volver a contratar, solo para que después pudiese ser ella la que la despidiera. El enfado le recorría todo el cuerpo. Podía soportar que Skylar le lanzara algún que otro comentario sarcástico y que le hubiese arrebatado al chico que le gustaba, o al menos que creía que le gustaba. Pero ¿meterse con otra persona de su familia? Eso sí que no, guapa.

Las otras mamás se acercaron y la rodearon para preguntarle cómo estaba el bebé y qué nombre le habían puesto. También le dedicaron algunas palabras a Phoebe y la felicitaron por haberse convertido en hermana mayor. Y en ese momento Carmen llegó a la conclusión de que no tendría que haberse pasado todos estos años burlándose de las amigas de Sofia porque en realidad eran majas.

También se dio cuenta de lo desesperada que estaba por contarle la buena noticia a Oke. Sabía que tenía una opinión bastante sólida sobre los bebés. Carmen se había pasado unos veinte minutos antes de salir de casa mirando al pequeño Tom/Finn/James/Albert/Capitán América —todavía seguían sin saber qué nombre ponerle—, observando sus deditos, que parecían estrellas de mar, y sus ojos, que eran de un color peculiar, una mezcla entre el azul cielo y el mar. Pensó que era imposible buscarle un nombre y que Oke había estado en lo cierto, no sobre la mayoría de los bebés, sino sobre este bebé en concreto porque en ese instante le dio la sensación de que el recién nacido conocía todos los secretos del universo y que era el claro ejemplo del amor sin complicaciones, tan transparente como el cristal bajo las estrellas. Era extraño que él se hubiese dado cuenta de algo en lo que ella ni siquiera se había parado a pensar.

Carmen sacudió la cabeza y se acercó a la simpática profesora de Phoebe, quien la guio hasta el salón de actos del colegio, que le pareció muchísimo más acogedor que el que había en la escuela a la que habían ido Sofia y ella. Sacó su móvil, ya que su familia le había pedido por activa y por pasiva que grabase las actuaciones de los tres niños, estuviese permitido o no.

Los alumnos entraron en silencio, formando una fila perfecta: algo que a Carmen le pareció impresionante y aterrador a partes iguales. Los padres se incorporaron y centraron su atención en el escenario. Sin embargo, Carmen –que no sabía ni cuál era el protocolo– fue la única que saludó con entusiasmo a Phoebe cuando la vio pasar. Su sobrina no se atrevió a levantar la mano, pero se le escapó una sonrisa.

Primero llegaron las adorables actuaciones de los cursos más pequeños y a Carmen, que apenas había dormido por la noche, se le empezaron a cerrar los ojos en aquella sala cálida y acogedora. Cuando dieron paso a la clase de Phoebe, Carmen se sobresaltó y se incorporó de inmediato, buscando a tientas su móvil. Hicieron una pequeña parodia sobre bebés bailarines que no llegó a entender del todo y después, la niña rubia dio un paso hacia delante y miró con cierta impaciencia a la profesora de música, quien asintió con la cabeza.

–*Little Jesus sweetly sleep* –empezó a cantar Calintha McGuire–. *Do not stir. We will lend a coat of fur.*

Y justo en ese momento, el resto de la clase se unió y cantaron al unísono, con sus dulces voces agudas de fondo.

–*We will rock you... rock you... rock you...*

Para sorpresa de Carmen –que en realidad no sabía si solo eran imaginaciones suyas–, había una voz que se escuchaba por encima de las demás, una fuerte y dulce que provenía de la parte de atrás. Justo en ese momento, sus ojos conectaron con los de Phoebe, que había mirado al público con la intención de buscar a su tía entre la multitud. Y entonces Carmen salió de dudas: la voz que se escuchaba era la de su sobrina, aunque le dio la sensación de que en el fondo Phoebe ni siquiera era consciente de que estaba elevando la voz porque se notaba que estaba absorta en la melodía.

La profesora de música empezó a mover las manos con frenesí y al principio Carmen pensó que estaba llamándole la atención a Phoebe para que bajara el volumen, pero enseguida se percató de que quería que su sobrina se acercara y se uniese a Calintha en la siguiente estrofa. Con cierta timidez, Phoebe dio un paso hacia delante cuando Calintha empezó a cantar el solo:

–*Mary's little baby sleep, sweetly sleep... sleep in comfort, slumber deep.*

La voz de Calintha sonaba como si estuviera tratando de interpretar el papel de la protagonista del musical de *Annie*; seguramente era el resultado de infinitas y carísimas clases de canto. Phoebe se unió a ella con seguridad y cantó con dulzura, desde el corazón. La sala se quedó en silencio y el resto de la clase volvió a hacer los coros.

–*We will rock you, rock you, rock you...*

Y una vez más, se escuchó la voz de Phoebe, destacando por encima del resto. Carmen no sabía si era por lo agotada que estaba o por el amor que sentía por su sobrina, pero se le empezaron a llenar los ojos de lágrimas. Sin embargo, cuando miró a su alrededor, vio que no era la única; la mayoría también se había emocionado.

Como era de esperar, Pippa bordó su solo de fagot, y Jack hizo cosas de Jack con su energía habitual. Pero, sin duda, aquel día la que se comió el escenario fue Phoebe, y la sonrisa y el abrazo que le dedicó a su tía cuando terminó el espectáculo lo confirmó.

Todavía era relativamente temprano cuando Carmen apareció por la librería con una sonrisa. Enseguida se puso a atender a los clientes que hacían cola en el mostrador y, mientras lo hacía, le fue contando al señor McCredie cosas sobre el nuevo bebé de la familia. Él la escuchó encantado y ella le prometió que se lo traería lo antes posible a la librería para que lo viera.

—Oh, antes pasó por aquí tu muchacho —la informó el señor McCredie.

—¿Qué muchacho? —quiso saber Carmen, mirándolo con nerviosismo.

—El escritor vino a firmar los libros que quedaban y...

—¿Blair? —lo interrumpió ella.

—Sí.

—Ah —soltó Carmen, decepcionada. Por un instante, uno muy pequeñito, pensó que se refería a Oke, la única persona a la que quería ver—. Sí, se va a Londres. O a Los Ángeles. No sé, pero ¿sabe qué? No podría importarme menos.

El señor McCredie sonrió.

—Ah, y el dendrólogo también se dejó ver por aquí —añadió él.

De pronto, Carmen se paró en seco y dejó de atender a un hombre que llevaba una falda escocesa y una enorme barba, aunque a este no pareció importarle; al menos en la tienda no hacía tanto frío y no se le congelaban las piernas.

—¿Oke pasó por la librería?

—Sí.

—Oke vino hasta aquí... ¿Y se compró un libro?

—Pues sí.

—¿Y le dijo algo sobre mí? ¿Le preguntó por mí?

El señor McCredie la miró con tristeza.

—Bueno..., sí, sí que lo hizo —dijo él, y a Carmen se le abrieron los ojos de par en par—. Me preguntó si estabas por aquí y le dije que no.

—¿¡Y no le dijo nada más!?

—Lo siento mucho, Carmen. Cuando vi que anoche no vino

a la fiesta, llegué a la conclusión de que tal vez había malinterpretado lo que había entre vosotros dos. De todos modos, no debería de haberme metido donde no me llamaban.

A Carmen se le empezó a acelerar el corazón.

–Pero aun así vino hoy, ¿no? –respondió ella.

–Bueno, sí. Necesitaba un libro y...

A Carmen se le dibujó una sonrisa en el rostro.

–Estamos en Edimburgo, señor McCredie. Hay casi más librerías que personas en esta ciudad. Podría haber comprado ese libro en otra, pero decidió venir aquí, así que me voy a tomar eso como una señal.

El señor McCredie suspiró y añadió:

–Ay, no. Otra vez no. ¿No será precisamente ahora la hora de hacer el descanso para comer?

Carmen le lanzó un beso. Después le echó un vistazo a la caja registradora.

–¡Se lo compensaré con las ventas que hagamos en la Noche de Burns! Habrá que hacer descuento el 25 de enero para conmemorar al poeta, ¿no cree? –le sugirió ella con descaro.

–Ah, pero entonces... –empezó a decir el señor McCredie al darse cuenta de lo que insinuaba Carmen. Nada de mudarse a una casa horrible a las afueras..., de lo de las dos habitaciones... Quizá eso significaba que al final podría quedarse con la librería, ¿no? Luego, solo para asegurarse, le preguntó–: ¿Lo dices en serio?

Carmen no solo se había pasado la noche en la que contempló las almenas del castillo de Edimburgo pensando en Oke. Tal vez podría haber esperado un poco para sacar el tema delante del señor McCredie, pero ya no había vuelta atrás. Quería seguir viviendo en aquella hermosa ciudad. Quería seguir estando cerca de Phoebe y de los otros dos; bueno, aunque ahora eran tres. Quería seguir pisando Victoria Street. Quería seguir trabajando en la magnífica librería del señor McCredie.

Quería empezar a construir su vida en Edimburgo. No le había ido mal hasta ahora, así que... ¿por qué no intentarlo?

–Mmm... He estado pensando en su casa... –respondió Carmen–. Y, solo por curiosidad..., ¿cuántas habitaciones tiene?

El señor McCredie la observó, desconcertado.

–Pues, unas cuantas, supongo.

Carmen lo miró.

–¡Perfecto! Bueno, ahora tengo que marcharme porque resulta que mi jefe no consiguió encadenar al hombre del que estoy enamorada en el almacén para que no se moviera hasta que yo no llegase. Pero... ¿podemos seguir hablando de esto más tarde? Tal vez... ¿podría quedarme aquí ayudándolo un poco más?

El señor McCredie asintió, gratamente sorprendido.

Carmen se disculpó con el hombre de la falda escocesa y este le dijo que no se preocupara y que se quedaría un rato sentado en la librería, si no les importaba. Después, Carmen salió corriendo por la puerta, aunque volvió a entrar un segundo después.

–¿Dónde está la Facultad de Biología? –le preguntó al señor McCredie.

–¡En el campus King's Buildings!

«Solo vas a preguntarle si quiere celebrar contigo la Navidad», se dijo Carmen a sí misma, más nerviosa que nunca.

«Ay, madre. La Navidad». De repente la invadió la culpa al darse cuenta de que, una vez más, había asumido que su madre y Sofia se encargarían de organizar la cena entre las dos. El corazón se le empezó a acelerar y eso hizo que llegara a la conclusión de que en realidad de lo que más se arrepentía era de haberse pasado todos los años quejándose cuando le preguntaban si iría a casa de sus padres o a la de Sofia, como habían acabado haciendo ese año, para celebrar la Navidad. Odiaba tener que decir que sí porque eso significaba que su familia daba por hecho que tenía que gastarse un dineral en regalos para los mocosos de su hermana. Nunca le había hecho gracia tener que ver cómo abrían los regalos –por el amor de

Dios, ¿no tenían ya suficientes trastos?– y menos aún tener que ponerse esos malditos jerséis a juego. Además, era una época en la que siempre había mucho ajetreo en Dounston's, así que, por lo general, acababa emborrachándose con sus amigos y apareciendo con resaca al día siguiente...

Pero eso... eso no era lo que quería hacer este año. Para nada. Lo tenía claro. Ya no quería mantenerse al margen.

Miró su móvil, consternada. Pensaba que la universidad estaba en el centro de la ciudad, pero al final resultó que la mitad de las facultades estaban a kilómetros de distancia, más hacia el sur. Quería llegar cuanto antes, así que cogió un taxi. Se pasó todo el trayecto moviendo la pierna, nerviosa, y haciendo muecas cada vez que se paraban en un semáforo, hasta que el taxista giró la cabeza y le preguntó:

–¿Necesita ir al baño, señorita?

Carmen arrugó el gesto. Recorrer la ciudad en busca de la persona a la que amaba no le estaba resultando tan divertido como se había imaginado. Frunció el ceño al ver que empezaba a nevar otra vez.

–No –le respondió ella–. Estoy bien.

–No me jodas –soltó el taxista–. Maldita nieve de las narices.

–A mí me gusta –comentó Carmen.

–Pues a mí me parece una mierda –contestó el taxista–. No se puede ir a ningún sitio. Y si no se puede ir a ningún sitio, la gente no pide taxis. Y a mí eso me enerva la sangre.

–Entiendo –dijo Carmen, mordiéndose el labio. Cuando se montó en el taxi lo último que esperaba era que el conductor se fuese a desahogar con ella.

Sin embargo, sí que esperaba pasarse el trayecto pensando en Oke. Un cosquilleo le recorrió el cuerpo. Había ido a la librería. Eso significaba que seguía habiendo posibilidades, ¿no? ¿A que sí?

Suspiró, feliz, y miró la pantalla del móvil. ¡Por fin iba a poder pedirle su maldito número de teléfono!

Le mandó por WhatsApp a Sofia los vídeos que les había

hecho a los niños en el espectáculo del colegio y le puso el emoticono de la carita enamorada. Su hermana le contestó con el emoticono del pulgar hacia arriba y después, le envió una foto del bebé con la pregunta:

S: ¿Qué te parece Jesús? ¿O lo ves demasiado?

Carmen se echó a reír y le envió los vídeos a su madre para que los tuviese ella también. La respuesta de su madre no le hizo tanta gracia; de hecho, hizo que se sintiera aún más culpable:

I: Cariño, solo por saber; ¿vas a cenar
con nosotros en Navidad?

C: Sí. ¿Puedo ayudaros en algo?

I: Oh, no, tranquila. Todo controlado. No nos vamos a
complicar mucho con el menú, pero... no se lo digas a nadie.

C: Me alegro de que vayamos a poder estar todos juntos.

I: Y yo.

Carmen empezó a escribirle otro mensaje a su madre, pero enseguida le asaltaron las dudas, tampoco quería tentar al destino... Al final, decidió mandárselo.

C: ¿Puedo traer a alguien?

Su madre se pasó un rato escribiendo una respuesta.

C: No irás a traer a ese escritor insoportable
que sale en la televisión, ¿no?

El viento la sacudió cuando salió del taxi, después de darle una propina bastante generosa al conductor, que resopló:

—Aquí solo hay estudiantes de pacotilla sin dinero, así que me largo.

E inmediatamente giró y se alejó por la carretera.

El campus era enorme y se respiraba un aire serio. Había edificios por todos lados y los estudiantes caminaban de aquí para allá, charlando entre ellos, seguramente preparándose para regresar a sus casas por Navidad. Algunos llevaban ropa con motivos navideños y había muérdago por todas partes.

Y, en ese momento, Carmen se dio cuenta de que los universitarios no parecían tan arrogantes ni estirados como siempre se los habían imaginado Idra y ella. No iban con aires de superioridad. Simplemente eran personas normales; eso sí, algunos venían de otros países, así que hablaban en diferentes idiomas, pero todos se gritaban entre ellos y se saludaban al pasar. Pero nada fuera de lo normal.

Bueno.

–Perdona –le dijo Carmen a la primera persona que se cruzó–. ¿Me podrías decir dónde está la Facultad de Biología?

–Sí, claro. Es el edificio grande de color gris.

–¡Pero esto está lleno de edificios grandes de color gris!

–Uno, dos..., el tercer edificio empezando por la izquierda. El de allí –le aclaró la chica, señalándole el edificio más bajo y feo de todos.

Nadie le pidió el carné cuando entró, pero, aun así, se sentía como una intrusa. Dentro reinaba el silencio, así que supuso que las clases ya habrían terminado.

Se empezó a poner nerviosa. Tal vez debería haberse quedado en la ciudad. Quizá venir hasta la facultad había sido una pésima idea, peor que la de ir a buscarlo a la residencia. De hecho, podría haberlo esperado allí y tal vez, si tenía suerte, él aparecería antes de que acabara muriendo congelada.

Avanzó siguiendo el camino que daba a los despachos del profesorado, con la esperanza de que un amable miembro del personal se apiadara de ella y no la echara al verla allí. Empezaba a sentirse agotada, con la cabeza hecha un lío.

Tampoco había nadie por allí. Seguramente se habrían ido todos juntos a almorzar por Navidad o algo así. Siguió caminando y no tardó en descubrir un pasillo larguísimo lleno de puertas con nombres en cada una de ellas. Bueno, en realidad eran apellidos, así que tampoco es que le resultara demasiado útil porque seguía sin saberse el de Oke. Estuvo a punto de echarse a llorar. Hasta que vio que muchos habían optado por añadir alguna que otra viñeta o letrero con chistes junto a su apellido. En una de las puertas había un dibujo de Gary Larson con sus habituales monigotes de cabeza puntiaguda: estaban examinando los anillos de un árbol viejo y se estaban diciendo algo que a ella no le hizo gracia, pero que supuso que a alguien que entendía de árboles sí se la haría.

–Doctor Benezet –leyó Carmen en voz alta.

Entonces, así se llamaba... Se tapó la boca con la mano. Qué cosas..., hacer todo aquel trayecto cuando ni siquiera se acordaba de su apellido.

Se pasó la mano por el pelo y se quitó los restos de pintalabios. Ay, madre. Seguro que estaba hecha un asco.

Bueno, ya no había vuelta atrás. No podía pensar en eso ahora. Porque en lo único en lo que podía pensar era en él. Se armó de valor y llamó a la puerta.

No obtuvo respuesta. Nada. Parecía que el edificio estaba completamente vacío, como si hubiese sonado la alarma de incendios; estaba claro que Oke no se encontraba en su despacho. Giró el pomo de la puerta y descubrió que estaba abierta.

Sabía perfectamente que se disponía a invadir el espacio privado de Oke, pero aun así, entró. La ventana daba a la ciudad y desde allí se podía ver la cima de Arthur's Seat, cubierta de un manto blanco, y la nieve caía cada vez con más intensidad.

Pero la habitación estaba vacía. Aunque a la izquierda sí que había una pizarra blanca con un bonito dibujo de unas raíces entrelazadas a las que no les faltaba detalle, y restos de Blu-Tack en las paredes donde seguramente había colocado alguna que otra fotografía.

El escritorio no tenía nada encima, ni siquiera un ordenador. Eso sí, había una lámpara, una silla de oficina y varias sillas sin ruedas, apiladas unas encima de otras para los seminarios. Pero nada más. Había una estantería grande, pero no estaba llena de libros sino de pequeñas motas de polvo.

Carmen tragó saliva y empezó a atar cabos. No. Era imposible. Se lo había dicho. Se iba a quedar en Edimburgo. Sacó el tema delante de ella. Le comentó que... se lo estaba pensando.

Oyó pasos y se dio la vuelta, presa del pánico, con la vista clavada en el pasillo.

La figura fue avanzando con lentitud con una enorme caja de cartón en las manos y, a medida que se acercaba, Carmen sintió cómo se le iba acelerando el corazón.

—Skylar —dijo ella.

Skylar la miró fijamente.

—Ah. Eres tú. ¿Estás buscando a Oke?

Carmen sintió un pequeño atisbo de esperanza.

—Sí...

—Pues se fue.

—¿Adónde?

—A su casa. Decidió no aceptar la oferta que le hicieron. ¿Querías hablar con él por alguna razón en particular o...?

Carmen no sabía cómo responder a esa pregunta.

—¿Has hablado con Sofia? —dijo ella, cambiando de tema.

Skylar soltó una risa falsa.

—Oh, sí. No te preocupes por mí. Esos niños me estaban consumiendo la energía.

—Esos niños son geniales.

Skylar se encogió de hombros.

—Ningún miembro de tu familia aprenderá nunca a conectar con su yo interior. Ninguno. Me estabais haciendo perder el tiempo.

—Ya —contestó Carmen, encontrando fuerzas para sonreír—. Bueno. Tal vez tengas razón. —Después frunció el ceño y le preguntó—: ¿Y ahora dónde vas a vivir?

—Ah, ya está todo solucionado —comentó Skylar—. Me iré a Londres a pasar las Navidades con Blair. Ay, lo siento. No debería haber sacado el tema, no sé si ya habrás superado lo de Blair...

—Tranquila —contestó Carmen sin dejar de mirarla.

En realidad, Blair ni siquiera había invitado a Skylar a Londres; de hecho, ya estaba cansado de tener que inventarse excusas todo el rato para librarse de ella. Sin embargo, Skylar era un hueso duro de roer y para ella no era una opción volver a la casita que sus padres se habían comprado hacía poco en un barrio residencial a las afueras de Slough, donde seguían llamándola por su nombre de nacimiento –Janet– y donde solo se alimentaban a base de lasaña congelada mientras veían *Ven a cenar conmigo* y hablaban del programa que seguían los vecinos para evitar la delincuencia. Prefería morirse antes que volver a tener que soportar eso. Seguiría luchando por su relación con Blair, a pesar de que él se pasara la mayor parte del tiempo pidiéndole que se fuera del hotel porque tenía trabajo que hacer.

–Volviendo al tema de antes, sí que quería hablar con Oke.

–Bueno, pues llegas demasiado tarde –dijo Skylar con regocijo–. Se vuelve a Brasil. Lo vi en... –Dejó de hablar cuando se dio cuenta de que había estado a punto de meter la pata.

–¿Dónde lo viste?

–Ah, en tu fiesta –dijo ella sin rodeos.

–Pero cuando te pregunté me dijiste que no lo habías visto –le reprochó Carmen, a punto de echarse a llorar.

–Ah, sí, bueno. Qué despiste... En fin. Te veo bastante disgustada. ¿Igual te vendría bien hacer un poco de meditación? ¿Tomarte las cosas con más calma? Aunque la dieta que sigues no es que...

–Eres un ser repugnante –soltó Carmen antes de darse la vuelta y salir del edificio.

Capítulo 36

En la calle nevaba más que nunca. No se veían taxis por ningún lado. Con la vista borrosa por los copos y las lágrimas, Carmen divisó un autobús a lo lejos. Se subió en él y pagó el billete con el móvil.

Estaba casi vacío y decidió sentarse en uno de los asientos de la parte de atrás del piso de arriba, donde lloró a mares mientras el autobús avanzaba por la carretera.

En ese momento pensó en el señor McCredie, un hombre que se había pasado toda la vida sumido en la vergüenza, perdiendo oportunidades por el miedo al qué dirán. También pensó en sí misma. A ella le había ocurrido algo similar; había rechazado seguir estudiando y la posibilidad de trabajar en algo que le gustase, entre un sinfín de cosas más que la vida podría haberle ofrecido. Y todo porque tenía miedo al fracaso, a que las cosas no salieran bien. Si no hubiese sido por su familia, ni siquiera habría aceptado el trabajo en la librería, algo que ahora era consciente de que le había cambiado la vida.

Le daban miedo los cambios. No era de las que se atrevían. ¿Y para qué le había servido? Para nada porque ya era demasiado tarde. Suspiró. El cielo también lloraba, empatizando con ella, aunque lo hacía en forma de copos que se deslizaban por el cristal. Miró por la ventana, la luz estaba perdiendo intensidad. Se fue alejando cada vez más de los edificios, de su hogar y del consuelo de que al menos seguía teniendo a una familia que la quería. El autobús había cruzado la carretera de circunvalación, dejando atrás la ciudad y entrando de lleno en el campo.

Carmen se sobresaltó al darse cuenta. Tenía la cabeza hecha

tal lío que seguramente había salido de la facultad por la puerta que no era y cogido un autobús que no la llevaría de vuelta al centro. Dios mío. ¿Y ahora dónde demonios estaba?

Decidió que lo mejor era bajarse porque, si no lo hacía, acabaría alejándose aún más de su casa. El autobús paró en una zona residencial y ella se tambaleó al bajar las escaleras. Se quedó de pie en medio del frío glacial, presa del pánico, con un móvil al que se le iba consumiendo la batería cada vez más rápido. Enseguida empezó a caminar mientras intentaba abrir Google Maps. No tardó mucho en descubrir dónde estaba.

Estaba en Ormiston. ¿Por qué le sonaba ese nombre? Ormiston. Se sorbió la nariz.

Ah, sí. El árbol favorito de Oke era el tejo de Ormiston. Qué oportuno. Y ahora él ya no estaba, se había ido a la otra punta del mundo, muy pero que muy lejos de ella.

Se tambaleó hacia delante. ¿Dónde había dicho que estaba el árbol? Tal vez podría refugiarse del frío debajo de él y llamar desde allí a un taxi. Sí. Tendría que haber alguno cerca, pero no quería malgastar la poca batería que le quedaba en el móvil y encima tenía las manos congeladas.

Carmen no lograba entrar en calor y al notar que estaba anocheciendo, se empezó a asustar. Las luces de la calle le iluminaban el camino, pero seguía sin saber qué hacer. Seguro que a Federico no le importaría venir a buscarla, pero ella sabía que ahora necesitaba más que nunca quedarse con sus hijos. Se había puesto unos guantes de lana, pero eran tan finos que no le servían de nada, sobre todo porque tenía que quitárselos cada vez que quería usar el móvil. Tenía el pelo cubierto de copos blancos y las mejillas mojadas por las lágrimas.

Bajó a trompicones por el sendero, recordando las instrucciones que les había dado Oke a sus alumnos: encontrar una bifurcación a la izquierda. La nieve que se había amontonado en el suelo le cubría todas las botas y la hizo temblar de pies a cabeza. Estaba todo oscuro, pero se fue guiando con las luces que provenían de las casas remotas que tenía alrededor.

Siguió avanzando y se fue adentrando cada vez más en el camino boscoso.

Finalmente, bajo la poca luz que había, giró la cabeza hacia un sendero que se extendía hacia la derecha. Y lo vio a lo lejos.

Tenía el árbol justo delante de ella; era enorme, ancho y ocupaba gran parte del camino. Era impresionante y muy bonito.

«Me refugiaré debajo», intentó convencerse a sí misma, aunque en el fondo sabía que no era la decisión más inteligente, pero la falta de sueño y el frío no la dejaban pensar con claridad. Su objetivo principal era resguardarse de la nieve y el viento, e intentar usar el teléfono con cabeza para buscar así la manera de volver a casa. Cuando llegase, tal vez podría meterse en su pequeña habitación y llevarse al bebé con ella para abrazarlo mientras se desahogaba llorando. Y si el bebé también quería llorar, bueno, al menos así no tendría que hacerlo sola. Luego podría atiborrarse de chocolate caliente con la excusa de que en realidad se lo estaba preparando a los niños. Y seguro que podría convencerlos para volver a ver todos juntos *Los Muppets en Cuento de Navidad*.

Por absurdo que pareciera, se estaba empezando a sentir como la protagonista de *La pequeña cerillera*, aunque, en su caso, ni siquiera tenía cerillas a mano.

El olor a bosque verde y antiguo la tranquilizó. Hizo una pausa y respiró hondo varias veces. Después, siguió avanzando por el camino estrecho y se acercó al árbol, a un espacio despejado que había entre las enormes ramas que colgaban y ocupaban todo el sendero. Estaba helada a más no poder. Pero al menos allí no hacía viento y la nieve no podía colarse entre las enormes ramas antiguas cubiertas de hojas. Era como estar en una catedral, pero con postes altos y vidrieras de color verde, y bancos de madera marrones. Parecía un lugar de culto. Se apoyó en la parte más gruesa del tronco y se desplomó en el suelo.

De repente, oyó un ruido, un susurro silencioso. ¿Un pájaro? ¿Tal vez un zorro? Lo volvió a oír. Se quedó paralizada. Un crujido. No se veía nada. Estaba completamente a oscuras debajo del árbol. Buscó a tientas su móvil, pero no podía encender la linterna; necesitaba ahorrar batería, estaba lejos de casa y nunca lograría volver si se le apagaba el teléfono.

–¿Ho... hola? –dijo Carmen con un hilo de voz.

–¿Hola? –respondió una voz, lenta, firme, segura.

Era imposible. El agotamiento y el frío estaban haciendo que se imaginara cosas. Tal vez le estaba dando una hipotermia. Se le empezó a acelerar el corazón. Ay, madre. Seguro que solo era un sueño. Le iba a dar algo.

–¿Carmen? ¿Eres tú?

No podía ser él. Se puso de pie y se quedó allí, quieta. Estaba muerta de frío. Necesitaba trazar un plan: se echaría a correr, pararía al primer coche que viese, cogería cualquier autobús que pasase, saldría de allí y su imaginación dejaría de hacer de las suyas. Logró dar un paso hacia atrás.

–¿Carmen? –repitió la voz antes de encender una linterna.

Ella no veía nada, la luz la había dejado completamente cegada. Quería gritar y correr, pero se quedó paralizada, con la espalda pegada al tronco del viejo árbol.

–¡Eres tú! ¡No me lo puedo creer! ¿¡Qué haces aquí!?

A Carmen se le quedaron las palabras atascadas en la garganta.

–¿Oke? –logró decir con un hilo de voz.

–¡Sí, soy yo! –Ella parpadeó cuando él se iluminó la cara con la linterna del móvil–. ¿Quién iba a ser sino?

–Pero... ¡me dijeron que te habías vuelto a Brasil! ¡Que ya no estabas en Edimburgo!

Él giró el móvil y le echó un vistazo a la pantalla.

–Me voy dentro de tres horas –le aclaró él–. Justo iba de camino al aeropuerto, pero... quería despedirme. Del árbol, digo –se apresuró a añadir–. Puede que te parezca extraño, pero... llevo días soñando con él.

Carmen, sin prestarle atención a las últimas palabras de Oke, añadió con voz baja y ronca:

—Yo... yo también quería despedirme. Quería despedirme de ti.

—Fui a la fiesta de la librería —le dijo Oke, frunciendo el ceño—. ¿No te lo dijo Skylar? Pasé a saludarte, pero me dijo que seguías sintiendo algo por Blair y...

—¿¡Qué!? ¿Por Blair?

—Eh..., ¿sí? Y después vi a Blair y comentó que había pasado la noche contigo...

—¿Eso dijo? ¿En serio dijo eso? —lo interrumpió Carmen. Ya no sentía frío, ahora le hervía la sangre por dentro del enfado.

Oke frunció el ceño a la luz de la linterna.

—A ver, no dijo exactamente esas palabras, pero...

—¡Pues claro que no! Porque yo no pasé la noche con él. ¡Está saliendo con Skylar! Por favor, pero si ni siquiera me gusta ese hombre.

—¡Pero te vi hablando con él!

—Sí. Nos mandábamos mensajes —le explicó Carmen y se obligó a sí misma a hacer lo que Oke estaba haciendo: sincerarse—. Al principio sí que me gustaba. Pero luego descubrí cómo era en realidad. Y... y después te conocí a ti.

Él la miró con esperanza y con el corazón desbocado.

—¿Y ya no te gusta?

Carmen negó con la cabeza y vaciló un poco antes de dar un paso pequeño hacia delante. Le temblaba todo el cuerpo.

—Ay, no, por Dios —respondió ella—. No. No.

—Estás helada —dijo Oke, examinándola de cerca—. Ven. Ven aquí. —Y antes de que ella pudiera tomar una decisión, él ya le había cogido las manos para sostenerlas entre las suyas, que eran grandes, suaves y fuertes—. Tienes que estar muriéndote de frío —añadió, acercándose más a ella.

Carmen seguía aterrorizada, con el corazón martilleándole el pecho, pero de una manera diferente y por una razón diferente.

—¿Puedes...? ¿Puedes hacer que entren en calor? —le preguntó ella, sorprendida por su valentía.

Él sonrió y le puso las manos bajo las cuatro capas de ropa

que llevaba puestas. Carmen abrió los ojos de par en par al notar su espalda desnuda, su vientre plano y trabajado, su torso sin pelo.

–Oh –soltó ella.

–¿Mejor? –pronunció él.

–Y tanto –contestó ella, y sintió un cosquilleo que también la ayudó a entrar en calor–. Ay, madre. Entonces, ¿te vuelves a Brasil? ¿Ya? –añadió, mirándolo a los ojos.

–Bueno, le romperé el corazón a mi madre si no lo hago. Y mis hermanas se olerán que me pasa algo.

–Ya, pero... no es que vayas a volver a casa porque es Navidad ni nada de eso, ¿no? –dijo ella, acercándose a él cada vez más, rozándole la suave piel morena con los dedos, sin poder parar de acariciarle la espalda–. Joder –murmuró en voz baja–. No estaré infringiendo una norma cuáquera, ¿no? –le preguntó mientras lo tocaba.

–¿Tengo que volver a explicártelo? –dijo él, sonriendo.

–No –respondió ella–. Ya lo veo.

–¿Qué ves?

Carmen alzó la vista.

–Lo que es tener una religión. Sin iglesia –respondió ella, con el susurro del viento colándose entre las hojas, el suave canto de los pájaros y la nieve cayendo de fondo–. Este sitio es tu iglesia.

Él asintió.

–Este sitio es mi iglesia.

–Pero hay cosas que uno no debe hacer en una iglesia... –comentó ella con picardía.

Oke la miró; le brillaban los ojos.

–Bueno –dijo él–. Pero esta es mi iglesia. Y de nadie más.

–Cierto. Entonces... puedes poner tus propias reglas.

A Oke se le dibujó una sonrisa en la cara.

–Creo que ya va siendo hora de que te diga cómo me llamo –dijo él.

–Yo también lo creo –respondió Carmen.

–No me pega mucho la verdad.

–A ver, dímelo.

–Me llamo Obedience.

–¿Obedience?

–Sí. Mis hermanas me llamaban Obe cuando era pequeño y siempre pensé que me estaban diciendo «Okey», así que, bueno..., de ahí el apodo. –Oke sonrió–. Pero luego me hice mayor, abandoné el nido, viajé por todo el mundo, empecé a investigar la naturaleza y... –Le acarició la cara a Carmen con mucha delicadeza–. Bueno, resulta que al final no soy tan obediente como pensaban.

Carmen sonrió.

–Oh, tranquilo. Yo tampoco lo soy.

–¿No tendrás frío en los labios? –le preguntó él en voz baja.

–Sí –contestó ella.

Y bajo un árbol con siglos de antigüedad –que había estado allí desde antes de que naciera la reina María I de Escocia; que había sido testigo de conspiraciones, asesinatos e historias; y que era tan viejo que hasta el padre de Poncio Pilato podría haber sabido de su existencia– ocurrió otro acontecimiento: el mejor de los besos, entre otros muchos, que el árbol siempre guardaría en su memoria.

Caminaron con dificultad por el camino lleno de barro y se abrazaron el uno al otro mientras Oke tiraba de su maleta.

–¿Cómo pensabas llegar al aeropuerto? –quiso saber Carmen.

–Debe de haber una estación de ferrocarril por aquí cerca –dijo él–. Mira.

Siguieron las indicaciones del GPS, pero Carmen no las tenía todas consigo. Tenía dudas de que ese camino los llevase a una estación bien iluminada, sobre todo al ver que el suelo seguía embarrado mientras bordeaban el bonito pueblo.

Los dos estaban a punto de quedarse sin batería en el móvil y no paraban de recibir mensajes en los que se les informaba que había zonas del país en alerta amarilla y roja por la nieve y el hielo, y que eso estaba provocando retrasos y cancelaciones en los servicios de transporte. Sin embargo, de alguna manera, estar entre los brazos de Oke había hecho que Carmen dejara de preocuparse y de sentir frío.

No había ninguna estación, ninguna señal. Solo dos vías férreas cubiertas de musgo y hierbas, y un pequeño andén abandonado, con el suelo agrietado y lleno de maleza.

–No creo que circulen los trenes –le susurró Carmen–. Pero no quiero que te subas en ese avión, así que ni siquiera me importa –añadió con un tono de voz que denotaba felicidad.

Al final, encontraron la pequeña estación de tren que estaban buscando, pero también estaba desierta. Seguían recibiendo mensajes de advertencia: al parecer ya no había ningún medio de transporte operativo y se recomendaba a la población no salir de casa. Tendrían que buscar otra alternativa para volver; seguro que se les ocurriría algo. Oke ya había logrado cambiar el vuelo para otro día, pero estaban a más de veinticuatro kilómetros del centro de la ciudad; era imposible hacer todo ese trayecto a pie. De todos modos, decidieron seguir caminando por el pequeño andén cubierto de maleza.

Justo cuando Carmen estaba a punto de decirle que no podía más, vieron una luz a lo lejos de la vía y una señal verde se encendió en el poste que tenían al lado; ¡iban a poder subirse a ese tren!

El tren se detuvo delante de ellos: era viejo y tenía el morro plano de color rojo. Nadie se bajó del vehículo y el conductor ni siquiera se asomó para ver si había alguien esperando en el andén. Oke intentó abrir una de las puertas cuando vio que no se abrían de manera automática y enseguida la manija cedió y subieron, riéndose.

En el interior, el tren estaba completamente vacío –era evidente que la gente había decidido seguir las recomendaciones– y se veía cómo la nieve caía al otro lado del cristal. Los vagones estaban divididos en compartimentos, separados por una puerta corredera de cristal, como en los trenes antiguos.

Caminaron por los pasillos, agarrados de la mano.

–Creo que estamos solos –susurró Carmen, aunque no estaba del todo segura de por qué hablaba en voz baja. No había ningún revisor ni nadie que hiciera sonar un silbato; solo estaban ellos y el tren, que estaba a punto de adentrarse en la oscuridad invernal.

Encontraron un compartimento iluminado por una pequeña lámpara naranja que había junto a la ventana. Se sentaron uno frente al otro mientras el extraño trenecito avanzaba bajo la oscuridad de la noche. Oke observó a Carmen con intensidad y ella fue incapaz de despegar los ojos de los suyos. Las lámparas antiguas se encendían y se apagaban cada vez que el tren se sacudía y las ruedas viejas repiqueteaban por la vía.

Carmen no pudo más. De repente, se puso de pie. Y se acercó a él, dejando claras sus intenciones. No rompió el contacto visual en ningún momento y a él se le escapó una sonrisa cuando la abrazó.

Las luces seguían parpadeando cuando se adentraron en el túnel infinito. Cuando salieron, Carmen estaba sentada en su regazo. Las luces se apagaron por un instante y cuando se volvieron a encender, él ya la estaba besando con ganas. Otro parpadeo y posó la frente contra la de Carmen. El tren aceleró la marcha y sonó un silbato.

Capítulo 37

No, otra vez no, por favor! –se lamentó Carmen en el desayuno, apenas unos días antes de Navidad.

Federico estaba a punto de llevarse a los niños al colegio; Sofia seguía en la cama con el bebé aún sin nombre –Carmen había sugerido que lo llamase Obedience, pero descartó la idea enseguida–, feliz, comiéndose unas tostadas y abriendo la infinidad de regalos que le habían hecho sus perfectas amigas brujas de Edimburgo, quienes, de alguna manera, se las habían ingeniado para ir a comprarle algo antes de Navidad, elegirlo con tacto, envolverlo con un papel de regalo precioso y enviárselo.

Increíble, pero cierto.

Desde que Sofia había vuelto del hospital, Federico y Carmen se convirtieron en el dúo más insoportable que había sobre la faz de la tierra: Si Federico decía: «Cariño, ten más cuidado», Carmen añadía: «Eso es justo lo que le acabo de decir yo». Si Federico decía: «No hace falta que lo organices siempre tú todo», su hermana intervenía diciendo: «¡Eso!». Aunque en el fondo le encantaba que se llevaran tan bien. Eso sí, había decidido ignorarlos. De hecho, ya había planeado lo que iban a hacer en la Noche de Burns: organizaría la mejor cena que se había visto nunca en Edimburgo, y eso que ella ya había visto unas cuantas.

Federico pasaría el mes entero con ellos, algo que a Sofia le hacía mucha ilusión, aunque eso significaba que su marido se vería obligado a tumbarse en el suelo mientras los niños le saltaban encima o a jugar al fútbol nueve horas al día con Jack. Además, así ella podría pasarse el día recordándole que quería que le comprase el regalo más grande que encontrase para Navidad. «Las cosas no podrían ir mejor», pensó.

–¡Pero tienes que organizar otro cuentacuentos! –exclamó Phoebe, comiéndose alegremente su tazón de cereales, algo que Carmen deseaba que se acabase convirtiendo en el sustituto de las gachas de avena–. Ese es tu trabajo, ¿no?

–¡No lo es! ¡Y los que he organizado hasta ahora han sido un desastre!

–Eso es porque siempre eliges libros malos –comentó Pippa, tan amable como siempre–. Siempre eliges los peores. Si yo fuera tú, cogería uno que fuese bueno, tita Carmen.

–Gracias por el consejo –respondió Carmen–. ¿Me recomendarías alguno?

–Claro –dijo Pippa–. Hay uno que va sobre un grupo de amigas que salva la Navidad montadas en unicornios mágicos. Y todos los unicornios tienen poderes, aunque nunca los usan para hacer el mal.

Oke levantó la vista desde el otro lado del sofá.

–Yo también creo que deberías organizar otro cuentacuentos –coincidió él.

–Bueno, habló el experto en Navidad... –soltó Carmen, riéndose.

Oke se había instalado en la casa del señor McCredie. Al jefe de Carmen nunca le había hecho mucha gracia la idea de tener huéspedes, pero empezaba a descubrir que tampoco era tan malo. Al menos así tenía un compañero de piso con el que podía pasarse día y noche hablando sobre los bosques del Neolítico. Al final todos habían salido ganando, sobre todo Carmen.

Oke iba a buscarla todas las mañanas a casa de Sofia para acompañarla al trabajo. Carmen les había comentado a los niños que tal vez algún día de estos su amigo Oke la invitaba a una fiesta de pijamas en su casa, pero, por ahora, quería seguir quedándose con ellos para que así Sofia pudiese descansar por las mañanas.

Además, le gustaba pensar que Oke era como un regalo que todavía no podía abrir.

–Vale, vale –dijo ella.

–Espera –observó Sofia mientras bajaba las escaleras con cara de cansada, pero feliz–. ¿Me puedes recordar cuántos vamos a ser en la cena de Navidad?

–¿No se iba a encargar mamá de eso?

–Sí, pero quiero ayudarla. Ya sabes que me gusta tenerlo todo bajo control. Por favor, hermanita... Me ayuda a desestresarme.

–Pero si la ayudo yo... podría sugerirle que viésemos el especial de música que siempre ponen en Navidad –respondió Carmen, y los niños la miraron, sin saber a qué se refería–. ¡Ponen música pop! ¡Os va a encantar! –les explicó.

–¡Carmen!

–¡Y que compre Frosties! Eso es. Decidido. ¡Cenaremos Frosties! Ahora que lo pienso, ¿por qué no nos quedamos en pijama? ¡Y quedará prohibido practicar ese día con el fagot!

–¡Vete ya a trabajar! –le gritó Sofia, aunque lo hizo con una sonrisa.

Los niños ya estaban de vacaciones, así que había más gente de lo normal en la librería. Carmen decidió coger un libro viejo, el más caro que tenían en la tienda, y les contó la historia de los animales que se quedaron mudos justo cuando estaban a punto de dar las 00:00 h de la víspera de Navidad. Los niños abrieron los ojos de par en par y se quedaron en silencio. Cuando terminó el cuentacuentos, les dio a todos un pequeño Papá Noel de chocolate y los niños se fueron contentos a sus casas.

La librería se fue vaciando hasta que solo quedaron dos personas altas de pie en la puerta.

–Nos vamos mañana –dijo la mujer alemana–. Queríamos volver a intentarlo. Una vez más...

Carmen agarró con fuerza la mano del señor McCredie y él asintió, un poco aturdido. Después, su jefe le dio la vuelta al letrero de la puerta para que se leyera la palabra cerrado desde fuera y los llevó a todos arriba.

—Le dejo con ellos —le dijo Carmen—. ¿Quiere que le prepare un té?

—Oh, Carmen —declaró el señor McCredie con voz temblorosa—. Quédate, por favor.

Y eso hizo ella.

Los alemanes habían encontrado las cartas cuando se pusieron a limpiar la casa de su abuelo, el hermano mayor de Erich. Erich se las había enviado durante la época que estuvo en el campo de prisioneros de guerra. En ellas le había descrito cómo eran las condiciones y le había hablado de una enfermera que trabajaba allí, Marian, la madre del señor McCredie.

—Le enseñaré las cartas, por supuesto —le prometió la mujer—. Aunque hay algunas partes que igual es mejor que no lea... —El señor McCredie no dijo nada; se quedó allí sentado, escuchándola—. Creo que... Creo que estaban muy enamorados, pero, claro, él era muy joven.

—¿Cuántos años tenía?

—Diecisiete.

El señor McCredie respiró hondo.

—Santo cielo —soltó él.

—Lo pusieron a trabajar en un submarino alemán, patrullando el mar del Norte. Pero era un crío. Lo reclutaron justo cuando estaba a punto de terminar la guerra...

El señor McCredie parecía estar perdido en sus pensamientos, con los ojos claros clavados en la ventana.

—¿Y qué le pasó? —quiso saber Carmen, cuando le quedó claro que su jefe no iba a atreverse a preguntar.

—Oh —contestó la mujer—. Los británicos le dejaron volver a Alemania, pero allí lo ejecutaron; lo consideraron un espía.

—¿En serio?

La mujer asintió con la cabeza.

—Fue... fue una época difícil en todos los sentidos.

El señor McCredie asintió, con los ojos llenos de lágrimas.

–¿Sabía... de mi existencia? –dijo él.

–No lo creo –le respondió la mujer–. ¿Cuándo nació usted? Hicieron los cálculos. El señor McCredie volvió a asentir.

–Lo mataron antes de que mi madre supiese que estaba embarazada –concluyó él.

La habitación se quedó en silencio. Carmen le agarró la mano temblorosa al señor McCredie y le dio un pequeño apretón.

–Han pasado años. Ya no tiene por qué avergonzarse –le aseguró ella.

Los alemanes negaron con la cabeza.

–Me puso su nombre –confesó el señor McCredie–. Nunca me gustó.

Carmen lo miró, sorprendida. Ni siquiera le había llegado a preguntar cómo se llamaba. Joder, al parecer no sabía el nombre de nadie.

–¿Se llama Erich?

–Eric –contestó él–. Un nombre bastante común en Edimburgo. Así que mi padre... o era el único que no lo sospechaba, o bien optó por hacerse el loco. Pero los otros niños... –Negó con la cabeza.

–Pues a mí me parece un nombre precioso –dijo Carmen, dándole otro apretón en la mano.

–Es un nombre bonito –comentó Sofia cuando Carmen le contó todo lo que había pasado durante la cena.

Las dos hermanas intercambiaron una mirada y observaron al bebé que estaba en la cuna.

–Ni se te ocurra –dijo Carmen–. No. Me dijo que lo odiaba. Nadie lo llama así.

–Pero eso fue antes de que se enterase de que su padre era tan solo un niño. Un pobre muchacho que se asustó al ver todo lo que se le venía encima.

–Creo que Sofia ya está poniendo su cara de «Está decidido» –intervino Federico desde el suelo.

–¿A ti te gusta? –le preguntó Carmen.

–Sí, supongo –respondió Federico–. Pero te contestaría que sí aunque no me gustase.

–Madre mía, ¿y tú eres un abogado de éxito?

–Esto ayudará al señor McCredie a pasar página –aseguró Sofia con decisión–. Además, quiero ponérselo por él, no por su padre. Eric. Sí. –Cogió al bonito bebé en brazos–. Se lo contaremos cuando venga a cenar con nosotros en Navidad.

–¡Ah! –exclamó Carmen–. Se me olvidó decírtelo. No va a venir.

–¿Y ahora me lo dices, Carmen?

–¡Lo siento!

–¿Y qué va a hacer? ¿Va a pasar el día con su nueva familia?

–No, aunque al parecer ahora tenemos que intentar vender más porque quiere ir a Alemania a visitarlos... –dijo Carmen, poniendo los ojos en blanco–. Y después quiere hacer un viaje a la Antártida. Dice que hay cruceros que te llevan hasta allí.

–Y entonces, ¿por qué no quiere venir?

Carmen se cubrió la cara con las manos.

–No te lo vas a creer. ¡Se va a casa de la señora Marsh!

–¿¡Tu antigua jefa!?

–No quiero ni pensarlo.

Sofia se echó a reír.

–¡Qué monos!

–Solo tiene una teta –le recordó Carmen.

–¿Quién tiene solo una teta? –quiso saber Phoebe.

–¿Quién quiere ayudarme a colgar los calcetines? –preguntó Carmen para cambiar de tema.

Cada miembro de la familia D'Angelo tenía su propio calcetín con su nombre bordado en él. La típica cursilada que le gustaba hacer a Sofia. Sin embargo, cuando Carmen fue a cogerlos, se dio cuenta de que había dos calcetines más: uno que ponía «Carmen» y otro que ponía «Oke».

–Pero ¿qué...? –dijo ella–. ¿¡Cuándo hiciste esto!?

Sofia esbozó una sonrisa engreída.

–Soy de las que siempre encuentran tiempo para todo.

—¡Eres de las que siempre encuentran tiempo para presumir!

Eran una familia feliz sentada alrededor de la mesa el día de Navidad. Le fueron explicando a Oke todo lo que era nuevo para él, algo que a los niños les pareció graciosísimo, sobre todo cuando le dieron un paquete en forma de tubo que tenía un pequeño regalo sorpresa dentro. Según la tradición, para abrirlo era necesario que dos personas tiraran de sus extremos, pero Oke no lo sabía, así que intentó hacerlo él solo y, como era de esperar, no tuvo mucho éxito.

El pavo estaba perfecto y había patatas asadas para un regimiento. Los niños dejaron de jugar con sus nuevas y preciosas casitas de muñecas de madera (cortesía de Papá Noel) y sus espadas láser de plástico (regalo de la tita Carmen), y se sentaron todos juntos en la mesa. Irene hizo un gesto con la cabeza en dirección a la nueva incorporación de la familia; era la primera vez que sentía que su hija había acertado con un hombre.

—Oke, ¿te gustaría bendecir la mesa?

Él sonrió.

—Lo siento. Yo... En mi cultura no solemos hacerlo. Guardamos un momento de silencio para escuchar nuestra voz interior. Pero no solo lo hacemos cuando... cuando es un «día especial». Porque creemos que todos los días lo son. Que todos los días tenemos que sentirnos agradecidos. Y así podemos usar ese sentimiento para poner paz en todo lo que hacemos, para reconciliarnos con nosotros mismos y para darnos cuenta de que al final todos somos iguales. Así que en realidad no sé qué decir... Lo siento.

—¿Sabes? —dijo la madre de Carmen y Sofia—. Creo que lo que has dicho es perfecto.

Epílogo

Los adultos se habían quedado sentados en la mesa hablando de cosas aburridas, aunque a algunos ya se les empezaban a cerrar los párpados, cuando Pippa y Phoebe se pusieron a corretear por la casa en busca de algo con lo que entretenerse. Encontraron un pequeño frasco de cristal sobre el tocador de Carmen.

–No lo toques –le advirtió Pippa–. No es tuyo.

–Solo quiero olerlo –respondió Phoebe a la vez que desenroscaba el pequeño tapón. Sin embargo, acabó derramando en el suelo un poco del líquido que había dentro–. Oh, oh –soltó la niña, mirando a su hermana, aterrorizada.

–No pasa nada –le aseguró Pippa después de una larga pausa–. No podemos llamarlos; se enfadarán con nosotras. Será mejor que lo limpiemos juntas.

–Vale –aceptó Phoebe.

Y las dos hermanas cogieron las toallas más caras que había en el baño para solucionar el desastre.

–¿Qué crees que es? –preguntó Phoebe mientras limpiaban el suelo.

–Es de la tienda de magia –respondió Pippa, leyendo la etiqueta que había en el frasco–. ¡Hala! ¿No será una poción de amor para el tío Oke?

–Ja, ja, ja –se rio Phoebe–. ¡No puedes llamarlo así!

–¿Por qué no? Tal vez acabe siendo nuestro tío.

–Tal vez –coincidió Phoebe–. ¡Ya sé! Si llenamos el bote de agua, no sabrá que lo hemos tocado!

–Buena idea –dijo Pippa–. Pero entonces nunca sabremos para qué servía la poción mágica.

–Ya, eso es verdad –respondió Phoebe–. Pero no le cuentes a nadie que la hemos tocado, ¿vale? Será nuestro pequeño secreto. ¿Promesa de meñique?

–Promesa de meñique.

Agradecimientos

Quiero darles las gracias a Jo Unwin, Lucy Malagoni, Rosanna Forte, Milly Reilly, Donna Greaves, Joanna Kramer, Charlie King, David Shelley, Stephanie Melrose, Gemma Shelley y a todos los que forman parte de la editorial Little, Brown; a Deborah Schneider, Rachel Kahan, Rhina Garcia y a la editorial William Morrow; al igual que a Felicitas von Lovenburg, Jennifer Lindstrom, Lina Sjogren, Vivian Leandro, Kjersti Herland Johnsen, Nana Vaz de Castro, Ambre Rouvière, Alexander Cochran, Jake Smith-Bosanquet y Kate Burton.

Y, en especial, quiero dar las gracias a Andrew Johnson por haberme enseñado la cámara oscura, un lugar magnífico; a Ian Rankin por haberme acompañado al campus King's Buildings; a Lit Mix; y a Weegies. También quiero darle las gracias y mandarle un abrazo enorme al señor B, que fue la persona que me ayudó con la comida y con los niños durante el confinamiento, además de con el resto de las tareas del hogar. Sin ti no podría haber terminado esta novela que tantas ganas tenía de escribir. No os podéis imaginar lo afortunada y lo agradecida que me siento.

Índice